El Médico de Toledo

Matt Cohen (1942-1999) fue uno de los escritores más prestigiosos de Canadá. Antes de iniciar su carrera de novelista, fue profesor de estudios religiosos en la Universidad de McMaster. Por lo tanto, no es de extrañar que la religión ocupara un tema destacado en su obra. La intolerancia y el fanatismo quedaron plasmados en las novelas que dedicó al juicio de las brujas de Salem y en *El médico de Toledo*, una novela ya convertida en un clásico.

Si tienes un club de lectura o quieres organizar uno, en nuestra web encontrarás guías de lectura de algunos de nuestros libros. www.maeva.es/guias-lectura

Este libro se ha elaborado con papel procedente de bosques gestionados de forma sostenible, reciclado y de fuentes controladas, avalado por el sello de PEFC, la asociación más importante del mundo para la sostenibilidad forestal.
www.pefc.es

EMBOLSILLO apuesta para frenar la crisis climática y desea contribuir al esfuerzo colectivo y permanente de proteger y preservar el medio ambiente y nuestros bosques con el compromiso de producir nuestros libros con materiales sostenibles.

MATT COHEN

El Médico de Toledo

El destino de una familia judía
perseguida por la Inquisición

Traducción:
Carlos Scola

EM BOLSILLO

Título original:
  THE SPANISH DOCTOR
© MATT COHEN, 1984, STICKLAND LTD.
© de la traducción: CARLOS SCOLA
© de esta edición EMBOLSILLO, 2023
  Benito Castro, 6
  28028 MADRID
  www.maeva.es

Agradecemos a Conseil des Arts Canada Council
du Canada   for the Arts   y al Departamento
de Asuntos Exteriores y Comercio Internacional de Canadá su colabo-
ración en la traducción de este libro.

ISBN: 978-84-18185-42-7
Depósito legal: M-68-2023

Diseño de cubierta: SYLVIA SANS BASSAT
Fotografía del autor: ©TONY BOCK
Impreso por CPI Black Print (Barcelona)
Impreso en España / Printed in Spain

Dedicado a P. A.

Océano Atlántico

Colonia
Mainz
París
Bordeaux
Lyon
Aviñón
Montpellier Bolonia
Madrid
Barcelona
Toledo
Lisboa
Córdoba
Granada

Fez
Argel
Túnez

N
E ← → O
S

Mar Báltico

Novgorod

Vilna

Minsk

Lublin

Dniéper R.

Kiev

Praga

Venecia

Mar Negro

Roma

Nápoles

Constantinopla

Mar Mediterráneo

Joan Affleck

Prólogo

EN EL OTOÑO de 1347 un indeseado visitante se presentó en Europa. Lo portaron los marineros: algunos llegaban muertos, otros bajaban a tierra con fiebre, con las axilas y las ingles llenas de úlceras negras y con una respiración tan fatigosa que ahuyentaba incluso a las gentes de carácter más compasivo.

Desde los puertos de mar, la peste negra avanzó con rapidez hacia el interior del continente. En dos años había abatido a más de veinte millones de personas.

Entre sus víctimas se contó, en el año 1350, el rey Alfonso XI de Castilla.

A la muerte de Alfonso, subió al trono su hijo mayor, Pedro. El recién coronado rey, para asegurarse una sucesión sin peligros y la estabilidad del reino, despachó agentes que envenenaron, acuchillaron o ahogaron a sus numerosos hermanos y primos. Pero, a pesar de los celosos planes de Pedro, un hombre que debería haber sido su víctima escapó con vida: su hermanastro, Enrique el Bastardo. Mientras sus parientes de mayor alcurnia eran enviados a la eternidad, Enrique efectuó una discreta retirada a Francia. Allí se convirtió en amigo y cómplice de Bertrand du Guesclin, general francés que había prestado útiles servicios a su país en las victorias de este sobre Inglaterra durante la guerra de los Cien Años, y conocido organizador de aquellos ejércitos mercenarios, *las grandes compañías,* que asolarían Europa como una segunda plaga.

Entretanto, en Toledo reinaba Pedro el Cruel y la vida seguía su curso.

En el barrio judío nadie dudaba de que Toledo, la Nueva Jerusalén desde hacía ya varios siglos, fuese un hogar seguro para los seguidores del Dios hebreo. Pedro el Cruel, como había hecho su padre, pronto llegó a depender de los banqueros judíos para recolectar los impuestos y conservar la lealtad del ejército. Tan tolerante era Pedro con sus súbditos semitas que Toledo se convirtió en un refugio para judíos de toda Europa.

En 1355, cuando se casó Ester Espinosa, el barrio judío de Toledo tenía tantos habitantes de familias emparentadas entre sí como flores adornaban sus jardines. En la ciudad había un total de doce sinagogas, incluyendo el nuevo y esplendoroso templo recientemente construido por el príncipe Samuel Halevi, principal consejero del rey Pedro para asuntos financieros. Algunas estaban en el barrio antiguo, donde Ester residía con su marido, un primo lejano del príncipe Samuel. Pero también había sinagogas en la parte nueva, donde otros quince mil judíos vivían a la sombra de la gran muralla que rodeaba la ciudad desde los tiempos de Roma.

Tres meses después de la boda entre Ester Espinosa e Isaac Aben Halevi, Enrique el Bastardo entró de nuevo en Castilla a la cabeza de una tropa de mercenarios y puso sitio a la ciudad. Las quejas de sus soldados no tardaron en dejarse oír, protestaban por el hambre y el aburrimiento. Finalmente, uno de los espías de Enrique consiguió encontrar entre la guardia de los asediados quien aceptara su soborno: las puertas de la nueva judería se abrieron y, mientras los habitantes de la parte vieja tomaban las armas para su agónica defensa, prácticamente todo judío del barrio nuevo era pasado a cuchillo.

Pero cuando las fuerzas de Enrique intentaron tomar el resto de la plaza, encontraron una fuerte oposición. Tras sufrir cuantiosas pérdidas, Enrique se retiró.

Catorce años después, en 1369, por fin se le presentó a Enrique la oportunidad de desquitarse. Desde su última visita, el reino de Pedro había encogido hasta incluir poco más que solo la propia Toledo.

Debilitado y empequeñecido su poder, Pedro intentó evitar la destrucción de la ciudad, saliendo al encuentro de las fuerzas de Enrique en una llanura bien apartada.

Bastó un breve combate para que el ejército de Pedro se viese superado en todos los flancos. Para mayor humillación, a Pedro le ordenaron esperar, rodeado por las tropas de su hermanastro, hasta que Enrique en persona se acercase a imponerle los términos de la inevitable capitulación.

Uno de los oficiales de Pedro era Isaac Halevi, el marido de Ester Espinosa. Un soldado que nunca había matado a nadie y cuya única reputación se basaba en el talento para analizar ancestrales asuntos teológicos. Preso de los nervios y a la vera de su rey, Isaac vio a Enrique, vestido con armadura completa, desmontar de su caballo y aproximarse a su medio hermano.

–Detente –gritó Pedro.

–Deberías haberme matado como a los otros –replicó Enrique.

–En nombre de la cristiandad, te conmino a…

–¡Iluso! –le interrumpió Enrique, apenas capaz de andar con la armadura y seguido por el afamado hombre que se había convertido en su sombra: Du Guesclin. Un individuo moreno, chato, seguro de sí mismo al estilo francés, arqueado de piernas de tanto cabalgar y tan corto de estatura que su enorme espada le hacía parecer un niño.

–Es mi último aviso –dijo Pedro con un hilo de voz.

Pero en ese instante Enrique, sin mediar más palabra, se abalanzó sobre él, lo derribó y le golpeó la cabeza contra el arenoso terreno.

Por primera vez desde el inicio de la batalla Pedro pareció recobrar su energía y volvió a ser él mismo. Profiriendo un terrible alarido, contraatacó lanzándose con las manos desnudas a subyugar a su pariente y despojarlo de su armadura.

Durante unos momentos insólitos, los dos hombres lucharon en el barro, agarrándose y arañándose el uno al otro, con las voces transformadas en aullidos animales, mientras se desataba el odio de toda una vida, alcanzando su máxima expresión.

Hasta que Du Guesclin intervino. Pues, mientras ambos reyes peleaban por el suelo como gatos en celo, levantó su afilada y reluciente espada y, en cuanto vio la ocasión, la dejó caer con todas sus fuerzas, haciendo rodar por el polvo la cabeza de Pedro el Cruel.

Isaac Aben Halevi apartó los ojos del cercenado cuello de su depuesto rey. Sintió un vuelco en el estómago. Luego se escabulló temblorosamente entre la soldadesca y echó a correr.

TARDÓ DOS DÍAS en llegar de nuevo a Toledo. Pero el avance de las tropas de Enrique de Trastámara era todavía más lento. Las marchas diurnas iban acompañadas de largas celebraciones nocturnas. E Isaac, desde una atalaya en la muralla toledana, seguía ahora atentamente los movimientos del ejército triunfante.

En el atardecer del día en que solo una jornada de marcha separaba al invasor de la ciudad —que para entonces ya se había rendido oficialmente—, Isaac continuaba en su puesto de observación. En torno a la villa serpenteaba el río Tajo. Y, mientras Isaac intentaba infundirse a sí mismo un poco de valor, el sol poniente teñía con sus violentos colores la superficie de las aguas. Cuando el sol se hundió del todo tras la línea del horizonte, el cielo entero pareció llenarse de sangre, como un enorme corazón que después, poco a poco, va vaciándose y drenando su savia, hasta quedarle tan solo completa negrura.

La oscuridad aumentó. Los fuegos de campamento comenzaron a brillar en la lejanía. Pronto el aire estuvo inundado de alargadas y caprichosas cintas de humo.

Isaac Aben Halevi descruzó las piernas y se puso de pie sobre la muralla. Hoy podía relajarse. Los soldados comerían y beberían hasta desfallecer. Mañana tendrían tiempo de preocuparse por las batallas que los esperaban.

Esa noche, confortada por su marido, Ester concilió un sueño profundo, del que solo le sacó un estruendoso batir de golpes a las puertas del barrio judío. Mientras se vestía y vestía a los niños, su hermano Meir irrumpió en la casa, sin poder apenas articular palabra. Ofrecía su vivienda, más grande que la de ellos y precipitadamente fortificada con piedras y maderos, para el cobijo de toda la familia.

Meir se apresuró a volver con los suyos, dejando que los Halevi recogieran sus enseres indispensables. En pocos instantes, estos salieron a la calle. Estaba en absoluto silencio.

Cuando las tropas aparecieron por una lejana esquina, Isaac, Ester y sus tres hijas formaban un apacible corrillo.

–Mirad –dijo Ester, señalando a los soldados que corrían hacia ellos como demonios de rostro colorado en una función de carnaval. Y ahí la burbuja de la inocencia se desvaneció. Mientras Ester aullaba de pavor, su marido era masacrado.

La calle que poco antes parecía un escenario vacío de repente se convirtió en un lugar de pesadillas. Gritos de dolor y muerte resonaban en el escaso espacio entre los edificios, que ardían por todos lados. La violaron de una forma tan repentina que, mientras se esforzaba en volver a ponerse en pie, Ester apenas era consciente de lo que le había pasado. Porque estaba completamente inmersa en las imágenes que veía: los cuerpos mutilados de sus familiares esparcidos por la calle; los ojos inertes de su marido, mirándola, como un testigo mudo y complaciente que aún abrazaba contra su pecho a sus hijas, para evitar que se enterasen de lo que había sucedido.

Ester corrió calle abajo, buscando la muerte. Pero los soldados le negaron la espada y únicamente volvieron a violarla, una vez y otra, y otra… hasta que la huella de los ojos de su marido se borró de su mente por un rato.

Cuando volvió a recuperar la conciencia, ya estaba amaneciendo. Había gateado de vuelta hasta sus hijas, en los brazos de su marido. Y se arrastró sobre sus cuerpos. Ebria del frío olor de la muerte, creyó haber muerto con ellos, hasta que sintió que alguien le echaba una manta sobre los hombros.

Se volvió lentamente, sin comprender todavía que había vuelto a despertar en el mundo real. Vio cómo el rostro del extraño se contraía de horror al contemplarla. Él gritó, pero ella permaneció en silencio. Cual naipe al que dan la vuelta, el recuerdo de la noche anterior retornó a ella.

—Estoy bien —dijo, envolviéndose en la manta para no seguir hiriendo la sensibilidad del extraño—. No se preocupe por mí.

Las siguientes semanas Ester las ocupó, como la mayoría de los judíos de Toledo, en llorar a sus muertos. Aunque no sentía ninguna vergüenza por lo que le había ocurrido, tampoco comprendía por qué había sido sentenciada a continuar viviendo, mientras a otros se les permitió morir. Pero, cuando descubrió que estaba embarazada, todas las dudas acerca de sí misma se disiparon. Aquel niño, deseado o no, era ahora su futuro.

«Estamos condenadas a vivir», solía decirles a todas aquellas conocidas que también habían sido hechas madre a la fuerza en la noche del gran terror. Entre ellas estaban su mejor amiga, Naomi de Hasdai, y su cuñada Vera, a quien habían sacado a rastras de la casa de Meir Espinosa, mientras él, ignorante de ello, se escondía en un armario.

A los rabinos de Toledo no les gustó la expresión de Ester. «Estamos condenadas a vivir» se había convertido en una especie de contraseña entre las mujeres que iban a concebir a quienes serían, de acuerdo con la ley judaica, que había aprendido a afrontar este tipo de eventualidades hacía mucho tiempo, niños judíos.

—La vida no es algo a lo que uno esté condenado —señaló el rabino David de Estiba—. La vida debe vivirse con esperanza.

—¿Esperanza? —Ester no alcanzaba a creerse que alguien hubiera pronunciado una palabra tan ridícula—. ¿Qué es para usted la esperanza?

—La vida humana rezuma esperanza —contestó el rabino.

—¿Y la de Dios?

Se produjo un tenso silencio, mientras David de Estiba, eminente jurista, buscaba su respuesta. Ester sintió que una nube densa y pesada descendía sobre ellos, como si Dios mismo estuviese esperando atentamente, para ver lo que unos diminutos mortales, unos don nadie cuyos corazones llenos de dudas parecían pajarillos perdidos en su cielo, pensaban acerca de él.

—Dios es Dios —acertó a concluir el rabino.

Cuando nació su hijo, Ester sintió que el corazón se le rompía. Hasta ella, que se había atrevido a celebrar públicamente la llegada de estos niños fruto de un suceso indeseable, se sorprendió ante la fuerza de su amor. Era como un río que fluía desde el corazón de ella, hacia el del pequeño ser. Un río que no solo crecía cada vez que mantenía a la criatura junto a su pecho, sino también cuando el niño se apartaba de ella. Un río cuyo curso cambiaba, pero que seguía discurriendo siempre, sin disminuir nunca su caudal.

Llamó al recién nacido Abraham Espinosa Halevi. No era hijo de su marido. Sin embargo, crecería para vengar su muerte.

Ester Espinosa de Halevi tampoco había olvidado las palabras del rabino. Seguía diciendo «Estamos condenadas a vivir», pero ahora añadía «aunque debemos permitir que los niños conozcan la esperanza». «Si son fruto de un error —decía—, entonces que sean conocidos como Errores de Dios.»

Y así los llamaban, mientras sus madres, que solían agruparse buscando apoyo, los veían jugar en la Nueva Jerusalén de Toledo. Tres de estos niños, Abraham Halevi, Gabriela Hasdai y Antonio Espinosa, nacieron el mismo día.

Siete años después, en el aniversario de la noche del terror, el barrio fue atacado de nuevo. En esta ocasión las turbas no estaban compuestas de soldados, sino de campesinos. Culpaban a los judíos de los altos precios de los alquileres, que causaban su ruina.

Una vez más, Ester Espinosa de Halevi fue asaltada junto a su casa. Pero ahora tenía entre sus brazos a Abraham y una daga escondida en la mano, lista para hundirse en el corazón del niño y después en el de ella. Mas no tuvo tiempo de reaccionar.

Le arrebataron a Abraham y lo lanzaron al suelo de un golpazo tan violento, que Ester pudo ver la sangre manando de su nariz, antes de que cayera.

—Arrodíllate —le gritaba al niño un enfurecido campesino—. Arrodíllate ante la Virgen.

Mientras Ester lo observaba, Abraham rehusó con un leve gesto de cabeza. Hasta que ella empezó a arrodillarse, con la esperanza de que su hijo la imitase.

Uno de los atacantes sostenía una cruz y una estatuilla de la Virgen María. El otro levantó su espada, amenazando con partir en dos el cráneo de Ester Espinosa Halevi si osaba interrumpir a Abraham, que ahora juraba fidelidad al Padre, al Hijo y al Espíritu Santo…

LIBRO I

Toledo

1391

1

COMO UN EJÉRCITO de diez mil lanceros fantasmagóricos, el humo de las cocinas de Toledo se elevaba en el oscuro aire del atardecer y, desde lo alto de la muralla, Abraham Halevi notó que sus tripas respondían a esta coral de carne en el asador. A espaldas de la muralla, empinadas laderas cubiertas de hierba bajaban hasta el río Tajo. En la penumbra, la hierba parecía negra como la noche.

Unos cuantos niños azuzaban a las cabras y gallinas remolonas para conducirlas hacia la seguridad del perímetro amurallado.

Los balidos nocturnos del ganado se confundían con las voces que venían de la ciudad, formando un murmullo tranquilizador. Desde la orilla de enfrente, los sonidos que llegaban del gigantesco campamento de la feria de verano también denotaban que ese día estival estaba tocando a su fin. Abraham acababa de volver a casa, tras dos años en la escuela de medicina de Montpellier.

Sintió que su cuerpo se adaptaba al familiar ritmo del lugar, acomodándose a él tan perfectamente como un bisturí a la mano diestra de un maestro cirujano.

Dos años en Montpellier. Ahora ese lapso parecía haberse evaporado. Solo la vista era diferente. Antes de irse, desde la muralla exterior de la ciudad se veían unos meandros del río y tras ellos la planicie, hasta los confines del mundo. Entonces Abraham había sido como un niño protegido en la oscuridad del útero materno. Un niño que rezaba a ciegas para que, más allá de la oscuridad del miedo y la superstición, existiera un mundo claro y nuevo.

–Maese Abraham, por favor, os traigo un recado urgente.

La voz le sobresaltó y Abraham Halevi se volvió con la mano puesta instintivamente en la daga que siempre portaba consigo.

–Maese Abraham, por favor. –Unos peldaños por debajo de él, había un muchacho con el rostro cubierto a medias.

–¿Qué quieres?

–Cierta persona me ha encargado llevaros a su casa. Pero necesitaréis vuestro instrumental médico.

Abraham se puso en pie. Bajo la capa escondía sus cuchillos quirúrgicos y, atado a la cintura, llevaba un pequeño morral con bolsas de remedios en polvo que le había preparado Ben Isaac a partir de unas recetas transmitidas hasta él –según aseguró– a través de decenas de generaciones que se remontaban hasta el principio de los tiempos.

–También me han pedido que os diga que podría ser peligroso –añadió el chico– porque tenemos que salir del barrio.

Mientras bajaban la ladera y emprendían la caminata, Abraham pudo observarlo con mayor detalle. Solo tendría unos diez años menos que él y un incipiente bigote empezaba a ensombrecerle el labio superior. El muchacho le resultaba vagamente familiar. No había duda, pensó Abraham, de que en los viejos tiempos lo habría reconocido fácilmente. Pero hacía menos de una semana de su vuelta de Montpellier, y los niños cuyos nombres había pronunciado tantas veces en el pasado ahora se habían convertido en un torbellino de adolescentes que alborotaban con sus juegos y chiquilladas las concurridas calles del barrio judío.

A paso ligero, en breve llegaron a la puerta que separaba la zona hebrea del resto de la ciudad. Las palabras del muchacho para Abraham no contenían demasiado misterio. De ellas deducía que algún acaudalado cristiano requería sus servicios. Y, dado que él era un judío converso, un *marrano*, salir del barrio no le estaba expresamente prohibido. Sin embargo, si algo saliera mal, las consecuencias podrían ser desde una multa hasta la muerte por tormento, el mismo que se utilizaba para extraer confesiones.

Se abstuvieron de intentar cruzar la puerta del muro, una vez vieron que estaba guardada por soldados, y en lugar de ello se internaron por el embrollo de calles que discurrían a la sombra de la muralla.

—¿Quién pregunta por mí?

—El comerciante don Juan Velázquez. ¿Conocéis ese nombre?

Velázquez. No había nadie en Toledo que no lo conociera. Juan Velázquez tenía palacios en casi todos los rincones de España. Su hermano Rodrigo era cardenal del Papa de Aviñón, y se decía que, si el cisma papal pudiera cerrarse y ambos papados llegaran a convertirse en uno, Rodrigo Velázquez —el famoso cardenal de pies descalzos— daría su sangre, o mejor la de mil rivales, para restaurar el poder de la maltrecha y dividida Iglesia.

—Si queréis —ofreció el muchacho—, os llevo hasta la casa.

—No, iré solo —respondió Abraham, sacando una moneda de su bolsa y dándosela al zagal.

—A mí no me da miedo —replicó el chico—. Una vez me quedé hasta el amanecer en el barrio cristiano.

—¿Cómo te llamas?

—Israel Isaac.

Pronunció su nombre bien alto, y cuando sonrió de orgullo, dejó ver el gran hueco que separaba sus dientes. Si nada se hacía con esa boca en breve plazo, toda ella acabaría venciéndose hacia el hueco, como una montaña cuya ladera se excava en demasía, buscando oro. En Montpellier, Abraham había aprendido a realizar una operación muy novedosa. Consistía en implantar dientes de perro o gato en las encías humanas. Algunos cirujanos presumían de que sus implantes podían durar más que lo que vivían los animales de los cuales se habían extraído las piezas.

–Vete ahora a casa –le dijo Abraham gentilmente–. Se necesita más valor para obedecer a los padres y cuidarlos que para andar por los barrios de los cristianos.

El chico miró contrariado a Abraham, pero se dio la vuelta y se marchó.

Abraham se aventuró en las sombras. De niño él también había pasado alguna noche en el barrio cristiano. A veces para afrontar el reto, y otras para robar algo de comida para su madre y él. Sabía que el palacio de Velázquez no estaba lejos de la muralla que separaba a los judíos de los cristianos. Al igual que el palacio de su pariente lejano, Samuel Halevi, el de Velázquez era famoso por sus terrazas ajardinadas; pero, a diferencia de aquel, este tenía espléndidas vistas sobre el río.

Que Velázquez lo hubiera hecho llamar *en secreto* no le causó a Abraham ninguna sorpresa. Porque su hermano Rodrigo, así como Fernando Martínez, confesor de la reina y arzobispo de feroces posturas contra el judaísmo, ya había mostrado su apoyo a la prohibición del Papa respecto a los médicos judíos. Preguntado acerca de qué haría él mismo en caso de enfermedad mortal, el cardenal Rodrigo había contestado: «Es mejor morir que deberle la vida a un judío.»

Al poco tiempo, Abraham llegó al lugar preciso por donde antaño solía escalar la muralla. Estaba en el patio trasero de uno de los almacenes de mercancías que, años antes, pertenecieran a Samuel Halevi. El guarda de dicho almacén seguía siendo un viejo amigo y, en unos instantes, a Abraham le había abierto la puerta para que cruzara un recinto inundado por el olor de exóticas especias y pigmentadas telas. Al escalar el muro, los pies de Abraham encontraron fácilmente las pequeñas oquedades que, a modo de peldaños, él mismo había ayudado a excavar cuando era niño.

El muro era tan grueso que uno podía acostarse en él al llegar arriba. A Abraham le resultó irónico que la ciudad la separase esta inmensa cama de piedra. Pero se detuvo de repente. Antiguos miedos volvían a hacerse presentes y sacó la daga.

Cerró lentamente la palma de su mano, empuñando con fuerza el mango. Era un regalo de su primo Antonio. «Un regalo que debes llevar contigo siempre que vayas al barrio cristiano», le había dicho.

—Como ahora —musitó Abraham. Y, tras pensar esto, saltó los seis metros que lo separaban de la calle. Cruzaba el muro por primera vez desde su vuelta. Un escalofrío de placer recorrió su cuerpo al aterrizar de pies y manos, como un gato, tras ese salto que casi todo niño judío había practicado muchas veces desde pequeño. Al cabo de unos minutos, Abraham Halevi hacía sonar el metal de su daga contra los barrotes de hierro de la verja del palacio de Juan Velázquez.

La puerta cedió sola. Abraham se introdujo por la apertura. Al instante era lanzado contra una pared, mientras un frío acero le presionaba la garganta. Acercaron un candil a su rostro. A su luz, Abraham vio a dos hombres. Un jorobado cuyo sombrerillo no alcanzaba a taparle la cara, redonda y barbilampiña, y el guardia cuya espada lo mantenía inmóvil, y que era un gigantón con cuello de toro. Bajó la cabeza hacia Abraham. Olía a ajo y a carne quemada. Todo su cuerpo despedía un hedor propio de animal encerrado durante demasiado tiempo.

El jorobado registró a Abraham. Sus manos pronto descubrieron el juego de bisturís que ocultaba bajo el jubón.

—No los toques —advirtió Abraham.

El jorobado, sin dignarse contestar, palpó el morral y los frascos de remedios que contenía.

Abraham levantó violentamente la rodilla y el jorobado fue a parar al suelo. El gigante, asombrado ante semejante osadía, se echó para atrás. Abraham se alejó de la pared y avanzó, internándose en el jardín. Todavía empuñaba su daga y ahora extendía el brazo, haciéndolo sobresalir bajo la manga de su blusón para que la hoja metálica reluciese claramente a la luz de los candiles. El gigante se lanzó en pos de él, blandiendo su espada sin ningún esfuerzo. Cortaba el aire como un ventilador.

A la estela del gigante gateaba el maltrecho jorobado, soltando maldiciones e intentando recuperar el aliento.

–¿Qué hacéis?

Los dos siervos se volvieron inmediatamente al oír la voz de su amo.

–¡Don Juan!

–¿Sois Halevi?

–Sí.

–Y yo Juan Velázquez. Bienvenido de vuelta a Toledo.

El acaudalado comerciante avanzó hasta la luz del candil y Abraham pudo ver a un hombre de mediana edad, alto y corpulento. Su rostro, en contraste con su carnosa figura, era anguloso y rígido. Tenía las mejillas y la barbilla afeitadas, pero lucía un bigote que hacía resaltar su boca ancha y de labios finos. Los ojos, como el pelo, eran muy negros. Permaneció quieto un instante. Sin duda, estaba acostumbrado a causar siempre una fuerte impresión. Luego rodeó los hombros de Abraham con el brazo y lo condujo suavemente hacia la casona. Juan Velázquez tenía fama de cortesano y, mientras avanzaban por un corredor iluminado, Abraham observó su vestido blanco, bordado en oro y adornado con una capa roja. La urgencia médica debía haberle privado de alguna velada importante.

–Perdonaréis mi rudeza, al haberos hecho llamar tan tarde –dijo Velázquez–, pero he tenido a un muchacho procurando encontraros desde el mediodía.

Abraham dudó de su sinceridad. A los comerciantes ricos no les gustaba que viesen entrar en sus casas a médicos judíos. Y un comerciante rico que además tenía un hermano cardenal difícilmente constituiría una excepción a la regla.

–Y también me perdonaréis por alterar vuestros compromisos. Sé que acabáis de volver a Toledo y tendréis muchos amigos a los que atender.

Abraham reprimió una sonrisa irónica. Si Juan Velázquez se parecía en algo a su hermano Rodrigo, el cual predicaba que la respiración de los judíos que rehusaban creer en Cristo

24

contaminaba hasta el aire, sus deseos acerca de los amigos de Abraham se limitarían a enviarlos a su propio infierno.

—Ben Isaac me dio vuestro nombre.

Era curioso que Velázquez justificara por qué había recurrido al nombre de Halevi, cuando ningún otro médico judío sería lo bastante loco como para adentrarse de noche en barrios cristianos.

—Mi mujer lleva tres días dando a luz. He llamado a las mejores comadronas de la ciudad, pero no me sirven de nada. No tengo hijos. Comprendedme, por favor.

—Os comprendo —aseguró Abraham, entendiendo que, si hubiera que elegir, la vida del niño debería salvarse antes que la de la madre. Un buen sentimiento cristiano que, sin embargo, Abraham nunca había conseguido compartir del todo.

—Ben Isaac ha estado aquí esta tarde. Aseguró que solo había tres opciones.

—¿Cuáles?

—La primera, no hacer nada y confiar en que, quizás, el niño nazca antes de que mi esposa muera en el parto.

«Y que quizás nazca muerto», pensó Abraham.

—La segunda, que un cirujano llegue al útero de mi esposa y… —a Velázquez se le quebró la voz— arranque al niño de sus entrañas para poder sacarlo. En este caso, ella seguramente sobreviviría.

Abraham asintió. Llegar al útero y matar a una criatura viva era un empeño que, a pesar de sus habilidades médicas, se le antojaba terriblemente arduo. Ahora entendía por qué Ben Isaac le había pasado a él el caso. La cirugía era una práctica que aquel médico musulmán se negaba a utilizar. Alegaba que su pulso no era lo bastante bueno, pero Abraham sabía la verdad. Ben Isaac fumaba tanto hachís que involuntariamente causaba con su bisturí innecesarias heridas cuya sangre no podía soportar.

—¿Y la tercera opción? —preguntó Abraham, aunque la conocía de sobra.

–La tercera consiste en que cortéis el útero de mi mujer y saquéis vivo al niño.

Abraham permaneció en silencio.

–Ben Isaac me contó –añadió Velázquez– que Julio Cesar nació así.

–Sí, y su madre murió durante el parto.

–Pero –insistió Velázquez–, ¿no sería más fácil sacar vivo al niño, mientras la madre también permanece con vida?

–¿Cómo sabéis que es un niño?

–Me lo han asegurado las comadronas.

–¿Y cómo lo saben ellas?

Velázquez pareció irritarse un poco.

–¿Cómo sabe uno esas cosas? Os aseguro que, si yo fuese médico, ahora estaríais en casa con vuestra madre y yo estaría cenando con el ministro de la reina, mientras mi hijo mamaba feliz del pecho de su madre.

Cuando Juan Velázquez se casó con su segunda y joven esposa, poco después de que la primera muriese tras veinte años de amarga esterilidad, se dijo que la harina usada para los pasteles de boda podría haber alimentado a todo Toledo durante una semana.

Mientras hablaban, llegaron a una puerta. Velázquez la abrió. Al fondo de un dormitorio lo suficientemente grande como para ser un salón de baile había una cama con dosel adornada con tejidos hilados en oro que reflejaban la luz de las velas. Guiado por Velázquez, Abraham se aproximó al lecho. De repente, dos mujeres emergieron de las sombras. El médico las reconoció al instante. Sonreían servilmente y se esforzaban en causar agrado.

–Doctor Halevi –dijo Velázquez–, os presento a las mejores comadronas de Toledo.

Las viejas se regocijaron nerviosamente. Era costumbre que los ricos recompensasen a las comadronas cuando su labor concluía con éxito. Pero, en caso contrario, la mala fortuna de sus pacientes podía alcanzarlas a ellas.

–Tal vez estas mujeres puedan dar cuenta al doctor del problema que impide el nacimiento de mi hijo.

–Excusadme –le rogó Abraham mientras se apartaba un poco de Velázquez para hablar a solas con ellas. Llevaban noches enteras atendiendo a doña Isabel; tenían los ojos enrojecidos y las arrugas ahondadas por la fatiga. Eran hermanas: las señoras Cisco.

La mayor siempre llevaba la voz cantante. Se apoyó lastimosamente en el brazo de Abraham.

–Demasiado flaca. El señor Velázquez es un hombre muy grande, pero la señora está más delgada que una planta de alubias viviendo en pleno desierto.

–Muchas mujeres delgadas tienen hijos.

–Pero el niño viene atravesado –protestó la comadrona–. No se puede hacer pasar un carro atravesado por una puerta estrecha.

–¿Han intentado darle la vuelta?

–Tres días lo venimos haciendo.

–¿Y la abertura?

La comadrona estiró dos dedos, manteniéndolos muy juntos.

–No es ni siquiera una ventana, menos una puerta.

–¿Qué hizo hoy Ben Isaac?

–Hizo preguntas, como usted. Después consultó sus cartas de astrología y le dio a la señora una poción de aceite de girasol.

–¿Causó efecto?

–Se le puso la tripa más dura que una piedra. Después consiguió empujar con fuerza durante más de una hora. Ben Isaac intentó entonces colocar al niño, pero no logró nada. Luego volvió a consultar sus cartas y dijo al señor Velázquez que os mandara llamar, porque haríais una operación milagrosa que salvaría a la madre y a la criatura.

–Ben Isaac tiene mucha fe –contestó secamente Abraham. Sabía que todas aquellas cartas eran solo un truco teatral que Ben Isaac reservaba para sus pacientes ricos.

–Sí, doctor.

Abraham volvió al centro de la habitación, donde Velázquez lo esperaba con gran impaciencia.

–Han hecho todo lo que podían –le informó Abraham.

Velázquez miró a las hermanas comadronas como si fueran un par de perros callejeros a los que estuviese a punto de patear. Ellas se refugiaron en la sombras. Satisfecho de haberlas asustado, cogió a Abraham por el brazo y lo llevó hasta la cama. Sobre ella había un crucifijo de oro. La herida del costado del Señor estaba conformada por diminutos rubíes. Representaban un hilo de sangre brillante que descendía hasta el faldoncillo, hecho de oro. Sentada bajo el pequeño altar, asiendo la mano de la esposa de Juan Velázquez, había una anciana vestida de negro y cubierta con un velo. Era la madre de Isabel.

A pesar de las decenas de velas, las gruesas paredes de piedra absorbían la mayor parte de la luz. Abraham casi tuvo que subirse a la cama para distinguir el rostro de su paciente: doña Isabel Gana de Velázquez. Cuando se inclinó sobre ella, la presencia de su madre y de su marido desaparecieron de la mente del médico. Los ojos de Isabel eran grises y no reflejaban esperanza alguna. Su piel de marfil había adquirido un tono pardo y estaba cubierta de capas de sudor, tras los violentos esfuerzos. Los hoyuelos de sus mejillas se habían convertido en oscuras cavidades que presagiaban la muerte.

Abraham corrió las cortinas del dosel, encerrándose a solas con la enferma, *su* enferma. Sonrió, intentando infundirle seguridad. Pero, aunque los labios de ella se combaron, era imposible saber si le estaba devolviendo la sonrisa o simplemente hacía un gesto de rendición total.

–¿Puedo? Por favor, perdonadme –murmuró Abraham mientras retiraba la sábana que cubría el vientre de la señora Velázquez.

Lo primero que vio es que, sobre su ombligo hinchado, en la parte más elevada del cuerpo, habían puesto el ojo de un animal.

Sin duda era cosa de las comadronas. Creían que el ojo de una liebre, extraído en marzo y secado en pimienta, tenía el poder de hacer salir a los bebés difíciles de parir. Cada primavera cientos de conejos caían víctimas de esta superstición y agonizaban en las trampas preparadas por mujeres, en general mayores, que escalaban religiosamente las rocas a ambas orillas del río, intentando granjearse el suministro de ojos para el año siguiente. Estas mismas mujeres estaban convencidas de que, si una pareja encontraba impedimentos para concebir –y por lo tanto dejaba a las comadronas con un montón de inservibles ojos metidos en jarros de pimienta–, las partes íntimas de los cónyuges debían cubrirse con vello pubiano de lobo.

Abraham retiró el ojo de liebre de la blanca y tersa piel. Tantos meses en pimienta le habían dado un aspecto tan seco y siniestro que, con toda seguridad, el ojo asustaría y disuadiría de venir al mundo a cualquier niño lo bastante infortunado como para intuir su presencia al otro lado de las paredes del útero. Los músculos del vientre de Isabel se contrajeron, empujando al niño arriba y abajo, cual pelota que se resistiese a ser lanzada.

Abraham palpó la zona hinchada. El útero estaba distendido con la criatura dentro. Tal como habían anticipado las comadronas, el niño venía de lado, pero seguía vivo. Abraham lo sintió moverse bajo la palma de su mano.

Las cortinas del dosel se abrieron y Velázquez entró en el íntimo recinto.

–¿Practicaréis la operación?

–Es muy peligroso, no puedo asegurar llevarla a buen fin.

–Solo Dios hace milagros –afirmó Velázquez, en tono práctico, dando a entender que su hermano ya había cursado las solicitudes adecuadas.

–La paciente debe dar su consentimiento.

–Ella consiente.

Abraham miró a la señora de Velázquez. Asentía con la cabeza. Antes de que pudiese hablar, el dolor de una nueva contracción le hizo morderse los labios.

–Con la ayuda de Dios –anunció Abraham– lo intentaré.

Salieron del espacio entre las cortinas y el médico pidió agua hirviendo, un brasero de carbón, un hierro cauterizante, una botella de vino y abundantes paños limpios para enjuagar sangre.

–¿Aviso a un sacerdote?

La voz de Velázquez pasó súbitamente de ser la de un poderoso mercader a parecer la de un chiquillo asustado.

–Todavía no. El niño aún no está listo para el bautizo.

Mientras Velázquez ordenaba a las comadronas que trajesen lo necesario, Abraham acercó una mesita a la cama y, sobre ella, colocó cuidadosamente sus bisturís, todos ellos comprados en Montpellier, así como los fármacos preparados por Ben Isaac.

Abraham no tenía la menor idea de dónde conseguía el anciano sus pócimas. Pero Ben Isaac, con todas sus manías supersticiosas y su cínico sentido del humor, hacía los mejores calmantes, somníferos y remedios de Toledo. Y de buen grado se los suministraba a Abraham, a cambio de que este realizase los trabajos quirúrgicos que a él tanto le desagradaban.

Abraham vació un cuarto de un frasquito de polvos en un vaso de vino. Quería forzar a Isabel a dormirse lo bastante profundamente para que no sintiera dolor, pero sin excederse un ápice, ya que mucho anestésico mataría al feto.

–Por supuesto –le había confesado Ben Isaac–, yo mismo he probado todos los compuestos. –Y, sonriente, había añadido–: Pero prefiero el hachís, porque permite disfrutar de los sueños, permaneciendo consciente.

Había otra poción que Ben Isaac le había entregado a Abraham. Una que servía para que el paciente olvidase todo el dolor sufrido, aunque durante la operación realmente padeciese una auténtica agonía. El viejo doctor, que había aprendido su oficio atendiendo a los soldados de las guerras en los reinos del sur, le describió cómo había practicado una amputación, mientras el herido aullaba y suplicaba que no le cortasen la pierna, al son de la sierra seccionando el hueso.

Sin hacer preguntas, Isabel de Velázquez aceptó beberse el vino que le ofrecían. Debió ser una mujer muy hermosa cuando Velázquez la vio por primera vez, pero el presente trance había convertido su cara en la de una vieja y su cuello estaba arrugado tras tantos días de lucha con el dolor. ¿Por qué –se preguntaba a veces Abraham– algunos niños parecen probar el valor de sus madres, viniendo con los pies por delante, de nalgas o enroscados en posturas que nunca debieron inventarse? ¿No se dan cuenta de que su nacimiento conlleva peligro y agonía para ellas? ¿O quizás es este el verdadero pecado original de los niños: llegar como si nada a los brazos de una madre que ha pasado tormentos enormes para recibirlos?

–Ahora dormiréis –dijo Abraham suavemente–, pero durante la operación es posible que volváis a despertaros. Entonces yo os daré a beber más de este líquido y, en unos minutos, habremos acabado y vuestra criatura habrá nacido.

Comprobando primero que Velázquez no podía oírla, Isabel le indicó a Abraham que se aproximase a ella.

–¿Me dolerá?

–No –le aseguró él–. Os prometo que no os haré daño.

Pero, instantes más tarde, Isabel se encogió de miedo y cerró los ojos, porque el médico colocaba junto al lecho un brasero al rojo vivo.

–Empecemos.

Abraham tenía preparados en la mesita otros tres vasos de vino mezclado con las diferentes pócimas. Tan pronto como Velázquez cerró las cortinas tras él, le dio a beber a Isabel el segundo vaso. Ella apenas tuvo fuerzas para tragar. Abraham le acarició la garganta, presionando para asegurarse de que ingería el líquido. En la punta de los dedos, sintió el tacto cálido y aterciopelado de su piel.

Fuera de la vista de Isabel, la más joven de las hermanas Cisco trajo un canasto lleno de mantas, listo para el bebé. La mayor, simultáneamente, puso un hierro entre las brasas.

–Cuenta hasta diez –le había indicado Ben Isaac– y justo diez segundos después de darle el segundo vaso llegará el único momento idóneo que tendrás. Hazlo lo más rápido que seas capaz y toca todo lo menos posible. Tú sabes bien lo poco que te gustaría que alguien te tocase los órganos internos. Y, sobre todo, reza para que, en virtud de tu rapidez, tu Dios de los judíos te perdone por inmiscuirte en lo que él en persona se ha mostrado tan reacio a subsanar.

Abraham arrastró su mano desde la garganta hasta la boca de Isabel, y con delicadeza le abrió los labios. En la otra sujetaba el más grande de sus cuchillos. El vaho del aliento de la dama en su hoja, le indicó que estaba dormida. Cambió el cuchillo por un pequeño y afilado escalpelo de acero. Por un momento titubeó, preguntándose qué le ocurriría a él mismo si la operación fracasase. Luego apoyó la punta del escalpelo en el vientre de Isabel de Velázquez y todo lo demás abandonó su mente. En Montpellier había practicado varias veces esta operación, pero siempre con mujeres ya fallecidas.

La piel se rasgó. Una blanca y roja capa de carne se hizo visible bajo ella. Secando la sangre que manaba, Abraham introdujo el cuchillo en una fina capa de grasa, tersa como el mármol. Volvió a secar y seccionó el músculo de la barriga, hasta que el útero apareció. Mientras cogía otro paño para absorber la sangre, Isabel de Velázquez abrió los ojos.

–Dormid –murmuró Abraham. Y después se volvió hacia la señora de Gana, la madre de Isabel, que sostenía a su lado el siguiente vaso de vino–. Aún no. El niño todavía no se ha movido.

Abraham soltó el paño utilizado y volvió a cortar, esta vez más profundo. Ahora se produjo una contracción acompañada de un sonoro quejido de Isabel. Un borbotón de sangre salpicó el rostro y las ropas de Abraham. Tapó la herida, sopesando si debería haber sangrado a la parturienta por los tobillos, antes de comenzar la operación. Isabel gemía y su mandíbula estaba empezando a castañetear. Temblor de muerte, pensó Abraham, presa del pánico. De repente, entre la carne seccionada vio un atisbo de algo nuevo, algo retorcido y color escarlata. Sujetó los contornos de la incisión para agrandar la herida: era la oreja de un niño.

—Dadle el vino, señora.

Mientras la señora de Gana forzaba a su hija a tragárselo, Abraham conseguía tocar al niño. Estaba vivo, lo intuía, podía notarlo. Cuando sus manos rodearon el cuerpecillo, Isabel profirió un grito. Pero en ese momento las comadronas la sujetaban con firmeza mientras lloraban con ella. Lo primero que reconoció Abraham fueron los hombros del niño, escurridizos por la sangre de su madre y después, de repente, lo había liberado y lo elevaba del vientre materno hacia la luz de las velas.

—¡Está vivo! —exclamó la señora de Gana casi ahogándose—. ¡Isabel…!

Sin embargo, Isabel gemía tan alto que la voz de su madre se hizo inaudible.

El niño llegó completamente azul. Abraham lo palmeó y su primer aliento fue una tos entrecortada. Volvió a golpearlo en la espalda y, esta vez, el niño lloró, a gran volumen, con una tonalidad musical alta y colorida.

Lo colocó en su cestita. Con una mano seguía enjuagando sangre. En la otra sostenía el cordón umbilical, que todavía latía con fuerza.

—Ahora dadle ya el cuarto vaso de vino —ordenó el doctor Halevi.

Sintió una fiera alegría. En su mano el cordón pasaba de tener color azul a blanco. Y, mientras sus dedos volaban ágiles, primero atándolo dos veces y después cortando entre ambos nudos, supo que había realizado esa operación más rápido que nunca.

La menor de las comadronas cogió al niño y lo envolvió en mantillas. Su llanto llenaba la habitación como una música saltarina. Abraham se volvió hacia la señora de Velázquez y empezó a cerrarle la herida. Al momento se dio cuenta de que debería haber esperado a la placenta, pero justo cuando estaba maldiciendo su estupidez, el útero se contrajo gentilmente y la expulsó sin más complicaciones.

Abraham se inclinó hacia Isabel, al tiempo que la mayor de las hermanas Cisco sacaba el hierro candente.

–Todavía no –le susurró Abraham, pero ya era tarde para que Isabel no abriera los ojos y viese el metal al rojo vivo avanzando hacia ella. Una vez más, gritó. Y esta vez lo hizo tan fuerte que Juan Velázquez irrumpió corriendo en la alcoba.

Sin reparar en ello, Abraham procedió a coser la herida con el hilo que Ben Isaac le había proporcionado. Abraham Halevi era más veloz que cualquier costurera –solía bromear su profesor– y a cada par de puntos se detenía un instante para dar un suave masaje a la tripa de Isabel. A la vez, notaba cómo, milagrosamente, el útero continuaba contrayéndose de forma perfecta.

Pronto las capas internas estaban cosidas. Y, cuando lo estuvieron las externas, Abraham se encontró preparado para aplicar el hierro al rojo.

Con el alarido final de Isabel, un olor a carne quemada inundó toda la habitación.

«¡Eso es!», se dijo Abraham. Y ahora que todo había concluido los brazos empezaron a temblarle.

–Se pondrán bien los dos.

Usando hasta el último de los paños, limpió por fuera la herida. Volvió a palpar el vientre y notó que el útero se encogía y se iba haciendo más duro, un síntoma excelente. Pronto no sería más grande que un puño.

Cuando Isabel volvió a abrir los ojos, el niño ya estaba listo para serle ofrecido. Ella extendió débilmente los brazos y, con la ayuda de su madre, colocó al pequeño junto a su pecho. En ese momento el rostro de Isabel, como todos los rostros de las madres a las que Abraham había atendido, esbozó una sonrisa dulce, pero apacible.

–¿Por qué –le había preguntado Abraham a Ben Isaac en cierta ocasión– esa sonrisa es siempre tan contenida? ¿Acaso las madres temen mostrar su verdadera alegría ante un médico pagano?

–No –le contestó Ben Isaac–. Las mujeres de Toledo tienen todas la misma expresión, fruto de una excesiva contemplación de la Virgen.

Dicho esto, Ben Isaac fingió adoptar, él mismo, esa sonrisa leve, inofensiva y enigmática, mientras miraba hacia atrás para asegurarse de que nadie había oído su comentario, tan poco prudente y tan poco cristiano.

El recién nacido yacía tranquilo sobre el pecho de su madre y Abraham limpiaba sus bisturís. Carne y acero. Cada vez que cortaba la piel de alguien, seguía asustándose ante la posibilidad de matarlo. Anudó los cordeles que cerraban la bolsa de cuero de su instrumental y la guardó de nuevo en el bolsillo interior de su capa. Sabía que lo más seguro sería esperar en casa de Velázquez hasta el amanecer. Pero también que su propia madre no se dormiría hasta que él no hubiese regresado. Y, si pasaba la noche en vela, tardaría días en recuperarse, porque los dolores que padecía necesitaban una permanente cura de sueño.

La criatura era niño. Y llevaría –había anunciado con orgullo su padre– el nombre de su abuelo, Diego Carlos Rodrigo Velázquez. Mientras tanto, el nuevo Diego Velázquez apartaba satisfecho los labios del pezón de doña Isabel y se quedaba dormido. Durante esos momentos de punzante alegría, Abraham pensó que una madre y su hijo están atados para siempre, pero, sin embargo, ni siquiera los gruesos muros y las contraventanas de roble de la mansión de un rico comerciante podían garantizar la salud de esa relación.

El doctor Halevi aceptó el licor que Velázquez le ofreció y lo bebió de un trago.

Velázquez, sorprendido, se apresuró a rellenarle el vaso, inclinando su damajuana de fino cristal. Halevi repitió el trago. Y luego se recordó a sí mismo: «Cuidado, los judíos y los marranos no beben. Los comerciantes cristianos beben. Los campesinos beben. Los soldados beben mientras les hierve la sangre al son de las casas incendiadas, pero los marranos no beben nunca.»

El brandy le hizo sentir un ardiente lago en el estómago, que enviaba fogonazos a su sangre. En la piel notaba ahora una ligera quemazón, un recuerdo del riguroso sol de verano bajo el cual también habían madurado las uvas de ese licor.

—Sois hábil —le dijo Velázquez— y rápido. Exactamente como me dijeron que seríais. Volveréis mañana, para aseguraros de que mi señora se encuentra bien.

—Lo haré.

—¿Vivirá? —Velázquez dejó caer la pregunta en un tono que pretendía ser indiferente, de hombre a hombre, como si el rico mercader, que podía comprar el acceso a cualquier lecho con sábanas de seda, aunque no amara a su mujer, al menos la valorase en el momento de haber dado a luz. Quizá no se daba cuenta de lo afortunado que él mismo era de haber vivido para ver a su propio hijo, de haber vivido para contemplar que el hijo que ahora admiraba era suyo.

—Si Dios quiere, llegará a ser abuela.

—¿Vuestro Dios o el mío?

Abraham sonrió. El alcohol le hacía efecto, y también a Velázquez.

—Soy un marrano. Fui bautizado con la espada cuando era niño.

—Ser bautizado por la espada no es una experiencia grata.

—Muchas experiencias no son gratas.

—Pero vivís con vuestra madre en el barrio judío.

—Mi madre no tenía deseos de cambiar de aires.

—¿Vos tampoco?

—Yo solo era un niño —contestó Abraham—, difícilmente podía desear cambiar de aires.

Quedaba licor en su copa, pero no volvió a acercársela a los labios. Algunos marranos se valían de su conversión al cristianismo para evitar las restricciones impuestas a los judíos. Otros osaban ingresar en la Iglesia, utilizando su educación hebrea para convertirse en eruditos sacerdotes, incluso obispos, cuya especialidad consistía en convencer a los judíos reacios del error que cometían al negarse a reconocer a Cristo como el Mesías. Pero muchos marranos, como Abraham, se habían convertido a la fuerza y, como resultado, permanecían en tierra de nadie.

Sabía que Velázquez estaba sometiéndolo a examen. Y también sabía que, como en la mayoría de las pruebas que había tenido que vivir, había poco que ganar superándolas, mientras que fracasar supondría costes. Por ahora, no había fracasado.

—Es duro —observó Velázquez— ser marrano. No se tiene el consuelo de ser judío, pero sí los inconvenientes.

—En estos tiempos tan turbulentos, muchos soportan inconvenientes. Yo doy gracias por padecer inconvenientes ligeros.

—Deberíais haber estudiado diplomacia —apuntó Velázquez con énfasis— y no medicina. —Con ello daba a entender, como captó Abraham, que no estaba siendo en absoluto diplomático, sino descortés. El gran y acaudalado comerciante lo había invitado a su casa, permitiéndole salvar las vidas de su esposa y su heredero y dándole la oportunidad de encontrar amparo en él. En lugar de hacerlo, el ingrato se defendía. «Y seguiré defendiéndome combativamente —pensó Abraham—. ¡Que el mercader vaya a comprar conocimientos a otra parte!»

Dejó su copa sobre la mesa y se volvió hacia la cama. Isabel tenía los ojos cerrados. La manta que la cubría oscilaba al suave ritmo de su sueño. Introdujo la mano y palpó una vez más el sensible vientre. Después, mientras las comadronas lo observaban, retiró la ropa de cama e inspeccionó posibles hemorragias. Si la herida cerraba rápido y no subía la fiebre, Isabel pronto estaría sana. Pero ya no podría tener más hijos, porque, tras las incisiones en el útero, este nunca recobraba la suficiente fuerza para concebir sin acabar abriéndose como un pastel horneado en exceso. Ben Isaac, que le había enseñado los secretos de la operación, también le previno acerca de esto.

Recogió su capa y se la echó por los hombros. Era negra, como el sombrero de ala ancha que sostenía en la mano. En Montpellier se había ganado el derecho a vestir las prendas propias de los médicos.

Velázquez abrió las contraventanas. Los últimos vestigios de la noche aún envolvían la ciudad, esperando disolverse pronto.

—Mañana por la noche —dijo Abraham— vendré a visitar a vuestra esposa una vez que ya haya oscurecido.

—Aquí me encontraréis —contestó Velázquez extendiendo su mano para cerrar el trato. En su palma había un pañuelo de seda envolviendo doce monedas de oro. Abraham dejó que Velázquez se lo colocara entre los dedos y sintió su peso. El dinero significaba seguridad, libertad y también peligro; todo acuñado en un mismo material brillante. Lo guardó en un pliegue secreto de su capa, que estaba acolchado para que las piezas metálicas no tintinearan entre sí al caminar.

—Hasta mañana —se despidió Abraham.

—*Shalom!* —pronunció Velázquez—. Id en paz. —Colocó sus manos sobre los hombros de Abraham y apretó. Tenía la fuerza de un hombre poderoso—. Gracias —añadió—. Vos sois todo lo que Ben Isaac me prometió: valeroso, cortés y capaz. Estoy en deuda con la maravillosa ciencia que habéis traído de Francia.

A los pocos minutos, Abraham escalaba el muro que separaba los distintos barrios. Cuando llegó a lo alto, se quedó tumbado un instante, llenando sus pulmones con el aire de la noche.

¡Victoria completa!

Había entrado en la casa de Juan Velázquez, había abierto el vientre de la mujer más apreciada de Toledo, había extraído de él a un niño vivo…

El dulce tacto de la cabeza del pequeñuelo, el tibio calor de sus hombros y muchas otras sensaciones retornaron, y él las percibió en sus manos. Durante seis años había estado preparándose para aquel momento. Cuatro años como aprendiz de Ben Isaac, dos en la escuela de medicina de Montpellier y, mientras tanto, cada noche, repitiéndose a sí mismo: «Llegaré a ser médico cirujano y mi ciencia ayudará a destruir la superstición, el más grande de los nubarrones a cuya sombra he crecido, la más infame de las tierras que cubren las tumbas de todos mis predecesores en el conocimiento de la medicina.»

Sintiéndose avergonzado, como un adolescente que se deja llevar por su hilarante y ridículo orgullo, quiso subirse a la muralla y celebrar su triunfo a golpe de trompeta, para que Toledo entero se despertara con él.

En lugar de esto, como un hombre adulto que sella una alianza, se puso la mano en el pecho. Sintió su corazón latiendo fuerte, vivo; vivo a pesar de todos los que, con el espectro de la plaga todavía recorriendo Europa, le habían asegurado que ningún judío sobreviviría a un viaje de ida y vuelta entre Toledo y Montpellier.

Seis años había tardado en formarse dentro de él su sueño. El sueño de convertirse en un hombre nuevo para una nueva era. El sueño de ser un judío con la suficiente inteligencia y el suficiente conocimiento como para escapar del enclave, diminuto y vulnerable, en el que estaba destinado a vivir.

Ahora, con unos cuantos tajos de bisturí, sus ataduras se habían roto para siempre y comenzaba su gran viaje.

2

AL DÍA SIGUIENTE de haber contribuido con tanto éxito a traer al mundo al primogénito de Velázquez, Abraham Halevi paseaba alegre por el barrio judío. Había pasado la jornada atendiendo a otros pacientes, y todos le mostraron su admiración por el milagro que había llevado a cabo con la mujer del rico comerciante. Ahora Abraham esperaba la caída de la noche para acudir de nuevo a su casa, como había pactado. Horas antes, le había llegado una carta con el sello de Velázquez, acompañada de más monedas de oro. Con ella, el comerciante quería asegurarse de que su cita se cumpliera.

Aunque la calurosa tarde apenas había empezado a expirar, en las estrechas y sinuosas calles la luz anaranjada bañaba las fachadas de piedra y madera de las apelmazadas casas. A algunas les confería un color dorado, suave y vivo, como si la ciudad hubiese sido elevada al cielo. Otras ya estaban inmersas en las sombras de la noche. Se detuvo y miró al firmamento. La luna era visible, pero todavía aparecía difuminada. Oyó cómo se cerraban las ventanas por encima de su cabeza.

Al tiempo que la oscuridad se cernía sobre las casas, estas parecían hacerse más anchas y altas. A menudo las terceras y cuartas plantas de los edificios enfrentados estaban tan juntas que los vecinos podían charlar tranquilamente asomándose a ellas y hasta pasarse los platos; o, si estaban enemistados, podían tirarse recíprocamente la basura en sus respectivas cocinas.

Los sonidos y olores propios de la cena empezaron a llegarle. Como un animal enorme y anciano, Toledo comenzaba a acomodar sus rígidos huesos, adoptando, con una secuencia de crujidos y contorsiones, la postura de descanso.

Un animal, pensó Abraham, en cuya piel rugosa habitaban multitud de parásitos, colonias que habían establecido sus territorios en zonas recónditas de ese ser a las cuales su mente había dejado de prestar atención hacía siglos.

Y aunque, milenios antes, el animal había estirado y tensado su cuerpo como una bailarina joven y enérgica, ahora se asemejaba más a una viuda entristecida y tan afectada por el paso del tiempo que sus joyas se habían convertido en piedras sin brillo. Hasta sus recuerdos eran ahora de piedra. Como el pelo que brota en las grandes orejas de los ancianos, la hierba salvaje invadía los recodos de Toledo. Y se oían sonidos que el cerebro de sus ancestros nunca tuvo que procesar. Pero hoy el cerebro del animal no era más que una tétrica cavidad tan llena de sueños rotos, horas rememoradas, lagunas extrañas y gloriosas, que ya no se daba cuenta de que su misión era dirigir el organismo. Había caído en un sopor continuo que acabaría llevándolo a la eternidad.

Pero Abraham sabía que, a pesar de todo, en la ciudad de Toledo reinaba la paz. «¿Y por qué iba a ser de otro modo? –pensó–. ¿Acaso había otro lugar en España donde los judíos conociesen tanta prosperidad?» Tanto los hombres como las mujeres llevaban ropas importadas de países cuyos nombres hacían que a uno se le trabase la lengua. En la propia calle en la que ahora se encontraba, lucía la más moderna y ornada sinagoga de España: la sinagoga del Tránsito; un regalo hecho por el acaudalado Samuel Halevi a los judíos toledanos, con el permiso del mismo rey que había prohibido la construcción de sinagogas en cualquier otro lugar de su reino.

A través de sus elevadas ventanas con forma de diamante y cubiertas con un dibujo de carísimo cristal italiano, Abraham oyó unos cánticos llenos de vigor. Se paró en la plaza a escucharlos. Supo que dentro había hombres de cierta edad, con sus cuellos adornados por los pañuelos de oración, moviéndose rítmicamente adelante y atrás, mientras entonaban salmos cuyas letras habían memorizado hacía mucho tiempo y sobre cuyo significado se pasaban la vida entera discutiendo.

Abraham había oído estas oraciones cientos de veces sin prestarles mucha atención. Pero, esta noche, obedeciendo un repentino y desconocido impulso, subió a gran velocidad la escalinata del templo y empujó sus portones.

En las esquinas vio candelabros que producían parches de luz amarillenta en los techos artesonados. En la parte del fondo del edificio había un *hazzan,* un cantante cuya voz marcaba el ritmo de las plegarias. Estaba inclinado sobre su libro de oraciones. Daba la espalda a la congregación, que en ese momento se componía de un par de docenas de hombres diseminados en un espacio que fácilmente podría acoger a varios cientos.

Abraham cerró la puerta tras de sí.

La suave ráfaga de viento meció las llamas de las velas, proyectando su luz y sus sombras por el techo y las paredes. Pero ni uno solo de los hombres se volvió. Mientras se encaminaba hacia un banco, notó un ligero olor a moho, como si, incluso en un templo tan nuevo, la piel de los ancianos oliera a antepasado. Encontró en el banco un misal de uso público. Él era un converso y, por tanto, no había acudido a la escuela judía. Pero residir en el barrio y estudiar medicina le habían forzado a hablar hebreo con fluidez; y había oído tantas veces esas oraciones que le resultaban tan familiares como los más populares cantares de juglaría.

Al principio no se sumó a los salmos, pero dejó que estos le penetrasen, y la capa sobre sus hombros pareció pesarle más.

El *hazzan* cantaba con una voz alta y plañidera, en la delgada frontera entre la belleza y la excesiva autocompasión.

Abraham estaba a punto de unirse al coro cuando divisó a Gabriela Hasdai en el balcón reservado para las mujeres, tres o cuatro metros por encima de los bancos donde rezaban los hombres.

Antes de irse a Montpellier, había vivido con ella una escena lacrimosa en la que le explicó por qué debía arriesgar su vida y perseguir su sueño dondequiera que le llevase. Pero durante toda su estancia en esa ciudad, solo había escrito a Gabriela una vez y, desde su regreso a Toledo, no le había enviado mensaje alguno, ni había ido a visitarla. Ahora sentía que el corazón le daba un vuelco. ¿Miedo? ¿Amor renaciendo? Sí, quería a Gabriela Hasdai, pero a la pregunta de si como a una hermana o como a una esposa, Abraham no sabía contestar.

La miró fijamente a los ojos durante un instante e, inmediatamente, temiendo que su propio rostro reflejara lo que estaba pensando, volvió a concentrarse en el libro de plegarias. Su voz, silbante cuando hablaba español, adquiría un tono gutural cuando lo hacía en hebreo. Los sucesos de su infancia quedaban lejos, pero la lengua hebrea de los profetas de Dios permanecía enterrada en su cerebro y en la tierra. Intentó imaginarse cómo sería la vida en Israel cuatro mil años antes: un desierto meridional, quizá parecido a las tierras áridas de Córdoba. Viejos fanáticos, con la piel tan curtida que se quebraba, saliendo de las cuevas a las blancas y ardientes arenas, suplicando a Dios una señal.

Pero cuando esa señal se les concedía, se preguntaba siempre Abraham, ¿se curaban sus labios cortados por el viento? ¿Se tersaba su piel envejecida, se rejuvenecían sus caras, se tornaban sus cabellos largos y brillantes, se blanqueaban sus dientes, sus túnicas y sus ornamentos? ¿O seguían siendo lo que eran, aunque un poco deslumbrados por haber sentido la fuerza de la voz de Dios corriendo por sus venas, y se conformaban con permanecer dispuestos a esperar otros veinte años hasta el siguiente breve encuentro o señal?

Las letras de las oraciones se precipitaron por su boca como los arroyuelos por la ladera de una montaña. Ahora todas las voces resonaban juntas, como un gran corazón latiendo en el interior de la sinagoga; mientras el corazón de Dios velaba arriba, sus adoradores de aquí abajo celebraban que el beso divino les hubiese sido concedido a ellos y se creían su pueblo elegido.

–¡Escuchad! –gritó alguien de repente. Los cánticos continuaron.

–¡Escuchad! –volvió a gritar el desconocido.

Esta vez, todos los hombres, incluido Joshua, el *hazzan* de voz de mosquito, pararon de cantar y miraron hacia la puerta.

Un hombre bajito y con capucha estaba allí plantado con los brazos abiertos. Resoplaba por los esfuerzos del viaje. Tras él, en el patio de la sinagoga, se había reunido una docena de niños, tal vez esperando ver qué haría el airado profanador del templo.

Iba vestido a la manera del sur: túnica con capucha y de color claro, sobre un blusón blanco; capa roja y raída colgándole del hombro; leotardos amplios metidos por dentro de unas botas sucias y muy gastadas. Estaba empapado de sudor. Bajo los sobacos tenía dos grandes manchas húmedas. En el pecho lucía otra mancha no menos pequeña.

–Está prohibido interrumpir la celebración sin permiso –dijo finalmente Joshua.

El visitante se echó hacia atrás la capucha. ¡Antonio Espinosa! Aunque había poca luz, Abraham reconoció a su primo al primer instante.

–En Sevilla –comenzó a decir Antonio Espinosa–. Lo que os relato ocurrió en Sevilla. Entraron en la judería por la puerta de San Nicolás. A la cabeza iba Fernando Martínez y tras él apareció Rodrigo Velázquez. Los acompañaban dos mil hombres. –Espinosa declamaba en un tono monocorde, como un buen estudiante que recita textos aprendidos de memoria. Al hablar no miraba a ninguno de los presentes, sino al arco frontal de la sinagoga–. Les oímos llegar y cerramos las puertas, pero habían traído arietes y maderos para forzarlas. Durante dos horas las puertas resistieron y nosotros esperamos que la guardia real viniera a socorrernos. Cuando las puertas cedieron, el primero en entrar fue el arzobispo, portando una cruz.

Sus huestes se precipitaron tras él, furiosas por las horas que llevaban aguardando.

»Algunos de los nuestros fueron asesinados en sus casas; otros en las calles. A todos nos fueron ofrecidas la supervivencia y la libertad a cambio de la conversión. Ninguno accedimos, aunque el arzobispo alzaba la cruz frente a todo hombre antes de que le dieran muerte, concediéndole una última oportunidad. El proceso duró mucho. Luego la turba decidió agruparnos como al ganado en los jardines de Murillo.

»Mientras estábamos allí, escuchando los sermones de Martínez y Velázquez, oímos cómo el gentío mataba a los que atrapaba en sus casas, buscando robarles el oro y las joyas. Cuando acabaron con ellos, vinieron a los jardines a matarnos a nosotros. Éramos al menos mil, incluyendo mujeres y niños.

Su mirada seguía fija en el altar, pero su voz calló. Entonces Joshua empezó a entonar cantos de exequias. Su voz seca y ondulante volvió a resonar en el ornado recinto.

–Ocurrió hace dos semanas –añadió Antonio–. De toda la judería solo escapamos cuatro. Cada uno pregonamos la noticia a uno de los cuatro vientos.

–¿Y los demás? –preguntó Samuel Abrabanel, el autoproclamado rabino jefe de Toledo–. ¿Qué sucedió con los demás supervivientes? ¿Quién se ocupa de ayudarlos?

–No hubo más supervivientes.

–¿No hubo conversos? –insistió Abrabanel.

–¡Ninguno!

–Quizá se convirtieron después de que tú escaparas.

–Si las cabezas cortadas y ensartadas en picas pueden convertirse, entonces quizá lo hicieron. Si los niños partidos en dos pueden ser recompuestos por el Dios de los cristianos, quizá. Si los corazones arrancados del pecho pueden aprender a amar a un Dios diferente, quizá aprendieron a amar al Dios del arzobispo. Si los cuerpos, heridos de muerte, hacinados en pilas y quemados para que su hedor inundase la comarca, pueden ver a Cristo entre las llamas, quizá resucitaron a una nueva fe.

Pero, sin contar con estos milagros, o con otros para los que mi lengua todavía no conoce nombre, nadie se convirtió.

Antonio Espinosa permaneció callado unos instantes. Y luego, lentamente, se quitó la túnica y abrió su blusón. Grabada en su pecho, al rojo vivo, tenía una gran cruz.

–Me dijeron –continuó contando sin apenas voz– que como favor especial me harían esto antes de matarme; porque esta era la señal de los verdaderos buscadores de Dios y, al verla, tal vez san Pedro se apiadaría del alma de un judío –se cerró el blusón y volvió a ponerse la túnica–. Perdonadme por haberme desnudado en la casa de Dios; y por haber interrumpido la celebración sagrada. Pero no ignoréis lo que ha sucedido en Sevilla, porque no hay ciudad en Castilla ni Aragón donde las cosas vayan a ser de otra forma.

Y entonces, tan repentinamente como había aparecido, Antonio Espinosa salió de la sinagoga. En cuanto estuvo fuera, echó a correr por la plaza como un poseso y se perdió entre la maraña de callejuelas del barrio judío.

A los pocos minutos, todo el mundo se reunía en la plaza. Los rumores se habían esparcido rápidamente. Hasta el último judío del sur –se decía ahora– había sido quemado. Muchedumbres armadas, compuestas por centenares de miles de personas –se aseguraba– marchaban por el país en una nueva cruzada.

Abraham se quedó un tiempo observando a la gente desde una cierta distancia. Notó que el cielo se había tornado negro. E inmediatamente emprendió la marcha, a paso decidido, hacia el barrio cristiano y la casa de Juan Velázquez.

3

LA FACHADA DE la casa de Meir Espinosa estaba hecha de piedras cuadrangulares. Sobresalía junto a un embarrado callejón y tenía una gran puerta de madera reforzada con hierro. Construida en varias plantas, aparecía coronada por una cubierta de tejas rojo anaranjado.

Por la noche, sus ventanas apenas podían distinguirse y ningún paseante percibía ni siquiera el menor atisbo de luz a través de sus ranuras.

–Deben permanecer cerradas –dijo Alfredo Meir Espinosa– para que en nuestra casa no puedan entrar los espíritus de los muertos.

–No seas supersticioso –le recriminó Abraham–. Los espíritus de los muertos con seguridad tienen ambiciones más altas que rondar a la pobre gente de Toledo.

–Hay otros espíritus –insistió Meir–, los espíritus de los monstruos que no consiguen encarnarse en este mundo. Y estos tienen tantos celos que pueden envenenar el corazón y la sangre de los vivos. Mi propia madre murió después de dejarse una noche la ventana abierta.

–Tenía noventa y seis años –apuntó Abraham– y, de todos modos, si lo consideras tan peligroso, ¿por qué sales de noche?

–Siempre llevo un amuleto.

–Una zarpa de lobo –señaló Abraham riendo–. Yo pensaba que creías en la ciencia.

–Creo en la ciencia –aseguró Meir–. Creo en todo.

47

La noche en que Toledo supo de la masacre en Sevilla, Ester Espinosa de Halevi la pasó en casa de sus familiares, enfrentándose con sus propios y amargos recuerdos.

En la habitación contigua, oía los desconsolados lamentos de su cuñada Vera, esposa de su hermano Meir. Su hijo Antonio Espinosa había ido a Sevilla a visitar a sus abuelos. Él había escapado, pero ellos perecieron.

Durante horas, la familia lloró a coro su marcha. Luego Ester se retiró a su alcoba para esperar a Abraham.

Aunque su hijo ya tenía veintiún años, ella sabía que el lazo que había entre ellos seguía siendo tan fuerte como siempre. A veces era algo que le proporcionaba dolor en vez de amor, pero su relación nunca se interrumpía. Aunque perdiese a su hijo, seguiría sin interrumpirse. Únicamente dejaría de reportarle cariño y preocupaciones continuas y sería la causa de una desesperación y una pena constantes.

Mientras su cuñada lloraba rompiéndole el corazón, Ester era incapaz de percibir la dulzura de aquella noche veraniega. Un antepasado de su padre fue el abuelo de Samuel Halevi, pero otro había sido poeta, célebre por sus versos a la bondad y belleza de noches como esa. Ester siempre pensó que Judá Halevi debió ser un iluso que perdía el tiempo componiendo frases tontas sobre el tiempo. Ahora no estaba del todo segura.

Ya había pasado la medianoche, pero el calor del sol aún persistía en el ambiente. Recordó el olor de Toledo cierta noche, veinte años antes, e imaginó que esa noche olería igual en Sevilla. El humo de la madera y el de la carne humana se mezclarían formando una atmósfera acre y nauseabunda que penetraría en las casas saqueadas, oxidándose en las esquinas de las habitaciones vacías como un triste eco de las voces de quienes en otro tiempo las ocuparon.

Pero ahora su casa no estaba vacía. Al otro lado de la pared, en el dormitorio de su hermano y su cuñada, seguían sonando llantos, atemperados de vez en cuando por las observaciones que su hermano hacía con su voz ronca. Pronto los rollizos cuerpos de sus parientes caerían en la cama, rendidos de cansancio. En otros momentos, cuando practicaban el rito matrimonial, el peso de los cónyuges hacía que las correas que sujetaban el colchón chirriasen como una enorme familia de roedores aterrorizados.

Tampoco las casas de Sevilla permanecerían vacías mucho tiempo. En una semana, los primos de la ciudad de los campesinos que las habían quemado y desvalijado se instalarían en ellas, incorporando a sus vidas lo que quedase en pie del vecindario judío. Así había sucedido en Toledo tras la noche del terror.

Notó el suave chasquido de la puerta de entrada al abrirse. El ruido de los pasos de Abraham subiendo por la escalera le sonó como si su propio cuerpo volviese a casa y se reencontrase a sí mismo.

–¡Todavía no te has acostado!

–No es noche de dormir.

–Me habría gustado venir antes, pero tenía que visitar a una paciente.

–¡Qué médico más abnegado! –observó Ester con sarcasmo. Su hijo estaba de espaldas, quitándose la capa, pero ella vio cómo los músculos del cuello se le tensaban al oír sus palabras.

Abraham se volvió para mirarla. La felicidad que ella había sentido por su vuelta se transformó en irritación contra sí misma por tener una lengua tan larga y estúpida, y también contra él, por reaccionar de forma tan rápida.

–Lo siento –dijo Ester–. Pero, de todas las noches, ¿tenía que ser esta cuando fueras a la ciudad?

Él asintió. Ella percibió que un atisbo de culpa ensombrecía por un instante el rostro de su hijo; otra noche dedicada al servicio de sus pacientes cristianos, ¡como si valiera la pena comprar algo con el dinero que le daban!

–Ya, total, podías haber pasado la noche allí. Es peligroso venir tarde a casa.

—Quería verte.

—Antonio ha estado aquí —siguió Ester—. Te vio en la sinagoga. Se quedó esperándote, pero finalmente dijo que tenía que ir a reunirse con los otros hombres.

—¿Cómo está?

Ella se encogió de hombros. Antonio llevaba dos años anticipando que ataques así se producirían. Ahora estaba dominado por la violencia y la ira.

—¿Y tú —preguntó finalmente Abraham—, cómo estás tú esta noche?

Su tono era suave y ella sintió que podría alimentarse de él como si fuera pura miel.

—No demasiado bien —contestó humildemente.

Sus ojos se posaron en la cara de Abraham. Había momentos en los que él hacía honor a su apodo, el Gato.

—Voy a esperar a que Antonio regrese —anunció Abraham—, pero tú debes irte a dormir ya.

—No estoy cansada.

—Es mejor que duermas —dijo Abraham con voz suplicante—. Déjame darte un vaso de vino.

—Puedo dormir sin él.

—Claro que puedes.

—De acuerdo, un vaso pequeño.

Mientras Abraham iba a por él, Ester sintió que se despertaba en ella una inquietud que había permanecido latente durante toda la noche. Siempre se sentía así cuando se aproximaba el vino. Un repentino encogimiento en el estómago denotaba que llevaba toda la velada esperando ese vaso. Y no era solo por el vino, naturalmente, sino por las pócimas que su hijo echaba en él.

Procedían de Ben Isaac y, como todos sus productos, tenían dos caras. Al pensar en el anciano, Ester vio claramente su rostro. La barba, que hacía solo veinte años era negra, hoy se había convertido en lana blanca. Las suaves líneas que antes contorneaban sus mejillas, eran ahora trincheras profundamente excavadas. Sus labios se habían hecho más finos, y permanecían quietos cuando, en otro tiempo, habían vibrado con las risas. Sus ojos castaños, que solían observar curiosos a todo aquello que se moviera, habían oscurecido y solo se iluminaban desde dentro. Como el rabino al que Ester había preguntado un día acerca de la esperanza, Ben Isaac solo creía en Dios de un modo primitivo y pagano. Pero en lugar de sentirse vacío y asustado, estaba lleno de ese desierto del cual había sido arrancado de niño. Los sueños sobre la vida que nunca vivió se habían convertido en una cárcel que lo mantenía cautivo noche y día.

Sin embargo, siempre había ayudado a Abraham. Y cuando su hijo se fue a Montpellier, Ben Isaac volvió con Ester por un tiempo.

Abrió los ojos. En la mano sostenía un vaso vacío. Casi siempre ocurría del mismo modo. Con el primer sorbo de vino le sobrevenía un repentino apagón que duraba una hora. Luego se despertaba. Así actuaba la pócima, le había explicado Abraham. Pero ella sabía que los apagones conllevaban siempre algo más: un recuerdo de aquella mañana en la que se había despertado para encontrarse de improviso en los brazos de su marido muerto.

Solo una vela permanecía encendida en la habitación. Meir roncaba en la estancia contigua. ¡Si supiera cuánto se parecía a un burro cuando dormía!

Frente a ella, Abraham seguía sentado, esperando a Antonio. La débil luz coloreaba su rostro en oro. Con su cuidada barba negra, sus mejillas todavía hundidas por el viaje y sus gruesos labios combados, parecía una de esas esbeltas y elegantes estatuas de Cristo que los cristianos compraban de tan buena gana en los mercados. De hecho, contemplando la cara de ese hombre, Ester se sintió de pronto incapaz de recordarlo como un bebé. Este era, supo decirse, otro de los trucos de la pócima. Unas noches te hacía olvidar el pasado y otras te hacía recrearlo con un suave halo sentimental.

–Hoy vino la adivina –dijo.

Enseguida el rostro de Abraham se volvió hacia ella. La vela se reflejaba en sus pupilas; su brillo hizo pensar a Ester que su singular hijo estaba tan blindado por dentro que hasta sus ojos eran como los muros de una ciudad fortificada.

–¿Quieres saber lo que dijo? –Él asintió con la mirada–. Dijo que esta semana conocerías a la mujer digna de ti.

–¿Y quién podría ser?

–No quiso dar a entender –Ester se encontró a sí misma justificándose– que tú seas especialmente difícil de emparejar, sino que se necesita una mujer de mucha valía para sacarte del fango.

Dicho esto, notó que los labios le vibraban tras haberse atrevido a pronunciar esas palabras. Exactamente igual que le habían vibrado los oídos cuando Meir le refirió que Abraham había practicado una operación quirúrgica en el barrio cristiano y, después, aligerado sus tensiones en un burdel de la feria.

–Gabriela Hasdai te ha enviado un recado –continuó diciéndole a su hijo–. Dice que le gustaría verte mañana por la tarde –ahora la voz de Ester tenía un tono nuevo, un tono casi de victoria–. Gabriela es una mujer muy deseable para cualquiera –añadió.

–Ciertamente lo es –coincidió Abraham–, aunque tú no lo creías así antes.

–También las madres pueden cambiar de idea alguna vez. Veo en Gabriela a una chica que ya debería estar casada.

–Sí, ya es hora de que se case –refrendó Abraham–. Tiene veintiún años.

–Para ti también es hora. Hace más de ocho que eres hombre según nuestras costumbres.

–Estuve mucho tiempo fuera estudiando medicina y todavía debo completar nuevos estudios.

–Algún día lo harás –sentenció Ester de Halevi–. Pero, mientras tanto, tal vez deberías formar una familia. Hay cosas peores que casarse con Gabriela.

–Valiente forma de plantearlo –contestó él con hastío.

–Es muy guapa y muy de fiar.

Abraham guardó silencio.

–¿Oyes lo que te digo?

Ester se acercó a la mesa y rellenó su vaso. Beber en exceso era pecado, lo sabía. Pero también sabía que vendrían noches en las que no habría ni vino ni pócimas, y entonces tendría la oportunidad de felicitarse a sí misma por no pecar. Por el momento, las pócimas eran como el propio hombre que las preparaba, Ben Isaac: le hacían mirar hacia adentro y arder la sangre. Donde antes había sentido tan solo miedo al vacío, ahora había una cálida llama. En semejante estado, una vez Ester le había dicho a Meir:

–¿No está escrito en el *Zohar* que Dios se oculta a nuestras mentes pero se revela a nuestros corazones?

–El *Zohar* –había bramado Meir– está redactado por herejes cabalistas e idióticos. Deberían fustigarlos.

–Léelo, Meir –le había urgido su mujer, Vera, que era más tímida que un pajarillo y llevaba el cabello gris en trencitas anudadas bajo la barbilla. Había dado a luz a Antonio entre tales gritos de felicidad que el barrio entero siguió el acontecimiento.

–¿Dónde lo has conseguido?

–Abraham me dio un ejemplar.

–¡Abraham! –había exclamado Meir con sarcasmo–. Abraham, el gran hombre de ciencia, el gran hombre nuevo para una nueva era, el judío que tiene reparos en entrar en la sinagoga.

Ester tomó un poco más de vino. Hacía apenas unos segundos pensaba en el poder de Dios para iluminar su corazón y ahora se dedicaba a recordar grotescas discusiones que habían tenido lugar a la hora de la cena. Solamente la llegada de Antonio había impedido que Meir, tras un soliloquio sobre el valor del sufrimiento y la resignación, hubiese vuelto a preguntarle a Ester por qué no había echado a su hijo converso, a su *marrano*, fuera de su casa. Así, aunque siguiera sin proporcionarle paz alguna, ese hijo díscolo al menos le dejaría disfrutar de intimidad.

Ester se levantó de la silla. Vio que Abraham la estaba mirando, pero supo que no pronunciaría palabra. Y entonces retornó, lenta y aturdida, hacia la alcoba en la que estaba su cama. Por última vez echó una mirada a su hijo, que intentaba taponar sus propias heridas. La luz de la vela oscilaba en la noche estival. Cuando era niña, había vivido muchas noches como esa, en las que ella y sus amigos, tanto niños como niñas, se habían escapado al Tajo, para bañarse desnudos en el plateado río. A la luz de la luna, sus cuerpos habían brillado como espíritus blancos. Ester agarró las gruesas cortinas de su alcoba y las corrió.

4

CUANDO SU MADRE le reprochaba algo, Abraham se hundía en los almohadones de su asiento. Le hacía sentirse tenso, como si el estómago se le cerrara ante el pinchazo de uno de sus afilados bisturís de acero. Ella estaba aquejada –había diagnosticado Ben Isaac– de una enfermedad nerviosa que le producía tanto insomnio como ataques de apatía o letargo. Durante estos últimos caía prisionera de una insufrible debilidad. Lo único que podía hacer era permanecer sentada como un jadeante vegetal que intenta cruzar el abismo entre una pequeña inhalación de aire y la siguiente.

De acuerdo con Ben Isaac, cada pocos meses, las pócimas ingeridas por Ester Espinosa de Halevi se acumulaban en su organismo hasta el punto de provocarle casi la muerte. Entonces se las retiraban y ella pasaba una semana sin dormir, en una especie de coma, hasta que su organismo estaba lo bastante limpio para ser drogado nuevamente.

–Durante uno de esos comas –avisó Isaac– tu madre morirá. –Abraham permaneció en silencio cuando oyó esto–. Lo sentirá por ti, que eres su hijo, pero, aparte de eso, estará agradecida de dejar este mundo.

Ahora, a través de las gruesas cortinas, Abraham oía la respiración ronca de su madre durmiendo. En Montpellier le asaltaba el temor de que muriese en su ausencia, preguntándose en su lecho de muerte por qué su hijo no estaba con ella para desearle lo mejor en el más allá. Pero, a su vuelta, la había encontrado como siempre: a veces con la energía de una jovencita y a veces tan llena de achaques como una anciana de más de cien años.

Se preguntó qué pensaría si supiera lo que se cruzó por su mente al ver a Gabriela en la sinagoga. Porque, como si la adivina hubiera escrutado su corazón, Abraham se había pasado la tarde comparando a Gabriela con la portuguesa que había conocido en el burdel de la feria. Y aunque había llegado a la conclusión de que Gabriela era más hermosa y, por supuesto, más apropiada para una boda, su corazón se heló ante la perspectiva de cumplir la promesa que le había hecho años antes respecto a casarse con ella y formar una familia.

La imagen de Gabriela, la visión de la noche en que él le dijo que se iba a Montpellier y el recuerdo de la promesa que le había hecho, buscando acallar sus lágrimas, hicieron que el estómago se le contrajera aún más.

Incómodo en los cojines, se puso de pie y se estiró. Las velas proyectaron en la pared la sombra de sus largos brazos. Mientras sus hombros y su columna volvían a su sitio con algún ligero crujido, oyó que su madre hablaba, protestaba, en sueños. Y luego, cuando su respiración volvió a normalizarse, oyó ruido en las escaleras.

Antes de que pudiera volverse, Antonio entraba en la habitación y lo abrazaba.

–¡Tan enfermizo como siempre! Abraham rio de buena gana.

–Nosotros los enfermizos vivimos mucho tiempo.

–¿Estás bien? –le preguntó Antonio—. Dime que estás bien de verdad.

–Lo estoy. ¿Y tú? –dijo él–. Aunque no necesito preguntártelo. Te vi en la sinagoga. Esas heridas habrían matado a cualquier otro.

Ahora fue Antonio quien rio.

–Moriré cuando esté listo, ni un momento antes. Y ahora busca un poco de vino y bajemos al río a contarnos cosas, como hacíamos en los buenos tiempos.

Salieron a la calle. La noche ya había envuelto a Toledo con su oscuridad. Pero cuando llegaron al río, los ojos de Abraham se habían adaptado a ella. La luna, que poco antes era un pálido semicírculo en el crepúsculo, relucía ahora como la plata, confiriendo al cielo que la rodeaba un brillo de terciopelo.

En cuclillas junto al río, Abraham observó el precipicio de rocas que subía hasta la muralla de treinta metros. Era difícil imaginar que alguna vez alguien pudiera haberlas hecho ceder en un ataque. Sin embargo, las murallas de Toledo, orgullo de los propios romanos, eran como una mujer que se deja cortejar fácilmente. Habían cedido ante incontables presiones, no solo de ejércitos bien organizados, sino también de turbas descontroladas y airadas. En la noche del terror, el mobiliario de los judíos había sido lanzado por las ventanas para ser incendiado en plena calle. Y al calor de las hogueras los gritos de los asesinos y de sus víctimas se habían mezclado con el alarido salvaje de la bestia.

¿Cuántos murieron? La leyenda decía que diez mil. Algunos de los cuerpos fueron enterrados, otros arrastrados hasta el río y quemados. De pequeños, Abraham y sus amigos se escapaban al río para jugar con los esqueletos abandonados entre los arbustos de las orillas. Pequeños montones de huesos –caderas, fémures, manos enteras con sus sofisticadas estructuras– se conservaban en este improvisado museo.

La primeras prácticas médicas de Abraham consistieron en armar estos mismos esqueletos. Chirriantes y abombadas articulaciones que había que encajar en cavidades en las cuales no entraban fácilmente. Brazos, piernas y –lo más difícil de todo– cajas torácicas sin romper, que había que encontrar entre los restos de los cojos, los contrahechos y los masacrados, para componer el esqueleto completo de un individuo. Las costillas y las calaveras eran las piezas más preciadas y más difíciles de reunir, pues muchas tenían enormes cráteres producidos por mazas y puños de hierro, y otras presentaban grandes fracturas allí donde había entrado la lanza o la espada.

Cuellos rotos por las horcas, cuerpos descuartizados... Las atrocidades cometidas superaban las descripciones más siniestras y hacían posible que la imaginación de los niños creara la pesadilla más atroz.

Aquellos niños mantenían en el más estricto secreto tanto sus conversaciones sobre la noche trágica como la existencia de ese cementerio donde practicaban sus juegos. Pero, finalmente, los adultos descubrieron sus andanzas. Y una noche, como por arte de magia, todos los huesos desaparecieron. Ningún niño supo nunca quién se los había llevado.

La respuesta le llegó a Abraham en sueños. Y la compartió con mucha seriedad con sus compañeros: una noche, mientras dormían, la bestia se había despertado hambrienta, y había descubierto todos esos huesos todavía sin engullir a orillas del río. De un solo y perezoso bocado, se los había zampado. Apenas le llevó un instante masticar todos aquellos hombres y mujeres con sus gigantescos dientes podridos. Los huesos de los niños se los tragaba sin ni siquiera notarlos, porque eran tan tiernos y delicados como los de cachorro de gato. Así acabó la bestia con las últimas pruebas de la noche del terror. Se había tragado los restos de un universo de seres que en otro tiempo habían reído, cantado, rezado, comido. Se los había tragado con tal desdén y felicidad que aquellos niños que siempre habían escuchado sin derramar ni una sola lágrima incluso el más extenso y descarnado relato de aquellos hechos rompieron a llorar al mismo tiempo con gran amargura por la pérdida de sus mayores y de su museo de huesos. Sentían que se los habían robado para siempre.

–Este vino sabe dulce –dijo Abraham–. Nunca creí que volvería a probar el vino de Toledo, ni que volvería a estar contigo a orillas del Tajo.

Se encontraban en un descampado, donde el río caía por una serie de pequeñas cascadas rocosas. Acompañando el trino de los pájaros nocturnos que cazaban entre los árboles alineados en las márgenes y por la superficie del agua, resonaba la música serena e interminable del borboteo del agua.

En el cambiante espejo de las aguas se reflejaba la luna. En la rivera de enfrente latía el gigantesco corazón de la feria que visitaba Toledo cada mes de agosto. Miles de personas acampaban en aquella extensa llanura. Pero Abraham, sentado junto a Antonio y dejándose llevar por las sensaciones y el momento, lo que gradualmente oía más y más alto era el latido de su propio corazón y el sonido de su respiración en paz, mientras su cuerpo se sentía cada instante más cómodo en la acogedora hierba de las orillas del río de su ciudad natal.

Se volvió hacia Antonio y vio que estaba sacando una bolsa de cuero que él conocía bien, desde muchos años antes de emprender viaje a Montpellier. Antonio extrajo de ella su pipa de barro y unas piedrecillas de pedernal. Con un hábil y entrenado giro de muñeca chasqueó las piedras y encendió el hachís con el que había llenado la pipa, al modo en que Ben Isaac le había enseñado. Inhaló el humo mediante rápidas succiones antes de pasarle la pipa a Abraham. Por primera vez en dos años, probó el acre sabor de esas partículas que ahora entraban en sus pulmones con poder embriagador. Un poder ante el cual había visto sucumbir a su anciano maestro. Entonces la garganta comenzó a arderle y tosió expulsando el cálido humo al aire de la noche.

–Amo esta ciudad –susurró Antonio–. Mientras tú estabas fuera estudiando, yo he viajado por toda la península: Barcelona, Valencia, Sevilla, Granada, y he advertido a la gente de las masacres que se avecinan. Pero cuando vuelvo a Toledo, siento que me reencuentro con mi corazón.

La mención de Antonio de la palabra *corazón,* le hizo a Abraham concentrarse en el suyo. Como había diseccionado muchos corazones, sabía que el suyo sería un músculo gigante surcado por canales llenos de sangre. En Montpellier, cierto conferenciante afirmó en una ocasión que, de alguna misteriosa forma, el corazón controlaba y regulaba la sangre, enviándola por todo el cuerpo de manera cíclica. ¡Extraña idea, que la misma sangre de los pies estuviese, al minuto siguiente, en las manos o en el propio cerebro! Abraham pensó que la sangre de su corazón era especial y única. Al ver a Gabriela en la sinagoga, había sentido que le hervía en las venas, como el líquido de un tazón en el que se introdujese un hierro candente.

También ahora notaba excitación y calor en el corazón. A la luz de la luna contempló la cara de Antonio. Esa cara familiar que había visto durante su infancia prácticamente cada noche ahora se había endurecido y transformado en la de un hombre.

—Cuéntame —dijo Abraham, tras reunir el valor necesario—. Cuéntame otra vez lo de Sevilla.

—Una pesadilla, eso es todo. Una pesadilla peor que otras. Un sueño tan horrible que solo cabe rezar para olvidarlo.

Abraham se inclinó hacia él. La noche era cálida, pero sintió un temblor interno, como si sus huesos tuvieran prisa por lanzarse al río y reunirse con todos los suyos, que el agua se había tragado hacía veintidós años.

—Ni siquiera a ti —confesó Antonio— puedo explicarte más. —Fumó de su pipa y exhaló el humo violentamente antes de volver a pasársela a Abraham—. ¿Quién conoce los designios de Dios? Si no fuese por la noche del terror, nosotros no habríamos nacido. Ahora los judíos de Sevilla están muertos. Debemos llorarlos, pero también aprovechar la lección que nos han dejado para protegernos.

—Es duro decir algo así. ¿De verdad crees que los vivos deben aprender a costa del infortunio de los muertos?

En lugar de contestar, Antonio comenzó a reírse. Intentaba ponerse serio, pero seguía riendo. Abraham comprendió que no reía de felicidad. Más bien estaba liberando su ira y amargura.

—Sí —afirmó Antonio—, creo que algunos de nosotros debemos morir para que otros vivan. Y también sé que yo soy de los que morirán. Pero tú, Abraham, parece que tienes gran fe en la vida, incluso en tu vida, de otro modo no te habrías pasado seis años estudiando para convertirte en médico.

Él miró hacia el río. Azul y plateado a la luz del día; escarlata al atardecer. Y, ahora, una serpiente negra apenas visible reptando frente a ellos.

–Tengo esperanza, lo cual es extraño porque ya no creo en nada. –Su éxito en la operación de Isabel Gana de Velázquez, del cual hacía solo veinticuatro horas, se le antojaba tan lejano como un suceso de alguna vida pasada–. Espero que venga un mundo mejor, libre de plagas y supersticiones y del enloquecido deseo de matar a otros seres humanos. En un mundo así celebraría ser médico y curar a todo el que pudiera.

–El hombre del cuchillo de plata –exclamó Antonio.

–¿Cómo?

–El hombre del cuchillo de plata. Así es como te llaman ahora en el barrio. Solo llevo unas horas aquí y ya he escuchado maravillas acerca de tus operaciones y tus hazañas en las casas de los cristianos. Enhorabuena, admirado primo. Has arriesgado la vida yéndote a Montpelier y has vuelto convertido en un santo.

–Gracias, primo.

–Pero el cuchillo que solías blandir de pequeño era una espada, ¿te acuerdas? Ninguno podíamos ganarte cuando jugábamos.

–Me acuerdo.

–Yo todavía tengo una espada –dijo Antonio–. Con ella he matado a hombres de verdad. Tres en Sevilla y antes varios otros en otras partes. ¿Tú has matado a alguien?

–Nunca.

–«No matarás» –recitó Antonio. Espesada por el humo, su voz había adquirido un tono tétrico. Era el eco de los gritos de los moribundos de Sevilla–. Yo he matado, Abraham. He matado para proteger a los míos y para protegerme a mí mismo, y pronto tendré que volver a matar. Tú también lo harás, porque no tardará en haber un levantamiento contra los judíos de Toledo. El arzobispo Martínez nos hará otra de sus visitas de cortesía y los que no se conviertan morirán. Ya ha sucedido en media docena de ciudades. Ahora Rodrigo Velázquez, que es el cerebro y la mano derecha de Fernando Martínez, se ha propuesto adornar la corona con una nueva joya: la conversión completa de Toledo. Cree que los judíos de la ciudad estamos tan apegados a nuestras riquezas y a nuestro poder en la corte que nos convertiremos a miles antes de permitir que nos maten. Pero, esta vez, en lugar de dejar viva a una comunidad de judíos a la cual los marranos podrían reincorporarse posteriormente, se asegurarán de que mueran todos los judíos no conversos y de que todas las sinagogas sean transformadas en iglesias.

La voz de Antonio tenía ahora un tono que Abraham conocía bien: retaría a cualquiera que negase lo que estaba diciendo.

—No te preocupes —añadió con suavidad Antonio ante el silencio de su primo—. Tú y yo estamos destinados a tareas diferentes. Yo soy soldado por naturaleza. Quizá tengo demasiada sangre de mi padre. Pero tú eres distinto. Tienes talento para ser un verdadero caudillo, no solo un combatiente.

—Yo no quiero acaudillar a nadie.

—Pero lo harás algún día, de buena gana o por la fuerza de las circunstancias. Porque eres tú quien rompe moldes. Sin la protección de los judíos ni de los cristianos, pasarás tu vida en el exilio. Sin embargo, el hombre a quien no protege nadie construye su propia muralla. No eres soldado, pero el bisturí será tu espada. —Antonio le abrazó por los hombros y Abraham sintió la fuerza de su primo inundándole.

Una vez más, Antonio encendió la mecha con sus pequeñas piedras de pedernal y fumó. Era tan tarde que todas las hogueras ya se habían apagado al otro lado del río. Solo quedaba el resplandor de algunas brasas, diminutas trazas de los hombres, en comparación con las grandes trazas de la luna y las estrellas resplandeciendo con su fulgor blanco. Al mirarlas con los ojos entornados, Abraham las vio como afiladas agujas de luz. Antiguas pesadillas transpiraban por su mente, por su piel, hasta que el aire que le rodeaba se cargó de demonios y los oídos comenzaron a zumbarle con sus gritos.

Al amparo de la oscuridad, se encogió apoyando la espalda en un árbol. Adoptaba esta postura a menudo: sentado, con las rodillas pegadas al pecho y los brazos rodeándolas en un gesto protector. Como el embrión del niño muerto que una vez había visto sacar a Ben Isaac del vientre de una embarazada tras cuatro meses de gestación. Como él mismo, cuando estaba en el vientre de su madre, fruto de un error cometido la noche en que Marte y Venus se fundieron, formando una sola estrella en el firmamento. Como él, también, la mañana en que se acobardó ante la espada.

La fuerza de sus recuerdos fue desvaneciéndose, el ataque de pánico remitió y, como siempre sucedía, se sintió agradecido de verse respirando con normalidad nuevamente.

Abrió los ojos. Antonio se inclinó hacia él y lo miró fijamente.

–Entonces, querido primo, ¿seremos nosotros quienes salvemos a los judíos toledanos?

–¿Necesitan que alguien los salve?

–Esta misma noche, mientras nosotros nos ensoñábamos al arrullo del río, los hombres de Rodrigo Velázquez iban por la feria planeando un nuevo ataque.

–¿Estás seguro de eso?

Antonio asintió.

–Cierto viajero es un viejo amigo mío. Es cristiano, pero de plena confianza. Esta noche, mientras tú estabas en casa de Velázquez, yo asistía disfrazado de monje a una reunión secreta.

Abraham no pudo reprimir una sonrisa. Antonio, que siempre estaba de ciudad en ciudad como un general reclutando tropas, era célebre por sus disfraces. Una vez llegó a su casa vestido de sacerdote y Meir Espinosa, sobrecogido ante semejante aparición, se desmayó al abrir la puerta.

–Toledo no tiene escapatoria –sentenció Antonio–. Has vuelto para encontrarte una guerra.

—He vuelto para cuidar de mi madre —replicó Abraham—. Para cuidar de mi madre y pagar mi deuda con mi maestro, Ben Isaac.

—Tampoco puedes negar —añadió Antonio— que te resulta grata la idea de ser admirado en tu ciudad.

Abraham se acercó a su primo y le agarró por la manga.

—Escúchame bien, la vida no es solo una sucesión de guerras a espada. En Europa hay un nuevo movimiento naciendo, un deseo de salir de la oscuridad y volver a las enseñanzas y la claridad de los antiguos imperios. Durante más de mil años la Iglesia ha mantenido a las gentes agarradas por el cuello. Incluso hoy, Toledo tiene motivos para temerla. Pero la Iglesia se muere. Con sus dos papas, es como un perro de dos cabezas que corre simultáneamente en dos direcciones mientras por todos los lados la acosan herejes y enemigos de la más diversa índole. En pocos años, la Iglesia, tal como la conocemos, ya no existirá. En su lugar habrá surgido una era de aprecio a la razón y a la ciencia. Una era en la que la fuerza central de nuestro universo ya no será el terror, sino el hombre y el conocimiento.

Abraham se detuvo, sorprendido de haber dicho todo eso. Pero sus palabras le sonaron verdaderas. Después de todo, cuando había diseccionado cadáveres en Montpellier, ¿alguna fuerza del cielo había bajado para fulminarlo? Y cuando utilizaba los conocimientos adquiridos durante sus exploraciones secretas de esos cuerpos, ¿no salvaba vidas de forma espectacular? ¿Dónde estaba escrito que toda enfermedad y dolencia tuviera que desembocar en horribles sufrimientos? La Iglesia había usado su poder para inclinar la mente humana hacia la superstición. Y ahora ella misma se deshacía en pedazos.

—En Montpellier —explicó Abraham— he abierto cuerpos para ver de qué estaban hechos y cómo funcionaban.

—¿Así que tú no matas, pero también sacas provecho de la muerte?

–Antonio, entiéndeme. Yo mismo era tan supersticioso que, la primera vez que abrí un cadáver, estaba convencido de que no encontraría un corazón sino algún trazo de su alma.

–¿Y lo encontraste?

–No.

–¡Por tanto crees que el hombre carece de alma!

–Creo que sí la tiene –protestó Abraham–. Pero no sé si es un don divino o la construye él mismo.

Al instante se avergonzó al oírse pontificar sobre un asunto tan trascendente con tal suficiencia y seguridad. Deseó que el río pudiera llevarse las palabras que había pronunciado. Sin embargo, no era posible y había puesto sus pensamientos más íntimos a merced del juicio cínico y demoledor de Antonio. Aun así, prefirió quedarse callado antes que contradecirse intentando arreglar su imprudente desliz. Observó cómo su primo agarraba la jarra de vino y bebía un buen trago.

–Yo también he oído esas cosas –dijo Antonio–. Dicen que la Iglesia está agonizando y que comienza una nueva era. E incluso que, mientras continúe el cisma papal, las puertas del cielo permanecerán cerradas para todo hombre o mujer que fallezca. Pero no creo que tales habladurías signifiquen el fin de la Iglesia. Ahora está debilitada, es verdad. Con un papa en Roma y otro en Aviñón se ve confusa y escindida. Pero la confusión es parte del crecimiento. La Iglesia es como un niño a medio camino entre su infancia y la madurez. Todavía no ha podido probar su propia fuerza y solo necesita que alguien la dirija. Yo creo que esa dirección la encontrará pronto y, de hecho, creo que la encontrará en la figura de Rodrigo Velázquez, hermano de tu patrón, cardenal del Papa de Aviñón y adalid del odio a los judíos. No va a detenerse en su campaña contra los judíos, porque ese es el principal asunto que puede unir de nuevo a toda la Iglesia. Los judíos son los peores herejes y la Inquisición que comenzó en otros países pronto será instaurada también en este, lista para quemar a los infieles y reforzar el poder eclesiástico. Sí, primo mío, admito que las fuerzas de la razón están en marcha, pero no son nada comparadas con las que se le oponen. Como una herejía más, la razón será reducida a cenizas.

»Te preguntarás qué traerá todo esto a los judíos. Pues desde luego no una era de la razón sino de persecuciones. Con cada año y cada década, la Iglesia crecerá, recuperando su antigua fuerza. Y a nosotros nos perseguirán y nos forzarán a escondernos bajo tierra. Si fracasamos a la hora de resistir y asirnos a nuestras creencias, nos exterminarán como a todas esas razas que solo aparecen en los libros de historia. Nuestra única esperanza es la de resistir con las armas.

—Pensaba que tenías a los judíos por el pueblo elegido y protegido por Dios —observó Abraham.

Antonio soltó una desdeñosa carcajada.

—Elegidos, sí, pero para ser ejemplo de muerte y sufrimiento. Si sobrevivimos, será por nuestro propio ingenio y esfuerzo, no por la protección de Dios. Él protege a quienes se protegen a sí mismos.

—¿Y qué ingenio y esfuerzo crees tú que han de mostrar los judíos de Toledo para salvarse a sí mismos?

—Deben derrotar a sus enemigos —contestó Antonio.

—Los judíos de Toledo no tienen armas, lo sabes. Desde la noche del terror se les ha prohibido poseer siquiera una espada.

—Entonces, primo mío, tendremos que usar la inteligencia.

Antonio se aproximó de nuevo a Abraham. Su olor a hachís y vino borraba los años transcurridos y hacía que todo fuese como cuando, en la adolescencia, tramaban sus aventuras junto al río. Sin embargo, aquellos juegos infantiles, aquellas luchas con bandas rivales, se habían convertido en guerras de adultos. Y en lugar del simple regocijo por la victoria, lo que estaba en juego era el seguir vivo.

—Amigo mío —continuó Antonio—, el viajero me ha dicho que puede conseguir ballestas para armar al menos a unos doscientos de los nuestros.

Abraham recordó la primera vez que vio en Montpellier armas como aquellas. Despedían las flechas con tal fuerza que partían en pedazos hasta las dianas de roble grueso.

–¿Doscientas ballestas les habrían servido de algo a los judíos de Sevilla?

–Si hubieran estado armados se habrían defendido –aseguró Antonio.

–¿Y habrían rechazado al invasor?

–No.

–Ahí lo tienes. Si estás en lo cierto, habrá diez mil campesinos preparándose para destruir nuestro barrio. Aunque matásemos a doscientos, o a cuatrocientos, el resto derribaría las puertas y conseguiría su propósito.

–¿Y qué idea mejor propones, hombre de ciencia? ¿Que le supliquemos dulcemente al cardenal que acepte nuestra rendición y tenga misericordia de sus dóciles judíos?

–Se me ocurre algo –murmuró Abraham. Tenía fija en la mente una imagen del cardenal, desde que viera un retrato suyo en la casa de Juan Velázquez. Era el retrato oficial con su nuevo vestido cardenalicio–. No tenemos suficientes hombres para contener a un ejército. Pero, privado de su jefe, quizás tampoco haya ejército alguno que contener.

–¿Qué insinúas?

–Rodrigo Velázquez –aclaró Abraham–. Supón que lo capturáramos como rehén a cambio de la seguridad de los judíos de Toledo.

–¿Capturar a Velázquez?

–Se propone visitar a su hermano. Y yo voy a su casa a menudo para atender a mi paciente. Cualquier noche, mientras camina de la iglesia a su casa, podríamos apresarlo y traerlo a la vieja judería.

Antonio arrebató la botella de las manos de Abraham y la lanzó contra las piedras del centro del río. Después agarró a su primo por los hombros y lo sacudió hasta hacerlo toser.

–¡Estás loco! –clamó Antonio. Pero su voz estaba llena de un amor que a Abraham le hizo sentirse finalmente en casa–. ¿Secuestrar al cardenal? –Solo Abraham Halevi podría concebir una idea tan descabellada–. Pero, espera, conozco un modo mejor. Mi amigo cristiano es también conductor de carros. Si una noche pudiera sustituir al cochero de Velázquez...

Ni siquiera tras la caminata de vuelta a casa, Abraham se sentía cansado. Cuando se sentó en la habitación de su madre, al tiempo que escuchaba su respiración, cerró los ojos y dejó que la conversación con Antonio resonase una y otra vez en su cabeza.

5

GABRIELA HASDAI CAYÓ presa de una gran excitación cuando vio a Abraham en la sinagoga, tan cerca de ella que podría haberse lanzado en sus brazos. Pero con la aparición de Antonio Espinosa y las noticias trágicas de Sevilla el pánico y el arrebato amoroso se mezclaron y unas únicas palabras resonaron en su mente una y otra vez, como un tambor que no acertaba a silenciar: «Corre y vete de aquí, corre, corre.»

Esas palabras siguieron sonando obsesivamente en su cabeza toda la noche, y la distrajeron también de sus asuntos en la feria durante toda la mañana. Y cuando el sol estaba casi en lo alto del cielo, tomó por fin una decisión. Dejó su puesto de venta en la feria, donde comerciaba con las sedas que vestían los cuerpos de los más respetables judíos de Toledo, cruzó la polvorienta explanada y emprendió la marcha hacia la única vía de escape en la que acertó a pensar. El gentío se apretaba en la feria hasta el punto de que cada individuo parecía un dedo de una mano gigantesca, y el sol estrechaba esa mano haciendo que el sudor corriera entre sus decenas de miles de dedos, extraños entre sí, como un secreto compartido entre marido y mujer. A pesar del calor, Gabriela llevaba una túnica cerrada y cofia con velo, no solo por razones de modestia y para esconder sus facciones a los curiosos, sino también para dar a entender –en caso de que tales precauciones sirviesen para algo en los turbios arrabales de la feria– que era una mujer acaudalada a quien sería imprudente molestar.

Finalmente encontró la raída tienda de campaña de la que le habían hablado. Delante de ella había un hombre tan pequeño que Gabriela tuvo que mirar hacia abajo para verle los ojos, inyectados en sangre, y la frente surcada por toda una vida de preocupaciones y miedos.

–Estoy buscando a Carlos.

El campesino levantó la mano, que era muy ancha para su estatura, se rascó el pecho cubierto con una apestosa túnica y luego escarbó el suelo con los pies desnudos hasta asentarse en él, como una mula que se prepara para no moverse. Parecía intuir la ansiedad de Gabriela y estar dispuesto a jugar con ella.

–Yo soy Carlos –contestó. Su voz sonó sorprendentemente amable; una inesperada joya engarzada en un soporte vulgar–. Yo soy Carlos –repitió–. El mismísimo Carlos, soy yo. –Hizo una pronunciada reverencia y continuó–. Llamadme Carlos. Carlos el Boca, Carlos el Famoso, Carlos el Rey. Después de todo, me pusieron el nombre por un rey. Llamadme como deseéis y me tendréis a vuestro servicio. Seáis quien seáis, o pretendáis ser lo que pretendáis, este Carlos solo anhela convertirse en vuestro servidor. Y complaciente y honrado siempre, este Carlos os venderá un caballo, si lo queréis.

Concluido su cantarín y colorido discurso, el hombre exhibió una amplia sonrisa de bienvenida. Le quedaban pocos dientes, pero los que tenía estaban cuidadosamente pulidos. Sus encías y su lengua eran de un rojo oscuro tan brillante que Gabriela comprendió al momento la razón de uno de sus apelativos: Carlos el Boca.

–Carlos os venderá un caballo. Un caballo que Carlos os asegura correrá más rápido que el viento. Un caballo... –mientras hablaba, sacó como si nada una bota de vino y se la ofreció cortésmente a Gabriela.

Ella rehusó con la cabeza y, mientras se preguntaba si habría hecho bien despreciando la invitación, el hombre destapó la bota, echó para atrás la cabeza y bebió como si fuese medianoche y no la última hora de la mañana.

Una vez concluido el trago, escupió, se limpió la boca y volvió a escarbar el suelo con los pies. Gabriela se mantuvo en silencio. Un silencio que –había aprendido– compensaba las desventajas de ser mujer a la hora de cerrar un trato con los hombres.

Esperando que dijese algo, Carlos la miró con los ojos muy abiertos. Esperaba que su brillante lengua granate hubiese animado a la de ella a moverse. Finalmente, tras beber otro trago de la bota, la cerró y la acarició cariñosamente, meciéndola en sus brazos como a un bebé.

Gabriela sacó la mano de debajo de su túnica y sus anillos relucieron fugazmente a la luz del sol. Estaban adornados con piedras sin apenas ningún valor, pero brillaban lo suficiente como para atraer la posible codicia de un mísero mercader del norte.

–El caballo es para mi marido –explicó ella al fin–. Lo quiero como regalo de cumpleaños.

–Una señora que regala un caballo a su señor es una esposa llena de gran sabiduría. ¿Qué clase de caballo busca, mi sabia señora?

–Una señora sabia es la que tiene la sabiduría de escuchar el consejo de un hombre sabio.

En lugar de contestar, el hombre se quedó perplejo, demostrando que también Carlos el Boca, Carlos el Famoso, podía utilizar la táctica de guardar silencio, con la que esta distinguida compradora de caballos intentaba camelarlo.

Detrás de él, Gabriela podía ver los caballos. Tenían un aspecto sano, aunque sus capas de pelo no eran tan lucidas como las de los sementales y yeguas de pura raza que se exhibían bajo enormes carpas multicolores en el centro de la feria.

En contraste con sus parientes de alta estirpe y ataviados con sedas de tonos brillantes, a estos ejemplares los mantenían cautivos simplemente mediante vulgares cuerdas amarradas a estacas fijas en el suelo reseco. Por sombra, todo lo que tenían era un árbol gigante en una de las esquinas del improvisado corral, que también servía para cobijar la haraposa tienda de campaña junto a la cual estaba Gabriela.

Fue Carlos quien habló primero, aunque no sin antes volver a humedecer su famosa boca con otro trago de vino. Mientras apretaba el pellejo entre las manos para hacer fluir el líquido, el sol refulgió en el hilillo púrpura.

–Cierta dama viene a Carlos –comenzó diciendo– y viene sola, sin la protección de ningún caballero. Al principio Carlos se sorprende. Luego piensa que debe tratarse de una ramera que llega para ofrecerse al famoso Carlos. Pero él se quita la venda de sus estúpidos ojos y ve que la dama es rica y respetable. Habiendo abierto los ojos, Carlos abre también la boca y pregunta a la dama qué desea. ¿Se le puede reprochar a Carlos esa pregunta? Él es solamente un bobalicón que intenta complacer. La dama le responde que busca un caballo para regalárselo a su marido en su natalicio. Carlos se alegra al oír esto. ¡Qué esposa tan espléndida!, piensa, ¡qué marido tan afortunado! Carlos ha estado casado dos veces y sabe que algunas mujeres son más generosas que otras; ojalá Dios dispusiera que lo fueran todas. Y así, con los ojos y la boca abiertos, Carlos abre ahora los oídos. ¿Para qué los abre? ¿Para que los pajarillos le revelen sus secretos o depositen sus cagadillas? ¿Para ofrecerles su cera a las abejitas? Todos esos son nobles propósitos que Carlos ha perseguido en otros tiempos. Pero hoy él abre sus oídos para saber qué caballo quiere comprar la dama. ¿Puede ella distinguir entre un animal y otro? ¿Y cuándo se propone comprarlo?, porque hay muchas otras gentes que esperan y ruegan siempre a Carlos que haga tratos con ellas. Pero él ama sus caballos, y solo se los vende a quienes los tratarán bien. Por tanto, disculpad a Carlos, Carlos el Boca, Carlos el Famoso. Porque aquí está Carlos, ebrio de esperanza, y aquí está la dama a la que se propone servir. Sin embargo, ella no quiere hablar. ¿Será que Carlos le ha ofendido? ¿No ha ofrecido a sus labios el mismo vino que pone en los suyos?

–La fama de Carlos es tan grande –contestó Gabriela– que no puedo desear hacerle este regalo a mi esposo sin hacerme a mí misma el regalo de oírle hablar.

–Cuando Carlos ve que un comprador de verdad quiere comprar, ha de preguntarle qué precio está dispuesto a pagar.

Cuando Gabriela abandonó la tienda del tratante de caballos tenía un nudo tan grande en el estómago que apenas podía mantenerse en pie. Tras dos horas de palabrería y regateos con el hombre, había comprado un caballo. La palabra «judía» no se había mencionado, pero Carlos le había vendido el caballo a un precio inexplicablemente alto. Después, de camino a su propio tenderete de ventas, oyó entre el gentío un par de comentarios sobre los cebados judíos toledanos y lo que les había deparado el destino a sus parientes de Sevilla.

Gabriela pensó que la Iglesia católica se había propuesto separar para siempre a los judíos y los cristianos. A los judíos no solo se les cobraban impuestos que arruinaban a quienes vivían en las ciudades norteñas, y no solo se les obligaba a llevar un distintivo amarillo para que los cristianos no se dejaran engañar al comerciar con ellos, sino que también eran las primeras víctimas del furor de los campesinos cuando recolectaban las tasas y gravámenes por cuenta de los reyes y príncipes.

«Un cristiano no debe entrar en casa de un judío. Un cristiano no debe emplear a un judío como médico o cirujano. Un cristiano no debe hablar con un judío en domingo ni en fiesta de guardar. Un cristiano no debe permitir que un judío entre en su casa, excepto como sirviente.»

Cada mes, el papado de Aviñón promulgaba nuevas proclamas restrictivas. Según los judíos más ancianos, los cristianos estaban sucumbiendo a una plaga religiosa, una variante espiritual de la peste negra que los sumía en terrible confusión. Esta confusión, decían, era la causa de que su Iglesia cristiana se hubiese escindido en dos partes, al igual que se había dividido en dos el Imperio romano antes de desaparecer.

Pero aunque los sabios judíos diagnosticaran esta confusión –pues qué podía ser más confuso que una estirpe que adoraba a un mesías cuya semilla había plantado Dios en el vientre de una virgen–, Gabriela y algunos de sus amigos tenían otra teoría.

Durante mil años los judíos habían servido al poder islámico. Eran mercaderes, banqueros y viajantes, cuando los musulmanes reunían ejércitos para conquistar las tierras bañadas por el Mediterráneo. Estuvieron a su lado, controlando y manejando los hilos de las finanzas. Tan íntima era la asociación entre musulmanes y judíos que todavía podía detectarse. En casi todas las sinagogas de España quedaban minaretes como los de las mezquitas, proyectándose desde los techos, como si ambas razas quisieran elevarse hacia un idéntico paraíso.

Pero la era del islam ya había concluido. Algunos decían que la peste negra marcó su final, simbolizando que el mundo moría y estaba a punto de renacer. Otros alegaban causas más profundas y complicadas, y se remitían a cartas astrales para asegurar que el reinado del islam había alcanzado su cenit durante una conjunción demasiado misteriosa para ser explicada. A partir de entonces, la conjunción de estrellas y planetas que beneficiaba a su imperio estaba disolviéndose y otros planetas se estaban alineando. Esta nueva situación astral era la que amparaba el poderío de los reinos de Castilla y Aragón. Junto con sus hermanos de fe, habían formado una coalición para empujar hacia el sur a los musulmanes. Su caudillo y el emblema de su supremacía era el Papa de Aviñón. Un francés ocupaba ahora el cargo. Pero Gabriela sabía que, a su tiempo, moriría y sería sucedido por un papa español. Un papa con ambiciones propias y con muchas cuentas pendientes con quienes habían ejercido hasta entonces su dominio y con quienes habían colaborado voluntariamente como sirvientes de aquellos: moros y judíos.

–¡Gabriela!

La voz de su hermana sonó cortante y autoritaria. Gabriela levantó la vista hacia Lea, que la miraba inquisitivamente, como era habitual, presta a corregirla en cualquier defecto que encontrase en su comportamiento o en cualquier desliz que permitiese acusarla o regañarla por haberse apartado de lo correcto.

–Gabriela, ¿sabes que Abraham Halevi ha vuelto a Toledo?

–Sí.

–¿Le has visto?

–Le vi ayer en la sinagoga.

–¿En la sinagoga? –repitió Lea–. ¿Hablasteis?

Lea tenía una cara redonda que en cierta ocasión alguien había descrito como una gran torta de queso fundido. Si tal símil resultaba cruel cuando era una niña, lo era aún más ahora, que era una acaudalada matriarca, porque sus facciones, en otro tiempo pequeñas y definidas, hoy apenas se distinguían entre el colgante, fofo y carnoso amasijo de sus pómulos y su barbilla. Solamente en los ojos, de un profundo verde esmeralda, se asemejaba a su hermana soltera.

Todavía dudaba Gabriela si contestar o no a su hermana cuando apareció Abraham Halevi. Sonrió, se quitó el sombrero negro de médico e hizo una cortés reverencia. Pero antes de que hablase se presentó a su lado el rabino de los judíos toledanos, Samuel Abrabanel.

Por un momento Gabriela se sintió como una marioneta de las utilizadas en las injuriosas pantomimas que se hacían en Toledo acerca de los judíos: el rabino, el médico, la matrona, la comerciante: cuatro judíos ridículos, vestidos con ropas pretenciosas, comportándose afectadamente y cortejándose bajo el abrasador sol. Por fin, el rabino Abrabanel, quien más de una vez les había dicho a ambas hermanas que la soltería de Gabriela era una vergüenza casi insoportable para toda la comunidad judía de Toledo, rompió el silencio.

–¿Así que el famoso doctor ha regresado a su pueblo para ejercer su gran labor?

–Exactamente –murmuró Abraham.

–Y ha comenzado con buen pie. Ayer tuve la satisfacción de verlo en la sinagoga.

–¿Y qué pensasteis, rabino, de las noticias que se dieron allí? –preguntó Abraham–. ¿No os preocupa que Toledo sea la siguiente ciudad en la lista?

Samuel Abrabanel se rio.

–Los viejos tenemos más sentido. ¿Por qué iban los cristianos a atacar su ciudad más importante, la que alberga la catedral donde bautizaron al gran cardenal Rodrigo Velázquez? Ni siquiera él se cortaría una mano para curarse un dedo. Un hombre que espera ser papa no abrirá las puertas de esta ciudad a quienes quieren destruirla.

–Me dejáis más tranquilo –dijo Abraham. Luego se volvió hacia Gabriela y se descubrió de nuevo para saludarla–. Adiós.

Al momento Abraham comenzó a alejarse y su sombrero negro de ala ancha, sobresaliendo entre la muchedumbre, atrajo los zalameros gritos de los vendedores de seda y lana. No obstante, antes de irse, sus ojos se habían posado un instante en los de Gabriela. Y en ellos la joven había intuido la promesa que iba a hacerle esa misma noche.

El rabino Abrabanel también se despidió de Gabriela.

– Cásate con un creyente. Ten hijos. Confía en Dios.

GABRIELA ESTABA SENTADA en un taburete, repasando las cuentas de su negocio a la humeante luz de una lámpara de aceite, cuando Abraham llamó a su puerta. Al oírle llegar no pudo evitar un ingenuo acceso de felicidad, como si todo lo que iba mal se fuese a arreglar milagrosamente.

Antes de que pudiera levantarse, él entró en la habitación y se quedó mirando el cerrojo abierto tras de sí. Al menos sus manos recuerdan, pensó Gabriela, lo que su corazón consigue olvidar con tanta facilidad. Ella avanzó hasta el borde del círculo de luz del candil. Él permaneció inmóvil, esperando que Gabriela se deshiciese en admirativos comentarios acerca de su traje nuevo: un joven médico marrano que había sobrevivido al viaje a Montpellier y que ponía su ciencia al servicio de los cristianos ricos de Toledo.

–Tu tienda estaba llena. El negocio debe irte muy bien.

–Lo bastante, como a ti. Cada día aparece un nuevo canto al milagroso médico de los cuchillos de plata.

–Muy graciosa.

Abraham se quitó el sombrero y lo dejó sobre el mostrador. Cuando Gabriela se enamoró de él, sus facciones parecían suaves e inacabadas. Tenía la cara de un niño que soñaba con convertirse en héroe. Ahora la gordura infantil se había esfumado y los huesos se le marcaban claramente: pómulos altos de hombre castellano, ojos negros, nariz poderosa. Si llegaba a viejo, el rostro de Abraham seguiría avanzando en la misma dirección. Con cada década la piel se pegaría más a los huesos, contorneándolos. Sus ojos negros se harían más grandes.

–Me alegro de verte. Temía no ser bienvenido.

En Montpellier había crecido unos centímetros, pero su voz seguía siendo la misma. Suave y persuasiva, alcanzaba el corazón de Gabriela, ofreciéndose a rodearlo con un halo de calor y seguridad.

–¿Soy bienvenido?

A su pesar, ella sintió un leve arrebato de amargura ante la insegura formalidad de él.

–Por supuesto que lo eres –su propio tono le pareció demasiado rígido y formal, como el de una estatua de madera. Su último encuentro en la tienda, cuando Abraham le dijo que se iba a estudiar medicina en Montpellier, había estado salpicado de lágrimas e imperdonables acusaciones que Gabriela había olvidado.

–¿De verdad?

–¿Te irías si dijese que no lo eres?

Al final, Gabriela sonrió y desapareció la tensión del ambiente.

Luego acarició el brazo de Abraham.

–Zelaida está dormida, pero si se despertase y descubriera que te he echado, me mataría. Ven a la parte de atrás y te prepararé un caldo caliente.

Gabriela abrió el camino, apartando unas gruesas cortinas, hacia la habitación que era a la vez su cocina, su sala de estar y su dormitorio. Al hacerlo, tapó por un instante la luz del candil, dejando a oscuras la estancia, pero sabía que Abraham la seguiría sin dificultad. Solían llamarle el Gato, porque de todos los niños era el más rápido en saltar muros. Sin embargo, ella había sido tan ágil como él y, solo unos años antes, le había costado muy poco acompañarle, escapándose de la casa paterna, saltando la valla y sorteando las tiendas de campaña de los soldados y las chabolas de los campesinos, para bajar al río.

Gabriela puso agua a hervir en un cacharro de bronce sobre un hornillo de alcohol en el centro de la habitación. Tal como solían hacerlo, Abraham y ella se sentaron en el suelo a ambos lados del fuego. Ahora había nuevas capas de suaves alfombras y los apenas visibles tapices que cubrían las paredes de piedra eran más caros y exóticos. Tras solo unos minutos de esta antigua familiaridad, Gabriela vio cómo la expresión de Abraham se relajaba. Mirándolo en aquella luz, casi se convenció de que volvían a estar igual de juntos que antes, y que sus almas se entrelazaban como lo habían hecho cuando eran niños.

Acompañando esta sensación de cercanía, le llegó el recuerdo de las noches que había pasado sola en su habitación. Noches en las que no se había parado a entretenerse pensando en la inocente manera en que habían eludido el control de los soldados en sus escapadas al río para mostrarse mutuamente su precoz amor. Noches en las que primero había aprendido a llorar y después a sentirse tan amargada que no le salían las lágrimas.

—Debería haber venido a visitarte.

—Has estado ocupado.

—La semana que llevo aquí se me ha hecho tan corta como un día. Ben Isaac me ha obligado a ocuparme de hasta el último caso quirúrgico de Toledo.

—¿Te gustó Montpellier?

—Eché de menos Toledo, aunque estuvo bien salir. Me habría quedado allí dos años más, pero resultó imposible.

–Lo sé.

En Toledo no cabían los secretos. Incluso antes de que el propio Abraham recibiera la noticia, Gabriela supo que su tío ya no podría enviarle más dinero a Montpellier. En un impulso caritativo ligeramente malicioso, estuvo tentada de asumir la carga personalmente. Pero antes de que pudiera enfrentarse a Meir Espinosa, decidiéndose a hacer algo tan impropio como prestarle dinero a un hombre, Abraham regresó.

Ahora él estaba donde su viaje había comenzado: en la habitación del amor al que había renunciado para poderse ir.

La brisa que entraba por las rendijas de las contraventanas meció la llama del candil. El rostro de Abraham también oscilaba; entre el del adolescente que un día fue, atormentado por sus temores y esperanzas, y el rostro de un hombre.

–Me alegro de estar aquí.

–Tu lengua se ha hecho más suave y diplomática –observó Gabriela–. ¿También os enseñan eso en la famosa universidad de Montpellier?

Inmediatamente captó la expresión defensiva de Abraham y se apresuró a acariciar su brazo. Durante un momento, la mano de Gabriela avanzó por su manga, como un diminuto y vulnerable ejército invasor. Abraham la cubrió con la suya.

–Tu lengua sí habla claro.

–Lo siento, Abraham, perdóname.

–Lo merezco. Debería haber venido nada más llegar, pero...

–Comprendo que sintieras temor, habiéndome rechazado un día.

Por fin había conseguido decirlo y, a pesar suyo, la mano comenzó a temblarle.

Se produjo un silencio. Él no se movió. Gabriela recordó cientos de noches en las que había soñado con un momento como ese: Abraham y ella sentados juntos en la oscuridad.

–Debo irme pronto –dijo él abruptamente–. Mi madre me espera... –Sin embargo, no se movió.

Gabriela sintió el despertar de una sensación largamente olvidada. La sensación de una puerta abriéndose en su corazón por la que entraba el viento del amor, que llegaba hasta su alma. En su adolescencia, había asumido, sin ni siquiera cuestionarlo, que, cuando su corazón se abría, el amor que sentía era tanto el que fluía desde ella hacia Abraham como el que fluía desde Abraham hacia ella. Vivía aquella sensación interpretándola como el producto de dos almas que se unían, dos personas convirtiéndose en una a los ojos de Dios.

–Celebro que hayas venido –aseguró Gabriela–. Esta vez era yo quien quería decirte que se va. He hecho arreglos para vender la tienda y abandonar Toledo.

–¿Abandonar Toledo?

–Me voy a Barcelona antes de que este barrio sea incendiado hasta los cimientos. Ocurrirá, estoy convencida, antes del verano.

–¿Y de verdad crees que estarás más segura allí que aquí?

–Sí y tú también lo estarías.

Él rio. Su boca adoptó un gesto desdeñoso que nunca había exhibido años atrás.

–¿Y qué vas a hacer en Barcelona?

–Trabajaré para el comerciante Velázquez que me ha comprado la tienda de aquí.

–¿Velázquez?

–Es un hombre honrado –aseguró Gabriela–. Al menos eso creo yo. ¿Y tú?

Abraham se atusó el negro cabello con los dedos, como solía hacer cuando iba a proponer alguna trastada infantil. Pero en esta ocasión se encogió de hombros y dijo:

–No lo sé.

–¿No lo sabes? ¿Abraham Halevi no se ha formado una opinión sobre la honradez de su cliente? No puede ser que te hayan hecho cambiar tanto en Montpellier.

–Supongo que es razonablemente honrado en cuestiones de dinero.

–¿Y en otras cosas?

–No lo sé –repitió Abraham.

–¿Tienes miedo –insistió Gabriela– de que no sea fiable en cuestiones de amor? ¿Crees que con sus monedas de oro y sus ojos castellanos podría seducir a la joven e indefensa Gabriela Hasdai? –Sabía que debía refrenar su lengua, pero todo lo que no había dicho en años le hervía dentro y exigía salir–. ¿Crees, gran doctor, que todos somos tan fáciles de seducir como tú, por unas cuantas promesas de dinero y un sitio en la casa de los cristianos?

Abraham siguió sin contestar y sin moverse.

–Lo siento.

–No te disculpes.

–Velázquez no me seducirá. Y quiero que vengas conmigo.

–¿Yo?

–Sí. –Ahora se le presentaba a Gabriela la oportunidad de decir lo que había estado pensando y diciéndose a sí misma desde que había visto a Abraham en la sinagoga.

–Ven conmigo a Barcelona. Tu madre también será bienvenida. Has dicho que no te dolió dejar Toledo para ir a estudiar. Estoy dispuesta a admitir que hiciste lo correcto, y estoy dispuesta a admitir que no he cesado de reservarte mi amor. Hubo un tiempo en el que confiamos el uno en el otro. Y es norma de la comunidad que no debemos permanecer solteros. ¿Por qué no nos casamos? Podríamos vivir en buena armonía como marido y mujer. Tú tendrías libertad para continuar tus estudios y tu madre siempre tendría un lugar seguro en nuestra casa –se detuvo, falta de aliento. Notó que tenía los ojos cerrados. Todas las frases elegantes y arrebatadoras que había ensayado se habían esfumado de su memoria, y las palabras que acababa de pronunciar le sonaban a locura. Abrió los ojos. Abraham todavía estaba sentado con las piernas cruzadas, esperando–. Eso es todo –dijo Gabriela–. Puedes tomarlo o dejarlo.

–¡Gabriela!

–No tienes que contestarme hoy.

–No puedo abandonar Toledo. Mis pacientes dependen de mí.

–Antes de que acabe el verano estarán todos muertos y tú también.

Gabriela no quería confesar que un astrólogo le había leído la mano y le había aconsejado que se marchase después de pedirle a un viejo amor que la acompañase. Ni ella misma habría tomado en serio esa recomendación si no hubiese soñado, durante tres noches seguidas, con la destrucción de Toledo y la muerte de sus judíos. La mañana después del último sueño, Velázquez la había hecho llamar a su presencia.

–Gabriela, eres una mujer maravillosa –dijo Abraham–. Mi mejor amiga de la infancia.

–Y tú también eres mi mejor amigo de la infancia, y mi primer y único amor. Pero también eres un idiota. Si me amaras, encontrarías razones para venir conmigo.

Él suspiró. Parecía que en estos tiempos todos se empeñaban en darle consejo: Velázquez, Gabriela, su madre. Todos tenían planes para su futuro, aunque se suponía que el futuro debería ser algo desconocido.

Tomó las manos de Gabriela en las suyas. Ella se acercó a él y, a la luz del candil, Abraham vio los contornos de su pecho y notó el despertar de los deseos de ella. Durante su ausencia había dejado de ser una chiquilla nerviosa y se había convertido en una mujer segura de sí misma. Sintió una sacudida interna: la de su corazón desprevenido ante la fuerza del amor de Gabriela. Mientras ella le acercaba el rostro con los labios prestos para el beso, él mantuvo los ojos abiertos y fijos en los de ella.

Al poco estaban tumbados en la alfombra. Él seguía mirándola a los ojos, pero la había atraído junto a su cuerpo y sentía su vientre pegado al suyo y sus piernas entrelazándose. El amor era el amo de Gabriela. La necesidad de amar, pero también la de ser amada. Sin embargo, a pesar de todo, se había reservado completamente para Abraham. Él sintió que su corazón empezaba a corresponder al corazón de Gabriela. Notó su pecho abombándose como si el amor hubiese estado allí prisionero durante demasiado tiempo y pugnase por liberarse.

—Pídeme lo que quieras —la voz de Gabriela se había convertido en un suspiro suplicante.

—Ve a Barcelona tú primero —contestó Abraham—. Envía delante de ti a Zelaida con tus cosas. Inmediatamente. Yo os seguiré luego, con mi madre y la familia de mi tío. En cuanto llegue, tú y yo nos casaremos.

—Cásate conmigo ahora. Viajemos juntos y podremos cuidarnos el uno al otro.

—No.

Por un instante contempló la posibilidad de hablarle a Gabriela del plan que Antonio y él habían tramado. Pero a la luz del día el proyecto de secuestrar a Rodrigo Velázquez le parecía demasiado arriesgado como para tener éxito, aunque todavía no había podido encontrar a su primo para decirle que lo desechaba.

—Ve tú delante —insistió Abraham—. Vete ahora, mientras todavía se puede.

—Ven conmigo, Abraham, por favor.

Él vaciló.

—No puedo abandonar a Antonio, pero si él también viniese con nosotros...

—Antonio nunca se irá de Toledo mientras viva. Está deseoso de luchar, deseoso de morir.

—Gabriela, por favor, haz lo que te digo. Vete ahora y deja que yo te siga lo antes que pueda... —Pero ella había metido las manos bajo la túnica de él y empezó a acariciarlo, atrapándolo de nuevo en las redes del deseo. Era imposible pensar en Antonio, en Rodrigo Velázquez o en otra cosa que no fuese el arrebato de pasión que le provocaba Gabriela.

Sin embargo, cuando estuvieron entre sábanas y Abraham se inclinó sobre ella, tuvo que cerrar los ojos. Gabriela dio tal grito de vulnerabilidad que él gritó con ella. Un atisbo de ira y desesperación rompió su corazón, y mientras el cuerpo de Gabriela se rendía al suyo, él quiso acometerla y poseerla más profundamente, más violentamente, como si solo a través del deseo ambos pudieran librarse de la sombra de la bestia que los acechaba.

6

Por la mañana Abraham se despertó con los cantos de Zelaida en la habitación contigua, y notó en su abdomen la cálida espalda de Gabriela. Mientras dormían, él le había agarrado un pecho con la mano. Se incorporó, apoyándose en los codos. Gabriela seguía dormida. Sus cabellos negros le caían como un velo sobre los suaves hombros. Y, entonces, como si se diera cuenta de que estaba siendo observada, abrió los ojos.

—Pensé que nunca volverías conmigo.

—No digas eso.

—Mi herida ya está curada.

—Nunca quise hacerte daño. Tuve que...

—Lo sé, Abraham, lo sé...

Extendió la mano hacia él y le acarició cariñosamente la mejilla. Abraham sintió una punzada de inquietud: no quería dejarse poseer.

—¿Te reunirás conmigo en Barcelona tan rápido como puedas?

—Sí.

Una vez, dos veces, levantó ella la cabeza y le besó.

—En Barcelona nos casaremos —susurró Gabriela—. Todas las noches dormiremos juntos y haremos niños. Todas las mañanas nos despertaremos contentos. ¿Me prometes eso?

—Te lo prometo.

Por la tarde Abraham volvió a casa de Velázquez. Habían pasado tres días desde la operación de Isabel y dos desde que Antonio trajera la noticia de la masacre de Sevilla.

El miedo y la histeria habían ido aumentando en la judería. De camino entre la casa de Gabriela y la suya, y también durante el trayecto hasta la de Velázquez, Abraham oyó los desgarradores lamentos que se derramaban como gotas de sangre por las ventanas de todas las sinagogas de Toledo. «Después de una tragedia –había señalado Antonio en una ocasión– las sinagogas parecen mazmorras llenas de gritos de tortura, más que templos dedicados al culto divino.»

En cuanto al propio Antonio, Abraham no había vuelto a verlo desde su conversación junto al río. Cada vez que regresaba de visitar a sus pacientes, preguntaba ansiosamente a su madre si Antonio había vuelto a casa. Esa misma mañana había pasado la mayor parte del tiempo en la feria buscando a su primo y al viajante cristiano del cual le había hablado.

Cuando llegó a la cancela del palacio de Velázquez, el sol alcanzaba su cenit y ardía con tal potencia que hasta el aire estaba descolorido de calor.

Dio unos aldabonazos y fue recibido, como siempre, por el enano jorobado, que no le saludó, pues desde que Abraham le había golpeado se negaba a hablarle. Tan solo le dirigió una peculiar sonrisa y le hizo una ligera reverencia, al tiempo que, prudentemente, se cubría con las manos la entrepierna. Abraham respondió a tan encantador gesto levantándose el sombrero, y pensó que lo mejor que podía hacer era no ofrecerle nunca la espalda a un espíritu tan malévolo. Hecho esto, cruzó el patio hacia la gran mansión.

Hoy Velázquez se encontraba en el pequeño jardín junto a la alcoba de su esposa. Sentado a la sombra de las enredaderas y sosteniendo una copa de vino, lo cual solía hacer desde el comienzo hasta la caída de la tarde, dictaba una carta a su escribano cuando Abraham se presentó.

–Sentaos, acabaré en un instante.

Velázquez concluyó su epístola con las consabidas oraciones y frases protocolarias. El escribano, laboriosamente, rayó en el pergamino con el punzón de su pluma las palabras que faltaban. Era el mismo gigante que casi le corta el cuello a Abraham en su primera visita. Se puso en pie, le dirigió una ligera inclinación de cabeza tan muda como la del jorobado y pidió permiso a su señor para retirarse.

—Vete —contestó Velázquez—, pero asegúrate de mostrarme una copia terminada antes de que caiga la noche. —Después se dirigió a Abraham—. ¿Puedo ofreceros algo de beber?

—No, muchas gracias.

—Un médico nunca bebe mientras está de servicio.

Abraham no dijo nada.

—Una vez bebisteis estando de servicio. La noche en que operasteis a mi esposa.

—Estaba muy cansado —señaló Abraham.

—Y quizá también alterado.

—Quizá.

—¡Bien! —remarcó Velázquez abruptamente—. Sé de otro motivo para alterarse. Se ha producido una nueva matanza de judíos, esta vez en Barcelona. Dicen que han muerto miles y que decenas de miles se han convertido. La carta que acabo de dictar va dirigida a mis aliados comerciales en Barcelona, en ella les doy instrucciones para que se hagan con el negocio de la lana que los judíos dejan vacante. A partir de ahora enviaremos mercancías y partidas de lana a Italia y otros puntos del este.

Desde su silla en el patio, Abraham podía ver a sus pies, más allá de las columnas de la casa, los tejados rojizos de la ciudad de Toledo. Era una vista magnífica. Algunos elogiaban los grandes encantos de las blancas ciudades del sur, pero a él le gustaban los colores toledanos, las calles color tierra, las piedras marrón-verdosas, los ocres semidesiertos que se extendían alrededor de la ciudad.

—Debéis comprender —añadió Velázquez— que Fernando Martínez tiene el apoyo de las gentes.

—Es el confesor de la reina madre, pero también un fanático.

—¿Por qué un fanático?

—Fernando Martínez —empezó a explicar Abraham cautelosamente— es un fanático porque pretende eliminar a toda una estirpe. Quiere matar o convertir hasta al último judío de España.

—¿Y qué veis de malo en ello? ¿Por qué un judío habría de estar condenado a permanecer judío? ¿Por qué no puede ser feliz siendo cristiano? ¿Por qué no ha de mezclarse con los demás y contribuir a hacer del nuestro el más espléndido de los reinos?

Ambos hombres habían estado sentados a la misma mesa, hablando pero sin apenas mirarse, mientras cada uno de ellos exponía sus predecibles argumentos. Pero ahora Abraham se sintió repentinamente conectado con Velázquez. Unirse, convertirse en uno: las almas de la gran comunidad humana unidas de corazón a corazón, de alma a alma, de Dios a Dios. Esta era una visión que incluso Antonio apoyaría. Abraham observó a Velázquez. Era mucho mayor que él y le estaba sonriendo. Se le antojó que le hacía una calurosa invitación a salir de su mundo invadido por el miedo y refugiarse en la seguridad de la parte cristiana de la ciudad.

—Os pregunto de hombre a hombre, como persona —añadió Velázquez—, ¿por qué vos, o vuestra amiga Gabriela Hasdai, habríais de vivir una vida de segregación que se vuelve contra ambos? Después de todo, ¿qué había antes de los judíos? Un montón de vagabundos por el desierto que nada sabían de Dios. Y entonces llegó Abraham, y con él llegó el conocimiento de Dios. Quienes tuvieron fe se hicieron judíos. Por un tiempo los judíos gobernaron su propio destino. Aquel era el momento de ser judío. Pero se volvieron corruptos, perdieron su poder. Finalmente, Dios envió a su Mesías para salvar a los judíos. Y ahora es a los cristianos a quienes Dios presta atención. Uníos a nosotros.

Velázquez se sirvió más jerez y volvió a ofrecerle a Abraham el vaso que había rechazado. Luego continuó hablando.

–Soy comerciante. Sé apreciar el valor de las gentes y de las cosas. Estaba desesperado, pero Ben Isaac me dijo que vos podríais hacer un milagro. Contraté vuestros servicios porque no me quedaba otra opción. Pero ahora que he tenido la oportunidad de estudiaros a mi antojo y, aunque os deba las vidas de mi mujer y mi hijo, sigo sin saber lo que valéis de verdad. Desearía saber más de vos, así que, por favor, sentíos libre para hablar conmigo de hombre a hombre. A pesar de todo, aunque yo sea cristiano y vos judío, y nos corresponda ocupar un lugar distinto, los dos intentamos labrar nuestro propio destino. Pero labrar significa sacrificar algo. Por tanto, contestadme, por favor, de igual a igual, ¿por qué no os convertís en uno de nosotros? Todos somos hijos de Abraham.

–Ser hombre supone tener un curioso destino –contestó el doctor Halevi con un eco de temor y peligro en sus palabras–. Porque yo no soy solamente un hombre, sin más; un hombre sin labrar y que podría ser cualquier otro hombre. También soy un hombre específico y concreto: Abraham Halevi. Y este hombre, Abraham Halevi, sabe que vos habláis con honradez y sinceridad. Y sabe también que el corazón de un cristiano es tan importante a los ojos de Dios como el de un judío. Pero Abraham Halevi también sabe que su padre fue asesinado por una muchedumbre que odiaba a los judíos. Y que, incluso esta misma noche, esa misma gente podría atacar el barrio judío de Toledo. Me pedís que hable con vos, don Juan, de hombre a hombre, como un hijo de Abraham a otro, pero debemos hablar, asimismo, de cristiano a judío, porque eso es lo que somos.

Velázquez agitó su copa de vino. Abraham observó los reflejos del sol en el líquido.

–Ahora soy yo quien ha hablado y vos quien permanecéis en silencio, don Juan.

–Es porque lo habéis hecho con gran elocuencia. Sin embargo, no habéis contestado mi pregunta. ¿Por qué un judío habría de estar obligado a permanecer judío? ¿Por qué no puede ser feliz siendo cristiano? Y no me digáis que debería preguntárselo a un rabino, porque es vuestra respuesta la que me interesa, ya que sois hombre al que respeto. ¿O es que no sabéis contestarme por vos mismo? ¿Creéis que vuestra gente renunciaría a su religión, como hicisteis vos, tal y como me habéis relatado?

–Me preguntáis –contestó Abraham– por qué un judío no puede hacerse cristiano y ser feliz, pero si todos los cristianos fuesen felices, ¿por qué habrían de ir por ahí matando a sus vecinos? Quizá sean más felices los judíos, puesto que no tienen esa necesidad.

–No obstante –apuntó Velázquez–, según las crónicas de los historiadores, cuando los judíos gobernaban la tierra de Israel, lo hacían con la espada.

–Es cierto –admitió Abraham–. Pero todo país ha de defenderse.

–Y así debe hacerlo España –coincidió Velázquez–. Debe protegerse de sus enemigos internos.

–Pero los judíos no son enemigos de España, son sus servidores.

–Son enemigos de la gente –observó el rico comerciante–, porque son quienes sobrecargan sus espaldas hasta romperlas, recaudando los impuestos.

–Sin embargo, esos impuestos no los fijan ellos ni son para ellos; los entregan al rey y a los terratenientes. Ellos solo los cobran.

–Son la faz visible de la tiranía –insistió Velázquez.

–Cuando llegó la plaga –dijo Abraham–, en algunos países acusaron a los judíos de envenenar los pozos. En Alemania les hicieron construir casas de madera, los metieron en esas mismas casas y les prendieron fuego. Los judíos desaparecieron y, sin embargo, la plaga no desapareció.

–Pero la gente se sintió mejor –opinó Velázquez– porque creyó haber ahuyentado al diablo.

–Quienes aplicaron el fuego se sintieron quizá mejor –replicó Abraham–, pero los que estaban dentro de las casas también eran gente y no se sintieron mejor.

Velázquez dejó cuidadosamente su copa sobre la mesa de mármol. Causó un ligero sonido que, por alguna razón, le recordó a Abraham el ruido que algunas veces hacían los huesos fracturados al ser de nuevo colocados.

–Pensáis como los antiguos griegos –observó Juan Velázquez.

–Mi madre suele decir –contestó Abraham– que pienso como un rabino.

Velázquez sonrió.

–Bueno, pues si fueseis un rabino, os transmitiría un mensaje para vuestra gente. El mensaje es: abandonad Toledo. Por el momento, Martínez no se ha atrevido a venir aquí. Pero lo hará, y muy pronto. Y cuando lo haga, mi querido rabino marrano, las cosas se pondrán muy feas.

La ira que había ido acumulándose en Abraham durante toda la charla le hizo levantarse repentinamente. Anduvo desde la mesa hasta la pared más lejana del patio. Fuera de Toledo no había refugio para los judíos toledanos. Esta ciudad, la Nueva Jerusalén de la época moderna, era sin duda el lugar donde deberían afrontar su destino.

Velázquez rompió el silencio.

–Para mi nuevo negocio, necesitaré a alguien que se ocupe de los asuntos del comercio y que hable árabe, además de francés e italiano. Tendrá que vivir en Barcelona. Habrá riesgos que correr, oportunidades que aprovechar. Será un puesto perfecto para empezar una nueva vida.

–Yo ya tengo una nueva vida.

Velázquez rio.

–Tenéis gran temperamento. Solo los muy jóvenes y los muy estúpidos pueden permitirse el lujo de tener un temperamento así. En cualquier caso, preferiría que os matase la defensa de mis intereses que no la espada de algún campesino. Pensad en mi oferta y hablaremos de ella.

Velázquez se puso en pie. Tenía, como bien había advertido Abraham, algo que ningún judío podía entonces poseer: confianza en el futuro.

—Guardo una sorpresa para vos —anunció el comerciante—. Después de la discusión tan seria que hemos mantenido, espero que os resulte agradable.

Velázquez abrió la puerta que daba a las habitaciones de su esposa y la llamó en voz alta, avisándola de que él y Abraham se disponían a adentrarse a su encuentro.

Isabel estaba sentada en su cama. Iba vestida con un traje blanco que destacaba sus generosos pechos. Llevaba unos guantes blancos, largos hasta los codos, y una tiara de joyas preciosas le adornaba la frente.

—Don Juan, don Abraham, no me miréis así. Estáis provocando el rubor de una mujer enferma.

—Te miramos únicamente con la más alegre sorpresa —contestó su marido—. Hasta el médico se sorprende de encontrarte tan bien.

—No se sorprende, solo se alegra —precisó Abraham.

Luego se adelantó, tomó la mano de Isabel y la besó como si estuvieran presentándolos en una fiesta. Dos veces la había abierto para drenar la herida, pero hoy comprobaba que, a pesar del trance, Isabel de Velázquez comenzaba a recobrarse. Sin embargo, su rostro parecía aún extraordinariamente frágil. Finos huesos dominaban orgullosos sus mejillas. Una piel blanca y casi translúcida dejaba ver las venas azuladas y palpitantes. Negros mechones de cabello con las puntas teñidas de cobre, y rizados en grandes bucles, caían suavemente sobre sus pálidos hombros.

—Mi marido y yo esperamos que, aunque vuestra operación haya tenido éxito, no dejéis de seguir visitándonos como un amigo.

—Por supuesto que lo haré.

—Nos honraría que nos acompañarais en la cena, dentro de tres días. El hermano de mi marido, el cardenal, vendrá a visitarnos y tiene interés en conocer al milagroso marrano, como os llama mi esposo, que con tanta destreza utiliza sus cuchillos de plata.

Abraham se ruborizó a su pesar, mientras el corazón se le encogía ante el tamaño del inesperado giro que había dado su suerte. Necesitaba encontrar a Antonio urgentemente. El plan que les había parecido tan descabellado súbitamente parecía más factible.

—Venid al atardecer —le indicó don Juan—. Nos sentaremos en el patio y veremos..., como le gustaba decir a vuestro pariente poeta, el que vivía en Barcelona, veremos al cielo sangrar en el río. Después, cuando mi hermano haya regresado a sus deberes en la catedral, me diréis si habéis decidido convertiros en mi socio en Barcelona.

7

AL CABO DE dos noches, y sentado a la mesa de roble que pertenecía a la familia Velázquez desde el siglo VI –mucho antes de que ningún musulmán hubiese siquiera pensado en poner un pie invasor en la península Ibérica–, Juan Velázquez alzó la vista del barnizado tablero y miró a los ojos de su hermano Rodrigo intentando descifrar el sentido de sus palabras.

En el tiempo transcurrido desde su infancia en común, su hermano había acaparado más poder que el que sus más ambiciosos sueños hubieran podido augurarle. Como todos los hombres de la familia Velázquez, era de constitución fuerte. Tenía el torso grueso como un barril, los hombros anchos y un aspecto zanquilargo. Su cabello era tan negro como el de Juan y lo llevaba peinado hacia atrás. Pero su frente alta le daba a Rodrigo –en opinión de su hermano Juan– un aire pétreo y cruel que, sin duda, le gustaba cultivar.

–Se rumorea –observó Rodrigo– que los judíos de Toledo preparan un levantamiento armado.

Hacía un buen rato que habían cenado. La mesa estaba ya recogida e Isabel se había retirado a sus aposentos. Solo los hermanos Velázquez permanecían sentados conversando. Entre ellos únicamente se interponía una jarra de vino clarete, fruto de los excelentes viñedos de Rodrigo.

–Los judíos de Toledo –replicó Juan– están más asustados que las gallinas. Se han pasado los últimos días temiendo que les llegue la hora que les ha llegado a los judíos de otras ciudades.

—Fernando Martínez es un hombre de gran rigor. Pero a los judíos no los mata él, los mata su propio dinero. ¿Cómo podría tolerarse que fuesen ricos y vistiesen ropas de encaje mientras la Iglesia y los nobles casi se mueren de hambre?

—Tú no te mueres de hambre, hermano mío.

Rodrigo Velázquez empujó su silla hacia atrás y su tono de voz, como sucedía siempre, según iba perdiendo la paciencia con su hermano, subió de volumen.

—¿Por qué discrepas de mis palabras, Juan Velázquez? ¿Por qué pones en duda lo que digo? ¿Eres tú un simpatizante y defensor de los judíos? Si tanto los quieres, ¿por qué estás satisfecho ante la perspectiva de hacerte con las riendas de sus negocios en Barcelona?

—No es que yo los quiera tanto, mi buen hermano. A quien yo quiero es a ti, Rodrigo, y al Señor.

—Y a ese médico de tu esposa, Abraham Halevi. Supongo que a él también le quieres.

—Halevi no es judío, es un marrano. De hecho, lo he invitado a cenar mañana para que lo puedas conocer.

—¡Un cerdo! —apostilló Rodrigo—. Halevi no es un cristiano, sino un cerdo.

—¿Y qué más te han dicho tus informadores acerca de él?

—De él no me han dicho nada, mi querido y confiado hermano. Pero de su primo Antonio Espinosa sí me han contado mucho. Ese es otro tipo de hombre. Un hombre que no renegó de su religión bajo la sombra de la espada.

—¿Y bien?

—Tuvo la amabilidad de venir a visitarme a mi oficina, donde mantuvimos una pequeña charla.

Velázquez no pudo evitar estremecerse. Él también había visitado la oficina de su hermano en Toledo, aunque no como uno de tantos presos que le hacían el cumplido desnudos tras haber pasado una semana de inanición.

—No sufrió daño alguno —aseguró Rodrigo— ni tampoco confesó, aunque fue interrogado más de una vez. Pero mantendré más charlas con él y, cuando concluyan, confío en que habré obtenido la información necesaria.

–¿Lo tienes en tus mazmorras?

–Mi querido hermano, la Iglesia española no tiene mazmorras. A diferencia de lo que ocurre en otros países, aquí la Iglesia ni siquiera tiene una Santa Inquisición. Son los poderes civiles y la justicia del reino los que se ocupan de esas cosas.

Juan Velázquez alcanzó el clarete y rellenó la copa de su hermano y la suya. Era la tercera jarra que acababan en el plazo de unas horas y, al extremo de la mesa, había otras muchas esperando turno. Le pareció que, cuanto más bebía su hermano, más sed tenía. Y cuanta más sed tenía, más alta se alzaba su voz y más estridentes se tornaban sus pronunciamientos.

Sin embargo, para Juan Velázquez el clarete servía a otro propósito. Bebía para ahogar el odio que albergaba hacia su hermano, hacia su papel en la Iglesia, hacia sus palabras pomposas y su abierta complacencia en las ventajas de su cargo. Cierto día, cuando Juan Velázquez le había confesado a Isabel estos sentimientos, ella le había contestado: «¿Por qué habrías de odiarle por ninguno de esos motivos? En realidad, Rodrigo habla demasiado, pero no más que muchos otros hombres. Y, aunque su cargo en la Iglesia le haya reportado riquezas, siguen siendo riquezas mucho menores que las de cualquier comerciante como tú.»

Acerca de las cámaras de tortura, Isabel no había dicho nada. El propio Juan Velázquez las había utilizado para extraer información del subalterno de cierto adversario en los negocios. Más aún, sus dos sirvientes de confianza, el jorobado y el gigante, habían pasado la prueba de esas mismas cámaras antes de ser admitidos en la intimidad del hogar de su patrón.

Ahora Juan posó sus ojos en la mesa. Su hermano ya había vaciado su copa y se incorporaba para agarrar otra jarra.

Los Velázquez pertenecían a una familia que, en otro tiempo, casi llegó a ser numerosa. Pero tanto sus padres como sus dos hermanos y sus dos hermanas habían perecido víctimas de la plaga; todos en el espacio de aquella semana en la que la muerte negra visitó su casa en Barcelona.

Ya hacía décadas de eso. Cuando ocurrió, Rodrigo y él eran todavía niños. Al principio fue un tío suyo quien los acogió, y después este los puso en manos de la Iglesia para que los educara. Juan se marchó tan pronto como tuvo edad suficiente para tener voz en los negocios familiares. Rodrigo prefirió seguir trabajando en el seno de la Iglesia. Pero ambos se reunían siempre dos veces al año, como únicos supervivientes de la unidad familiar. Cuando eran pequeños, como se llevaban seis años, estaban disgregados en pandillas de amigos distintos. Sin embargo, en el momento actual, cual los dos únicos dedos que le quedan a una mano mutilada, estaban forzados a soportarse y depender el uno del otro. Rodrigo insistía en que debían contarse todos su secretos, todos sus sueños. «De otro modo, ¿de qué sirve tener un hermano?», decía.

Reflejados en la pulida superficie de la mesa, Juan vio los fuertes brazos de su hermano retorciendo el tapón de una garrafa. Había cultivado a conciencia un aspecto cruel, una reputación de fría brutalidad. Diez años antes, cuando un nuevo grupo de la secta herética de los flagelantes se había presentado en Valencia, Rodrigo fue el clérigo que se encargó de aplastarlo.

Esperó hasta que los flagelantes reunieron el coraje suficiente para atreverse a practicar sus ritos en la plaza mayor de la ciudad levantina. Los adeptos, tanto hombres como mujeres, se tumbaron en el suelo, boca abajo y desnudos de cintura para arriba, para cantar sus oraciones, mientras su confesor jefe, vestido con una túnica color escarlata, blandía el látigo añadiendo unas cuantas cicatrices más a las que ya anteriormente les había dibujado en las espaldas.

Solo entonces, al tiempo que la ciudad entera observaba, Rodrigo actuó.

Sin decir palabra, se abrió camino entre el círculo de espectadores y, de un descomunal bofetón, mandó al charlatán jefe rodando por los suelos. Cuando el hombre osó defenderse alzando su flagelo hacia Rodrigo, este se lo quitó de las manos y comenzó a golpearlo con él hasta dejar convertida su túnica escarlata en una trajecillo de flecos chorreando sangre. Esa noche, mientras quemaban el cuerpo del infortunado pecador, fue el mismísimo Rodrigo quien predicó a las gentes congregadas.

–El humo procedente de la quema de un hereje quizás suba hacia el cielo –les dijo a todos–, pero su alma bajará derecha a un infierno eterno, mil veces peor que el que este diablo deparaba a los pobres inocentes a quienes hacía tumbarse en las plazas.

Cuando el cuerpo y los troncos de madera de la pira pasaron a ser cenizas salteadas con algún trocillo de hueso, Rodrigo dejó en libertad al resto de los flagelantes, les proporcionó túnicas blancas y les permitió tomar parte en la comunión. Pero no sin antes cortarle a cada uno de ellos, como único castigo, la oreja izquierda, para que en el futuro fueran un poco más sordos a las tentaciones demoníacas.

Juan volvió a levantar los ojos hacia su hermano y lo observó atentamente mientras rellenaba de vino clarete las copas. Se decía que Rodrigo había otorgado a su propio barbero el privilegio de cortar las orejas a esos inocentes descarriados por un mal guía.

–Entonces –continuó Rodrigo– dices haber oído que los judíos de Toledo están asustados por lo que les pueda ocurrir.

–Sí.

–¿Y tu médico marrano, que tiene un primo judío, habla contigo de estas cosas?

–Habla de las cosas de las que hablan los médicos.

–Ser el médico personal de don Juan Velázquez es un gran privilegio para cualquier galeno.

–Mayor privilegio es ser el médico personal de la señora de Juan Velázquez.

–Pero ahora se encuentra recuperada, ¿no es así?

–Se halla en buen proceso de recobrar la salud.

–¿Y Diego está bien?

–Mi hijo está cada día más fuerte.

–Entonces no hay motivo para que ese médico que ya ha ganado grandes honores siga viviendo en la ciudad de su ilustre patrón.

–Pero es aquí donde él vive –replicó Juan–. Y cuando tú y él os miréis el uno al otro mientras cenáis en mi propia mesa, confío en que abandones tu rudeza de habla, para que así él pueda disfrutar un poco del honor de conocer al ilustrísimo cardenal de Castilla.

–El honor será mío.

Juan reconoció interiormente que Rodrigo estaba perfecto en su papel. Según se aceleraba su ritmo de bebida, su retórica se hacía más oportuna y florida. Pronto llegaría al siguiente y último escalón del proceso. Revelaría la pequeña sorpresa que tenía preparada. Pues siempre que se reunían Rodrigo albergaba algún asunto oculto al cual dedicaba todos los movimientos previos que configuraban la velada.

–Será educativo también para el médico –apuntó Juan–. Quizá pueda aprender de ti lo ventajoso que es permanecer fiel a la cristiandad. Pues él es un converso, la abrazó en su día.

Rodrigo soltó una carcajada.

–¿Me estás pidiendo que le brinde a ese cerdo la protección de la Iglesia?

–Exactamente eso –sentenció Juan–. Ya que lo expones de una forma tan cruda.

–¿Y por qué habría yo de hacer algo tan fuera de lo común? ¿Tan solo porque me lo pide mi hermanito?

–Porque, querido mío, no me complace que mi esposa muera sin tener la oportunidad de criar a su hijo, tu sobrino, y de verlo convertido en hombre, y...

–¡Basta! Un sacerdote tiene la suerte de poder mantenerse al margen de los asuntos propios del lecho matrimonial de su hermano. Ni tu esposa ni tu médico serán molestados. Y estaré encantado de conocerle en... tu propia mesa.

–¡Gracias!

–Pero te sugeriría, querido hermano, que, si quieres mantenerlo vivo, le persuadas de que consienta en emprender viaje muy pronto.

–Ya lo he hecho.

–¿Y a dónde irá?

–A Valencia –explicó Juan. La mentira le sorprendió incluso a él mismo al momento de haberla pronunciado. Sin embargo, también le permitió percatarse de que le había tomado aprecio a Abraham Halevi. Tal vez por su juventud y la estupidez de sus ambiciones. O quizá se trataba de su propio, y durante largo tiempo frustrado, deseo de tener un hijo–. Quiero que vaya a Valencia y me represente ante cierto mercader árabe. Puede ser que incluso aprenda a hacer algo útil para mí.

Ahora que la mentira quedaba envuelta en esa última verdad sería más difícil detectarla.

–Se están concentrando en Madrid –le avisó Rodrigo–. El arzobispo y sus amigos quieren que Toledo sea la siguiente. Les preocupa que una fruta tan madura y apetitosa no se haya recolectado todavía.

–Los judíos toledanos llevan aquí desde hace mucho tiempo –reflexionó Juan–. Es seguro que el rey los protegerá como a sus fieles súbditos.

Rodrigo volvió a reírse y a rellenar su copa.

– El rey tiene doce años. Incluso la sangre azul es débil a esa edad. Sonaron golpes en la puerta, e inmediatamente se abrió, presentándose el sirviente jorobado.

–Ha llegado un mensajero para el cardenal Velázquez.

–Hazle entrar.

Un hombrecillo cruzó la sala como lo haría un ratón asustado. Apenas medía lo suficiente como para susurrar su mensaje al oído del destinatario.

—Vete —le dijo luego Rodrigo—. Pronto nos reuniremos.

A continuación, se volvió hacia Juan sonriendo de oreja a oreja.

—Hemos comido y bebido lo bastante para superar a cualquier jovenzuelo. Quizá debemos abandonar la mesa por unos momentos. ¿Te importaría pasear conmigo al aire libre?

8

ERA BIEN PASADA la medianoche y la plaza de la catedral estaba vacía, pero a la luz de la luna el pórtico esculpido y las anchas escalinatas tenían un blanco plateado que evocaba la eternidad. Y al alzar la vista a la majestuosa serie de ápices que acababa de ser completada tras un siglo de trabajo, Juan Velázquez no pudo evitar rodear con el brazo los poderosos hombros de su hermano Rodrigo. Sin duda esa catedral, de piedra tallada y con esas estatuas del Cristo y la Virgen, tan perfectamente aplomadas que parecían suspenderse en el aire como los ángeles deben hacerlo en el mismísimo cielo, sin duda tales maravillas, edificadas para el culto, eran obras buenas.

Aunque Rodrigo fuese cruel, había que reconocer que también tenía el valor de ir derecho a la esencia de la vida humana. Sí, tenía valor y arrojo. Pues el mismo Rodrigo Velázquez que había borrado del mapa a los flagelantes de Valencia también había ayunado durante tres meses durante su peregrinación a Santiago de Compostela desafiando el consejo del Papa. Cada noche se detenía donde lo hiciera siglos atrás el apóstol. Nutría su cuerpo con un simple vaso de agua y pasaba la velada entera rezando para preparar la etapa de la siguiente jornada.

«Un santo idiota», se contaba que había susurrado el Papa a sus consejeros, refiriéndose a Rodrigo.

Pero el «santo idiota» se aseguró de que toda España se enterase de su gesta. Y poco después, cuando consintió en brindar su apoyo a Fernando Martínez, no hubo nadie que dudara de su sinceridad ni de su astucia política.

–¡Mírala! –exclamó Rodrigo–. ¡Es una de las iglesias más bellas de toda España!

–Parece una enorme nave.

–¡Exacto!, mi buen hermano. Es una gran embarcación con indestructibles mástiles de piedra. Y va a llevarnos a un nuevo mundo.

–¿Un nuevo mundo?

–Un nuevo mundo cristiano donde la Iglesia ya no será una diminuta minoría luchando contra la marea causada por milenios de ignorancia y opositores fanáticos, sino un mundo en el que la Iglesia y la monarquía se unirán como dos gemelos inseparables y proveerán a las gentes de un terreno firme sobre el cual caminar, sin que los inocentes sean guiados hacia la herejía, sino hacia la fe.

Juan había oído antes hablar así a Rodrigo. Y ahora, como en el pasado, su discurso le sonó de algún modo ensayado, como un extracto de los discursos que debía de pronunciar en el colegio de cardenales; como todos aquellos dogmas que, a él mismo, cuando aún era un muchacho rebelde, se le antojaban simples elucubraciones llenas de pomposidad.

–Un mundo tan fabuloso debe de quedar todavía muy lejos –aventuró Juan.

–España será ese mundo –le corrigió Rodrigo–, en cuanto hayamos echado a los moros de la Península.

El aire veraniego era dulce y cálido. Antes de que sus padres muriesen, las noches así las pasaban en la casa de su progenitor, escuchando las conversaciones de sus mayores y jugando con sus primos jóvenes. La muerte negra se los había llevado prácticamente a todos, y los restos de sus familiares reposaban juntos en un panteón que Juan nunca había tenido el valor de visitar.

–¡Por aquí! –dijo Rodrigo señalando a Juan una puerta lateral de la catedral. Con una enorme llave, el mensajero que los acompañaba la abrió y el mero esfuerzo de hacerlo pareció cobrarse todas sus frágiles fuerzas. Una vez dentro, encendió un candil y los condujo por unas estrechas escalerillas de piedra hasta la sala de los tesoros.

Mientras cubrían los últimos escalones, Rodrigo pudo oler esa familiar mezcla de humedad, dinero y miedo que siempre parecía emanar de los sótanos de la gran catedral.

—La fuerza no tiene nada de malo —había dicho Rodrigo en cierta ocasión—. La fuerza es el brazo derecho de Dios. ¿Alguna vez hubo un país civilizado que existiese sin recurrir a ella?

—Tal vez —contraatacó Juan— un país que depende de su fuerza física no sea exactamente un país civilizado.

Rodrigo estalló en risas.

—En tal caso, mi querido hermano, nunca en absoluto ha habido un país civilizado. Porque aquellos que no han sido capaces de defenderse y de usar sus ejércitos para ampliar sus territorios han desaparecido como tantos otros a los que la noche de la historia se tragó de un único bocado.

Ahora el cardenal abría la marcha a través de una estancia que tenía más recovecos que los callejones de Toledo, hasta que de repente se encontraron frente a la puerta de una cámara abovedada. Juan se detuvo y esperó, mientras su hermano entraba en ella.

Sentado a una mesa grande, escribiendo con la mayor calma y haciendo de cada letra una obra de arte, estaba uno de los monjes que trabajaban para Rodrigo. Vestía una túnica de juez y un sombrero de cuatro picos. En la mano sostenía una gran pluma de ave que, periódicamente, levantaba del pergamino y chupaba con la punta de la lengua antes de volver a mojarla en el tintero.

Al fondo de la espaciosa cámara, alineados en la pared sobre unos bancos de madera, había anillas de metal, grilletes y cadenas. Pero nadie colgaba de ellos. De hecho, las únicas personas que ocupaban los bancos parecían estar bastante cómodas. Se trataba de otros dos de los monjes al servicio de Rodrigo, que permanecían en postura bastante informal a la expectativa de lo que deparase la noche.

Pero incluso más tranquila que las de estos dos monjes parecía la figura que se encontraba en el centro de la sala. Estaba tendida boca arriba sobre una mesa, con las puntas de los pies apuntando directamente al cielo. El cuerpo yacía cubierto por una manta y, bajo él, Juan detectó un bulto que le resultó familiar. Lo formaban las manos entrelazadas sobre el pecho. Y esa postura era la postura en la que los monjes colocaban los cadáveres de los que habían tenido la suerte de morir. Fijándose en los pies, Juan observó que los dedos gordos estaban hinchados hasta parecer dos grotescas zanahorias.

Mientras se aproximaba un poco, Rodrigo retiró la manta que cubría el rostro.

Apareció una cara ancha y de angulosa mandíbula, adornada por una barba negra y rizosa. Tenía los ojos abiertos. El cuerpo estaba todavía vivo y miraba hacia arriba resueltamente.

—¿Por qué ha sido colocado Antonio Espinosa en la postura de los muertos?

—Para ayudarlo a acercarse a Dios, eminencia.

Juan vio cómo su hermano lanzaba otra vez la manta sobre el rostro de Espinosa.

La pluma seguía rayando el pergamino como un pollo que picotea feliz mientras sus compañeros son decapitados de camino al puchero. Ahora, estudiando los muros, Juan comprendió dónde había estado poco antes Antonio Espinosa. Su sangre se había coagulado en el banco sobre el cual lo habían tenido colgado. Y en una bandeja estaban los instrumentos de tortura en cuyo manejo, después de comprarlos en Italia, Rodrigo había instruido a sus fieles seguidores.

—¿Ha hablado? —preguntó el cardenal.

—No, eminencia.

—Lo hará.

Juan vio cómo su hermano se aproximaba a la mesa donde el escribano trabajaba y comenzaba a leer el texto que tenía entre manos.

–¡Mira esto! –exclamó Rodrigo ofreciéndole a Juan algunos de los primeros pergaminos–. ¿Te acuerdas de lo que te dije esta misma noche? Los judíos se proponen defenderse y han concebido un plan para secuestrarme y pedir como rescate el salvoconducto de todos los judíos para ir de Toledo a Valencia y una nave a su disposición para llegar hasta Italia. ¿Alguna vez has oído una idea más estúpida que esa?

–No parece tan mala –replicó Juan secamente–. Tú eres muy valioso para la Iglesia.

–¡Cerdos! –exclamó Rodrigo–. Cerdos como estos deberían ser ensartados en un asador en lugar de dejarlos trasladarse a Italia. ¿Crees que yo le tengo miedo a morir?

Dicho esto, se dirigió de nuevo a los monjes que ocupaban el banco.

–Encadenadlo otra vez al muro. Veremos lo que el valiente Antonio Espinosa tiene que decirnos.

Por primera vez, el monje del escritorio dejó de escribir.

–No puede ser interrogado, sin alto riesgo de muerte.

–Toda vida está en riesgo –contestó Rodrigo–. Y, ya que el señor Espinosa no tuvo inconveniente en poner en riesgo mi vida, es obvio que tengo derecho a arriesgar la suya.

Juan estudió cuidadosamente los pergaminos. De acuerdo con su contenido, un comerciante ambulante había oído cierta conversación entre varios judíos toledanos acerca de un plan para engañar a Fernando Martínez. Cuando fue interrogado, el comerciante negó saber nada de todo eso. Pero cuando trajeron a un niño y lo amenazaron en su presencia, confesó haber sido testigo de una reunión en la plaza de la sinagoga, en la que los participantes habían acuchillado una sagrada forma eucarística hasta hacerla sangrar. Una vez que todos los presentes hubieron bebido de esa sangre, se conjuraron para secuestrar al cardenal preferido del arzobispo. Ningún otro nombre o dato había aportado el comerciante, alegando no conocer a nadie en la ciudad; todo esto para luego admitir al final de su concienzudo tormento que conocía a uno de los conspiradores, Antonio Espinosa, por haberlo visto en Barcelona.

A Espinosa, desnudo, lo levantaban ahora para colgarlo por las muñecas en las anillas de hierro. Cuando lo hubieron hecho y estuvo suspendido sobre el banco de madera, Antonio cruzó los pies, parodiando la crucifixión.

—¡Míralo! —dijo Rodrigo—. Se diría que espera que Dios le bendiga a él también.

Juan no contestó. Aunque Espinosa fuese inocente del cargo que se le imputaba, sin duda era culpable de otras conspiraciones. Merecía morir. De eso Juan Velázquez estaba seguro y, en cualquier caso, se dijo, aunque Antonio no lo mereciera, probablemente su muerte era inevitable. La única desgracia era que todo eso resultaría poco grato de contemplar. Al menos podría haber tenido la suerte de ganarse un final rápido y simple. Apartó la mirada de Espinosa y se volvió. Su hermano Rodrigo había agarrado un flagelo. Desde su gran victoria en Valencia, este artilugio constituía su sello personal.

—No es preciso que te quedes, querido hermano.

—Me quedaré.

—Lo digo porque, aunque no te estremezcas de pavor al ser testigo de la bajada del señor Espinosa a los infiernos, quizá no te guste ver lo que va a ocurrirle a su primo, si se muestra igualmente terco.

—¿A Abraham?

—Sí, a Abraham Halevi, el antiguo médico de la ilustre señora de don Juan Velázquez.

Juan sintió una terrible impresión en el pecho, como si un enorme puño lo hubiera golpeado.

—¿Dónde está ahora?

—En la cámara contigua.

Inmediatamente, el vuelo de su látigo rasgó el aire. Produjo un prolongado silbido que acabó con un ruido sordo, propio de la carne desgarrándose. Un segundo después el siguiente silbido comenzó. A su fin, Espinosa dejó escapar una queja.

–Vete a ver a tu médico, quizá puedas consolarle –le dijo Rodrigo a Juan.

Este último permaneció indeciso por unos instantes. Uno de los monjes se le acercó.

–Si me permitís, don Juan, os llevaré hasta él. –Con delicadeza, el monje le agarró por el brazo.

–¡Estúpido! –gritó Juan Velázquez. La parálisis que siempre se apoderaba de él en presencia de su hermano mayor se desvaneció. Y sintió la ira que siempre sentía al comprender que había sido manipulado. Agarró al monje por el cuello y lo lanzó con todas sus fuerzas al otro extremo de la habitación. Pero cuando alcanzó el pasillo, el monje estaba de nuevo a su lado, disculpándose servilmente e indicándole el camino hacia la celda donde Abraham Halevi estaba preso.

Su mazmorra se encontraba un piso más abajo, en los sótanos de la misma catedral. Estaba completamente a oscuras hasta que el monje, acercando a una rendija el candil que portaba, dirigió un rayo de luz hacia el banco donde Abraham permanecía sentado.

–Abre la puerta –ordenó Velázquez.

–No está permitido, señor...

–Abre la puerta o te haré sentir envidia de Antonio Espinosa por lo bien que lo trata el destino.

–Sí, don Juan.

La puerta de hierro crujió al ser abierta y Abraham se puso en pie.

–¡Don Juan Velázquez, qué inesperado honor! El comerciante se volvió hacia el monje.

–Déjanos solos.

–No está permitido...

–Dile a mi hermano que lo he ordenado yo. Y enciende todas las luces del corredor.

Juan Velázquez esperó hasta que los pasos del monje dejaron de oírse y entonces llevó a Abraham hasta la parte más iluminada de la celda. Tenía un ojo hinchado y andaba con gran dificultad, cojeando de una pierna.

—Mi hermano me ha relatado que los judíos del barrio han planeado secuestrarlo. Por eso os interrogan junto a vuestro primo.

Abraham asintió con la cabeza.

—Mi esposa no habría sobrevivido sin vos, ni tampoco mi hijo. Os debemos mucho.

Abraham volvió a asentir. Velázquez le puso la mano en el hombro. No solo había visto nacer a su hijo, sino que creía haber encontrado al hombre perfecto para cuidar de la salud del niño hasta que tuviera edad de hacerse cargo de sus negocios.

Ben Isaac le había dicho que Halevi quería llegar a convertirse en un gran cirujano. Pero pronto no quedarían judíos en los que pudiese practicar sus habilidades y su ciencia. Y después de los judíos, avanzó Rodrigo, los marranos serían eliminados.

—No voy a preguntaros si esa ridícula acusación tiene un fundamento cierto o no. Somos hombres de bien y sabemos que los hombres de bien deben mantener entre ellos el honor.

Abraham sonrió ligeramente y se apartó el pelo de la frente. Tenía una alargada y lacerante herida que le llegaba hasta las sienes. De forma casi instintiva, la mano de Juan Velázquez se extendió para tocarla.

—Estáis malherido.

—Solamente en mi amor propio.

—Abraham, quiero que vayáis a Barcelona como os he pedido. ¿Habéis pensado en ello?

—Lo he pensado, don Juan.

—¿Y qué habéis decidido?

—Tengo responsabilidades que atender aquí, en Toledo. Por el momento no puedo abandonarlas. Pero quizá en un futuro, cuando los actuales peligros hayan remitido, vos y yo podríamos...

La voz de Abraham se interrumpió. Y Velázquez, que se disponía a insistir en su propuesta, oyó unas apresuradas pisadas aproximándose. Levantó la vista hasta ver al monje de Rodrigo que llegaba corriendo con un candil chorreante de cera.

–Don Juan, vuestro hermano requiere que vos y el médico acudáis de inmediato a su presencia.

–Perdonadme –dijo Abraham mientras volvía al interior de su celda para recoger su manto y su sombrero. Poco después, con el porte propio del médico que se encamina a una visita, recorría el corredor junto a Velázquez.

Cuando llegaron a la sala de interrogatorios, Velázquez comprobó que el silbante látigo de su hermano no había contribuido a mejorar el buen ánimo de Antonio Espinosa. Todavía estaba encadenado a la pared, pero su cabeza colgaba hacia un lado y todo su cuerpo parecía deslavazado, como si las articulaciones de los hombros ya no fuesen capaces de sostenerlo. Estaba envuelto en un paño hasta la altura del cuello, pero a través de la tela habían manado regueros de sangre que la hacían asemejarse a un mapa en el que ríos, lagos y océanos aparecían marcados en tinta roja.

Rodrigo, que estaba de pie mirando a Espinosa, se volvió hacia la entrada para recibir a su hermano y al médico.

–Mi querido hermano y don Abraham Halevi, el gran médico y cirujano de Toledo, ¡qué placer veros!

Juan se asombró al contemplar cómo Abraham contestaba a Rodrigo con una cortés reverencia. Y mientras el cardenal se acercaba a Abraham para estrechar su mano, Juan advirtió que los ojos de Espinosa se abrían ligeramente.

–Es un honor encontrarme con vos tan pronto –exclamó Rodrigo–. Mi hermano ya me dijo que tendría el gusto de conoceros.

–El gusto es siempre mío.

–Sin embargo –continuó Rodrigo–, ahora nos ocupa un problema de suma urgencia. Vuestro primo se halla en una situación muy desgraciada. Se niega a hablar y se niega a morirse. Vos sois un gran doctor y, quizá, podríais suministrarle algún remedio que le ayudara a revitalizarse.

–Será un honor –respondió Abraham. Y Juan observó cómo buscaba bajo su manto esa bolsa de medicinas que se había convertido en un objeto familiar en casa de los Velázquez. El médico avanzó hacia Antonio, que había vuelto a cerrar los ojos.

–¿Me permitís retirarle la manta?

–En este hospital –contestó Rodrigo– siempre es el médico quien manda.

Abraham apartó el paño. Sin poder evitarlo, Juan sintió que el estómago se le encogía. Espinosa había sido lacerado como un animal de despiece. La piel de su torso y su estómago se desprendía en jirones, igual que la de los muslos. La zona genital era un amasijo de coágulos de sangre. Abraham se volvió para encarar a Rodrigo. Juan notó que la expresión del médico era perfectamente serena, la misma que había observado en él justo antes de proceder a operar a Isabel.

–Descuelguen al paciente de la pared y colóquenlo sobre la mesa –indicó Abraham Halevi.

–Como vos digáis –asintió Rodrigo, haciéndoles una seña a los monjes.

Una vez que Espinosa estuvo sobre la mesa, cubierto de nuevo por la manta, Abraham volvió a dirigirse al cardenal.

–El paciente no puede hablar porque se encuentra en un estado de poca conciencia. ¿Puedo administrarle un ligero estimulante?

–¿Ese estimulante le animará a decir la verdad?

–El paciente desea sin duda decir la verdad. Estoy seguro de que le ayudaré a cumplir ese anhelo en cuanto tenga fuerzas.

–Muy bien.

Juan vio cómo Abraham extraía un pequeño sobre de su bolsa y abría la boca de Antonio. Tras pedir un poco de vino, le hizo tragar los polvos que había puesto en su lengua. Sujetándole la cabeza con las manos, lo incorporó ligeramente sobre la mesa y le ayudó a ingerir la mezcla. Mientras lo hacía, los Velázquez oyeron que Abraham le susurraba algo a su primo.

–¿Qué habéis dicho? –espetó Rodrigo.

–He dicho «*Shalom,* Antonio» –contestó Abraham todavía sujetando la cabeza de su primo.

–Decidme con qué objeto –ordenó el cardenal Velázquez.

–A veces significa «un saludo, Antonio». –Ahora Juan vio que el rostro de Espinosa se contraía, mientras se cubría súbitamente de sudor y su cuerpo se agitaba convulso.

–El paciente responde a los efectos del estimulante –explicó el médico.

Los brazos de Antonio se extendieron hacia atrás, como las alas de un pájaro desesperado por lanzarse a volar. La manta cayó al suelo. Los ojos de Juan Velázquez se posaron inmediatamente en la zona inundada de sangre, entre las piernas.

–Tapadlo –bramó Juan, mientras él mismo se agachaba para recoger la manta. Pero antes de que tuviera tiempo de incorporarse, el cuerpo de Antonio Espinosa comenzó a tiritar de forma incontrolable, como el de las personas en trance de muerte por efecto de la gran plaga.

–El paciente continúa respondiendo bien al estimulante –añadió Abraham.

De repente cesaron las convulsiones de Antonio y su cabeza descansó inerte en los brazos de su primo. Abraham tomó la manta de manos de Juan Velázquez y cubrió el cadáver.

–El paciente ha respondido del todo al estimulante –anunció Abraham Halevi.

–¿Cuándo hablará? –exigió el cardenal.

Juan se volvió hacia la pared. Abraham había engañado a su hermano Rodrigo. Pero lo que Rodrigo le había hecho a la virilidad de Antonio era una imagen que había quedado grabada en los ojos de Juan Velázquez, como el arañazo de una zarpa de rata.

–Infortunadamente –le oyó decir a Abraham– la respuesta del paciente al estimulante ha sido tan poderosa que ha ahogado cualquier otra respuesta o deseo que pudiera tener.

Velázquez se dio la vuelta y comprobó que el rostro de su hermano se tensaba de ira.

–De acuerdo, entonces tendremos que ver qué tal ocupáis vos el lugar de vuestro primo –Rodrigo hizo un gesto a los monjes–. Quitadle todas las ropas.

Pero Juan Velázquez se interpuso en el camino de los monjes.

–Tocadlo y estáis muertos.

Había desenvainado una afilada daga y por la puerta aparecieron raudos sus dos guardaespaldas, el jorobado y el gigante.

Los monjes miraron confusos a Rodrigo.

–¿Proteges a un judío desafiando a la Iglesia?

Juan vio que el rostro de su hermano había empezado a recobrar rápidamente su color.

–Protejo mi propiedad –contestó Juan–. Protejo al médico personal de mi esposa, de mi hijo y de mí mismo. ¿Tienes tú alguna objeción al respecto?

Hubo un largo silencio. Juan advirtió que el gigante tomaba posiciones acechando al cardenal.

–Me resulta muy grato –contestó por fin Rodrigo– comprobar que la casa de los Velázquez se preocupa por sus «criados».

9

QUIENES LE QUERÍAN decían que la cara de Ben Isaac reflejaba honda sabiduría. Sus facciones eran finas y alargadas. Una recortada barba blanca contorneaba su piel oscura y curtida. Las comisuras de su boca apuntaban ligeramente hacia abajo. Pero una noche a principios de agosto, exactamente una semana después de que su discípulo favorito hubiese realizado con éxito la milagrosa operación a la esposa de don Juan Velázquez, la boca de Ben Isaac relajó el gesto que llevaba todo el día adoptando mientras atendía a sus pacientes, e incluso puede decirse que casi llegó a esbozar una sonrisa.

Estaba sentado en su lugar favorito. Solía retirarse a ese hueco de la muralla que circundaba el barrio árabe de Toledo, separándolo de las soleadas huertas que cubrían las ondulantes laderas hasta el río Tajo.

Con la ayuda de dos pipas de hachís, Ben Isaac oteó el desierto y lo que vio le produjo una sensación de dorada y polvorienta serenidad.

A sus pies el Tajo se enroscaba varias veces sobre sí mismo, de una forma tan nítida que parecía como si la gran cinta plateada se hubiese anudado en un gran lazo. Y justo detrás del río, en su apogeo tras un mes de crecimiento, se divisaba el enorme campamento de la feria.

Fue viajando con esa feria como Ben Isaac realizó su propio aprendizaje junto al herborista que lo adoptó de niño en Túnez.

Aquellos días en el desierto constituían las flores exóticas en el jardín de la mente de Ben Isaac. Cultivaba cada uno de ellos, visitándolos a menudo, regándolos con su nostalgia e inspeccionando cualquier signo de deterioro. Fue en aquellos días cuando se convirtió en hombre, descubrió nuevas hierbas curativas, se casó y tuvo hijos.

Cuando las circunstancias lo llevaron a Toledo, hacía ya tiempo que los había enterrado a todos ellos, y sus sueños habían comenzado a perder fuerza. Aparte del tesoro de sus recuerdos, solo la visita anual a la feria conseguía devolverle la mágica felicidad de su juventud.

Desde su posición en la muralla, los ojos de Ben Isaac podían captar toda la extensión de la feria. Y en esa hora del crepúsculo el complejo que formaban miles de tiendas, barracas y pabellones, coronado con las innumerables columnas de humo de los asadores, era un regalo para su sentimental espíritu.

En ese mismo instante, como bien sabía Ben Isaac, las improvisadas callejuelas de la feria estaban abarrotadas y el olor ahumado de las salsas norteafricanas se mezclaba con el del vino, al arrullo de los cuchicheos de miles de mercaderes y comerciantes que disfrutaban de su última noche en Toledo.

Más tarde, cuando el sol ya se hubiera puesto del todo, Ben Isaac saldría de la ciudad, como había planeado, y cruzaría el río hasta las tiendas en las que pasaría la noche conversando con sus amigos. Pero de momento era mejor conformarse con contemplar el río y los páramos desde allí, recordando esa misma vista en años anteriores y todas aquellas noches en las que se había escabullido de la ciudad para unirse a las celebraciones.

Tras la muerte de su mujer, cuando él era todavía un hombre joven (al menos desde su perspectiva actual), es decir, un hombre ya maduro pero que conservaba los apetitos de la juventud, había sentido la necesidad en una o dos noches de satisfacer violentamente sus deseos tras todo un año de abstinencia en Toledo. En aquellos tiempos era todavía un hombre salvaje, que se fortificaba mediante los afrodisíacos que él mismo seleccionaba cuidadosamente. Solía beber licor con sus amigos y luego se apresuraba en llegar a una caravana de gitanos, donde lo esperaban ciertas señoritas, dos hermanas solícitas.

Pero llegó un año en que las hermanas no aparecieron por la feria. Habían muerto en los Pirineos, cuando su carro patinó en una placa de hielo, invisible durante una tormenta, y se precipitó al vacío. Todo esto le fue explicado a Ben Isaac con todo lujo de detalles por su madre, una vieja gitana que le relató la historia tan vivamente que le forzó a ver el carro dando vueltas de campana hasta quedar destrozado en el fondo del precipicio, mientras sus ruedas giraban lentamente bajo la oscura lluvia. Había caído tan abajo, le había explicado la anciana, que nadie pudo llegar al lugar, en las profundidades del cañón, hasta pasados dos días. Tras bajar gateando por las resbaladizas rocas, tuvieron que encender un fuego con la maleza del valle y hervir agua para calentar la tierra endurecida por el frío y poder enterrarlas.

—Sé para qué querías a mis hijas —acabó diciendo la gitana, cuando concluyó su relato. En ese momento Ben Isaac se dio cuenta de que su encorvado cuerpo estaba vestido con gasas color púrpura, y que el olor a muerte que él había estado percibiendo durante toda la narración no procedía del recuerdo de aquellas infortunadas chicas, sino del perfume con el cual su madre se había acicalado.

—Si quieres, puedes tenerme a mí a cambio —se ofreció la vieja gitana.

—Eres demasiado amable conmigo —contestó Ben Isaac.

—Te cobraré la mitad —insistió la vieja— porque yo soy solamente una y no dos.

—De hecho —replicó Ben Isaac—, yo había venido a la feria solo para saludarlas y decirles que he estado enfermo, con una infección de... ya me entiendes...

Al siguiente año, con algunos remordimientos, Ben Isaac se acercó a las casetas de los gitanos para llevarle a la vieja un pequeño regalo. Pero ella también había desaparecido.

El hachís circulaba por su sangre al mismo ritmo perezoso que el humo de las fogatas de la feria se elevaba hacia el cielo. Patas de cerdo y vacas enteras habían comenzado a asarse desde primeras horas de la tarde, y el aroma de la carne braseada, suculento y dulzón, se esparcía por toda la ciudad de Toledo.

Justo después del mediodía, Ben Isaac se había encontrado con sus viejos amigos de la feria. Yussel Al Kh'an, que tenía veinte años más que él, se había vuelto tan frágil que la piel le recubría los hombros con tantas arrugas como las de una manta que tapa el cuerpo de una persona agitada por la fiebre. No faltaban muchos años para que sus huesos fuesen a parar a cualquiera de las tumbas que flanqueaban los caminos entre las grandes ciudades de España.

–Este será mi último burro –vaticinó Yussel a Ben Isaac mientras le presentaba a su nuevo compañero animal.

–Tú eres bastante más testarudo que él –contestó Ben Isaac–. Al final serás tú quien lleve al asno a sus espaldas.

Ben Isaac oyó un rumor de sandalias en las escalinatas. Dirigió la vista hacia allí: una mujer joven subía hacia él. Llevaba la cabeza descubierta. Sus cabellos negros, peinados con raya en medio, le caían sobre los hombros, contrastando con su vestido blanco de algodón.

Ben Isaac apartó la mirada. Los ojos se le habían llenado de lágrimas. En los últimos tiempos se había vuelto muy sentimental. El más leve motivo que le hiciese recordar a su esposa bastaba para que sus ojos se humedecieran. Respiró hondo, se volvió hacia los páramos hasta que sus lágrimas hubieron cesado y el aire seco hubo barrido toda huella de su cara. Para cuando la mujer llegó hasta él, Ben Isaac había recobrado la compostura y su porte de médico dispuesto a oír los problemas ajenos.

Pero la mujer se mantuvo en silencio, y cuando él finalmente la escudriñó a la luz del atardecer, vio que ella también había estado llorando. Era Gabriela Hasdai. Bajo la iluminación rojiza del sol poniente, su rostro resplandecía con tintes dorados y sus ojos parecían más profundos que el Tajo.

–Siento molestarte, pero Ester Halevi me ha dicho que podría encontrarte aquí.

Ben Isaac asintió. El hachís le había vaciado la mente de los problemas inmediatos. Ahora recordó que Abraham y su primo Antonio llevaban varios días sin aparecer. Se presumía que estaban presos en las mazmorras de Rodrigo.

–Abraham ha regresado –anunció Gabriela–. Ester pensó que a ti te gustaría saberlo.

–Claro –aseguró él mientras algo en su interior se desanudaba. Era la tensión que había estado sufriendo desde el arresto de su alumno. El aire del atardecer le resultó ahora mucho más respirable, porque en cuanto supo de la desaparición de Abraham lo dio por muerto.

–Antonio no ha vuelto –añadió Gabriela.

–¿Continúa preso?

–No.

Ben Isaac descruzó las piernas. Había conocido a Antonio a través de Abraham y le había visto muchas veces. Lo consideraba un joven con el temperamento de su primo, pero sin su sensatez. Ben Isaac siempre pensó que Abraham era tan lúcido que, si tenía un poco de suerte, llegaría a vivir lo suficiente como para lamentarse por haber llegado a viejo. Por lo que se refiere a Antonio, tal arrepentimiento no estaba escrito en los astros. Para sobrevivir por un largo período necesitaría, no ya suerte, sino una legión de ángeles de la guarda.

–¿Y Abraham? –preguntó Ben Isaac–. ¿Se encuentra bien o está herido?

–Está bastante bien –respondió Gabriela.

–¿Le gustará que un anciano amigo suyo acuda a visitarlo?

–Sí.

El cielo se había oscurecido lo suficiente como para que el resplandor rojo de las fogatas lo pintara de lunares.

–¿Has ido allí hoy? –preguntó Gabriela señalando la feria.

–Por la tarde.

–¿Van a atacar la judería? Dicen que han llegado cientos de seguidores de Rodrigo Velázquez y Fernando Martínez.

Ben Isaac se había hecho esa misma pregunta a lo largo del día. Pero aunque la feria le había parecido más concurrida que de costumbre, daba la impresión de que todo el mundo estaba allí por un motivo sin dobleces. Yussel no había oído nada extraño. Aunque él mismo había opinado que, si el cardenal bajase en persona a ofrecerse como cabecilla del ataque, los soldados le seguirían y los acontecimientos podrían precipitarse fuera de todo control. La posibilidad de que algo así sucediera era muy pequeña a juicio de Yussel; el propio Ben Isaac la había descartado, hasta que, cuando abandonaba el ferial, oyó la conversación de dos hombres acerca de los saqueos en Valencia. No solo comentaban la noticia, sino el hecho de que los atacantes de los judíos hubieran pagado a algunos elementos para que se escondieran durante la noche en el interior del barrio y luego abriesen sus puertas.

Sin contestar a la pregunta de Gabriela, Ben Isaac se puso en pie y la siguió escaleras abajo. Poco después de que su mujer muriera, había dejado de temer su propia muerte. Y una vez que dejó de temer su muerte, se redujeron también sus preocupaciones por las muertes de otras personas. Las malas noticias se le antojaban ahora como la lluvia que caía lejos de los confines de su propio desierto.

–Eres un viejo –se susurraba a sí mismo con desprecio en tales ocasiones–. Eres un cínico resabiado y obsoleto. Muérete ya.

AL CABO DE unos minutos, Ben Isaac se sentaba cruzando las piernas en el suelo de la casa de Ester Espinosa de Halevi. Frente a él estaban Ester y Abraham, que llevaban toda la velada paralizados por una profunda y silenciosa tristeza.

–Debemos irnos esta misma noche –insistió Gabriela–. Es estúpido esperar más tiempo. Tenemos que marcharnos mientras sigamos vivos para emprender el viaje. Todo está listo. Mi sirvienta ha partido ya y yo he comprado un caballo y un carruaje en el cual hay espacio para todos nosotros.

El hematoma en la frente de Abraham había adquirido un tono amarillento y morado. Ben Isaac acababa de vendarle las costillas.

—Yo lo maté —susurró Abraham cuando estuvieron a solas—. No pude soportar verlo así...

Se interrumpió; Ben Isaac le miró a los ojos. Era el chico a quien había estado enseñando durante años, el peculiar estudiante judío cuya ambición resplandecía con el brillo del oro, desafiando ser corrompida. Pero cuando Abraham le confesó haber matado a Antonio, Ben Isaac, que sabía que en su lugar habría hecho lo mismo, se vio incapaz de llegar hasta él y confortarlo. La tarea de un médico era amar la vida, no cercenarla, ni siquiera en defensa de la causa de la misericordia. Sin embargo, ¿no había acabado el propio Ben Isaac con el sufrimiento de su esposa? No obstante, al hacerlo se había condenado a ese desierto de soledad en el que Abraham entraba ahora.

—Un médico no puede jugar a ser Dios —le había repetido a Abraham cientos de veces—. El deber de un médico es el de utilizar sus artes y habilidades para proteger la vida de otros.

En este instante, Abraham se enfrentaba a su reproche.

—No quiero irme —exclamó Ester rompiendo el silencio—. Pero Abraham y tú debéis partir sin mí. Casaos y empezad una nueva vida. Saber que estáis a salvo, juntos y criando niños, es lo que yo quiero.

—Sabes bien que no puedo irme sin ti —replicó Abraham—. Si quieres que vaya a Barcelona, tendrás que venir conmigo.

—Moriré aquí —dijo Ester con un hilo de voz que apenas pudo oírse—. Déjame morir en mi casa, no en un carromato de campesinos en el camino a ninguna parte.

—Entonces yo también me quedaré. Gabriela se adelantará. Ha conseguido un transporte en la feria, y si no nos hemos reunido con ella antes de medianoche, se irá sin nosotros.

Ben Isaac vio cómo Gabriela luchaba para no perder el control de sí misma. Tenía razón en insistir en que debían irse. Y Abraham estaba loco al no transigir. Pero todo el que lo conocía sabía que nunca dejaría que su madre muriese sola. Y todos los que conocían a Ester de Halevi sabían que, fuesen cuales fuesen sus palabras, nunca cortaría el cordón que mantenía a su hijo ligado a ella.

–¿Ben Isaac, podrías...? –Gabriela no completó la frase–. Adiós –dijo de forma abrupta. Evidentemente enfadada, saludó con una pequeña reverencia primero a Ester, luego a Abraham y finalmente a Ben Isaac, y se encaminó a la calle, escaleras abajo.

Una vez más, Ben Isaac se encontró con los ojos de Abraham buscando los suyos, pidiendo que alguien comprendiera su postura y la reafirmara.

–Ve tras ella –le dijo en cambio. Todavía estaba bajo los efectos del hachís, pero al otro lado de la puerta podía oír los pasos de Gabriela vacilando sobre el camino que debían seguir–. Al menos acompáñala a su casa.

Abraham permaneció inmóvil.

–Ve –le aconsejó Ester–. Haz lo que dice tu maestro.

Por un instante, Abraham se comportó como el titubeante adolescente que era cuando Ben Isaac lo vio por primera vez. Luego cogió su capa negra y envainó en ella la daga que siempre llevaba de noche.

–Tengo que salir de todos modos. Hay un paciente que he de visitar.

Ben Isaac aguzó el oído junto a las escaleras hasta comprobar que las voces de Abraham y Gabriela se entremezclaban. Después volvió a la habitación. Ester se había quedado dormida, en una de esas pérdidas de conciencia que cada vez resultaban más frecuentes en los últimos tiempos. Se arrodilló frente a ella.

La cabeza de la mujer descansaba ligeramente hacia un lado. Su rostro de finas facciones parecía una máscara de paz.

Un mechón de pelo se le había desprendido y le caía sobre un ojo. Ben Isaac se lo colocó tras la oreja. La cara de Ester no le era desconocida a sus dedos. En la noche del terror, cuando todos los médicos judíos de Toledo habían sido asesinados, él fue al barrio a atender a los heridos.

–¿Crees que deberían casarse?

Los ojos de Ester se habían abierto de repente. Ben Isaac seguía arrodillado delante de ella, con la mano en su rostro. Se apresuró a retirarla, pero la mano de ella lo impidió, agarrándola y haciéndola mantenerse posada en su cara.

–Tú y yo deberíamos habernos casado.

La voz de Ester sonó vaga.

–¿Judía y musulmán? –apuntó Ben Isaac, aunque sabía que ella estaba inmersa en sus sueños y no lo escuchaba.

–Quiero dormir.

–Duerme –la animó él. Se incorporó y, con considerable esfuerzo, llevó a Ester desde su silla a un diván. Puso una almohada bajo su cabeza y una manta ligera sobre su cuerpo. Luego se sentó a su lado, y empezó a acariciarle la frente mientras Ester adoptaba una respiración profunda y serena. Las manos de Ben Isaac parecían ya de cuero viejo, su entrecejo lucía tan satinado y suave como el de una chiquilla, pero era tan viejo y transparente como el de su amigo Yussel. Costaba imaginarse que en su día Yussel y él hubiesen hecho a las jóvenes gitanas saltar de emoción al verlos llegar. Hoy su amigo estaba enamorado de su nuevo burro y él, el que fuera un viudo insaciable, se daba más que por satisfecho con acariciar a una durmiente señora cuyo gran amor era su hijo.

Ester extendió la mano y abrazó las piernas de Ben Isaac. Él se sintió en paz y lleno de dulzura. Comenzó a cerrar los ojos y también se abandonó al sueño. Su mente se fue llenando con el eco de la respiración de ambos, y con la alargada cinta de plata que formaba el río Tajo al ponerse el sol.

10

—Comed un poco más de cordero o el cocinero se sentirá agraviado.

La voz de Isabel de Velázquez sonó un tanto tensa y preocupada. Su esposo se había levantado de la mesa para traer más vino clarete. Doña Isabel se inclinó hacia Abraham y le susurró:

—Temía que no vinierais esta noche.

—Es un honor haberlo hecho, como siempre.

—¿Como siempre? ¿Es preciso que contestéis siempre con tanta formalidad?

—Lo siento.

—No, soy yo quien debe disculparse. Es terrible que hayan matado a vuestro primo.

Abraham no dijo nada. Juan Velázquez había insistido en que fuese a cenar esa noche, la primera que pasaba libre desde el fin de su arresto.

—Soy tu benefactor —explicó Velázquez al invitarlo—. Y tú eres el benefactor de mi esposa. Está aterrada por lo que pudiera ocurrirte. Debes venir, aunque solo sea para que se tranquilice.

—¿Y qué me decís de vuestro hermano? —preguntó Abraham—. ¿También él se tranquilizará al verme?

—Mi hermano está ocupado esta velada.

Abraham volvió a mirar a Isabel. Solo había pasado una semana desde la operación, pero se encontraba lo bastante bien como para sentarse en una confortable butaca junto a la mesa del comedor. En lugar del vino con poción médica que había bebido durante la intervención quirúrgica, ahora saboreaba el célebre clarete de los viñedos Velázquez. «La moribunda que conocí –pensó Abraham– debe tener una magnífica fuerza vital, si ha sobrevivido a una operación tan delicada y ha florecido tan saludablemente en solo unos cuantos días.» Fuerza vital: ese era, según Ben Isaac, el verdadero secreto de la salud. La vida atrae a la vida, como el sauce junto al agua contiene las esencias que curan el reumatismo causado por la humedad, como las flores que crecen al sol contienen el dulce polen que proporciona la miel. Los médicos y los cirujanos pueden potenciar o mermar la fuerza vital, pero no pueden hacerla existir cuando no está presente, más allá de lo que lo hacen los astrólogos y alquimistas.

–Sois como uno más de la familia –dijo Isabel.

Entre los médicos de Toledo era habitual bromear sobre la facilidad con la que las pacientes se sentían atraídas por las manos que las habían curado. Abraham sintió que sus mejillas se ruborizaban ante la perspectiva de que pudiera estar coqueteando con una mujer bella y deseable, cuyo cuñado era Rodrigo Velázquez. Y cuando doña Isabel le sonrió, observó que también las mejillas de ella se estaban coloreando.

Desde su mesa en el patio se veía la feria al otro lado del río. Habían encendido una enorme hoguera y de ella tomaban fuego decenas de antorchas que moteaban el paisaje, revoloteando como moscas por los alrededores.

Juan Velázquez volvió a la mesa con una sonrisa en la cara y dos jarras en la mano. Abraham se levantó para recibirle. El sudor le bañaba la piel. En ese patio se sentía como un prisionero y casi más asustado que en las mazmorras del cardenal. Observó que las cancelas de la verja estaban cerradas con llave. El jorobado y el gigante permanecían sentados, como mellizos dispares, guardando las dos entradas.

–A la salud de la señora de Velázquez y del nuevo heredero de la fortuna de esta casa –propuso levantando la copa que

Velázquez acababa de llenarle. Abraham se había mantenido en pie.

Juan Velázquez verdaderamente era, como él mismo había dicho, su benefactor. Lo había salvado de Rodrigo, que sin duda le habría dado muerte, y, ahora, para honrarlo aún más, había insistido en que acudiera a su casa a cenar. También le había proporcionado, por el simple hecho de poner su bisturí al servicio del vientre de su mujer, una reputación que ni doce años de trabajo entre los pobres de los barrios judío y árabe habrían podido reportarle. Una reputación que, si se producía el ataque a la judería, cobraría menos valor que una moneda devaluada.

Tras abandonar la vivienda de la madre de Abraham, Gabriela caminó decididamente, obligándolo a alargar la zancada para seguir su paso. Cuando llegaron a su casa, él la acompañó dentro. Pero después, una vez en la sala, anunció que solo podría quedarse unos instantes, porque lo esperaban para la cena en el palacio de los Velázquez.

–¿Velázquez?

Abraham vio cómo los labios de Gabriela se contraían con tanta fuerza que aparecieron líneas blancas en la piel que los rodeaba.

–Se lo debo.

–¡Abraham! ¡Su hermano ha matado a Antonio!

–Yo maté a Antonio.

–Sabes lo que quiero decir.

–No, me temo que no lo sé. –Notó cómo su propia ira se despertaba–. Quizá debas explicármelo.

–En realidad –contestó Gabriela–, no creo que desee explicar ninguna delicada cuestión moral al gran médico ciruja-no de Toledo. O quizá debería decir «al maestro, al rabino», ya que tienes la sabiduría de reconocer tus deudas con el hermano del mismo hombre al que le gustaría ver a todos los judíos de esta ciudad asesinados.

–Hace tan solo unos días que tú misma pregonabas que te ibas a Barcelona, a trabajar para don Juan Velázquez.

–Hace tan solo unos días —replicó Gabriela con amargura– tú hacías planes para nuestra boda. Dijiste que nos casaríamos en Barcelona y allí es donde voy, mi querido futuro esposo. Más aún, creo que tu madre y tú sois idiotas por no venir conmigo.

Abraham sintió repentinamente vergüenza y se echó para atrás. En la prisión de Rodrigo había soñado con ese momento junto a Gabriela, suponiéndolo un milagroso oasis. Y se había prometido que, si alguna vez escapaba, se casaría con ella inmediatamente.

–¿Sabes qué? –continuó ella–. Pagar una deuda al diablo no es algo de lo que uno deba enorgullecerse. Es mejor rechazar sus regalos.

–¿Qué quieres decir?

–Quiero decir, Abraham Halevi, que a veces estás demasiado dispuesto a vender tu alma. Tal vez no sea conmigo con quien quieras casarte, sino con las riquezas de Juan Velázquez.

Él permaneció sin moverse. Mientras observaba a Gabriela, vio que el enfado de ella iba desvaneciéndose y que su postura desafiante se transformaba en un gesto de súplica. Una respuesta le vino a Abraham a la mente: si era él quien tan dispuesto estaba a vender su alma, ¿por qué era también él quien se proponía quedarse en Toledo a afrontar una muerte casi segura, mientras ella procedía a salvarse huyendo a Barcelona?

Pero no pudo hablar. No porque intentara evitar aumentar aún más su ira, sino porque sabía que de lo que realmente le acusaba era de no amarla como ella le amaba a él.

–Muy bien, Abraham, gracias por acompañarme a casa.

–Que tengas un viaje bueno y seguro, Gabriela. Te veré pronto, te lo prometo.

–Viajaré con cuidado –respondió ella–. Y te diré una cosa más acerca de lo mucho que confío en tu amigo Velázquez. Me ofreció una carroza para viajar, pero preferí arreglármelas sola y asegurarme de que no me traicionaba. Te aconsejo, mi futuro esposo, que tomes similares precauciones.

Se dio la vuelta y Abraham sintió un repentino dolor en el corazón, como si la estuviera viendo morirse. Avanzó hacia ella, listo para decirle que la amaba de verdad y que quería viajar a su lado y protegerla. Pero a su mente acudió la imagen de Antonio, colgado por las muñecas de unos grilletes, en las cámaras de Rodrigo Velázquez. Se frotó los ojos. Antonio, fue él quien le rogó que le ayudara a morir. Antonio, a quien un loco le había arrancado la piel a tiras. «Quítame la vida –le había suplicado–, y venga mi muerte cuando puedas.»

–¡Abraham!, ¡Abraham!

Se estaba tambaleando. Gabriela lo sujetó justo cuando estaba a punto de caerse hacia adelante.

–¿Estás bien?

–Solo cansado –contestó Abraham.

–¿Te traigo algo de beber?

–Debo irme.

Le dio un beso de despedida, un beso rápido e informal, como si la despedida apenas mereciese ese nombre. Sin embargo, durante el trayecto hasta la casa de Velázquez, Abraham se detuvo a meditar varias veces, y deseó que Dios le infundiera amor por Gabriela y le forzase a cumplir la promesa que había hecho en las mazmorras del cardenal Rodrigo Velázquez.

EL VINO CLARETE daba lo mejor de sí reflejado en los ojos de doña Isabel. A la luz de las velas brillaban con la intensidad del enorme rubí que llevaba colgado al cuello y que descansaba sobre la piel de su pecho. Ante la insistencia de don Juan, Abraham había estado contando las peripecias de sus dos años en Montpellier. Y durante su relato de las oscuras noches en las que tanto alumnos como profesores se escabullían sigilosamente hasta las salas de conferencias para practicar disecciones prohibidas, Isabel se había reído con tantas ganas que el antes sombrío patio adquirió un aire festivo y alegre. Abraham, con la ayuda de un vaso de clarete tras otro, flotaba en su propia elocuencia, con el paternal consentimiento de don Juan y el impulso de la grata risa y los comprensivos ojos de su bella esposa.

—Debéis ser muy valiente —comentó— para atreveros a hacer prácticas en esas condiciones.

—Pero, Isabel —protestó su esposo—, nuestro buen doctor es especialista en el arte de las escapatorias estrechas.

Al otro lado del río, los fuegos de la feria resplandecían ahora con un rojo fosforescente. Abraham confió en que, para entonces, Gabriela ya hubiese llegado al lugar donde la esperaba su caballo. Por primera vez se le ocurrió que ni siquiera le había preguntado cómo, siendo mujer, se las había arreglado para conseguirlo y acordar su entrega.

—Contadnos más cosas —le urgió doña Isabel.

Abraham se sintió repentinamente descorazonado. Isabel estaba radiante, brillaba precisamente en aquellos aspectos que Gabriela era apagada. «Todo el mundo sabe —le había dicho Ben Isaac a Abraham en una ocasión— que hay mujeres que malgastan su vida amando a algún hombre sin ninguna esperanza de ser correspondidas. Pero también hay hombres que se pierden por amor. Deseo es lo que uno debe sentir por las mujeres. Aprovéchate de ellas cuanto puedas y reserva el amor para tener hijos.»

Las antorchas que Abraham había visto hacía una hora en ese momento se extendían desde la feria hasta la ciudad formando una gran avenida. Desde la mesa era imposible comprobarlo, pero se preguntó si sus portadores no estarían concentrándose junto a las murallas de la villa.

—¿Habéis notado —preguntó— que parece haber una procesión que marcha desde la feria hacia Toledo?

Velázquez asintió con la cabeza y se puso de pie.

—Acerquémonos al muro y veamos.

Abrió la marcha a través del patio hasta las escalinatas que llevaban al punto más alto del muro que circundaba su palacete. Abraham le siguió de cerca. Cuando llegaron al borde, se asomaron para comprobar que cientos de antorchas se sucedían entre la ciudad y el río. Prácticamente todo el espacio intermedio estaba ahora iluminado. Si Gabriela no hubiese partido inmediatamente después de despedirse de él, le habría sido imposible cruzarlo sin ser interceptada.

—Mi hermano se lamentó de no haber podido acompañarnos esta noche —explicó Velázquez—. Dijo que él, como mi esposa, admiraba vuestro valor.

A veces es peligroso tener semejantes admiradores, pensó Abraham. Pero, en lugar de hablar, inclinó cortésmente la cabeza hacia su anfitrión. El clarete, que apenas unos minutos antes había hecho la noche tan grata, parecía haberse evaporado de sus venas. Sus sentidos estaban obnubilados por la alarma y el peligro, y no a causa de la borrachera.

Su corazón se encogió, convencido de que esa noche se produciría el ataque. Por eso Rodrigo se encontraba ausente. Abraham miró a su alrededor. El gigante y el jorobado seguían en sus puestos, guardando las salidas y, en los bancos junto a ellos, tenían dispuestas sus armas.

—Así que vuestro hermano está ocupado esta noche.

—Me aseguró que iría a la feria.

—Y ahora la feria ha decidido venir a nosotros.

—Es cierto —contestó Velázquez—. La feria ha decidido llegarse hasta nosotros y visitar Toledo.

—¿Qué clase de visita? —le interpeló Abraham, preguntándose qué eufemismos usaría Juan para referirse a una matanza.

—Una visita muy desgraciada, pero necesaria.

Isabel se unió a ellos. El rico comerciante continuó hablando.

—A mi esposa y a mí nos honraría que fueseis nuestro huésped esta noche. Ya os hemos preparado una habitación.

Abraham apartó los ojos de Velázquez y los posó en Isabel.

–Lo siento –dijo ella, repitiendo las mismas palabras que había utilizado para consolarle por la muerte de Antonio–. Esto debe ser muy duro para vos.

«¿Esto?», pensó Abraham. ¿Qué quería Isabel decir con «esto»?

¿Que le sería duro ser apresado de nuevo? ¿O que, mientras descansaba confortablemente en su cuarto de invitados (quizá el mismo que utilizaba Rodrigo), le sería duro oír los lejanos ecos de la matanza en su barrio?

–¿Otra copa de vino?

–Gracias –contestó él–, pero a pesar de vuestra amable invitación me temo que debo irme a casa. Comprended que mi madre no puede dormir sin las pócimas que le suministro y, a su edad, una noche en vela puede destrozar toda una semana.

–¡Vuestra madre! –exclamó Velázquez–. Ese es un problema con el que no había contado.

Desde donde se encontraba, Abraham podía ver que las antorchas se habían acumulado cerca de la parte más baja del muro que separaba el barrio judío del barrio cristiano. Pronto las escaleras de asalto se apoyarían en ese muro. Se volvió para examinar de nuevo la verja de la casa de los Velázquez. Ahora ambos guardias estaban de pie.

–Buenas noches –dijo Abraham–. Por favor, ordenad a vuestros sirvientes que me abran la cancela.

–Podríamos traer a vuestra madre hasta aquí... –ofreció Juan.

Abraham se volvió. Las escalas de asalto, con sorprendente rapidez, habían sido colocadas ya en el muro. Una gran cruz estaba siendo erigida en lo alto de él. Si Antonio siguiese vivo, habría sabido qué hacer. Abraham bajó la mirada desde el muro de la casa hasta la calle, situada casi diez metros por debajo. Los dos sirvientes se encaminaban ahora hacia él. El jorobado rugía entre dientes, avanzando con amenazadores pasos y protegiéndose la entrepierna con una mano.

–¿Y bien? —preguntó Velázquez.

Abraham apretó las manos, intentando controlar su temblor. Su corazón latía tan fuerte que podía sentir la presión de la sangre en los oídos.

–Es una oferta generosa —contestó—, pero iré personalmente a buscarla. Por favor, entregadme mi capa.

Mientras Velázquez se volvía y entraba en la casa, Abraham vio que la cruz empezaba a arder. En su capa estaban su daga y sus medicinas. El gigante y el jorobado se aproximaron a él.

También Isabel contemplaba la cruz en llamas.

–Id con mucho cuidado –dijo–, los hombres de mi marido os protegerán. Abraham asintió.

–Sois muy gentiles.

Su corazón se asemejaba al Tajo cuando discurre por los rápidos. Hacía tanto ruido que apenas podía oír a Isabel. Quería asomarse otra vez a la calle, buscando salida, pero no se atrevió. El jorobado se encontraba justo detrás de él y Abraham olió el amargo aroma de sus ropas. El gigante estaba a unos pasos de distancia, mirando a Juan Velázquez que volvía con la capa de Abraham.

–¿Todavía insistís en iros? Mis criados pueden traer a vuestra madre sin vos.

Abraham tomó su capa de manos de Velázquez y se la echó por los hombros. Sintió el peso del cuchillo junto a su estómago y volvió a aproximarse al borde del muro. El jorobado se colocó a su lado e intentó agarrarle el brazo.

–Adiós –dijo Abraham, antes de retirar la mirada de Velázquez y dirigirla hacia la calle. Luego levantó la rodilla una vez más y el jorobado quedó nuevamente doblado. Vio el brazo del gigante levantándose hacia él, pero para entonces ya se había lanzado al vacío con los brazos extendidos para que su capa se llenara de aire. «El Gato», le habían llamado durante muchos años. Y había ejecutado saltos parecidos montones de veces.

Al caer en la calle, rodó sobre sí mismo. Hubo otro sonido sordo; el jorobado había caído a pocos pasos de él fracturándose los huesos contra el empedrado. Abraham salió a la carrera sin mirar atrás. Cuando desapareció por el laberinto de callejones, creyó oír la voz de Isabel gritando su nombre, a mayor volumen que los aullidos de dolor del jorobado.

MIENTRAS CORRÍA HACIA la cruz en llamas, las calles permanecían virtualmente en silencio. Pero cuando se aproximó al viejo almacén de Samuel Halevi, el barrio estaba iluminado por una nueva luz color escarlata, tan potente como la luz del día, proveniente de las antorchas y las casas incendiadas. Los sonidos de la lucha se mezclaban con el crepitar de las llamas y los bramidos de los soldados que aporreaban con maderos las puertas de las casas de los judíos reacios a abrirlas sin oponer resistencia.

En el patio del almacén, Abraham se detuvo a quitarse la capa. Solo un judío llevaría ropas tan formales en una noche así. Después se frotó con sus manos ensangrentadas la camisa y el calzón. Hecho esto, corrió a llamar a la puerta de la tienda de Gabriela, gritando su nombre. Pero no obtuvo respuesta y se dirigió a su propia casa.

Al doblar una esquina, tres campesinos se toparon con él. Estaban borrachos e iban alborotando las calles. Abraham les hizo una broma acerca de cortar carne judía y, en cuanto tuvo oportunidad, siguió corriendo. Desde la siguiente calle pudo ver la sinagoga. De su plaza se alzaban humeantes llamas y por un momento se sintió hipnotizado. Tal vez el ataque no fuera tan violento como había temido. Pues, a pesar del ruido y las llamas, todavía había muchas calles que estaban vacías y en las que parecía reinar la calma. Tal vez Rodrigo se conformara con incendiar el interior de unas cuantas sinagogas y soltar unos cuantos discursos, puesto en pie sobre las cenizas de los libros de oraciones.

Entonces oyó gritos a su espalda. Una muchedumbre venía por la calle, justo hacia donde él estaba, portando antorchas.

Abraham se refugió en un portal y cuando el gentío hubo llegado a su altura se mezcló con él y se dejó llevar hacia la plaza. Al llegar a las puertas de la sinagoga, vio que estaba rodeada de soldados. Los bancos y los libros habían sido amontonados en el centro para encender una enorme hoguera. A los ancianos de la congregación los habían obligado a agruparse alrededor de la pira. Estaban de rodillas sobre el pavimento mientras Rodrigo Velázquez, en pie, leía en voz alta pasajes de la Biblia.

Retrocediendo para evitar que el cardenal lo reconociera, Abraham se las ingenió para volver hasta el extremo de la plaza y echó a correr de nuevo por el laberinto de callejuelas que llevaban a su casa. En algunas de esas calles se veían pequeños grupos de campesinos, provenientes de la feria. Algunos de ellos habían conseguido abrir las puertas de las casas y estaban forzando a sus moradores judíos a salir al exterior. Abraham evitó estos encuentros y, a pesar de que las calles se iban llenando de gente con gran rapidez, logró arribar, cuchillo en mano, hasta su propia calle y el portón de la casa de su tío.

La puerta había sido destrozada. Abraham subió a toda prisa las escaleras y oyó la voz de Ben Isaac que chillaba una serie de palabras incomprensibles. Eran maldiciones en árabe. Las lanzaba como andanadas de flechas disparadas con un arco.

Al cabo de breves instantes, Abraham alcanzó la puerta de la habitación de su madre.

Ester estaba sentada sobre la cama, con la cabeza apoyada en la pared. De pie, entre ella y el gigante que trabajaba para Juan Velázquez, estaba Ben Isaac. Blandía un pequeño cuchillo mientras el gigante se acercaba amenazante a él, con su tremenda espada todavía envainada, pero con los brazos abiertos y dispuesto a quitar de en medio al anciano.

Abraham se detuvo un momento. Después avanzó sigilosamente a sus espaldas con la intención de agarrarle por detrás con una mano mientras con la otra le ponía su afilado cuchillo en la garganta.

Pero el gigante debió oír la llegada de Abraham, porque se volvió justo en ese instante y le propinó un tremendo puñetazo en la cara haciéndole perder el equilibrio. Abraham sintió cómo se le achataba la nariz al rompérsele el hueso y los cartílagos.

Sacudió la cabeza intentando despejarse mientras se arrastraba fuera del alcance de los pies del gigante. En su mano todavía sostenía su daga de hoja larga y curva, que, en realidad, no había utilizado nunca. Hizo esfuerzos para ponerse en pie. Los orificios nasales se le llenaron de sangre. Recordó el día de su forzoso bautismo, y la urgencia indescriptible con la que había sentido la necesidad de expulsar la sangre para no ahogarse.

El gigante sacó la espada y miró a Abraham y a Ben Isaac intentando decidirse. El viejo árabe seguía lanzando maldiciones.

Con aire de desprecio hacia Abraham, el gigante agarró la espada con ambas manos y la hizo oscilar brevemente para probar la flexibilidad de su hoja, moviéndola arriba y abajo con tanta delicadeza como la de un pájaro cuando se sacude un ala mojada. Inmediatamente, con un repentino golpe de revés, hundió la espada hasta el fondo en el vientre de Ben Isaac.

Los gritos en árabe cesaron. El anciano se dobló como una espiga de trigo ante la hoz. Mientras caía, Abraham miró atónito el reguero de sangre que manaba hacia el suelo.

Sin pensarlo, se lanzó contra el gigante, que en ese momento liberaba su espada del cuerpo de Ben Isaac, y extendió el brazo hacia ella, intentando retrasar el momento de su propia muerte. En la otra mano portaba su daga curva e hizo que su punta se clavara en la túnica del gigante. Esperando ser enviado a hacer compañía a Ben Isaac en cualquier momento y convencido de que la presión que sentía sobre su cuerpo la ejercía la espada del gigante cortándole la carne, clavó su cuchillo haciéndolo penetrar en el cuerpo del criado de Velázquez, primero a través de la túnica y luego del jubón, mientras, hablándose a sí mismo durante un interminable instante, iba recordando las disecciones que había hecho y el punto exacto que tenía que buscar entre las costillas para alcanzar el corazón. Finalmente se descubrió a sí mismo gritando. Sin darse cuenta, había abierto la boca y entonado el aullido de una bestia salvaje.

Un momento después, todo había concluido. Abraham estaba en el suelo encima del gigante. La daga había entrado en su cuerpo hasta la empuñadura. Su nariz rota sangraba a chorros. Cuando miró la cara del gigante, vio que también estaba llena de sangre y saliva.

Abraham se puso en pie. La daga salió haciendo un pequeño sonido de aire desatascándose. Los dos hombres habían caído junto a Ben Isaac, cuya sangre e intestinos formaban un lago rugoso y oscuro. Abraham avanzó hasta la cama. Su madre seguía en la misma posición en que la había visto cuando él entró en la habitación. Le puso la mano en la frente. Estaba fría, congelada. Probablemente habría muerto mientras dormía, hacía ya horas. Al mismo tiempo que él estaba bebiendo clarete en la casa de Juan Velázquez.

Le besó los labios. Estaban rígidos y helados. Después, incapaz de seguir contemplando su rostro un instante más, la cubrió con su mejor manta.

Había una palangana de agua sobre la mesa. Se lavó la cara y la nariz lo mejor que pudo y con unas tiras de tela que cortó de su camisa se taponó las fosas nasales. La fractura no era demasiado grave, pero esta vez tendría que curarse sin que Ben Isaac le ayudase.

Le quitó al gigante su capa de cuero y se la echó sobre los hombros para esconder mejor el instrumental médico y la daga que se había atado a la cintura.

Bajó por las escaleras y llegó a la alcoba de sus tíos. Estaban sentados en el suelo, uno al lado del otro. Sus cráneos machacados se inclinaban cada uno en una dirección, en un gesto de incredulidad.

Abraham se paró un instante a la puerta de su casa. Las turbas enfervorizadas seguían creciendo y corrían de una calle a otra. Decían que en la feria quedaban caballos y ropas, a la espera de que alguien se apoderase de ellos. Abraham empezó a caminar deprisa. A cada paso, ráfagas de dolor le punzaban el cerebro. Y cada vez que se detenía a descansar, la imagen de Ben Isaac con las tripas fuera se apoderaba de su mente.

Rodeó la sinagoga. El aire estaba tan cargado de alaridos como podría estarlo de oscura lluvia. Se encaminó hacia las puertas del muro del barrio judío. Habían sido forzadas con arietes y ahora estaban desatendidas. Salió de Toledo como un hombre libre y, poco después, empezó a correr hacia el río.

Se arrodilló en la orilla y palpó cuidadosamente su nariz. La punta estaba achatada y el puente se inclinaba hacia el labio superior. Cerró los ojos, apretó los dientes e intentó forzarse los huesos de la nariz para colocarlos bien. Cuando comenzó a sangrar de nuevo, concluidos los esfuerzos, volvió a lavarse y se cambió de ropa.

Entonces se volvió para mirar por última vez la ciudad de Toledo. Quinientos años después, la Nueva Jerusalén se convertía en su propia pira funeraria. Abraham se ajustó la capa del gigante buscando reconfortarse. Notó el desgarro que su daga había causado. Pensó que al gigante le habría alegrado saber que la sangre de su verdugo se había mezclado con la suya.

Al otro lado de la muralla, a solo unos cientos de metros de distancia, los incendios, los gritos de las víctimas y los alaridos de las masas resonaban en un único clamor. La bestia estaba rugiendo. Su voz era una coral de vida y muerte; su garganta, un cúmulo de estrechas calles y pasadizos; su lengua, un haz de llamaradas que subía intentando lamer el cielo.

11

Como la sede de una fiesta que se ha trasladado a una casa mejor y más excitante, la feria había sido abandonada. Y mientras la nueva casa, el barrio judío de Toledo, recibía con luces y fuego a todos los celebrantes, Gabriela daba vueltas por la antigua sede del terrible ágape.

Había pasado horas escondida en uno de los huecos secretos de la muralla, esperando la oportunidad de escapar. Ahora, vestida de hombre y con el pelo cortado, intentaba abrirse camino entre las ruinas de la feria.

Las brasas todavía ardían en las parrillas donde habían asado la carne. En una de ellas, Gabriela vio los restos de un enorme buey. Una pandilla de niños pelaba su esqueleto, haciéndose con las últimas tiras de carne. Eran pequeños, pero parecían mitad humanos mitad lobos.

Gabriela continuó su camino hacia los corrales de Carlos. Súbitamente se acordó de los seguidores de Moisés, acampados en la falda de la montaña. Fue un milagro que encontrase a Carlos fácilmente. Estaba sentado frente a su tienda, mirando el fuego y bebiendo vino. Tras él se veían sus caballos. Gabriela se apostó en las sombras a un lado del cercado. Intentaba decidir qué caballo coger.

Los animales se movían inquietos dentro del corral, como si fuesen conscientes de la matanza que se estaba llevando a cabo al otro lado de la muralla de Toledo. Pasados unos instantes, los ojos de Gabriela encontraron lo que buscaban: una yegua ruana y bien musculosa. No era demasiado grande como para no poder controlarla, pero sí lo bastante fuerte para llevarla lejos.

La yegua se le acercó. Gabriela comprobó que no llevaba ni rienda, ni bocado ni arneses. Pensó que, montándola a pelo y agarrándose a sus crines, no podría saltar la cerca del corral y, menos aún, cabalgar con seguridad por los senderos. En su primera visita, había visto varios juegos de monturas y cabezales colgando en el interior de la tienda. Ahora, moviéndose como una furtiva, avanzó sigilosamente. De repente un perro saltó justo delante de sus pies, ladrando y amenazando con tirarse a morderla.

—¡Carlos!

—¿Quién llama?

—¡Carlos!

El hombre se aproximó y sujetó al perro. Luego la arrastró a ella hacia el fuego.

—He venido a por el caballo —explicó Gabriela—. Traigo el dinero.

—¿Qué dinero? Carlos no recuerda nada de eso. —La sujetó con más fuerza y examinó su rostro a la luz de la hoguera. Al instante, dejó ver sus blancos dientes soltando una carcajada—. ¡Ahora sí que Carlos se acuerda! Sois la señora que quiere regalar un caballo a su marido por su cumpleaños.

—Su cumpleaños ha llegado ya. Carlos volvió a reírse.

—¡Vuestro marido es un hombre afortunado al tener una esposa tan abnegada!

—Soy yo la afortunada —replicó Gabriela— por tener un esposo semejante.

Sacudió el brazo para liberarse y dio un paso hacia atrás. El corazón volvía a latirle con fuerza. Pero esta vez no se debía a un temor sordo y continuo, sino a que se sentía completamente aterrada. Respiró profundamente, intentando sacarse de la cabeza que, si no hubiese sido por el perro, ya habría escapado.

—Carlos tiene una esposa —dijo el hombre repentinamente—. Una esposa cuya lengua es tan afilada que es más peligrosa que una daga.

Estaban de pie junto al fuego. Gabriela podía sentir su calor en la cara. Si se hubiera quedado en su casa de Toledo con su hermana, ya estaría muerta. Pero habría muerto en un lugar conocido. Ahora sería Carlos quien la mataría y su cuerpo yacería abandonado y solitario hasta que los pájaros lo encontraran y diesen cuenta de él.

—Carlos no se explica cómo puede vivir un marido con una mujer que tiene esa lengua.

—El marido tendrá sus propios encantos y recursos —contestó Gabriela. El comerciante sonrió.

—Carlos no tiene encantos, excepto esos encantos que no pueden verse. —Miró a Gabriela y le ordenó—: Dadme vuestro dinero.

—Primero el caballo.

—¿Lo queréis ya?

—Sí.

—Comprendo.

Carlos extendió la mano. Gabriela rehusó con un gesto de cabeza y en el cielo lució un repentino resplandor. Nuevas y más altas llamaradas se alzaban sobre el barrio de la judería.

—Dadme el dinero y luego os daré el caballo.

—Un hombre que tiene nombre de rey no debería intentar engañar a una inocente mujer. Dadme el caballo que me habíais prometido y después podréis reuniros con vuestra esposa.

Mientras decía esto Gabriela metió la mano bajo su manto y sacó un pañuelillo lleno de monedas. Sin contarlas, el hombre se metió avariciosamente el pañuelo en el cinturón.

—Gracias —dijo—. Pero ahora Carlos quiere saber por qué no estáis vos con vuestros amigos. ¿No os da miedo estar sola en una noche así?

—Dadme el caballo. —Gabriela podía captar la desesperación en su propia voz—. Os estáis perdiendo la fiesta.

El hombre rio.

—Carlos no encuentra ningún placer en matar judíos. ¿Os sorprende saberlo?

–¿Por qué habría de sorprenderme?

El comerciante levantó su bota de vino, todavía medio llena.

– Tomad un poco –ofreció a Gabriela–, como regalo de un ladrón que no mata judíos a una mujer que no está tan desvalida como dice.

–Ya que me lo ponéis así, beberé –contestó Gabriela. Aceptó la bota y la puso sobre su rostro apretando el pellejo y dejando que el vino le mojara la garganta. El primer trago, para la sed, solía decir su padre, y el segundo, para reunir coraje.

–¡He dicho un poco, no la bota entera! ¿Qué clase de mujer sois vos?

–Una mujer como cualquier otra.

Carlos recuperó su bota.

–Incluso los hombres casados pueden tener tentaciones.

–Y si Carlos el Famoso tuviera tentaciones, ¿qué estaría tentado de hacer?

–¿Quién podría decirlo?

–Yo no podría –aseguró Gabriela–. Tal vez otro traguito de vuestro vino me ayudaría a saberlo.

–La bota de Carlos está casi vacía –dijo él mostrando el enflaquecido pellejo de cuero–. Si queréis tomar más vino y disfrutar aún más de su hospitalidad, tendréis que ir a su tienda.

–Una mujer debe ser prudente antes de entrar en casa de un extraño.

Desde Toledo llegaba un rugido constante, salpicado con las explosiones puntuales de las cubas de aceite y unos agudos alaridos que, pensó Gabriela, podrían ser tanto los aullidos de los asesinados como los ecos de su propio pánico resonando en su cabeza.

–La casa de un rey –continuó Carlos– es lugar seguro para sus súbditos. Extendió de nuevo la mano y Gabriela, que había estado cobijándose junto a la fogata, esta vez la aceptó, permitiendo que Carlos la ayudara a incorporarse y la llevara al interior de su tienda.

—La mujeres tememos la oscuridad —murmuró Gabriela. Hasta entonces había pensado que tendría que ser ella quien lo sedujera.

—No es preciso temerla.

Y entonces, con un rápido movimiento, Carlos apretó su cuerpo contra el de ella, besándola en los labios y abrazándola con fuerza.

—¡No! —protestó Gabriela. Pero, sin apenas esfuerzo, él la metió en la tienda, la tumbó boca arriba y se echó encima de ella.

—No luchéis con Carlos —susurró—. Carlos es demasiado fuerte para vos.

—Por favor.

—Sed mi mujer y os ayudaré a escapar.

—Ayudadme ahora...

—Os estoy ayudando. Os ayudo a hacer feliz a Carlos.

Tenía su rodilla entre las piernas de ella y la sujetaba mientras le retiraba la túnica. Gabriela se obligó a permanecer quieta, sin oponer resistencia. No hizo movimiento alguno, solo llevó la mano lentamente hacia el sitio, junto al cinturón, en el que llevaba escondido un pequeño cuchillo.

—Ahora seréis la esposa de Carlos, una esposa joven y bella. Carlos os hará feliz y os mantendrá a salvo. Carlos os quiere, os desea, os tiene para él. Ahora sabréis lo hombre que es Carlos, Carlos el Hombre, Carlos el Rey, Carlos, Carlos, Carlos...

Gabriela lo rodeó con sus brazos y lo atrajo hacia sí. Después agarró la empuñadura del cuchillo con las dos manos y lo clavó con todas sus fuerzas en el centro de la espalda del hombre.

—Carlos... —musitó él por última vez. Sus brazos se abrieron en cruz con tal violencia que Gabriela pudo oír el crujido de las articulaciones. Ella seguía clavándole el puñal en la herida, apretando la espalda de él hacia su propio pecho, cuando Carlos la agarró por el cuello con ambas manos. Pero aunque Gabriela podía sentirlas en su piel, notó que los dedos de Carlos se iban quedando sin vida.

Cuando finalmente pudo liberarse y rodar hacia un lado, sus manos y muñecas estaban empapadas de la sangre del muerto y sus muslos estaban manchados de aquellos fluidos que ni siquiera la muerte había interrumpido. Gabriela se agachó para coger tierra y empezó a frotarse rabiosamente la cara, las manos, los muslos y también el pubis.

En la tienda encontró los aperos de monta que necesitaba y otro juego de ropas de hombre. Llevaba una hora cabalgando, cuando reparó en que ni siquiera había cubierto con una manta la desnudez del muerto.

12

Era ya noviembre cuando Abraham llegó a Barcelona tras haber cubierto a pie casi todo el trayecto. Dormía en los bosques durante el día y de noche caminaba. Al cruzar las montañas se detuvo a trabajar un mes entero en la vendimia, haciéndose pasar por un estudiante de medicina de camino a la gran Universidad de Montpellier.

–¿A los estudiantes de medicina os causan siempre semejantes heridas? –bromeaban los trabajadores de los viñedos al verlo bañarse. Pero por la noche se mostraban amables con él y lo despertaban cuando gritaba en sueños. Al término de aquel mes junto a ellos, el recuerdo de Toledo empezó a remitir.

En Barcelona encontró a Gabriela sin necesidad de buscarla. La primera vez que entró en el mercado judío, la vio tras un mostrador repleto de rollos de brillantes telas. A pesar del desastre de Barcelona del que le había hablado Velázquez, el vecindario parecía haber recobrado toda su vitalidad. La plaza estaba concurrida y Gabriela se encontraba en el centro, rodeada de admiradores a los que hábilmente transformaba en clientes.

–¡Abraham!

Antes de que él tuviera oportunidad de concluir su examen sobre el aspecto de Gabriela, ella se había echado en sus brazos. Él sintió que el corazón le daba un vuelco.

–Abraham, te he esperado durante meses. Don Juan me dijo que saliste de Toledo el mismo día que yo. Pensé que habrías...

–Tienes muy buen aspecto.

En los meses de su lenta peregrinación entre Toledo y Barcelona, al tiempo en que cada noche le torturaban las muertes de su madre y su maestro revividas en terribles pesadillas, Gabriela había ido convirtiéndose en una verdadera reina. Ahora, bajo su chal, llevaba un vestido de seda nuevo ceñido a la cintura y que dejaba parte de su pecho al descubierto. Su alargado cuello lucía un collar que bien servía como exponente de la considerable riqueza de Juan Velázquez. Su cabello, negro y adornado con un tocado a la última moda, estaba coronado de esmeraldas que hacían juego con sus ojos y que ayudaban a resaltar la belleza de su espléndida figura.

–Eres tú quien tiene buen aspecto. Temía que hubieses muerto.

Abraham bajó los ojos y reparó en su haraposa vestimenta. Gabriela le apretó el brazo riéndose.

–Perdona que hoy vaya vestida con tanto lujo. Se supone que debo impresionar a dos asociados comerciales del señor Velázquez. Han venido precisamente de Montpellier.

Abraham miró a su alrededor y comprobó que las posesiones de Gabriela ya no se limitaban a un simple puesto, como el que tenía en la feria de Toledo, sino que las diferentes tiendas bajo su mando formaban un cuadrado completo donde se vendían toda clase de telas y otros productos.

Dos hombres se aproximaron a Gabriela. El primero era de mediana edad, delgado y con las extremidades muy largas. Su pelo cano y expresión amable le daban el aire de un diplomático que ha transmitido demasiados mensajes poco gratos.

–Abraham, me gustaría presentarte a Robert de Mercier y a François Peyre. Caballeros, este es el señor Abraham Halevi, de quien ya les he hablado.

–Es un placer –dijo Robert de Mercier inclinándose. Hablaba en francés y, mientras le devolvía el saludo, Abraham

144

recordó que los Mercier eran una de las familias más ricas de Montpellier, una familia que incluso había hecho grandes contribuciones monetarias a la escuela de medicina.

–Yo me siento igualmente honrado –exclamó el segundo de los visitantes comerciales de Gabriela. Era mucho más joven que Mercier. Tenía un gran corpachón y aspecto de soldado. Esbozó una franca sonrisa y agarró a Abraham por el brazo–. Mademoiselle Hasdai nos ha contado que estudiasteis medicina en nuestra ciudad. Pero seguro que ha sido demasiado modesta como para informaros de que no solo somos sus socios en el comercio de tejidos, sino que también somos los más fervientes admiradores de su belleza.

Abraham vio que todos sonreían con buen ánimo.

Mientras él vivía sus pesadillas, Gabriela se había introducido en un mundo de lujos, riquezas y nobles sentimientos.

El silencio se prolongó y fue haciéndose más incómodo. Ella notó que Abraham estudiaba atentamente su rostro, que ahora era más afilado y reflejaba un temperamento más nervioso que el de antaño.

–Es un honor conoceros –dijo Abraham finalmente–. Y os congratulo por haber encontrado a alguien tan digno de vuestra valiosa admiración.

LA VIVIENDA DE Gabriela era tan suntuosa como su vestido. Allí encontraron a Zelaida, la vieja y leal servidora que la cuidaba desde el día en que nació. Gabriela volvió a la plaza y Abraham se metió en el baño caliente que Zelaida le preparó con diligencia.

Tener una bañera en casa era un lujo casi desconocido, incluso en Toledo. Tumbado dentro del agua, mirando por la ventana el resplandeciente cielo otoñal, Abraham repasó, como si lo viese en un gigantesco fresco, su viaje desde la meseta castellana.

Vistiendo todavía la capa del gigante, pegajosa y resbaladiza por la sangre que la empapaba, había galopado en un caballo

145

robado hasta un campamento de judíos, sito en los dominios de un terrateniente que concedía a los herejes el privilegio de labrar sus campos. Sin que su señor lo supiese, esos judíos pagaban su interesada generosidad escondiendo a refugiados que huían de Madrid y de Toledo.

Abraham ya había estado una vez en ese campamento. Había ido con Antonio, y ya entonces el diminuto pueblo estaba protegido por una empalizada. Los largos y afilados maderos apuntaban al cielo como lanzas. Cuando Abraham se acercó a ellos, docenas de perros enrabietados comenzaron a ladrarle.

Poco después se abrió una pequeña puerta en la empalizada y tres hombres armados con ballestas salieron a su encuentro. Llevaban ropas de campesino y grandes zuecos de madera.

–Tiempos peligrosos –dijo Abraham.

–Peligrosos para los extraños –contestó el más corpulento.

–Me llamo Abraham Halevi, soy primo de Antonio Espinosa –explicó primero en español y luego en hebreo.

Al oír el nombre de Antonio, los tres hombres se relajaron y, finalmente, cuando vieron que Abraham hablaba hebreo, dejaron de apuntarle con las ballestas.

Mientras daban de comer a su caballo y lo acicalaban, Abraham curó la pierna fracturada de un hombre a quien le había caído encima un árbol cortado. Después, tras pedirles a sus anfitriones que lo despertasen pasada una hora, se echó a dormir. Nadie había visto pasar a Gabriela ni sabía nada de ella, y aunque los campesinos le ofrecieron a Abraham quedarse tanto tiempo como quisiera, decidió mantener la delantera con respecto a las turbas de gentes que habían acudido a la feria de Toledo. Porque ahora se dispersaban en pequeños grupos en todas direcciones, perpetrando las subsiguientes cacerías y asaltos.

Antes de partir, los campesinos le indicaron la ruta que llevaba al siguiente asentamiento judío. Y así fue como viajó Abraham: de refugio en refugio.

Al cabo de los días, el caballo se debilitó y se vio obligado a alargar sus paradas. Al final, pasada una semana, el caballo sucumbió al esfuerzo.

Dondequiera que Abraham llegase, el nombre de Antonio le abría todas las puertas. ¿En qué lugar no habría estado Antonio, llamando a sus hermanos judíos a las armas y relatándoles historias de coraje guerrero y de confianza en el futuro? Empezaba a parecerle que media España judía se había pasado las noches sentada, hablando de las nobles gestas que la esperaban y de las gigantescas leyendas a las que daría pie. Sin embargo, la noticia de la muerte de Antonio siempre se recibía con fatalismo, la gente se encogía de hombros y bajaba los ojos al suelo. Abraham aprendió a romper ese silencio, añadiendo que Antonio había muerto defendiendo la judería de Toledo y que, por cada una de las muchas heridas recibidas, su primo había hecho pagar a un soldado atacante con su vida.

—Véngame en cuanto puedas —le había susurrado Antonio a Abraham en su último aliento.

Cuando salió del baño y se vistió con las finas ropas que Zelaida había colocado en su cama, Abraham se preguntó qué pensaría Antonio, desde el paraíso de los guerreros en el que a su juicio merecía sin duda estar, si pudiese ver cómo su primo cubría las recientes cicatrices con ropajes tan suaves y caros; si pudiese verlo vistiéndose frente a un espejo digno de Cleopatra; si pudiera contemplarlo recortándose la barba con una cuchilla lo suficientemente afilada como para rajarle el cuello de un tajo a cualquiera de sus enemigos.

—¿Alguna vez has matado a un hombre? —le había preguntado Antonio en una ocasión.

«Ahora he matado a tres», pensó Abraham. Primero a Antonio y luego a los dos sirvientes de Juan Velázquez. Y hoy estaba en casa de otra de sus sirvientes: su propia prometida.

Durante su viaje, mientras dormía, Abraham había soñado con los horrores de la masacre. Pero por las tardes y las noches, mientras cabalgaba, a menudo había pensado en su conversación con Antonio acerca de los muchos giros que podía dar la vida. El giro que él experimentaba ahora lo había llevado hasta Barcelona. Pero esa misma ruta también le llevó en su día a Montpellier, para ir a la escuela de medicina, que había representado ese sueño de libertad que con tanto entusiasmo había compartido con Antonio.

Ahora, tras su muerte y tras el saqueo de casi todos los barrios judíos de España, solo un loco pensaría que los semitas podían aspirar a ser libres, ya fuera por la fuerza de la gracia, del conocimiento o de sus dotes para la oratoria. No obstante, de la misma forma, solo un loco creería que las cosas se arreglaban volviendo a los hábitos de los felices tiempos pasados, como si todo lo ocurrido no fuese más que una tormenta de verano que no volvería a estallar.

AQUELLA NOCHE GABRIELA ofreció una cena a los comerciantes de Montpellier. Con cada brindis Abraham apuró ansiosamente su copa. Cuando los invitados se retiraron, se sentía completamente embriagado por el vino, pues lo cierto es que le había sabido a miel, tras haberse hartado del vinagre con el que le habían agasajado sus anfitriones de las montañas.

Por fin, cuando Zelaida se retiró discretamente a la cocina, Abraham se encontró sentado a solas con Gabriela en los confortables almohadones de su nueva y lujosa casa.

En un abrir y cerrar de ojos, ella se había convertido en una rica señora, una dama de sociedad a la que cualquier gran terrateniente podría pretender como amante o incluso como esposa. Abraham podía imaginar a Ben Isaac riéndose y mofándose de él por interesarse más por Gabriela cuanto más inalcanzable se le antojaba que era para él.

Pero cuando Gabriela le contó su propia huida de Toledo y la forma en que había utilizado a Carlos, Abraham se mostró confuso.

148

–Matar a un hombre es una experiencia terrible.

–Terrible, sí –coincidió Abraham. Intentó mirarla a los ojos. Estaba más guapa que nunca. Parecía intacta, como si nadie le hubiese puesto jamás la mano encima, y menos el cuerpo. Sus labios y sus caricias seguían siendo los mismos de siempre–. Yo también he matado. De hecho, he privado a tu gran señor de dos de sus mejores criados.

Mientras hablaba, percibió que Gabriela se sobrecogía. Había perdido parte de su inocencia, pero conservaba la capacidad de sentir dolor.

–Abraham, dime la verdad. ¿Aquel hombre que quería casarse conmigo ahora piensa que mi honra no está lo bastante limpia?

–Yo no pienso nada –respondió Abraham.

–Entonces, permite que piense yo –dijo Gabriela con voz súbitamente cortante–. Llevas todo el día mirándome como si fuese la mayor ramera de Gomorra. O me quieres y te casas conmigo, o me dejas ya en paz.

Abraham se puso en pie. Gabriela avanzó hacia él.

–Todavía podemos conservar cosas buenas entre nosotros –añadió ella. Su expresión se había suavizado y comenzaba a llorar como solía hacerlo antaño.

–¿Puedo preguntarte –Abraham se vio a sí mismo indagando– si François Peyre te ha pedido que te cases con él?

–¿Quieres saber si le he contestado que sí?

El corazón de Abraham pareció dejar de latir. Vivió un momento de completa oscuridad mientras se volvía hacia Gabriela. Y entonces, como el manto del que uno se despoja, el efecto del vino abandonó su mente. En otros tiempos temió la oscuridad, pero ahora había pasado tres meses viviendo en sus entrañas. Caminando bajo el cielo negro cada noche, la oscuridad a la que solía temer había pasado a ser su casa, y optó por ella.

–Tal vez –sugirió Abraham– deberías casarte con François Peyre o con cualquier otro que sea incluso más conveniente para tus planes.

Ahora fue Gabriela quien se levantó y dejó de verter lágrimas.

–Cuando me case, será por amor.

Se acercó tanto a Abraham que él pudo ver las trazas de hierro en sus verdes ojos.

–¿Y qué me dices de ti mismo, mi viejo amigo, Abraham? ¿Qué planes has estado haciendo tú? ¿Los has hecho como judío, como cristiano o como hombre sin fe?

–¿Es que tengo alguna elección al respecto?

–A ti te gusta pensar que sí la tienes.

–Me gustaría tenerla, por supuesto. De hecho, la muerte de Antonio me lo ha puesto más y más fácil cada día. Si no ansiara regir mi propia vida, esta sería algo sin valor en cuyas redes quedaría atrapado sin ninguna razón. Para sobrevivir, debo querer vivir y, si valoro en algo mi vida, debo querer que siga un curso que valga la pena. La última vez que hablé con Antonio le dije que quería convertirme en un gran médico. Contestó que algunos hombres son guerreros y otros hacen otras cosas. Él era un guerrero, dijo, y yo iba a ser un hombre de ciencia. ¿Al final qué ha ocurrido? Que el guerrero ha muerto. ¿Y quién lo mató? Yo lo hice, yo, el hombre de ciencia. Para eso sirvieron todos mis años de medicina, me proporcionaron los suficientes conocimientos para envenenar a mi primo, a mi hermano espiritual, que había sido sometido a tortura por don Rodrigo Velázquez.

»Dos veces, mientras caminaba hacia aquí, me robaron, casi me matan. Y en cada una de las ocasiones, cuando me vi a mí mismo todavía con vida, tuve que preguntarme para qué vivir, y si mi amargura por la muerte de Antonio debía hacerme cambiar mis decisiones o... debía hacerme reafirmarlas. Aunque ahora me doy cuenta de que, quizá, según tú, todos estos meses he estado luchando por nada, en vano. Quizá Gabriela Hasdai podría haberme ahorrado todos estos problemas. Quizá ella haya encontrado todas las respuestas sobre cómo debo vivir mi vida, del mismo modo que ha encontrado sus nuevos vestidos de gran dama.

–Las penurias te han hecho demasiado orgulloso, querido. Nada cambiará el hecho de que naciste judío. Y el espacio en el que vive un judío es siempre muy pequeño.

–Tú naciste mujer, y el espacio con el que cuentas tampoco es muy grande.

–Es verdad que nací mujer y, a veces, frente a un gran peligro, me disfrazo para que mi debilidad se torne invisible. Pero, a pesar de ello, a todas horas en mi corazón acepto que soy una mujer. Ese es mi destino y es lo que da sentido a mi vida. Pero hay otra realidad que conforma mi destino: he nacido judía. Tú también naciste judío, ¿no es verdad?

–Mi madre era judía. Mi padre no sé lo que fue.

Gabriela se encendió contra él.

–Lo dices como si presumieras de ello –objetó con amargura–. Amas tanto tus miserias que te complaces en pensar que tu padre fue un desalmado bárbaro por cuyas venas corría la sangre de Gengis Kan. ¡Qué buena forma has elegido de magnificar los desvelos de tu madre!

–¡Ramera! –gritó Abraham, al tiempo que, perdiendo el control, levantó el brazo y abofeteó el rostro de Gabriela, enviándola al otro extremo de la habitación–. Retira lo que has dicho o te mato.

Sintió un escozor en sus nudillos donde había golpeado los dientes de Gabriela. Y deseó volver a hacerlo.

Ella rio desafiante.

–¡Mátame! Me harás un gran favor. –Luego se puso en pie y avanzó hasta la puerta–. Tienes grandes dotes para conversar, Abraham Halevi. Supongo que estarás orgulloso de hablar con la mano del mismo modo que debía hacerlo tu padre. Olvídate de ser solo un judío más, has nacido para rabino especializado en grandes disputas.

Pero al cabo de un instante soltó el picaporte y se volvió hacia él llorando de nuevo.

–¿Significa esta disputa que nuestro amor ha terminado?

–No lo sé.

Gabriela le puso la mano en el hombro.

–Si hubieras venido conmigo cuando salí de Toledo... –Se acercó aún más, apretándose contra él–. Sabes que no quiero que te vayas. Eres mi amor, mi futuro marido, y por fin has llegado hasta mí.

Con el llanto de ella, Abraham sintió que su propio corazón se comenzaba a abrir. Había llegado el momento de hablar y perdonar, pero cuando quiso hacerlo, su boca se negó a articular palabra. Se sentía tan cansado que no lograba pensar con claridad y dejó que Gabriela lo arrastrara hasta los cojines, le quitara la ropa y compartiese con él su cálida desnudez. Mientras la abrazaba, los recuerdos se agolparon en su mente, mezclándose lo que había oído acerca de la historia del viaje de ella con la memoria de su propio viaje. Así fueron apareciéndosele imágenes de las humillaciones que debía haber padecido Gabriela, y con estas duras visiones, Abraham finalmente se durmió.

Horas después, soñaba que estaba desnudo en un desierto. Al principio creyó que se trataba de algún lugar situado entre Toledo y Barcelona. Pero según fue haciéndose más consciente de su falta de ropas y según su piel fue tornándose más sensible y vulnerable, hasta intentar encogerse y disminuir de tamaño en un movimiento defensivo, comprendió que era un desierto mucho más antiguo: el desierto del Sinaí en el reino de Canaán.

Cuando le invadió esta certeza, los dedos de sus pies excavaron la arena, como si en ella se escondiera toda la verdad. Con el rabillo del ojo vio que el cielo se había tornado de un color escarlata profundo y llamativo. Era como el rojo del interior de la boca de un recién nacido. Y supo que si miraba al cielo vería al mismísimo Dios, no a Dios vestido de hombre, ni de zarza ardiendo o de animal, sino a Dios en su ser puro: una figura cuya visión le arrancaría los ojos del rostro. Los cerró con fuerza, negando con la cabeza y cubriéndose la cara con las manos, pero la voz de Dios empezó a atronarle e hizo temblar la tierra. Abraham se asustó, tuvo la sensación de que le habían cauterizado el alma con un hierro al rojo. Cambió de opinión, y sus manos intentaron obligar a sus ojos a abrirse. Sin embargo, en lugar de conseguirlo, sintió que su cerebro iba a explotar, mientras él adquiría una nueva e inmensa conciencia. Entonces cayó de la cama. El sol ardiente resplandecía y él tenía los ojos bien abiertos.

–Perdóname –se oyó a sí mismo decir en voz alta. Le dolía la nariz y estaba de rodillas–. Perdóname.

Por primera vez recordó que eso mismo había dicho la noche en que los soldados le rompieron la nariz y le hicieron arrastrarse por el suelo para abrazar una religión nueva. Ahora, con los ojos desmesuradamente abiertos, las palabras resonaban en su pecho y el sol cubría su dorado trecho a través de las sombras, iluminando las paredes encaladas, el arcón de roble, las alfombras de Persia y el lecho junto al cual Abraham estaba arrodillado y entre cuyas suaves sábanas todavía dormía Gabriela Hasdai. Su piel era tan brillante como la del propio becerro de oro. Su oscura cabellera relucía en su cabeza como un sol negro.

Dios estaba en la habitación. El sueño había acabado, pero la presencia de Dios llenaba la alcoba como un gigantesco halcón en plena cacería. Los latidos de su propio corazón y del de Gabriela reverberaban en las paredes y llenaban los oídos de Abraham, penetrando hasta su pecho y resonando en su cabeza.

Luego, sintiendo que Dios se había ido, se encontró de pie, solo, notando cómo el color de la mañana se desvanecía y la piel se le erizaba. Gabriela Hasdai rodó sobre su espalda y sonrió somnolienta a Abraham. Las sábanas resbalaron dejando al descubierto sus suaves pechos. Colgando de una cadena de oro, la estrella de David brillaba en el valle de sus senos. Abraham se arrodilló junto a ella, hambriento por tocarla. Pero entonces el sueño comenzó a evaporarse y se acordó de todo lo que Gabriela le había contado.

Dos horas después, Abraham Halevi salía de Barcelona en dirección a Montpellier.

LIBRO II

Montpellier

1400

1

DESDE QUE EN 1350 la muerte negra había llegado a Montpellier, la ciudad se retorcía de dolor. Había ido sufriendo una desgracia tras otra. Y sucesivas oleadas de epidemias, hambrunas y sequías habían hecho que para los infortunados habitantes de Montpellier el siguiente medio siglo fuese algo así como un período situado entre el purgatorio y el infierno.

Cada vez que la muerte negra se presentaba de nuevo, parecía elegir a sus víctimas favoritas. En otoño de 1399 se cebó sobre todo en los niños. Tan desesperados estaban los ciudadanos de la urbe francesa que mantuvieron ininterrumpidamente encendida una vela tan larga como el perímetro de sus murallas. La vela se hizo famosa en toda Francia y tardó tres años y medio en consumirse.

Por si la vela no ardía con la suficiente fuerza como para librarlos del infortunio, las gentes de Montpellier organizaron procesiones rememorando las cruzadas. Todos los días hacían una que daba la vuelta al muro. Sacerdotes, mendigos, lisiados, niños, comadronas y gentes de toda clase se sumaban a estos desfiles llevando con ellos sus pollos y cabras. Los sacerdotes abrían la marcha por el trillado camino, portando los estandartes de los diferentes ducados, cantando salmos y recitando improvisadas oraciones a Dios. Solo se paraban para arengar a la sufrida multitud, recordándole sus errores y su falta de pureza en el corazón, o para implorar del rey de Francia y de los reyes de Castilla, Aragón e Italia que apartasen sus amargas querellas y unificaran de nuevo el papado católico.

Pues quién podría poner en duda que la ira de Dios la había provocado el espectáculo de una Iglesia corrupta e incompetente, una Iglesia que ni siquiera se ponía de acuerdo sobre quién era el verdadero representante de Dios en la tierra. Y si todos coincidían en que Dios solo había uno, y bastaba solo con él, ¿por qué habría de haber dos papas?

Sin embargo, el Papa preferido de la gente, Benedicto XIII, cuyo nombre de seglar era Pedro de Luna, se encontraba virtualmente prisionero del rey de Francia en la ciudad de Aviñón. Durante seis meses su palacio papal estuvo rodeado de un ejército poco amistoso. Ahora aquella tropa había levantado el sitio, pero el Papa seguía preso en sus propios aposentos, sin poder siquiera viajar a la cercana Montpellier, para rogar a Dios que aliviara el sufrimiento de sus fieles cristianos.

A mediados de noviembre, en medio del barullo de una de las procesiones, mientras los clérigos clamaban al ingrato cielo gris, pidiéndole a Dios que acabara con la sequía que llevaba ya dos años empobreciendo los campos, los cielos finalmente respondieron. Y entonces resonó un sobrecogedor trueno, al tiempo que una fría ráfaga de viento llegó silbando con tal fuerza desde las montañas que todos los estandartes volaron de las manos de los fieles que los portaban. Luego, en el plazo de unos minutos, enormes bolas de granizo comenzaron a caer. Al principio lo hicieron con un cierto intervalo, como si fueran balas de cañón disparadas por algún ángel juguetón, pero pronto su frecuencia aumentó y todos corrieron a refugiarse en la iglesia de piedra, mientras una lluvia de bolas de hielo, del tamaño de un puño, caía sobre la ciudad, rompiendo tejados, destruyendo viñas y aplastando contra la tierra los pocos tallos de las míseras cosechas.

Al día siguiente subió la temperatura, como si la ira de Dios hubiese cesado. Y durante dos semanas la ciudad disfrutó de cielos azules, propios del verano, y se vio envuelta por un cálido y benévolo sol. Sin embargo, a mediodía de la jornada menos pensada, se produjo un eclipse, seguido de un terremoto.

Una vez más, los fieles corrieron a la iglesia, donde pasaron la noche en oración. Al despuntar la mañana, cuando salieron del edificio, vieron que todo estaba cubierto por un manto de nieve, y que las prendas que habían dejado secándose al aire tenían el aspecto de rígidas pizarras blancas.

En enero del año 1400, cuando se desató una segunda epidemia de la peste negra, más de la mitad de la población ya había muerto de neumonía y catarros.

CABELLOS DE COLOR blanco coronaban las patricias facciones de Jean de Tournière. Sus ojos azul acero, su nariz aguileña, sus fuertes rasgos y una frente surcada por las arrugas verticales tan propias de los sabios hacían que De Tournière pareciera uno de esos legendarios senadores cuya retórica había estudiado con tanta admiración y tanto celo.

También compartía con aquellos senadores el hecho de tener una voz profunda y sonora. Era capaz de hacerse oír en las reuniones del consejo de la Universidad de Montpellier, dominando la situación y articulando largas frases en latín con la cadencia de Virgilio o de Julio Cesar, según más conviniera.

Pero hoy no hablaba ni de amor ni de guerra. Era el año 1400 y Jean de Tournière, rector de la Universidad de Montpellier y médico personal de tres papas, aseguraba a la circunspecta Madeleine de Mercier que su precioso hijo pronto se pondría bien. No obstante, mientras elegía con maestría sus palabras y las pronunciaba de un modo perfectamente calculado para que resonaran en la habitación amplificándose y produciendo el efecto deseado, perdió el control de sus pensamientos.

Era verdad que en otro tiempo había deseado a esa dama. ¿Quién no había admirado la abrumadora belleza y juventud de la renombrada señora judía Madeleine de Mercier? Recordó lo adorable que era cuando se inclinaba hacia él en las fiestas de sociedad, rozando encantadoramente sus orejas con sus labios, mientras pretendía susurrarle algún florido cotilleo transmitido por el caliente arroyo de su dulce aliento o cuando se ponía el perfume que, con tantos nervios, él le había regalado y la íntima fragancia de este emanaba por el pasadizo que su vestido de terciopelo dejaba abierto entre sus pechos. Es decir, cuando Madeleine era joven, cuando aún no se había entregado ni se había malgastado tanto.

Pero, llegada la hora en que finalmente ella le sedujo, cuando todavía permanecía ligada a un marido de su propia familia y entre cuyos venosos y endebles brazos había pasado, y aún habría de pasar, muchas noches y muchos años, la tierna fruta se había convertido en una cáscara demasiado dura y salada. La noche de su triunfo con Jean de Tournière fue seguida de muchas veladas de total silencio entre los nuevos y singulares amantes. Pero pasaron los meses y se presentaron muchos e inevitables compromisos sociales, en los cuales, para desmayo del respetable De Tournière, se apreciaba que el vientre de Madeleine de Mercier iba ganando tamaño de forma ostentosa. A las nueve lunas de su infortunado primer encuentro de carácter íntimo, De Tournière recibió un mensaje reclamando su atención inmediata: el niño había nacido con la membrana amniótica envolviéndole la cabeza, y Madeleine, temerosa de que esto pudiera constituir un mal presagio, llevaba dos horas llorando a lágrima viva.

El niño creció y se convirtió en un muchachito guapo pero, había que admitirlo, también enfermizo. Todos los años tosía como un condenado desde Navidad hasta Semana Santa. Todos los veranos, en cuanto le daba el sol, su piel se pelaba o se cubría de manchas y úlceras. Con el frío, se presentaban de forma invariable unas misteriosas fiebres y unos extraños cardenales que le salían bajo la translúcida epidermis. Y las llamadas de urgencia, solicitando la ayuda de Jean de Tournière, se multiplicaban indefinidamente.

Pero ni como padre ni como médico podía proporcionarle cura.

—El problema es su estado general. Es como un árbol del que brotan ramas muy débiles.

—Pero, Jean, ¿no puedes hacer algo para sanar el árbol?

Madeleine se gastó una fortuna en pócimas hechas a base de flor en polvo y polen de abeja. Consultó a los astrólogos hasta hacerlos desgastar las propias estrellas de tanto escudriñarlas. Todas las comadronas de Montpellier fueron llamadas a consulta y pronunciaron sus respectivos veredictos. Después forzó a Jean de Tournière a sangrar al chico de manera regular, especialmente el primero de mayo y en el equinoccio de otoño.

Sin embargo, cada vez que lo sangraban, la vida del muchacho amenazaba con írsele del cuerpo junto con la sangre. Tan pronto como le drenaban las venas de las piernas, su sangre, de un rojo alegre y lleno de brillo, chorreaba como una fuente, tal vez muy contenta de poder escaparse.

Una de las incisiones en el tobillo nunca terminó de cicatrizar. Constantemente se abría, presentando feos colores y un olor malsano. De Tournière iba cortando progresivamente la carne que estaba en peores condiciones y después bañaba la herida con ungüentos y la taponaba con paños importados de los más remotos lugares de la tierra. Durante dos años estuvo sangrando al niño poniéndole sanguijuelas en el pecho y el estómago. Pero, a pesar de todo esto, el tobillo se negaba a mejorar. De hecho, empeoró aún más. La infección afectó a toda la pierna y el chico vivía permanentemente con fiebre.

De Tournière, desesperado, hizo llamar a Abraham Halevi: el judío que había vuelto a poner la cirugía en manos de los médicos, en perjuicio de los barberos; el doctor cuyo osado bisturí había dotado de gran renombre a la escuela médica de Montpellier hasta en los más exigentes círculos parisinos.

Y ahora que por fin había llegado Abraham, un joven converso de finas y alargadas manos y nariz rota, Madeleine intentaba ganárselo con todos los encantos que le quedaban. Tenía cincuenta años y todavía se lanzaba sin pudor alguno a coquetear con un hombre cuya edad doblaba. Simplemente contemplarla, ofreciéndole a Abraham con tanta afectación su mano desnuda de guante y agachándose para mostrarle el canalillo del pecho, hacía pensar en las ancestrales proclamas sobre las calamidades de la carne.

¿Cómo PUDO HABERLE sucedido todo aquello a él?, se preguntaba el amargado De Tournière. Para empezar, ella se había asegurado de cazarlo a solas. Una hora en solitario con Madeleine de Mercier fue en su día un premio imposible, con el que Jean de Tournière había soñado continuamente. Era un sueño del que el paso del tiempo y la decadencia de la belleza de Madeleine lo habían conseguido curar. Pues había visto, como reverso de la naturaleza, que, de su prometedora juventud de mariposa, acabó surgiendo una arrugada larva.

Pero el caso es que ella lo había atrapado diciéndole que su marido estaba de viaje, lo cual resultó ser solo una manera de hablar, pues, para ella, su marido estaba siempre de viaje, hasta el punto de que Madeleine invitó sin trabas a De Tournière a todas sus famosas fiestas invernales. Pero la primera fue la importante.

De todas las personalidades de Montpellier, acicaladas, empolvadas, embutidas en sus mejores galas y sus mejores modales, solo con el arzobispo valía la pena conversar. Tras la cena, cuyo menú resultó bastante decepcionante, porque se presumía que Madeleine ofrecía la mejor mesa de la ciudad, la concurrencia se entretuvo con uno de los habituales y aburridos concursos, consistente en ver quién podía componer los más ingeniosos y halagadores pareados en honor a la anfitriona de la velada.

Ganó De Tournière, y como recompensa recibió el privilegio –dudoso privilegio– de besar a Madeleine en ambas mejillas. En ese instante, percibió, por primera vez en años y fluyendo desde lugares por los cuales ya no sentía el más mínimo interés en contemplar, el perfume que él le había regalado antaño.

Para él, el tono de la fiesta lo condicionó ese inesperado e indeseable aroma. A continuación del poético concurso, vino otro de los juegos preferidos de Madeleine: se levantaron los tapices de las paredes del comedor para descubrir, no pinturas religiosas, sino *tableaux vivants,* jóvenes desnudas, excepto por los sedosos pañuelos que cubrían sus cuellos, colocadas en grupos que representaban escenas bíblicas.

Parecían un vivo mercado de nalgas rosadas, muslos palpitantes, pechos de todos los tamaños, formas y texturas. Los asistentes a la fiesta quedaron tan impresionados por esa sorpresa que se olvidaron de las carencias de la cena. En lugar de recordar el insulso menú, se dispusieron a pellizcar y hacer cosquillas a las sirvientas, que llenaron el salón con sus risitas mientras intentaban salvaguardar de los toqueteos alguna parte de sus cuerpos.

Entretanto, en compañía del arzobispo, De Tournière anduvo de una escultura viva a otra, inspeccionando a los modelos que representaban a la Virgen y a Jesús mamando de sus pezones rosas, o los alucinados ojos y las peludas axilas de los pastores que adoraban al recién nacido, o las bocas abiertas y el teñido vello del pubis de los atónitos testigos de la resurrección.

—Valiente forma de intentar sublimar los deseos más bajos del hombre —observó Jean con sarcasmo.

—De sublimarlos y de paso satisfacerlos —precisó el arzobispo. Sus ojos se posaron en un adolescente Jesús cuyas heridas lamía con esmero un idiótico poeta—. Creo que le presentaré mis respetos a la señora y me retiraré.

En este punto, también De Tournière tuvo la impresión de que debía retirarse. Pero mientras que el arzobispo era un anciano, él solo tenía sesenta años y no iba a consentir que lo tomaran por un puritano falto de virilidad ausentándose tan temprano. En lugar de irse, acalló su ansiedad llenándose de vino el estómago.

Al cabo de poco, De Tournière, que ya bebía sin recato, oyó el viento de su propio destino silbándole en los oídos.

Con el pretexto de enseñarle la obra maestra de cierto joven pintor holandés, Madeleine de Mercier, la bruja vampiresa, lo condujo hasta la habitación a la cual llamaba «de sus tesoros». En realidad, como bien comprendió De Tournière mientras sostenía una gran copa de plata, la pretendida «habitación de los tesoros» era claramente una especie de tocador desprovisto de clase y de arte. ¿Tocador? Quizá no, porque incluso esa palabra sonaba demasiado virginal para describir el mal gusto y los terciopelos rojos y morados que predominaban entre aquellas cuatro paredes. Había pilas tan grandes de almohadones que un colegio entero de jóvenes sirvientas podía acomodarse en ellos.

El pintor en cuestión se llamaba Hubert van Eyck y su cuadro estaba apoyado de modo incongruente contra un muro, como una Biblia abandonada en un burdel. Retrataba, con vivo detalle, a una señora vestida hasta el cuello. Pero lo hacía con tal realismo que su cabello parecía real, los ojos tenían tanta profundidad que De Tournière quiso sumergirse en ellos y un pequeño lunar en un lado del cuello inspiraba tanta delicadeza que sus labios se combaron hacia adelante dispuestos a besar esa diminuta y oscura imperfección. De Tournière se sintió arrebatado, como si la mujer que tenía enfrente estuviera viva y respirando.

«¡Ahí! –quiso gritar De Tournière–. Ahí, en tu propio retrato, el cual tú misma no has sabido comprender, están tu verdadera belleza y tu inocencia.»

De repente la habitación se oscureció como si hubiese habido un eclipse. La bruja había apagado todas las lámparas, dejando encendida solo la chimenea. Volvió a rellenarle la copa de vino y la abrumadora esencia de su perfume rancio se esparció por la estancia como una gran ola. Mientras De Tournière se consolaba apurando su copa, esa ola fue alzándose y formando una nueva cresta que le atrapó también a él. No quedó claro si él se había tropezado o si ella lo había empujado, pero al instante estaba tumbado de espaldas, y visiblemente humillado, sobre los gruesos almohadones de satén.

—Te has derramado el vino en la camisa —dijo ella.

Luego se arrodilló y, con mano diestra, empezó a desabotonar la camisola del embriagado De Tournière, que sintió que los dedos de ella le quemaban el pecho como hierros al rojo vivo. Notó cómo Madeleine se restregaba ávidamente contra su piel, pero estaba tan borracho que su cuerpo no respondió. El deseo, como le había confesado en cierta ocasión al arzobispo, no le acompañaba siempre. No siempre estaba presto. Pero, cuanto más lo acariciaba Madeleine, más podía sentir que su resistencia se iba desvaneciendo, hasta que acabó desapareciendo por completo. Él, Jean de Tournière, su señoría, su ilustrísima, que había sido médico de tres papas y era rector de la universidad más renombrada del mundo, con unas caricias y unas friegas, volvía a balbucear y babear como un niño. La piel se le puso suave y resplandeciente, sus huesos anquilosados se volvieron ágiles y flexibles, incluso sus retorcidos y regordetes dedos de los pies, en la boca de la bruja, se tornaron delicadas gemas rosadas con pequeñas perlas en la punta: sus descuidadas uñas.

Pronto todo su cuerpo se vio reducido a una especie de gran bola de cera derretida. Y el recuerdo de los pechos de su madre se abrió camino en su mente a través de sesenta años de historia empapada de vino. Finalmente esa imagen emergió y pudo contemplarse a sí mismo, un pequeñuelo ser con barba blanca, corona y trajecito de terciopelo, mamando del enorme pecho blanco de una virgen cuyo aspecto le sonaba vagamente familiar.

Sin saber siquiera lo que hacía, De Tournière saltó jubilosamente sobre el cuerpo de la bruja. Sus manos rodearon su cuello arrugado y jugaron a estrangularla. Comprendió entonces que el dolor que sentía en su pecho no se lo producían dos cuchillos, sino los puntiagudos pezones de Madeleine, y que las piernas de ella no abrazaban su cuerpo con la intención de asfixiarlo, sino para atraerlo más hacia sí, y que el fuego ardiente que sentía en el estómago era parte de otra actividad diferente, una actividad secreta, misteriosa y voluptuosa, en la que su cuerpo estaba inmerso.

—¡Puta! —gritó con todas sus fuerzas.

HOY, ESA MISMA habitación, con sus descoloridas y horribles cortinas y sus almohadones, en los que se habrían sentado no se sabe cuántas nalgas desnudas, se encontraba ocupada en su centro por la camita de un niño. Estaba colocada sobre una pequeña plataforma y envuelta en seda. Su decoración era tan sobrecargada que, de alguna manera, en lugar de un lecho parecía un gran catafalco funerario.

A su lado, sentados en taburetes y colchoncillos de terciopelo, unos cuantos músicos tocaban el laúd y cantaban para el pobre paciente. Por supuesto, lo hacían desafinados. Además, Madeleine había mandado llamar a sus dos astrólogos favoritos. Bebían vino mientras fingían trabajar en un rompecabezas de líneas y puntos al que llamaban «carta astral».

De Tournière avanzó hacia la ventana, y Madeleine y Abraham fueron a su encuentro.

—Monsieur Halevi.

—Excelencia.

—¿Habéis examinado al paciente?

—Lo he examinado, excelencia.

—¿Y qué pensáis que debería hacerse?

—La herida en el tobillo es muy grave.

Halevi hablaba un francés con soniquete español, pero muy correcto y preciso. Sonaba como si cada sílaba hubiese sido retenida, arrastrada y saboreada en la boca antes de que él la dejara salir.

—Sí, es muy grave.

—Está gangrenada y la infección se extiende a la pierna.

—Sí, doctor, eso puedo verlo.

—Como es obvio, la pierna debe ser amputada.

166

–Sí –asintió De Tournière–. La pierna debe ser amputada. La cuestión es dónde, a qué altura, y si el chico resistirá una operación así. Tiene once años y ha estado enfermo la mitad de su vida.

Hacía más de un año que De Tournière sabía que esa pierna debía amputarse, pero hasta esa semana había creído que era mejor dejar que el niño muriera en paz, antes que matarlo mediante una operación agónica.

Sin embargo, la insistencia de Madeleine había logrado que De Tournière llamara al renombrado médico español. Si tenía éxito, De Tournière sería halagado por ello. Pero si el hijo de Madeleine moría, lo cual era muy probable, sería a Halevi a quien verían como a uno más de esos médicos que juegan a ser dios con sus bisturís y sacrifican las vidas de sus pacientes por pura ambición personal.

–El buen doctor me ha estado diciendo – explicó Madeleine de Mercier– que muchos enfermos se reponen sin problemas de operaciones parecidas. También ha inventado una nueva clase de pierna artificial. Incluso un niño puede utilizarla sin dificultad.

–¿Una pierna artificial?

–Sí –intervino Abraham.

De Tournière se encontró mirando directamente a los ojos negros del judío.

–¿Es que también sois carpintero?

–Los buenos cirujanos son muchas cosas.

–Jean –terció Madeleine, que había puesto su mano sobre el brazo de su amante al percibir que se tensaba a consecuencia de esa rabia característica que todavía no había aprendido a controlar–. Jean, ha traído la pierna artificial para que podamos verla.

En una silla junto a la ventana, había una caja de madera con forma alargada. Halevi la abrió. En su interior, De Tournière vio una pierna que no estaba hecha de una sola pieza, sino inteligentemente construida a base de segmentos encolados entre sí y que formaban un cesto para sujetar el muñón. Abraham se agachó para sacarla del estuche. En él relucía una sierra de acero.

–Mira, Jean, incluso tiene herramientas para ajustar la longitud de la pierna.

De Tournière bajó los ojos para escrutar el rostro de Madeleine. Sus pupilas temblaban. La pobre mujer se estremeció.

–¿Has pedido el parecer de tus astrólogos?

–Lo he pedido –contestó ella–, pero todavía no me han respondido nada.

Los dos hombres avanzaron hasta una zona iluminada desde el oscuro rincón en el que deliberaban. Desde el día del eclipse los astrólogos de Montpellier se habían estado enriqueciendo a costa del miedo del pueblo. El más prominente de ellos era Leonardo Montreuil, un hombre de faz pálida y doble barbilla horadada por incontables cráteres que se ponía rojo cuando alguien contradecía sus puntos de vista.

–Leonardo, decidnos qué habéis decidido vos.

–Hemos llegado a la conclusión y al sano juicio –pontificó el astrólogo con el tono serio de un inquisidor– de que la operación prescrita no es peligrosa pero tampoco deja de serlo. El niño es Sagitario, y Saturno está en su casa. Se trata de una conjunción poco relevante, pero Aries también reside ahí y Libra se encuentra en posición favorable. Más aún, el cirujano es Tauro, lo cual resulta indicado para tratar a un Sagitario; pero debe añadirse que no estamos en un momento particularmente bueno para Tauro, aunque también es verdad que los ha habido peores, incluso en un pasado cercano.

Leonardo se detuvo y sonrió a Madeleine. Ella lo miraba en un trance tan profundo que hasta había soltado el brazo de Jean, olvidándose de él.

–¿Y entonces? –preguntó la mujer.

–Entonces –contestó Leonardo– el asunto está en manos de Dios.

–Gracias –dijo De Tournière.

Estaba claro que Leonardo Montreuil, primo del principal rival de Robert de Mercier, haría este tipo de predicción.

Por supuesto, la haría deseando que la operación se llevase a cabo y que las consecuencias fueran funestas.

–Y vos, señor Halevi –siguió interpelando Madeleine–, ¿habéis practicado muchas operaciones similares?

–Algunas.

–¿Lo ves? –exclamó la dama dirigiéndose a De Tournière–. Te dije que la operación podría hacerse sin riegos.

–Se trata de una operación plagada de riesgos –avisó Abraham con perfecta claridad.

Los músicos seguían tocando, el niño miraba impasible al techo, como si además careciera de la inteligencia para saber de lo que se estaba hablando.

–Pero vos sois un médico que ha estudiado en la escuela de Jean – argumentó Madeleine de Mercier–. ¿No es así, Jean, no es este hombre tu mejor cirujano?

–Lo es –aseguró De Tournière.

–No obstante –insistió Abraham–, aun contando con que su excelencia en persona dirija la operación, el resultado seguirá siendo incierto.

–¡Vos! –exclamó de repente De Tournière recordando la historia–. Vos sois quien le hizo la cesárea a la cuñada del cardenal Velázquez.

–Sí.

–Entonces ahorradnos vuestra falsa modestia, si os place, y tened la amabilidad de proceder a amputar la pierna de Jean-Louis de Mercier.

De Tournière liberó su brazo de la mano de Madeleine, que había vuelto a agarrarlo temiendo su intempestiva ira, y avanzó a grandes zancadas hasta la cama para mirar al niño a la cara. Era su hijo: el único y frágil vestigio de su también único y frágil intento de reproducirse carnalmente.

2

Como la mayoría de las casas de Montpellier, la de Abraham Halevi estaba hecha de roble y un delgado techo de bálago coronaba sus muros de madera. En lo alto sobresalía el tubo de la chimenea de piedra por la que respiraba el enorme hogar de la cocina.

El suelo estaba cubierto por una estera renovable de pajizo. Aparte de dos pequeñas habitaciones traseras, una de las cuales servía de despensa y la otra de minúsculo dormitorio para Josephine, todo el espacio de la parte de abajo, alrededor del hogar, era el establo de una famélica colección de animales de granja que constituían el gran tesoro de su sirvienta.

En la planta de arriba tenía su refugio Abraham. Se accedía a él por medio de una escalera que partía de la cocina y daba al único espacio luminoso de la casa: un habitación que era a la vez dormitorio y estudio de trabajo. Allí no solo guardaba su instrumental, sus pociones y sus cuadernos atestados de dibujos de anatomía y bocetos de nuevos aparatos quirúrgicos, sino también los valiosos libros que poseía y tanto apreciaba: facsímiles hechos para él por estudiantes necesitados de ingresos, a cambio de clases gratuitas de medicina.

Con los suministros de libros que le proporcionaban esos estudiantes, Abraham se las apañaba bien. Y, llegado el invierno de 1400, el médico judío de Toledo ya disfrutaba de un cierto éxito social. Primero en la universidad, donde se había convertido en doctor en medicina con autorización para impartir lecciones y practicar disecciones. Y, segundo, a ojos de los burgueses de la ciudad, cuyo contento hacia él, expresado en forma de más de una moneda de oro, le permitía darse el lujo de pagarse su propia casa, convenientemente situada en el distrito académico.

A decir verdad, la casa era diminuta, pero también es cierto que era de nueva construcción. Cuando por las noches se acostaba, percibía el olor a madera fresca, procedente de los suelos de tarima de pino. Cuando se aburría, podía ejercitar la mente intentando calcular cuántos años pasarían antes de que los poros de las tablas de pino quedaran sellados por minúsculas partículas de excremento de gallina o los restos del guiso, a base de pescado y alubias, que Josephine le preparaba con religiosa entrega cada semana.

En esa casa Abraham adquirió los modales y atavíos propios de un hombre. Pasaron a la historia los días en los que era un estudiante pobre que calzaba unos maltrechos zuecos blancos de madera y que robaba trocitos de sebo para hacerse una lámpara de aceite o una vela. Aunque también fue en esos días de universidad cuando sus sueños de ser un buen científico se fraguaron.

En un pequeño cobertizo cerca del ala principal de la facultad tenía su laboratorio. Las estanterías de las paredes contenían decenas de frascos con muestras de sangre. Respondían a un fallido intento que duró dos años y mediante el cual Abraham y su colega Claudio Aubin se proponían aislar el célebre «espíritu animal» sobre el que había escrito Galeno hacía más de un milenio. Según Galeno, la sangre se combinaba con una misteriosa sustancia al pasar por el cerebro y era después enviada al sistema nervioso para dirigir los movimientos de todo el cuerpo. Aubin pensó que ese «espíritu animal» habría de contener la propia esencia de la vida y Abraham, extraordinariamente dotado para la cirugía, diseccionó el cerebro de animales pertenecientes a prácticamente todas las especies conocidas. Extraía muestras de sangre de cada uno de ellos y las guardaba para que Claudio Aubin pudiera analizarlas y purificarlas. Sin embargo, Aubin murió antes de completar el experimento y Abraham, cuyas verdaderas inquietudes se referían a otros asuntos, sencillamente dejó todas las cosas como estaban a la muerte de su colega.

Bajo el único ventanuco del cobertizo estaba la mesa de dibujo en la que Abraham había hecho sus trabajos más importantes. Ahora tenía sobre ella una serie de retratos del cuerpo humano que había realizado a partir de sus notas de las disecciones. Llegaría un momento, pensó, en el que su bisturí habría abierto hasta el último recodo del cuerpo del hombre. Y albergó la esperanza de reflejar esas partes anatómicas en sus dibujos. Pero la empresa avanzaba a paso lento. Hacer solamente los dibujos del pecho le había llevado seis años.

En el centro del laboratorio había una mesa que Abraham usaba para sus labores de carpintería. Como resultado de sus esfuerzos y los de sus alumnos, una impresionante colección de prótesis y extremidades artificiales se apilaba bajo la mesa, se apoyaba en las paredes o colgaba de los armarios en los que guardaba sus herramientas.

EL DÍA ELEGIDO para la amputación de la pierna de Jean-Louis Mercier, Abraham pasó la mañana en su laboratorio, revisando los dibujos que había hecho de la pierna y calibrando el punto exacto por el que convendría cortarla, dejando un muñón lo bastante grande para acoplarle la prótesis.

Antes de salir hacia la mansión de Madeleine, empacó todo lo que iba a necesitar en dos grandes cajas de madera y se las dio a sus ayudantes para que las transportaran. Después introdujo sus escalpelos preferidos en su bolsón personal, el que llevaba desde sus días de estudiante, y lo metió cuidadosamente en el pliegue interior de su capa.

Como hacía siempre en los momentos previos a una operación delicada, su mente se retrajo sobre sí misma y dejó de prestar atención a otras cosas. Cuando, tras caminar por la ciudad, subió los escalones de entrada al palacio y saludó a Madeleine de Mercier y a Jean de Tournière, se sintió como inmerso en un sueño y apenas era capaz de respirar o ver. Fue solo cuando se encontró en presencia del niño y retiró las sábanas de su pierna infectada que su mente volvió a enfocar la realidad. El olor de la gangrena, el sonido de la respiración fatigosa del niño y la palidez extremada y afeminada de sus muslos sí los percibió Abraham nítidamente. Ya le habían dado al chico dos vasos de vino mezclados con una pócima y yacía del todo inconsciente. A una señal de Abraham, su primer ayudante comprobó las ataduras que debían mantener al chico inmóvil en la mesa. Hecho esto y tras haber examinado la pierna con la mayor atención, Abraham rasgó con el escalpelo la piel de forma sumamente rápida. Casi al instante, una delgada línea de sangre señaló el perímetro por el cual la pierna sería cercenada.

PASARON DOS HORAS antes de que Abraham levantara la vista. Sobre la mesa, gimiendo pero todavía inconsciente, seguía el joven Jean-Louis de Mercier. Su pierna derecha había quedado reducida a un muñón a la altura de la mitad del muslo. Estaba cubierto por una docena de capas de paños de suave algodón.

Junto a Abraham, en un banquito especial, reposaban todos los instrumentos que había utilizado y, al igual que el suelo y las sábanas bajo el cuerpo del niño, estaban empapados de sangre. Trocitos de hueso habían quedado esparcidos por doquier.

El tétrico silencio de la habitación solo se rasgó con los quejidos del pequeño. Pero Abraham seguía oyendo en su interior el chirrido de la sierra seccionando su pobre esqueleto, así como el silbante sonido del hierro candente cauterizando la herida sangrante. El rostro de Jean de Tournière tenía el enfermizo color pálido de una barra de pan sacada del horno demasiado pronto, y hacía tiempo que Madeleine de Mercier lo había apartado de la operación, conduciéndolo a un rincón alejado del sangriento espectáculo. Cerca del niño solo permanecían Abraham, sus dos ayudantes y una joven que se aproximaba a ellos.

–Soy Jeanne-Marie Peyre, hermana de Madeleine de Mercier. Estaba fuera esperando noticias, pero mi hermana me ha dicho que podía entrar y observar personalmente.

Su cara tenía forma de corazón. Su ojos eran castaños, grandes y estaban llenos de luz.

Abraham se preguntó qué pensaría ante la visión del niño. Ni siquiera él había podido sobreponerse nunca del todo a sus miedos de estar violentando el cuerpo humano. Porque, aunque su ciencia le había enseñado a arrancar carne y tumores con la ayuda del instrumental quirúrgico, todavía seguía precisándose que luego Dios curara las heridas que la propia cirugía habían infligido.

–¿Vivirá?

Tenía una voz tan pura que sonaba casi como una campanilla. Abraham se vio a sí mismo contestándole como si fuese una joven que le ofrecía su atención y no una dama que preguntaba por la salud de un sobrino.

Jeanne-Marie estaba ya junto al pequeño. Y entonces Abraham le vio hacer algo muy curioso. La joven observó atentamente el rostro del niño, acarició sus mejillas con la punta de los dedos y se inclinó para darle un prolongado y apasionado beso en los labios. Una vez más, Abraham sintió un tintineo por dentro, y esta vez le pareció que la campanilla había sonado justo en medio de su pecho.

–Lo peor ya ha pasado –contestó finalmente Abraham.

–Os admiro, monsieur Halevi, por haber tenido el valor de hacer lo que habéis hecho.

–Es al niño a quien hay que admirar.

–No, monsieur, es a vos. Porque vos pudisteis elegir, Jean-Louis no.

Abraham sostuvo el brazo del niño y palpó su muñeca atentamente.

El pulso era débil pero constante. Era el momento de tomarse un pequeño descanso, beber un vaso de vino, comer algo y ganar fuerzas para aguantar las próximas horas de vigilia. Pero Jeanne-Marie parecía cautivada por algo que él, en principio, no acertaba a adivinar, porque seguía mirándolo fijamente desde el otro lado de la mesa en la que su sobrino reposaba. Sus ojos parecían estar bebiendo en los del asombrado Abraham, hasta que este se dio cuenta de que la joven no quería preguntarle nada, sino que le estaba anunciando alguna cosa. Le estaba diciendo lo que quería y que, además, sabía que su deseo era correspondido.

Al salir de la habitación, la intimidad entre ellos se aminoró, pero sin romperse. Llevándolo inocentemente de la mano, como si fuera su tío y no un hombre soltero apropiado para el cortejo amoroso, Jeanne-Marie lo condujo por un amplio corredor de piedra hasta la gran sala donde los demás estaban esperando. Y ni siquiera lo soltó cuando volvieron a encontrarse con Madeleine y De Tournière.

—Monsieur Halevi dice que Jean-Louis vivirá —anunció Jeanne-Marie soltando entonces la mano de Abraham y haciéndole sentir una súbita sensación de abandono.

—Vivirá si tiene la fortuna de hacerlo —la corrigió Abraham. Había aprendido a mostrarse prudente en casa de los ricos, pero lo había hecho porque también había aprendido que era un extraño al cual toleraban solo mientras dijese la verdad y respetase las barreras que lo separaban de sus acaudalados pacientes cristianos.

Cuando Jeanne-Marie le ofreció una copa de vino, se acercó tanto a él que Abraham pudo apreciar el pulso de la joven en las venas de sus sienes y en sus pecas diseminadas por su graciosa nariz.

—¿Hacéis esto a diario, cortar piernas, abrir vientres y practicar otras actividades sangrientas semejantes? Creí que tales cosas estaban reservadas a los barberos.

—Solían estarlo. Pero ahora se reconoce que la cirugía forma parte de la medicina.

—¿Cómo reaccionáis cuando muere uno de vuestros pacientes?

—Con gran tristeza –respondió él sin fingimientos–. Me siento tan triste que acudo al cementerio y ayudo a cavar su tumba.

De hecho, aquel invierno, cavar tumbas era lo único que parecía servirle para combatir la terrible sensación de impotencia que lo invadió con la llegada de la nueva epidemia de peste negra. Cada día, al amanecer, iba de su casa al cementerio y trabajaba con la pala hasta que el dolor de sus músculos le impedía continuar. En ese punto, sus estudiantes de la escuela de medicina le sustituían removiendo la tierra del camposanto.

—Si yo fuera hombre, nunca sería médico.

—¿Qué seríais?

—Quizás molinero, y convertiría el trigo en harina para dársela a los hambrientos y que tuvieran pan que comer.

Abraham observó a Jeanne-Marie. Era esbelta, y tenía un hermoso busto y unos dedos finos y gráciles. Su cuello se arqueaba como el tallo de una flor de rápido crecimiento; su piel era tan blanca y delicada que podían verse las formas de sus huesos. Era como un gatito que jugueteaba alrededor de la brillante pieza que había llamado su atención.

—Si fueseis molinero –comentó Abraham–, viviríais junto a un río y podríais pasaros el día cantando canciones a las lavanderas.

—Si fuese molinero –le corrigió la joven–, sería lo bastante cortés como para abstenerme de cometer tal grosería.

Cuando Abraham abandonó la mansión ya había pasado la medianoche. Antes de que De Tournière lo acompañara a la puerta, Jeanne-Marie le había abrazado envuelta en lágrimas, estrechándose tiernamente contra su cuerpo.

Ahora, inquieto e insatisfecho, Abraham caminaba hacia donde siempre lo hacía cuando no podía dormir, una vieja y medio derruida casa de madera en las lindes del barrio universitario. No se veía rastro de luz a través de las ventanas, pero Abraham ni siquiera probó a empuñar el picaporte de la puerta para comprobar si estaba abierta. En lugar de eso, rodeó el pequeño murete de piedra y se dirigió a la parte posterior de la casa. Allí había unas ventanas cerradas que conocía bien. Sacó su daga e, introduciéndola en la ranura de las contraventanas, las abrió sigilosamente. Luego miró por la rendija para asegurarse de que Paulette estaba sola.

–¿Quién es?

–El médico español.

Con una risita, Paulette saltó de la cama y se acercó a la ventana para ayudarlo a entrar.

–Estás loco –suspiró ella–. ¿Cómo sabías que yo estaría libre esta noche?

–Hombre es quien se atreve a albergar esperanzas.

–Hombre es quien sabe hacer eso y también algunas otras cosas. Quítate la ropa.

–Dame un momento, Paulette.

Ella había vuelto a meterse en la cama, acurrucándose bajo las mantas, pero no sin antes dejar otra vez a oscuras la habitación, cerrando las contraventanas. Lo que Abraham quería en el fondo era hablar, pero ¿hablar con Paulette? Ella era conocida por sus encantos físicos, no por su oratoria.

En realidad, ya no quedaba nadie en Montpellier con quien él pudiese hablar de verdad. Claudio Aubin, su único amigo allí, había perdido la vida en un estúpido duelo hacía seis meses. Hasta entonces, Abraham solía pasarse las noches conversando con él, escuchándolo, refinando con palabras esa sorprendente aventura hacia el conocimiento de uno mismo que estaban empezando a emprender juntos. Y cuando no lo hacían con palabras, lo hacían practicando con la espada. Abraham había aprendido los rudimentos de la esgrima con Antonio, y se había convertido en un maestro bajo la tutela de Aubin. Pero el día en que el propio Claudio aceptó cierto reto caballeresco y se encaminó a él presumiendo de que se limitaría a jugar con su rival, las tornas cambiaron. Resbaló en hierba húmeda y cayó a merced de la fatalidad.

—¿Qué te pasa hoy? —preguntó Paulette.

—Le he amputado la pierna a un niño.

—¿Y por eso sientes lástima de ti mismo? ¿Qué clase de médico eres?

Paulette lo arrastró desde atrás y empezó a quitarle la ropa.

—Métete en la cama y caliéntate, te sentirás mejor.

Pero una vez que Paulette hubo hecho su trabajo y se durmió, Abraham siguió encontrándose igual. Cierto que sentía un pequeño hormigueo en la piel, y que por unos instantes el caparazón de su soledad se había roto, pero ninguna otra cosa había cambiado y los muros de su aislamiento volvían a levantarse solos. ¿Con quién podría hablar?

Paulette le había acusado más de una vez de utilizarla como un felpudo y luego olvidarse de ella hasta la siguiente vez que volvía a necesitarla. La acusación tenía fundamento. Abraham veía a Paulette como lo que era: una pobre criada que mantenía a sus impedidos padres templando los nervios de los adinerados solteros de Montpellier.

Él era un hombre de mundo que, en realidad, aparte de Gabriela, Paulette y unas cuantas prostitutas de feria, no tenía mayor experiencia. ¿Con quién podría casarse? ¿Con alguna de las jóvenes judías de Montpellier? Para evitar problemas en la universidad, se había mantenido completamente al margen de la pequeña comunidad judía del lugar. Con el curso de los años había aprendido bien su papel. Debía comportarse como un eunuco perfectamente controlado y entrenado, como una máquina al servicio de quienes pudiesen permitirse el lujo de pagar sus servicios, como un médico para ricos a los que no amenazaba pronunciando palabras que no quisieran oír, como un hombre que no alardeaba de ninguna creencia que pudiera convertirlo en proscrito.

En consecuencia, Abraham vivía su vida, protegiéndola con rígidas rutinas y reglas, que utilizaba como precauciones, como quien protege la llama de una vela de los peligros del viento.

Se acordó de la persona que él mismo era el pasado verano en Toledo, cuando el barrio fue saqueado y rompió con Gabriela. Y vio un chiquillo que se había tomado a sí mismo por un hombre. El chiquillo, deslumbrado por sus nuevas habilidades y la visión del mundo que lo esperaba, había pregonado su ciencia a todo aquel que quisiera escucharlo, sobre todo a sí mismo. La noche en que curó a Isabel de Velázquez de verdad pensó que realizaría operaciones con las que nadie había soñado durante siglos. Después de todo, incluso Ben Isaac estaba de acuerdo en que la ciencia médica llevaba más de un milenio enterrada en la oscuridad de la superstición humana, y que ese milenio ahora tocaba a su fin.

Parecía claro que la idea de la medicina había cambiado. Durante los nueve años que Abraham vivió en Montpellier, la disección había pasado de ser una práctica furtiva a ser un acontecimiento público, contemplado por cientos de estudiantes. Sus propios cursos de anatomía y sus conferencias sobre la ciencia de nuestros ancestros atraían a decenas de alumnos.

Sus ambiciones empezaban a materializarse, pero el mundo parecía indiferente a ello. Por cada vida salvada por la cirugía, diez mil perecían a causa de la peste. Por cada mente abierta a la ciencia, diez mil bocas gritaban complacidas cuando un hereje cualquiera era quemado en la hoguera.

Según van haciéndose mayores, los hombres empiezan a conocerse a sí mismos. Pero ni siquiera Ben Isaac le había avisado de que un sueño cumplido podía poner de manifiesto la propia esterilidad de ese sueño. Casi pudo oír la voz de Antonio preguntándole: «¿Dónde está esa nueva era que predecías con tanta certidumbre?» Tras una década de incansable trabajo, lo que habían conseguido no se parecía en nada a una nueva era ni a un renacimiento de la fe del hombre en Dios y en sí mismo, sino a una interminable procesión de enfermos.

–Quítate la ropa –le había susurrado encantada Paulette. Abraham pensó que ella ejercía una profesión en la que se encontraba con escenas mucho más gratificantes que él cuando uno de sus clientes se desvestía. No sintió la más ligera satisfacción imaginando las alegrías que podría reportarle su propio oficio. Solamente sintió espanto por las nuevas miserias y desgracias humanas que podría revelarle.

Jeanne-Marie era alguien nuevo, alguien diferente. Tumbado junto a Paulette, Abraham recordó su figura distinguida y especial. Cuando lo había abrazado, llena de gratitud por atender a su sobrino, él había creído captar la promesa de su inocencia. La imagen de sus caderas, apretadas de modo cándido contra las de él, y el recuerdo de aquellos labios de niña que habían besado con mayor pasión al niño enfermo que a su médico provocaron en Abraham un deseo tan claro como la voz de Jeanne-Marie. El hombre que se casara con ella tendría algo por lo que vivir. Y no solo sería ese deseable revestimiento corporal en el que venía envuelta, sino también dinero, posición y la esperanza de que su heredero creciese entre lujos y una cierta protección familiar.

De repente, Abraham se sorprendió a sí mismo albergando estos pensamientos y quedó atónito al comprobar que estaba soñando con tener hijos. ¿Qué pensaría Antonio si supiese que su querido primo se desembarazaba de un sueño para perseguir otro?

Mientras Paulette seguía durmiendo profundamente, él pensó en Antonio. De su primo había aprendido que un hombre debe vivir y morir cargando con las decisiones que toma. Pero, con el retorno de la peste negra a Montpellier, ese invierno Abraham había aprendido otra cosa igualmente amarga: que sus ambiciones y sus éxitos, por grandes que fuesen, no eran más que los sueños de un chiquillo que pretendía revestir su vida de aventuras y de glorias.

Cuando los primeros rayos del día se abrieron paso a través de las rendijas de las contraventanas, Abraham seguía despierto, observando cómo la habitación tomaba forma con la luz. Poco después caminaba resueltamente hacia el cementerio. Notaba por anticipado en los hombros y en los brazos el peso de la pala de hierro, y también presentía el olor de la oscura y húmeda tierra, cuando se abría para recibir el contenido de los coches funerarios. A veces, cuando sus huesos y músculos protestaban de cansancio, sentía que libraba un combate personal con el diablo, una carrera para ver si podía enterrar tan rápidamente como la peste negra podía matar.

3

UNA TARDE A finales de febrero, cuando Abraham se encontraba sentado esperando la cena, se abrió la puerta y apareció una mujer que buscaba al doctor Halevi.

—Concededme solo un momento —dijo Abraham sin levantar la vista del plato y engullendo a toda prisa unas cucharadas de estofado que tragó con la ayuda de un sorbo de vino.

—Por favor, monsieur Halevi, ¿no os acordáis de mí?

Abraham cayó en la cuenta de que había estado ensoñándose en sus pensamientos aunque tuviera los ojos abiertos. Ya no llevaba la cuenta de lo poco que dormía últimamente. Tres horas de sueño al día le empezaban a sonar a lujo inalcanzable. Esa misma mañana, al amanecer, había estado en el cementerio aprovechando la mejoría del tiempo. Caía lluvia en lugar de nieve, y Abraham cavó una tumba para una familia entera que había sucumbido a la peste. Tantas eran ya las víctimas de esa plaga que en el cementerio apenas quedaba espacio. Abraham tuvo que recurrir a un pequeño hueco entre dos árboles. Durante una breve pausa, observó un enorme cuervo posado en las desnudas ramas de uno de ellos.

No había visto un cuervo así desde que había salido de España. En sus ojos negros como diminutos cielos nocturnos vio un destello de satisfacción que le hizo estremecerse.

—Soy Jeanne-Marie Peyre, ¿recordáis el...?

—¡Desde luego! —exclamó Abraham poniéndose de inmediato en pie.

La mañana siguiente a la operación del pequeño Jean-Louis, cuando fue a visitarlo, Abraham recibió con frustración la noticia de que Jeanne-Marie había abandonado Montpellier y había vuelto a su casa de campo. Pero se había guardado de compartir con nadie ese desánimo vulnerable y romántico. Y ahora volvía a sentirlo. Mientras permanecía frente a ella con la boca todavía medio llena del pan que estaba masticando, se sintió ridículo y con el corazón alterado. Como respuesta a este recibimiento, ella se ruborizó.

–He venido a Montpellier para cuidar de Jean-Louis. Mi hermana y su esposo están en Italia y su vuelta se ha retrasado a causa del mal tiempo. Mi sobrino se ha puesto enfermo y no sé a quién recurrir. Los criados también están enfermos y...

–Me alegro de que hayáis acudido a mí.

Durante todo el trayecto hasta la mansión de Mercier, ella se agarró a su brazo, pero Abraham intentó convencerse a sí mismo de que nada sería más peligroso, más inútil y más estúpido que enamorarse de la rica e inalcanzable Jeanne-Marie Peyre.

CUANDO LLEGARON A la habitación del niño, Abraham se sintió inmediatamente sobrecogido por el olor de la peste. Olía a muerte inevitable. Hacía un mes que no veía a Jean-Louis. Y, en aquella ocasión, el pequeño mostró lo sano que estaba corriendo por la habitación con su pierna artificial. A partir de entonces Jean de Tournière se encargó de examinar el muñón y lavarlo.

Abraham le puso al niño la mano en la frente. La tenía tan caliente como si la sangre del cerebro le estuviera hirviendo.

–La fiebre comenzó esta mañana. Fui a vuestra casa, pero me dijeron que estabais en la universidad. Por la tarde pareció mejorar un poco, pero ahora...

–Está bien –la interrumpió Abraham–. Hicisteis lo correcto.

Palpó las axilas del chiquillo. Sus ganglios estaban inflamados como grandes pedruscos.

–¿Es la muerte negra?

Abraham miró a Jeanne-Marie. El rostro de la muchacha también aparecía cubierto de sudor y sus manos, apretadas con fuerza, estaban temblando.

–Eso creo –afirmó él suavemente.

Tomó un candil y lo acercó a la cara del niño. Su tez era tan pálida y translúcida como la de un bebé, pero brillaba a causa del húmedo sudor. La criatura abrió los ojos. Parecía confuso.

–¡Papá! –clamó estirando la mano.

Abraham se la cogió.

–Papá –repitió el niño, antes de cerrar los ojos–. ¿Papá, me puedo dormir ya?

–Sí, duerme. Y cuando despiertes, todos los malos sueños habrán pasado.

Sin embargo, Abraham pensó que eso solo ocurriría si el niño tuviese la fortuna de morir antes de que la fiebre aumentara. Porque, en caso contrario, se despertaría gritando, mientras sus glándulas se hinchaban como balas de cañón listas para explotar.

Del bolsillo interior de su capa, extrajo un pequeño sobre con remedios en polvo. Cuatro años antes, al acabársele las medicinas que había traído de Toledo, recorrió la ciudad buscando plantas que se pareciesen a las que usaba Ben Isaac. Estudiando las diferentes hierbas y plantas silvestres a orillas del río y las variantes secas que ofrecían en los puestos del mercado, más de una vez se maldijo por no haber prestado mayor atención a las enseñanzas de su viejo maestro. Finalmente, al encontrar poca cosa que le satisficiera, Abraham resolvió cultivar sus propias plantas medicinales. Las mezclaba en la misma proporción que le había indicado Ben Isaac, acerca de lo cual solo tenía un vago recuerdo, e intentaba elaborar pociones que de algún modo combatieran los misteriosos males de la peste negra.

–Mezclando todas esas plantas, parecéis un alquimista –solía decirle Jean de Tournière, tratando de mofarse de él–. Deberíais haceros bruja y cantar conjuros mientras removéis vuestros brebajes.

—¿Y qué mejor cosa sugerís que haga para curar?

—Un médico solo puede ofrecer dos cosas: los límites de su ciencia y un proceder impecable.

—¿Proceder impecable?

—Si la persona no es de confianza, tampoco son de confianza sus remedios.

Esto le había dicho De Tournière durante una de sus visitas después de la operación. Y Abraham sabía muy bien lo que quería decir con ello, porque cuando Jeanne-Marie lo había abrazado aquel día en la puerta de la sala, De Tournière había levantado la ceja como un fiscal que encuentra comprometedoras evidencias que poder esgrimir en un cercano juicio.

—¿Puede hacer algo vuestra medicina?

Jeanne-Marie estaba de nuevo a su lado, agarrándole la manga del blusón. Abraham había averiguado que tenía diecisiete años, más que suficientes para casarse.

—No lo sé.

—No os gusta hacer muchas promesas, ¿verdad, doctor?

—No prometo lo que no puedo cumplir.

Ella se rio. Era la primera vez que la oía reírse y su risa le sonó como un coro de campanillas.

—Mi tío Jean dijo que sois el único médico de Montpellier en quien confía de verdad.

—Intentaré ser digno de tal elogio.

—¿Es esta la medicina?

Jeanne-Marie palpó el sobre con los polvos. Sus dedos rozaron los de Abraham e inmediatamente se retiraron.

—Hay que tomarla con un vaso de vino.

—Lo traeré y... ¿puedo decirle al cocinero que os quedaréis a cenar?

—Será un honor —contestó él, apartando los ojos de Jeanne-Marie y dirigiéndolos hacia el pequeño.

Respiraba con gran dificultad, pero se había quedado

profundamente dormido. Abraham retiró la sábana de seda que lo cubría y le levantó el camisón hasta dejar al descubierto el muñón de la pierna amputada. Un laberinto de cicatrices de color morado cubría la piel del muñón. Las rozó con las yemas de los dedos, comprobando que habían empezado a formar un callo. Era de verdad un milagro que el muchacho hubiese sobrevivido a la operación y que se hubiera recuperado hasta el punto de empezar a aprender a andar de nuevo con su pierna artificial. Pero ahora el milagro se desvanecía ante ellos.

Rodeó el muñón con su mano y un pensamiento absurdo le vino a la mente. Si rechazaba los favores que sin duda le estaba ofreciendo Jeanne-Marie, quizá el combate entre el bien y el mal se decantaría por el primero y el muchacho se curaría.

—Me complace tanto que os quedéis a cenar. He pensado mucho en vos.

—Disculpadme —dijo Abraham dándole la espalda—, pero tengo otros pacientes que atender.

—Pero...

—Tal vez en otra ocasión. Por favor, ahora dejadme a solas con el pequeño mientras le doy su medicina.

—¿Y si después se pone peor?

«Acudid a un sacerdote —quiso decir Abraham—. Acudid a un sacerdote y preguntadle por qué son justo las personas más piadosas quienes están muriéndose como ratas.»

—Venid a verme —dijo en cambio—. Si no me encontráis en casa, dejadle el mensaje a Josephine.

Cuando se levantó por la mañana, el sol ya estaba tan alto que alumbraba por encima de los edificios de enfrente y entraba directamente por su ventana. Abajo, en la cocina, el fuego ardía en el hogar y se mezclaban los aromas del humo, el salado aire marítimo y la carne asada. Josephine, que había sido su primera paciente cuando comenzó las prácticas, estaba sentada a la mesa y cortaba flores cuidadosamente, preparando un bonito jarrón.

Abraham introdujo una taza en el puchero, la llenó de caldo y agarró un trozo de pan moreno y un poco de queso de la estantería contigua. Tenía tanta hambre como si acabase de despertarse de una larga hibernación.

–¿Os gustan las flores? –le preguntó Josephine. Había llegado a él impulsada por un compendio de los achaques propios de la avanzada edad. Abraham le había recomendado que redujese su consumo de vino a un litro diario y que procurase beber agua de buena calidad.

Se sentó a la mesa y comenzó a cortar el pan y el queso. Todas las semanas introducía en una jarra el dinero que ganaba para que Josephine dispusiese de lo que necesitara. Pero desde la última epidemia de peste la mayoría de sus pacientes estaban demasiado empobrecidos como para pagarle con dinero. Cuando sobrevivían, le traían algún nuevo ejemplar que sumar a la colección de animales de su criada, y luego, uno a uno, iban cayendo en su puchero, que estaba permanentemente burbujeando.

–La situación es tan grave –solía quejarse De Tournière a Abraham– que hasta el consistorio de la ciudad ha encogido. Apenas quedan suficientes mercaderes para elegir al puñado de concejales que los representan. Y el número de casas que pagan impuestos se reduce a diez mil, cuando hace poco era cuatro veces mayor. Lo único que crece en esta ciudad es el cementerio.

–¿Os acordáis de la bella mujer que vino aquí anoche? –preguntó Josephine–. Ha vuelto esta mañana, y os ha traído estas flores y el recado de que el niño está un poco mejor. Dijo que ayer la echasteis de la habitación del niño y que cuando volvió a entrar se había curado milagrosamente. El niño habló de una visión. Dijo que su padre había venido a verlo.

–Deliraba –comentó Abraham secamente–. No existen los milagros.

–Señor, eso es una blasfemia, incluso viniendo de vos. La dama estaba tan emocionada que incluso derramó lágrimas. Yo lloré con ella. ¿Y sabéis qué más? Me dijo que al final no se casará con Pierre Montreuil.

–¿Quién es Pierre Montreuil?

–¿Que quién es Pierre Montreuil? Señor, a veces pienso que pasáis demasiado tiempo con vuestros cadáveres. Pierre Montreuil es uno de los más importantes señores de la ciudad. Y ella lo ha rechazado para casarse con vos. Estoy segura de eso.

Abraham se levantó de la silla. Las campanadas de mediodía habían empezado a sonar. En apenas unos minutos tendría que dar una conferencia en la escuela médica.

Pero Josephine todavía no estaba dispuesta a dejarlo ir.

–Señor –gimoteó–, vos nunca dijisteis que permaneceríais toda la vida soltero.

–Haremos un trato, Josephine. Me casaré con Jeanne-Marie Peyre cuando tú te cases con Emilio Vaugrin.

Emilio Vaugrin era un hombre indescriptiblemente feo, que había sido el primer profesor de anatomía de Abraham y que ahora coqueteaba secretamente con su sirvienta.

Bajo su corona de pelo gris, el rostro de Josephine se coloreó de indignación.

–¿Con el caballero Vaugrin? Señor, yo no he hecho nada de lo que avergonzarme. Sabéis muy bien que soy amable con él solo porque me recuerda a mi difunto marido.

Dicho esto, Josephine se santiguó buscando con ello protegerse. Se santiguaba unas cien veces al día desde hacía treinta años.

–Si quisiera ser la criada de un monje, habría pedido trabajo en el seminario. Una mujer tiene derecho a exigirle a un hombre que quiera tener hijos y nietos para enriquecer su vejez. No es pedir demasiado.

El tono de voz de Josephine le recordó el de su madre cuando le aconsejaba que se casase con Gabriela Hasdai. Mientras

Abraham caminaba hacia la universidad, se encontró de nuevo pensando en su niñez en Toledo y en la nueva era de la ciencia que tan fervientemente había esperado. Seguía creyendo que esa era llegaría algún día. Pero en su infancia solía creer que podría cambiar el mundo a fuerza de cambiar él. Ahora se sentía como la avanzadilla de un ejército que todavía no se había formado, como un extranjero en un país todavía sin nombre.

AQUELLA MISMA TARDE, horas después, cuando el débil sol de febrero empezaba a rendirse ante las nubes grises, De Tournière vio cómo una marabunta de estudiantes salía del salón de conferencias cuando iba de su despacho hacia las escaleras del viejo rectorado. Les seguían otras personas que iban cantando. Las procesiones diarias alrededor de las murallas de Montpellier y las rogativas a Dios crecían en tamaño y número, al ritmo en que la plaga asolaba la ciudad. Pronto todo lo que quedaba de la población se sumaría a esas dolientes marchas de la iglesia al cementerio y del cementerio a la iglesia. Algunos les dedicaban tanto tiempo que, si llegaban a sobrevivir a la peste, seguramente morirían por haber forzado sus pulmones de tal manera con tantos cánticos. Pero, ¿qué otra cosa podían hacer?

Minutos antes, al oír lo que la sirvienta le había contado de la salud del pequeño Jean-Louis, el propio De Tournière se había arrodillado y había rezado por la vida del pobre bastardo, hasta que el dolor en las articulaciones hizo que se le saltaran las lágrimas.

En cuanto vio a Abraham se adelantó para llamar su atención. Con las piernas y las manos temblándole, y los ojos cansados, se diría que todo su cuerpo había ido degradándose desde que, once años antes, Madeleine le llevara a su tocador de satén. Fue como si toda la vida de Jean de Tournière hubiese gastado su energía en aquella sola noche de frenesí e instinto animal. Pero esa energía se negaba a morir del todo. Por el

189

contrario, era como la de un asno viejo. Mantenía intactos sus apetitos, pero estos solo le servían para granjearse frustración.

—Doctor Halevi.

—Excelencia.

—¡Con qué gracia pronunciáis mi tratamiento!

—Nosotros los españoles tenemos la lengua de fina miel.

—Vos no —replicó De Tournière—. Vos la tenéis de cristal. Todo lo que decís es transparente y uno puede ver que no hay nada detrás.

—Nosotros los españoles tenemos la mente limpia... o vacía.

—Pero no los bolsillos, espero.

De Tournière se colgó del brazo de Abraham para que el joven médico lo ayudara a llegar de vuelta a su despacho. Lamentó que no fuese el día más apropiado para ponerse a bromear, porque ese muchacho judío tenía una ironía muy divertida. Si hubiese nacido en mejor época, habría sido conocido como el mejor especialista en anatomía de toda la cristiandad. Lo habrían llamado para enseñar en París. Pero, claro, hacía hoy más de una década que a todos los judíos los habían echado de la capital francesa.

Abraham lo ayudó a sentarse en su butaca. De Tournière se mantuvo callado unos instantes, intentando recuperar el aliento. Cada invierno la humedad le dañaba más los pulmones. A veces sentía como si en ellos crecieran hierbajos de humedal, que ocupaban el espacio necesario para el aire y le hacían toser, carraspear y respirar a pitidos.

—El chico ha vuelto a enfermar —anunció finalmente De Tournière—.

Un criado me ha informado de ello hace unos minutos.

—Iré allí al instante, excelencia.

—¿Qué sacasteis de vuestro reconocimiento?

—La pasada noche Jean-Louis de Mercier presentaba los síntomas de la peste negra. Pero a mi sirvienta le comunicaron que por la mañana la fiebre había desaparecido.

—¿Y ha vuelto a aparecer?

Ni siquiera el propio Jean de Tournière sabía por qué hacía estas preguntas, pues estaba seguro de que el chico iba a morir.

—Ha vuelto a aparecer —confirmó Abraham, mientras De Tournière notaba que evitaba mirarle a los ojos. Una actitud que podía expresar deferencia hacia él, pero que, conociendo a ese judío, más bien denotaba arrogancia—. Y dado que la fiebre ha vuelto, tal vez no sobreviva.

—¿Tal vez no sobreviva? —repitió De Tournière con sarcasmo.

—Lo lamento mucho, excelencia.

—No os disculpéis conmigo, disculpaos con el chico —le espetó De Tournière rudamente.

—Y ahora, si me perdonáis, excelencia...

De Tournière tuvo que contenerse para no soltar una carcajada. ¿Dónde habría encontrado Vaugrin a este gallito? Parecía más un soldado que un médico. Y no precisamente un general, sino un jinete deseoso de medir su espada en el fragor del combate.

—Podéis iros y, por favor, decidle a Jeanne-Marie que acudiré en unas horas, cuando haya terminado mi trabajo aquí y haya comprado unas velas para poner en el altar por la salud del pequeño.

—Sí, excelencia.

—¿Vos vais a misa? —preguntó de repente De Tournière.

—No.

—Sin embargo, decís ser marrano.

—Me convirtieron de niño, excelencia.

—¿Y acogisteis al Señor en vuestro corazón? —De Tournière no pudo resistirse a seguir preguntando.

—Mi corazón era muy pequeño.

De camino a la mansión de los Mercier, Abraham cruzó la plaza principal de la ciudad. Era media tarde. El cielo estaba cubierto. Una neblina húmeda lo inundaba todo. Hacía un mes que todas las tardes eran así, como si el propio mar Mediterráneo estuviese tramando darle a Montpellier una muerte triste y gris.

En cada rincón de la plaza los buhoneros asaban castañas, nueces, mijo y bollos en las ascuas de las fogatas de carbón. Por la noche, decenas de mendigos se congregaban para intentar calentarse en torno a los fuegos prácticamente extintos, mientras los buhoneros se retiraban a sus comparativamente más seguros, lujosos y confortables carromatos.

Abraham sabía que uno de aquellos buhoneros era judío. Su puesto era siempre uno de los más concurridos. Junto a él se reunían judíos de larga barba y rizadas patillas. Vivían en el grupillo de casas que constituía su diminuto barrio y, en cierta ocasión, mientras caminaba por allí un sábado, los había oído rezar en familia.

Ahora, de repente, sintió la necesidad de acercarse al buhonero y hablar con él o comprarle cualquier cosa, lo que fuera.

Dio un paso y luego otro, mirándolo fijamente y preguntándose si ese hombre lo reconocería como un hermano judío. Tan absorto estaba en esos pensamientos que tropezó con un hombre sin piernas que mendigaba en el gélido pavimento. Se había alzado la túnica para mostrar sus desgracias y tenía junto a él un pañuelo extendido para recibir donativos. Abraham, pensando en el pequeño Jean-Louis de Mercier, dejó caer una moneda.

—Dadme otra más, caballero —suplicó el pedigüeño.

Abraham recordó cómo había reaccionado una vez De Tournière ante una petición similar, mientras iban de camino a un consejo de la facultad. Había sacado la espada y golpeado al mísero con la parte plana de la hoja, hasta dejarlo bien atontado, sangrando por la cara y el cuello. «Le hubiera hecho un gran favor cortándole el gaznate sin más miramientos», había comentado horas después. Pero al día siguiente, cuando Abraham fue a su despacho para entregarle cierto documento, se encontró con el mendigo sentado junto a la puerta.

De Tournière lo había hecho bañar, vestir y alimentar, lo había dotado de espada propia y le había proporcionado empleo en su guardia. Sin embargo, le gustaba gruñir diciendo: «La pena es sin duda la más corrupta de las emociones.»

Abraham rebuscó en sus bolsillos y entregó al lisiado una segunda moneda. Después siguió camino hacia la casa de Madeleine de Mercier. Si De Tournière juzgaba que sentir lástima era signo de corrupción, ¿qué no pensaría de quienes, como él, se regocijaban en su soledad? Porque aunque Abraham supiera que Josephine tenía razón y que debía casarse y volver al mundo de los vivos, se creía lo bastante satisfecho con su vida de aislamiento. Durante estos años, incluso había habido noches en las cuales, cuando cerraba los ojos, su mayor fuente de felicidad y consuelo era pensar que no había nadie a quien temiera que matasen mientras él dormía.

LLEGÓ A LA mansión de los Mercier cuando ya habían cerrado los portones del jardín. Eran de roble y estaban reforzados con grandes piezas de hierro en forma de ala. Pasaron diez minutos antes de que dos de los criados le abrieran, y luego se disculparon reiteradamente por la tardanza.

Dentro de la casa, Jeanne-Marie Peyre estaba sentada junto a la chimenea de la cocina. Grandes llamas consumían ruidosamente un enorme leño de pino. Al lado de ella había un hombre bajito y flaco, vestido con ropas de terciopelo. Así era como les gustaba ataviarse a los ricos burgueses de Montpellier. Tenía un rostro oscuro e intenso. Iba bien afeitado, pero llevaba una larga perilla triangular y bigote con las puntas aceitadas.

Cuando Abraham entró, estaba inclinado sobre Jeanne-Marie, insistiendo con énfasis en algún asunto que requería toda su concentración, pues ni siquiera se percató de la llegada del médico. Abraham esperó largo tiempo bajo el quicio de la puerta a que le prestaran atención.

El hombre se volvió para saludarle con un gesto, pero una expresión de enfado se vislumbró en su rostro. Sin duda le disgustaba haber sido interrumpido. En cambio, cuando Jeanne-Marie vio a Abraham se puso de pie y corrió a su encuentro. Lo cogió por ambas manos y lo arrastró hacia su otro visitante.

–Monsieur Halevi, permitidme presentaros a mi buen amigo y vecino el señor Pierre Montreuil.

Abraham inclinó la cabeza y extendió la mano. El apretón que Pierre le dio fue como el de las garras de un halcón.

–Es un honor conoceros –dijo Montreuil entre dientes.

–El honor es mío, señor.

–El doctor Halevi le ha salvado la vida al hijo de mi hermana Madeleine.

–He oído grandes cosas acerca de las milagrosas curas del médico español.

Abraham volvió a inclinar la cabeza.

–Yo mismo siempre he pensado –continuó Montreuil– que los barberos y las sangrías constituyen una amenaza mayor que cualquier enfermedad. Pero quizás se trata simplemente de mis prejuicios, pues a mi padre lo mató un cirujano que lo sangró hasta quitarle la vida.

Montreuil tenía el aspecto de haber probado el gusto amargo del mundo. Abraham pensó que, con seguridad, cualquier médico que lo examinase encontraría en él un exceso de bilis y un gran picor de hemorroides.

–De modo que, como podéis ver, señor Halevi, siempre he desconfiado de los médicos.

Dado que Montreuil le acercó el rostro agresivamente, Abraham pudo ver de cerca que peinaba hacia atrás su cabello negro para ocultar la prominente calvicie.

–¿Los abnegados médicos no defienden el honor de su profesión?

–Los abnegados médicos no se defienden de las acusaciones de los enfermos o de quienes son débiles mentalmente, porque su labor es curar la enfermedad, no enzarzarse con ella.

–Es un consuelo ver que a un médico todavía le funciona al menos la lengua. Tal vez se ha ganado su fama lamiendo las heridas de los pacientes. Y ahora, señorita, señor, tareas menos gratas que quedarme charlando aquí me aguardan.

Con una ligerísima inclinación y un rápido golpe de tacones, Pierre Montreuil se dirigió raudo hacia la puerta.

–Debéis excusar los modales de Pierre –murmuró Jeanne-Marie en cuanto desapareció de su vista–. Como os he dicho, es amigo de la familia.

–Por favor, no os disculpéis.

–Sin embargo, me alegro de que se haya ido, porque ahora os tengo todo para mí sola.

Desde que había entrado en la habitación, Jeanne-Marie no le había soltado el brazo .

–Pero, ¿qué me decís del señor Montreuil?

–¿Qué os digo de él? –respondió ella asombrada.

–Sin duda, semejante amigo de la familia podría ser un buen partido para una dama soltera.

Ella se rio. Sus ojos castaños le miraron con tal franqueza que parecieron pequeños bisturís. Cortaban en un instante todos sus años de soledad y de seguridad.

–Un buen médico debería ser más observador. No es difícil darse cuenta de que el señor Montreuil lleva una joya de compromiso.

–¿Y a quién le corresponde tan gran honor?

–A otra que pueda interesarle.

Aclarado este punto, Jeanne-Marie apretó su mano y le guio por una escalera de caracol hasta la habitación de Jean-Louis, donde a la luz de una vela Abraham había visto los síntomas de la peste y había renunciado a cenar con la bella joven, con la esperanza de que su gesto ayudara a la curación del pequeño.

Hoy las cortinas estaban abiertas y la luz gris del día penetraba en la habitación. El joven De Mercier yacía tumbado en su cama. Parecía una diminuta muñeca en un lecho en el que bien cabría un gran guerrero. Abraham se aproximó a él.

Estaba tranquilo, pero tenía la expresión de un niño moribundo cuyo espíritu ha dejado de resistirse.

—¿No tenéis un remedio más poderoso que suministrarle?

—No lo sé.

En la cabecera de la cama había velas encendidas. Abraham cogió una y la acercó a la cara del niño. La piel que el día antes luciera pálida y transparente, ahora estaba amarillenta y embotada. El niño tenía la boca abierta. Respiraba medio inconsciente, pero cuando Abraham metió el brazo bajo las sábanas para palpar sus hinchazones, se retorció de dolor. Los ganglios tenían el tamaño de un puño, tanto los de las axilas como los del cuello y las ingles. En un día alcanzarían las dimensiones de un melón.

—¿No podéis hacer nada por él?

—Vuestro sobrino se está muriendo —anunció Abraham cabizbajo.

Luego tapó cuidadosamente al chico y miró a los ojos a Jeanne-Marie. Al fulgor de las velas, eran como minúsculas lentes que reflejaban fragmentos de aquella habitación y de su propio amor. Estaba asustado. Ella levantó lentamente su mano hacia la boca de Abraham. Luego puso los dedos en sus labios.

Al principio lo hizo como si quisiera silenciar aquellas palabras que hablaban de muerte. Luego se acercó tanto a él que el calor de su cuerpo lo aisló del aire helado que corría por la habitación de aquel niño en su lecho de muerte. Jeanne-Marie retiró entonces la mano y apretó suavemente su boca contra la de Abraham.

4

AUNQUE JEAN DE Tournière se había arrodillado sobre una alfombra, el suelo de piedra le estaba destrozando las articulaciones. A su lado, también arrodillada, se encontraba Madeleine. Lloraba desconsolada; grandes ríos de lágrimas manaban de sus ojos y sollozaba como una madre que encuentra el cuerpo de su hijo bañado en sangre en mitad de un campo de batalla.

De Tournière no esperaba que Madeleine se lamentase tanto por la pérdida de su pequeño bastardo. Pues, ante la gravedad de su estado, él mismo había sentido alivio al ver que el sufrimiento del pobre niño concluía finalmente.

Su cadáver permanecía inerte sobre la cama, a la altura de sus cabezas. La verdad era que, como hijo, había sido poco lucido. Sufría una atrofia de crecimiento, problemas de coagulación, varias malformaciones y, probablemente, también era retardado. Se parecía a uno de esos vástagos de masa informe y supurantes llagas que se escondían en algunos palacios reales, tras haber nacido de padres consanguíneos y, generalmente, sin mentón ni barbilla.

Pero había sido un buen chico, lleno de inocencia. Su alma y su corazón eran tan puros como el oro de las monedas que ahora brillaban sobre sus ojos. Indudablemente, iría derecho al cielo. El arzobispo en persona acababa de retirarse, después de pasar varias horas velando por el agonizante e infortunado muchacho. Le había dado la extremaunción una vez tras otra, para asegurarse de que ni un solo mal pensamiento se colaba en su mente después de que la absolución y sus bendiciones hubieran sido otorgadas.

–¡Padre, padre! –gimió el pequeño durante el trance, agarrándose ingenuamente a cualquier mano que le tendieran y repitiendo con insistencia esas palabras, que llegaron incluso a irritar a Madeleine–. ¡Padre, padre!

–Soy mama, estoy aquí.

Sin duda se avergonzaba ante el arzobispo de que su propio hijo no apreciase su presencia. Pero el niño se limitaba a abrazarse a ella agradecidamente, mientras ponía su pobre rostro junto a su pecho y, al ritmo de su respiración, seguía musitando:

–¡Padre, padre!

Fue imposible saber si lo que le mató fue la propia peste o una fiebre de otro tipo, pero tuvo una muerte horrible. La lengua se le hinchó y se le puso negra, la cara se le cubrió de manchas, las extremidades le temblaban de frío o, alternativamente, le ardían, bañadas en sudor. Poco después de la cena empezó a tener fuertes convulsiones y, a pesar de los desesperados ruegos de Madeleine de Mercier, Abraham Halevi se negó a sangrarlo. Lo que hizo fue meterlo en agua fría cuando la fiebre aumentaba, y taparlo con gruesas mantas cuando tiritaba de frío.

De no tenerla tan hinchada, durante la primera convulsión el chico se habría mordido la lengua hasta arrancársela. Cuando remitió el ataque, se sumió en un profundo sopor. Fue entonces cuando De Tournière insistió en llamar al arzobispo. Cuando llegó, la piel del niño, que una hora antes presentaba cierto brillo y elasticidad a causa del sudor, se había quedado mustia y acartonada. Solamente se percibía una débil transpiración, en forma de minúsculas gotitas frías.

Cuando vio al arzobispo, a pesar de la demencia que sufría, el chico debió darse cuenta de la gravedad de su estado, porque inmediatamente se agitó en una nueva convulsión. Hasta tal punto se removió en su lecho que la pierna de madera, que guardaba apoyada contra su cama, salió despedida hacia el otro lado de la habitación.

–¡Que muera pronto! –pidió en sus rezos De Tournière.

Tan pronto como el arzobispo lo bendijo y le ungió la frente con agua bendita, el chico sufrió la tercera convulsión. En esa ocasión, todos pudieron oír el crujido de sus huesos y, al tiempo que los ojos parecían salírsele de sus órbitas, la boca se le abrió desmesuradamente, como si tuviera voluntad propia, y la lengua entró en un paroxismo incontrolable, mientras los pulmones se le cerraban repentinamente. Si Abraham no lo hubiese alzado de la cama para que De Tournière le golpease con fuerza la espalda, habría muerto en ese instante.

Después vino una hora de relativa calma. La respiración del niño se tornó más tranquila y acompasada. Una extraña paz invadió la habitación, a la vez que sus facciones iban relajándose y adquiriendo una expresión tan angelical que uno podía imaginárselo ya en el cielo. Si el chico se hubiera dejado morir o si lo hubieran dejado morir en ese momento, qué final más dulce y suave habría tenido. Sin embargo, de repente gritó con una voz que no parecía la suya:

–Sálvame, padre, sálvame.

Un completo silencio siguió a estas palabras, hasta que el chico volvió a gritar:

–Sálvame, por favor, quiero vivir.

La cara se le había cubierto de oscuras manchas rojizas y jadeaba, luchando por respirar.

–Se muere –susurró Abraham.

Al momento el arzobispo le ungió con más agua bendita y recitó las pertinentes oraciones.

El muchacho intentó responder, pero las palabras se le atragantaron en la lengua, pues esta continuaba hinchándose y amenazaba con ocuparle toda la cavidad bucal hasta asfixiarlo.

–Dadle aire –gritaba enloquecida Madeleine.

–Dejadlo morir –replicaba De Tournière. Por fin, rodeó con su brazo los hombros de Madeleine y la apartó del niño.

–Dejémosle morir en paz.

–¡No!

La imponente señora se volvió, desembarazándose de Jean de Tournière, corrió hasta la mesita donde estaba el instrumental de Abraham, agarró un cuchillo y, antes de que nadie pudiese detenerla, le punzó la lengua al chiquillo.

–Así, mi Jean-Louis al menos podrá respirar –dijo mientras la sangre corría en un gran reguero.

–Por favor... –articuló el niño. Su lengua había encogido, pero la sangre se acumulaba en los huecos de sus enflaquecidas mejillas, bajando en una pequeña cascada hasta el suelo y formando allí un lago, del cual pronto empezaron a manar otros arroyos.

Cuando el chico comenzó de nuevo a ahogarse, ya era demasiado tarde para hacer nada. Esta vez no era la lengua lo que le impedía inhalar, sino la sangre acumulada en su garganta. Abraham lo colocó de costado, mientras el arzobispo le administraba los últimos sacramentos.

Cuando el arzobispo se retiró, Abraham se aproximó al cuerpo del niño y se quedó mirándolo. De Tournière observó que el rostro del doctor parecía completamente exhausto. Su boca se torcía hacia abajo en un gesto de derrota y tenía enormes ojeras.

–¿De verdad pensasteis que podríais salvarlo?

–Sí.

Madeleine hizo que Jeanne-Marie se retirase. Había presenciado en silencio toda la agonía y su hermana mayor le rogó que durmiese un poco antes de que llegara el nuevo día. Luego se dirigió a De Tournière.

–Tú también estás agotado.

–Me quedaré un rato más –contestó él, compadeciéndose de ella. Madeleine había regresado apresuradamente de Italia para acabar impotente frente al cadáver de su hijo. Y ni siquiera ella se merecía que la dejasen sola ante semejante tragedia.

Fue idea de Madeleine que ambos pasaran la noche arrodillados velando el cuerpo de Jean-Louis. Así su alma se sentiría acompañada durante su viaje al cielo.

–Le debemos por lo menos eso –dijo su madre.

Pero el suelo estaba helado y faltaban aún muchas horas para el amanecer. Si De Tournière permanecía esperando la salida del sol en esa postura, se quedaría anquilosado para siempre. Además, observó que Madeleine y él ya habían recitado todas sus plegarias.

–Si no quieres rezar más –replicó ella–, podrías sencillamente hablar en latín. Tienes una voz preciosa cuando hablas en latín, pareces un clérigo.

De Tournière no contestó y Madeleine cambió su propuesta.

–Entonces, tan solo cerraremos los ojos e imaginaremos que su alma es acogida en los amorosos brazos del Señor.

Un nuevo arrebato de lágrimas le impidió añadir nada más.

De Tournière se apoyó en el borde del lecho y se levantó. Mientras recuperaba el equilibrio, recorrió la habitación con la vista y reparó en la pierna de madera del chico. Todavía estaba donde había caído. Avanzó hacia ella. Su propia pierna le dolía tanto que hubo de morderse la lengua para conseguir caminar. ¿Cómo es que había logrado vivir tanto tiempo? Por las mañanas sus criados tenían que frotarle las piernas y la espalda para que pudiese siquiera ponerse en pie. Los intestinos le funcionaban cada vez peor. Su aliento apestaba incluso a juicio de su propio y atrofiado sentido del olfato. La vista empezaba a velársele por culpa de las cataratas. Y, sin embargo, al menos diez veces al día alguien le decía que era un prodigio de longevidad, de recia salud e incluso de perpetua juventud.

–Jean –susurró Madeleine–. Jean, ¿me oyes?

–Claro que te oigo.

De Tournière había cogido la prótesis y la examinaba mientras acariciaba con su puño el hueco reservado al muñón.

–Jean, ¿crees que hicimos mal al tener un hijo?

Se volvió a mirarla desde el otro extremo de la habitación. Ella también se había levantado y, a la luz de las velas, su rostro parecía lleno de ternura y amor.

–¿Hicimos algo malo, Jean?

–No.

¿Cómo se atrevía a preguntarle una cosa así? De Tournière pensó que realmente Madeleine era una estúpida ramera. Por supuesto que ambos habían pecado y no solo contra Dios, sino contra el pobre y decrépito vástago. ¿Qué podía ser peor que traer una nueva vida al mundo? ¿Por qué creía ella que él nunca se había casado? En medio de su ira y su dolor, vio que Madeleine se aproximaba con el rostro conmovido. De Tournière levantó los brazos para protegerse de sus besos. En la mano sentía el peso de la pierna de madera de Jean-Louis. Se imaginó que la astuta bruja se las había ingeniado para cogerle de nuevo a solas. «Mira –se dijo–, abre los brazos dispuesta a apresarte.»

Abalanzándose sobre ella, levantó la pierna de madera y la golpeó con todas sus fuerzas.

–¡JEAN!

Cuando se despertó, estaba tumbado en un lecho blando. Solo en una ocasión había conocido otro lecho tan acogedor como aquel.

–¿Jean, me puedes oír?

–¿Qué? –Abrió los ojos y vio el rostro de Madeleine amablemente inclinado sobre el suyo.

–¿Te encuentras bien?

Madeleine estaba sentada a su lado, cogiéndole la mano, como bien pudo él comprobar para su sorpresa. Tras ella, con cara de preocupación, se asomaba Jeanne-Marie Peyre.

–¿Qué ha sucedido? –preguntó De Tournière, esforzándose para incorporarse en la cama. Abraham Halevi también estaba en la habitación. Parecían haberse reunido todos para una repetición de la escena de la agonía.

–Jean –explicó Madeleine–, ha sido muy bonito. Estabas arrodillado en medio de la habitación y de repente te desmayaste con una plácida sonrisa en los labios.

Abraham se acercó a él. En su rostro todavía podía apreciarse la fatiga de la noche anterior. Las ojeras, en lugar de desaparecer, se habían acentuado.

—¿Estoy muriéndome?

—Hoy no, excelencia —contestó Abraham con una sonrisa.

De Tournière sintió que recuperaba la confianza al oír la voz segura de Abraham Halevi. Era una lástima que no tuviese unos cuantos años menos, para que Halevi pudiese devolverle una salud plena mediante el flujo de su maravillosa voz, o mediante su sonrisa triste y desesperanzada.

—¿Me voy a morir mañana?

—Mañana tampoco, excelencia, aunque vuestro pulso está alterado. Espero que aprovechéis la hospitalidad de la señora De Mercier y permanezcáis descansando aquí un día o dos.

—No quiero morir aquí —protestó De Tournière—. Quiero morirme en mi casa. ¿Me prometéis que así será?

—Os prometo que, si cerráis los ojos y descansáis, volveréis pronto a vuestra casa.

—Deberíais haber sido diplomático. —Los temores de Jean de Tournière habían remitido—. ¿Los judíos siempre mentís tan bien?

—Eso debe juzgarlo vuestra excelencia.

Abraham le tendió un vaso de vino.

—Cuando hayáis bebido esto, dormiréis varias horas y luego estaréis en condiciones de levantaros.

De Tournière agarró el vaso de manos del joven doctor. ¡Qué gentil y correcto era siempre este judío! ¡Halevi! Decía que era un marrano. No un cristiano, sino un marrano. Ni judío ni un no judío; un marrano. De Tournière tomó un sorbo de vino. ¿Qué más daba? Marranos, conversos y puercos eran todos iguales.

Se durmió, se despertó y volvió a dormirse. Cuando finalmente abrió los ojos, vio una vez más el rostro de Madeleine escudriñando el suyo.

Había envejecido. Su pelo era ahora gris y llevaba un nuevo peinado a base de bucles sobre la frente. Sus mejillas habían tomado el rugoso y comprometido aspecto de la incipiente ancianidad. Pero tenía una expresión mucho más amable que cuando era joven. Y sus ojos parecían más serenos, como si hubieran sido rápidos ríos que se habían transformado en apacibles embalses.

De Tournière se incorporó en su lecho. Le habían quitado la ropa y puesto un lujoso camisón. Bajo el extremo de la manta, le asomaban los dedos de los pies. Reparó en ellos.

Madeleine se sonrojó.

–Fui yo quien te desvistió y cuidó de ti.

–¿Qué pasó en la habitación de Jean-Louis?

–Ya te lo he dicho –contestó ella–. Te desmayaste mientras rezabas.

De Tournière la cogió por la muñeca y apretó con fuerza. Su vieja concubina aguantó el tipo, pero él apretó más fuerte.

–Yo creo que pasó algo muy distinto –dijo–. ¡Cuéntamelo!

Madeleine exhibió una sonrisa, la sonrisa seductora de siempre, y se inclinó para besar dulcemente en los labios al viejo De Tournière. Su boca todavía era suave y cálida; su perfume de antaño envolvió al anciano en una nube de dulzor.

–Estás en lo cierto –suspiró ella–, pero no pensé que recordarías nada.

Él le había soltado el brazo mientras ella lo besaba y ahora Madeleine se retiraba el pelo de la frente para dejar ver un enorme cardenal, cuyo color empezaba a pasar del morado al ocre amarillento. Halevi había hecho un buen trabajo. No había logrado salvar la vida del chico, pero al menos sí la de Madeleine, porque semejante porrazo con la pierna de nogal macizo podría haberla mandado derecha al infierno.

–Jean, eres un hombre malo. Casi me matas.

5

HACÍA UNA TARDE espléndida, un cielo azul y, sobre la tumba de Jean-Louis de Mercier, los nuevos brotes y ramas de un gigantesco sauce ponían una nota de verde pálido. La muerte del pequeño había coincidido con la despedida final del invierno. Abraham se mantenía de pie a cierta distancia de la familia. Estaba tan exhausto que apenas era consciente de otra cosa que del calor del sol escociéndole en el rostro.

El arzobispo seguía oficiando el responso cuando él se marchó discretamente. Llegó a casa bien entrada la noche. Se sentó en la mesa de la cocina y permaneció allí más de una hora bebiendo vino y negándose a hablar con Josephine. Luego salió y se fue hasta la taberna de la universidad. Los estudiantes celebraban el final del semestre.

Las ventanas estaban abiertas y por ellas entraba el fresco aire de la noche. Tres de sus alumnos fueron a sentarse con él y pronto congenió con ellos, bebiendo un vino tras otro. Pero de pronto se sintió tan cansado y deprimido que se levantó para irse. Todavía faltaba mucho para la medianoche y Paulette se acercó a él.

–¿No quieres que vaya contigo?

–Claro que sí –dijo Abraham, aunque sus sentimientos, por un instante, se llenaron de culpa con el recuerdo fugaz de Jeanne-Marie.

Pronto estuvieron fuera de la taberna y sus pulmones respiraron de nuevo aire fresco. Tras un invierno tan frío que casi le hiela el alma, la primavera llenaba el ambiente con el aroma de una tierra fecunda.

Paulette le rodeó la espalda con su brazo, y cuando él se volvió para besarla, apretó su pecho contra Abraham y lo abrazó apasionadamente.

Regresaron a casa tan temprano que Josephine y Vaugrin tuvieron que esconderse de forma precipitada en la pequeña alcoba de la madura sirvienta.

Paulette, que era prima de Josephine y había compartido habitación con ella antes de que empezara a trabajar en casa de Abraham, les lanzó un saludo que su madura tía contestó con un pudoroso portazo.

Abraham, un tanto avergonzado, se bebió tres vasos de licor que se sumaron al vino ingerido. Cuando subían por las escaleras hacia su habitación, las piernas comenzaron a fallarle. Consiguió llegar a la cama, donde el corazón le latió descontroladamente. Sobre las sábanas, mientras Paulette lo desvestía, se sintió como la propia bestia que había conocido en Toledo: sordo al sentimiento ajeno, cubierto por una piel durísima; no le importaba nadie ni nada.

Paulette revoloteaba a su alrededor como una mosca. El tacto de su cabello, sus labios y sus dedos no era más que el aleteo de un insecto. Pero, poco a poco, el ambiente fue haciéndose más ligero, según la luz de la luna le dejaba ver a Abraham el cuerpo blanco y esbelto de la mujer. Como una serpiente pálida, ella se metió entre sus brazos y zigzagueando entre ellos consiguió despertar en él tal pasión que Abraham se vio a sí mismo con el poder de un águila al borde de un acantilado.

Desde ese borde, solo le quedaba dar el dulce salto. Pero dudó por un momento, mientras sudaba todo el alcohol ingerido y revivía la terrible agonía de Jean-Louis. Finalmente, su gruesa piel de elefante se tornó más delgada después de tanto sudar y tanto recibir besos.

En el último momento, cuando ya estaba dispuesto a echarse a volar sobre el precipicio y a ahogar toda la oscuridad del invierno en el calor del cuerpo de Paulette, llegaron voces y risas procedentes de la calle. Luego sonaron varios aldabonazos a su puerta y, tras ellos, la voz de Jeanne-Marie llamándolo.

Por una vez, para mayor infortunio, Josephine abrió la puerta al instante. A la distancia de un brazo, a través del suelo, Abraham oyó que un hombre discutía acaloradamente con su sirvienta. Ahora ella se daba cuenta de que había sido un error dejar pasar a los visitantes y se esforzaba en obligarlos a irse. Aparte de Jeanne-Marie y el hombre, Abraham reconoció las voces de Jean de Tournière y Madeleine de Mercier.

Instantes después, el resplandor de una vela iluminaba el hueco de la escalera. Abraham apartó a Paulette, le echó las sábanas por encima y se puso rápidamente su túnica de médico. Luego, tras suplicar a Paulette que se mantuviese en silencio, bajó a toda prisa los escalones.

–Por fin aparecéis –gritó De Tournière.

La muerte de su hijo había convertido al hombre viejo en un anciano decrépito. Su rostro brillaba como el de un cadáver incandescente.

–¿Qué hacéis durmiendo tan temprano? Hemos venido a invitaros a la cena tras el funeral. –El tono de Madeleine sonaba forzadamente alegre. Abraham apreció que estaba borracha. Todos estaban borrachos. Y también comprendió que la voz del extraño pertenecía a François Peyre, hermano de Jeanne-Marie que, para su sorpresa, era el pretendiente de Gabriela, al cual había conocido en Barcelona.

–¡Qué mal aspecto tenéis! –murmuró Jeanne-Marie acercándose tanto a Abraham que su cuerpo casi le rozó. En su aliento, él captó el olor del vino, mientras ella le ponía la mano en la frente–. ¿Estabais en cama con fiebre, o quizá sufriendo alguna pesadilla?

Pronto se encendieron más velas y los invitados dieron cuenta, con entusiastas voces, del licor que había en la casa. Abraham acercó su copa a los labios, temeroso de que Jeanne-Marie oliese en su piel el aroma de Paulette. De repente, uno a uno, todos fueron quedándose mudos.

François Peyre estaba junto a la escalera riéndose con una extraordinaria fuerza. Al poco, se volvió y arrastró hasta la luz de la habitación a una temerosa Paulette completamente desnuda.

Una hora después, Abraham estaba en la mansión de Madeleine ante una mesa repleta de delicias fruto de la recién llegada primavera, vinos de los viñedos de los Mercier y carnes de caza que habían estado horas macerándose en finas hierbas y especias. A su lado se sentaba Jeanne-Marie, con el rostro enrojecido por el vino y riéndose a carcajadas mientras su hermano François se disculpaba por enésima vez ante Abraham por haber sacado a una de sus pacientes de esa cama, que, de acuerdo con lo que confesaba el médico y atendiendo a su grave estado, bien podría haber sido su lecho de muerte.

—Vuestra dedicación por la salud de las mujeres bellas es notoria en toda Europa.

—Más valdría que entendierais —intervino De Tournière mirando a Jeanne-Marie— que los médicos más abnegados no vacilan en albergar en su casa a los pacientes más graves. Meterlos en un hospital significa muchas veces enviarlos al matadero. Los hospitales están en condiciones vergonzosas.

—Abraham nunca los enviaría allí —apuntó Jeanne-Marie—. Es demasiado noble, demasiado sabio, demasiado entregado para hacer tal cosa.

Con un ataque de incontrolable risa, se ladeó hacia Abraham, con la boca abierta y los ojos llenos de exuberantes lágrimas, y le besó en la boca.

—¡Jeanne-Marie! —objetó Madeleine indignada.

—No ha sido nada —contestó la hermana pequeña—. Simplemente he tenido un serio ataque de la misma enfermedad que casi mata a la paciente recién encontrada en casa del doctor.

La frase era ingeniosa y todos rieron de buena gana. Incluso Abraham se sintió contento con la compañía.

Casi todos los burgueses de Montpellier habían perdido familiares a causa de la peste, y habían llegado a un punto tan profundo de desesperación que con frecuencia se dedicaban a hacer fiestas que duraban toda la noche. Bebían hasta que los arrebatos de llanto y nostalgia los sobrecogían de nuevo y se sumían en ellos hasta el amanecer, alternando la bebida con las lágrimas y esperando el momento de unirse, a primera hora, a la santa procesión de cada día. En ella podía verse a los más ricos de Montpellier, con las vestimentas manchadas de vino y comida, entremezclados con los pobres, los campesinos y los leprosos, entonando salmos y plegarias, hasta que los sacerdotes, exhaustos, los mandaban a casa.

Cuando las risas de la concurrencia en casa de Madeleine alcanzaron su mayor volumen, Jeanne-Marie volvió a inclinarse sobre Abraham y a besarlo. Esta vez sus labios se regodearon en ello. Y luego, antes de que él pudiese reaccionar, hizo una seña a los juglares para que cantasen. Se arrancaron con una tonada que todos empezaron a acompañar, mientras Jeanne-Marie hablaba al oído a Abraham:

–Por supuesto que sé lo que estabais haciendo. Si no te amase, le pediría a mi hermano que te matara.

Abraham no respondió. Jeanne-Marie le agarró de la manga y le susurró enérgicamente:

–¡Contéstame!

Su expresión era insistente y sus ojos brillaban, derramando súplicas hacia los de él.

«Mi respuesta es que yo también te amo.» Abraham sabía que esas eran las palabras que debía pronunciar. Jeanne-Marie tenía la misma edad que Gabriela cuando él se marchó de su lado por primera vez. ¿Y cuál había sido el resultado? Se había convertido en una mercenaria de don Juan Velázquez. Jeanne-Marie seguía mirándole con los ojos muy abiertos. Su cara tenía forma de corazón y unas facciones finas. Expresaba la confianza y la seguridad que otorgan el dinero y la posición.

Abraham se inclinó hacia ella para acariciarle las mejillas, pero se sintió incómodo, porque percibía que el olor de Paulette le había cubierto la piel como un manto tejido de mentiras.

Los labios de la joven, que lo habían besado hacía un instante, ahora temblaban.

–Contestes o no contestes, no me importa –dijo ella–. Porque, si no me quieres ahora, pronto haré que llegues a amarme.

Y entonces, cuando las yemas de los dedos de Abraham rozaron su cara, ella se echó hacia atrás y se levantó violentamente de su asiento.

–Ahora, señor Halevi, es tiempo de que yo vaya a la capilla a rezar por mi difunto sobrino. Buenas noches y que Dios se apiade de sus señoras pacientes.

Después se quedó mirándolo con sus grandes ojos castaños y los labios abiertos, y ahogó los coros de las canciones con otra sonora carcajada. Antes de que Abraham supiera qué decir, ella se volvió para irse.

Él intentó cogerle la mano, pero ella se alejó de él.

–Volved pronto a visitarme –dijo Jeanne-Marie marcando de nuevo las distancias. Pero luego, tras reflexionar un poco, su tono se suavizó, como si leyera en la mente de Abraham la vergüenza que sentía por lo de Paulette y lo hubiera perdonado–. No estoy enfadada, de verdad.

CUANDO ABRAHAM LLEGÓ a casa, Paulette todavía estaba en su cama. Y mientras, sentado a su lado sin desvestirse, él buscaba las palabras para explicarle que había llegado el momento de que se fuese, ella le dijo que estaba embarazada. Luego se deshizo en lágrimas, no porque temiese la deshonra, sino porque temía el propio nacimiento. Cuatro años antes había concebido un hijo ilegítimo y, durante el embarazo, las hemorragias casi la habían llevado a la tumba. Le contó todo esto a Abraham, llorando de miedo. Y él, avergonzado de haberse irritado interiormente por la debilidad de ella, se tendió en la cama, atrayéndola hacia sí y abrazándola para reconfortarla. Pronto comenzaron de nuevo la apasionada actividad amorosa durante la cual les habían interrumpido unas horas antes.

Al llegar al clímax, Abraham tuvo la sensación de que le abrían el pecho y las entrañas, como si Dios hubiera bajado hasta él y estuviera arrancándole partes de su cuerpo para en verdad hacer a su hijo con la carne de su padre.

Durante el resto de la noche, Abraham se acercó a Paulette en todos los sentidos, haciendo el amor con ella una y otra vez. Cuando por fin despuntó el día y ella se preparaba para marcharse, le dio la pócima que una vieja matrona le había suministrado para este tipo de emergencias. Una pócima que tenía el poder de llegar hasta lo más profundo del útero de una mujer y acabar con la criatura que creciese dentro.

6

COMO SI ACABASE de despertar de un prolongado y silencioso letargo, Abraham se encontró súbitamente aturdido por un maremagno de ruidos: un millón de hojas crepitando con la brisa, miles de pájaros trinando, el firme repique de las herraduras de hierro forjado de los caballos resonando en los senderos, el gentil aliento de Jeanne-Marie respirando junto a él.

Era el mes de mayo de 1400. El duro invierno había dejado paso a una tardía pero fecunda primavera que ahora avanzaba *in crescendo* hacia el inminente verano. Y en este preciso día, tras el frescor de la mañana, el sol lucía con tanta fuerza que daba al cielo un tono azul pálido. También calentaba a conciencia la piel de Abraham y, según avanzaba el viaje, su cuerpo fue cubriéndose de capas alternas de sudor y polvo.

En cambio, Jeanne-Marie parecía inmune al calor. Llevaba un vestido de doncella, blanco y extraordinariamente favorecedor, y un elegante tocado que realzaba su aire virginal. Cubría su cuello y sus hombros con un echarpe que a cada minuto se le resbalaba hacia atrás, de forma que su piel dorada era pasto de ese mismo sol que a Abraham tan incómodo se le antojaba.

Viajaban a paso lento en un carruaje abierto. Habían pasado las dos últimas horas recorriendo caminos cada vez más estrechos y se dirigían a la finca de los Mercier, que administraba François y en la que ella había pasado su infancia.

Justo cuando Abraham iba a quejarse del calor, salieron de una pronunciada curva y Jeanne-Marie le avisó de que pronto podría contemplar las primeras vistas de su castillo.

El sendero discurría ahora por una pequeña zanja a cuyos lados crecía profusamente la hierba, adornada con violetas salvajes y flores azuladas.

–¡Ahora! –dijo ella, mientras torcían de nuevo y aparecía un peculiar edificio de arquitectura bastante extraña: apenas un gran patio rodeado por un gran número de torres–. ¿Qué te parece, eh?

–Bueno, es...

–¡Cuánto amo este lugar! –le interrumpió Jeanne-Marie quitándole las riendas de la mano y arreando a los caballos.

El carro avanzó traqueteando y bamboleándose cuesta abajo, en dirección al singular *château*. Como una miniatura de Montpellier, estaba situado en un minúsculo valle rodeado de altos riscos. En torno a él, los campos de labor, perfectamente parcelados, contrastaban entre sí en colores verdes y amarillos. Algunos estaban recién sembrados, otros ya contenían densas cosechas de lino, heno y cereales diversos.

Abraham pensó que indudablemente François era tan experto en la producción agrícola y administración de fincas como en detectar a sus invitadas ocultas.

Según el carro iba tomando velocidad, la inercia apretaba progresivamente a Jeanne-Marie contra Abraham. Tras cada colisión, él volvía a apartarla de sí, aunque no demasiado rápido. Desde el día en que la pena y el vino la llevaron a declararle abiertamente su amor, Madeleine de Mercier había ofrecido un buen número de cenas, recepciones y bailes, y Abraham, agradeciendo la oportunidad de ver a Jeanne-Marie sin tener que cortejarla a las claras, había acudido siempre que le había sido posible.

Se pasaba horas observando las cautivadoras maneras de la joven en la danza y otras situaciones: Jeanne-Marie vestida con su largo vestido de una pieza, inclinándose y riendo ante las galanterías de los muchos hombres que siempre la rodeaban; Jeanne-Marie escuchando con exquisita atención los alardes y bravatas de una docena de solteros acaudalados...

Sin embargo, al final de la velada, siempre buscaba a Abraham y se colocaba a su lado, como si fuera un viejo amigo o un hermano en el que encontraba refugio. Cada noche, él retornaba a su casa, maldiciéndose a sí mismo por su parálisis, saboreando en los labios el beso de despedida y el gusto de todas aquellas palabras amorosas que todavía no había sabido inventar ni pronunciar. Porque, al tiempo que cada día se sentía más cautivado por el amor, también se sentía más incapaz de afrontar el insuperable obstáculo: Jeanne-Marie Peyre, aunque de padres judíos, se había convertido en una católica devota.

Ella parecía feliz sencillamente esperando. Se había limitado a invitarlo, con el máximo recato, a acompañarla un día al castillo de los Mercier.

–Conocerás mi hogar y los alrededores de Montpellier. Se dice que son los parajes más bonitos de Europa.

–Me hará muy feliz conocerlos.

–Estáis enamorado –le había dicho Josephine y quizás con mucha razón.

Si estar enamorado significaba pensar incesantemente en una persona, retroceder cuando uno quiere avanzar, desear que a uno le toquen y a la vez temer lo que acarreará, entonces Abraham estaba enamorado. Tenía ya treinta años, dato que Josephine se encargaba continuamente de recordarle. Sin embargo, parecía que al salir de Toledo y darle la espalda a Gabriela algo se había muerto en su interior. Él mismo lo había matado. Cuando de forma compulsiva cavaba las sepulturas de los abatidos por la peste, a veces miraba las húmedas fosas y se imaginaba a sí mismo descansando bajo la tierra, durmiendo para siempre, mientras otros combatían contra la irresistible marea de la muerte.

–Los solterones no cambian nunca –solía especular Josephine. Y era cierto que el miedo y la incertidumbre habían abortado en Abraham la turbadora aparición de sentimientos de amor. Salir de la tumba, amar, casarse, permitirse a sí mismo volver a nacer en el mundo de los compromisos y las convenciones que durante tanto tiempo había evitado eran cosas que empezaba a temer.

Sacrificar su «comportamiento impecable» por un cuerpo del cual apenas había tenido unos cuantos atisbos, por unos ojos que lo habían seducido con un simple destello de luz, por el corazón de una coqueta que se había apoderado del suyo... Pensamientos así solo le llevaron a buscar con mayor frecuencia los acogedores brazos de Paulette. Incluso la noche anterior, con objeto de emprender más calmado el viaje, se había abandonado a ellos. Y Josephine había dado su aprobación.

—No es fácil para un hombre mantenerse casto. Yo lo comprendo bien.

El carruaje aminoró la marcha hasta detenerse frente a las puertas del patio. Estaban abiertas.

—Espero que te guste –le dijo amablemente Jeanne-Marie.

—Seguro que no me disgustará.

Un criado se dirigía hacia ellos cruzando el patio. Abraham se preparó para descender del carruaje, y lo hizo de modo que su muslo tocara el de la joven. Ella se apretó firmemente contra él, aumentando sus deseos. Abraham se arriesgaba a ser despojado de su coraza de «comportamiento impecable», pero ella no tenía una armadura similar para protegerse y, por el contrario, sí tenía más que perder. De pronto pareció desprovista de defensas, desnuda. Él le cogió la mano, entrelazando sus dedos con los de ella. Todas las precauciones que había venido adoptando desaparecieron en un simple instante.

—No me disgustará –repitió Abraham–. Y yo no te disgustaré a vos.

LAS PUERTAS DEL palacio se abrieron y los criados les hicieron reverencias. Uno de ellos guiñó el ojo a Abraham. François Peyre lo abrazó y lo besó en ambas mejillas. Incluso el viejo y artrítico perro que había crecido con Jeanne-Marie vino trotando a saludarlo y acabó apoyando su cabeza en su rodilla.

La segunda noche de su estancia, cuando la muchacha se excusó después de la cena para que François y su invitado compartieran unos momentos a solas, Abraham comprendió que lo mejor que podía hacer era disfrutar de lo que claramente se avecinaba. François levantó su copa proponiendo un brindis a la salud de su hermana.

—Jeanne-Marie —murmuró Abraham bebiendo.

—Se mire como se mire —añadió François—, es una mujer especial.

—Verdaderamente especial —corroboró Abraham.

—Una mujer en la que inteligencia y belleza han encontrado digna morada.

Abraham asintió con la cabeza.

—Se merece un esposo que la honre y la proteja, ¿no estáis de acuerdo?

—Por supuesto que lo estoy.

—Un esposo que la proteja con... —aquí François exhibió una amplia sonrisa. Su rostro parecía una versión atezada y ensanchada del de Jeanne-Marie— abundantes dineros y tierras.

Solamente en una ocasión anterior Abraham había visto a François reírse. Fue cuando arrastró a Paulette desnuda. Desde luego, sus maneras distaban de parecerse a las del hombre modesto y calmado que había pretendido ser en Barcelona o en casa de Madeleine de Mercier. En su propio territorio se encontraba crecido. Hasta llevaba la pechera abierta y su tripa se abombaba en toda su protuberancia, para engullir los productos de sus fértiles fincas.

—Ya entendéis lo que quiero decir —concluyó François.

Lo que Abraham entendió fue que François Peyre ansiaba poseer tierras y seguridad material. Por medio de Madeleine había dado un primer paso. Y si con Jeanne-Marie podía conseguir nuevas ganancias, mejor para él.

—Por ejemplo —comenzó de nuevo François—, el perfecto marido para mi hermana sería el señor Pierre Montreuil, creo que lo conocéis.

—Un impresionante caballero —comentó Abraham.

—Mi hermana no opina eso.

—Quizá lo haga algún día.

—No —replicó Peyre enojándose—. No lo hará. Por desgracia solo se ha enamorado una vez en la vida y lo ha hecho de una persona que no tiene nada de recomendable.

—¡Qué triste!

—¡Muy triste! Y más todavía, cuando ella carece de dote que aportar a su futuro matrimonio. Le corresponden algunas minucias, desde luego, pero no posee tierras. Como bien debéis saber, señor Halevi, esta finca no me pertenece a mí, sino a Robert de Mercier. Cuando se casó con mi hermana Madeleine, nos concedió su usufructo como regalo por nuestra conversión, la de todos nosotros, entiéndase, al cristianismo. Desde entonces puedo asegurar que ha mantenido el trato con la más generosa elegancia. No solo nos permite residir aquí, sino que me deja mantener a los criados e incurrir en considerables gastos para nuestra propia manutención, mientras yo le administre la finca y recaude las rentas de sus otras propiedades. Incluso me ha animado a que amplíe y disfrute de las construcciones que él en persona comenzó. Seguro que habéis reparado en las torres por las que nuestro *château* es ya un edificio célebre.

Abraham miró su vaso de licor. En Toledo el estilo de vida era más austero y sencillo. A ningún judío le daban un palacio por convertirse al credo cristiano.

—¿Cómo podría un hombre como vos proveer a mi hermana de lo que necesita? Vuestra casa, por supuesto, resultaría para ella totalmente inapropiada. Tendríais que vivir en Montpellier, en la mansión de los Mercier, y habrían de nombraros deán de la escuela de medicina, lo cual acarrea un considerable prestigio aunque reporte ingresos francamente escasos. Necesitaríais ropas nuevas y hasta un escudo de armas de alguna pretendida estirpe.

Abraham sonrió.

–En principio, Robert y Madeleine ya han accedido a que residáis en su palacete. Les complace teneros como médico personal. Quedaron muy conmovidos con vuestro intento de salvar la vida de su hijo. Por favor, os ruego que no os sintáis ofendido por lo que digo. Lo hago por mi hermana, espero que comprendáis. Por mi parte, preferiría que se desposase con Pierre Montreuil, pero se niega en redondo. Me corresponde a mí protegerla. Lo he hecho lo mejor que he podido durante veinte años. Ahora os toca a vos hacerlo.

François Peyre se levantó de su silla. Era tan alto como Abraham y mucho más corpulento. Se acercó a él para chocar las copas.

–Os doy la bienvenida, cuñado mío, y espero que sea un verdadero placer conoceros en profundidad.

–Cabe poca duda de que debéis de ser un excelente recaudador de rentas –observó Abraham.

–El mejor –sentenció François sin la menor ironía–. Vienen a mí como ovejas al esquilador. –Y después, mirando directamente a los ojos de Abraham, añadió–: La boda se celebrará en la catedral. Os confesaréis e iréis a misa. Mi hermana es una ferviente católica. Vuestros hijos serán católicos. –Entonces hizo una breve pausa y dijo con voz más suave–: Entiendo que lo que luego les enseñéis dentro de casa es solo asunto vuestro.

Cuando se hubo retirado a su habitación, Abraham abrió las puertas del balcón y se sentó en la barandilla de piedra de una torre inteligentemente construida por François Peyre. Había luna y, tras los muros del castillo, se veía la silueta de unos robles que, cual gigantescos bailarines negros, posaban para un retrato con los brazos alzados.

¿Amaba de verdad a Jeanne-Marie? ¿Importaba mucho eso? Era hora, había dicho Josephine, de empezar a amar. Diez años antes, el amor le parecía una tormenta; algo que, o bien le sucede a uno de repente o bien no le sucede en absoluto. Ahora Abraham creía saber más: el amor era como uno de esos árboles que veía por la ventana. Todo comenzaba con un crecimiento apenas perceptible, luego ese todo se mantenía frágil durante mucho tiempo y, finalmente, tal vez a lo más que llegaba era a hacerse visible como una sombra en la penumbra.

Sin embargo, sabía que no era así como Jeanne-Marie lo amaba. Ella lo amaba con todo su corazón, como le había amado Gabriela. Pero, aún así, se conformaría con lo que él le diera. Y, a su vez, él estaría mejor con una esposa así que consolándose con una interminable sucesión de Paulettes.

Si se casaba con ella, François le había avisado de que tendría que hacerlo en la fe católica. En el fondo de su corazón, ¿qué objeción podría albergar él a ello? Durante toda su etapa de Montpellier, había entrado en el barrio judío solo una vez y nunca pisó la sinagoga. Ni siquiera se atrevió en ocasión alguna a dirigirse a ningún hombre en términos de «judío a judío». Recordó cuando cruzaba la plaza mayor con la intención de hablar con el viejo buhonero y tropezó con un lisiado. Ese hombre sin piernas representaba a los auténticos judíos. Porque, dado que a dondequiera que fuesen eran rechazados, bien podían haber nacido sin piernas. Y dado que les privaban de ejercer ningún poder, bien deberían sentarse en el suelo, limitándose a mendigar y a que los escupieran.

¿Por qué aferrarse a esa vida exenta de esperanza? Sus antepasados habían sido judíos y por eso lo era él. Pero antes de ser judíos sin duda habrían adorado toda clase de deidades, desde aquellas presentes en el primer panteón de los dioses, hasta la infame divinidad de Astarté. ¿Por qué renunciaron sus antepasados a esos dioses a cambio del Dios de Abraham? ¿Es que el Dios de los hebreos había gritado al oído del tatarabuelo de su tatarabuelo hasta hacerlo obedecer por temor? ¿Habían sentido generaciones enteras de hombres y mujeres la mano de Dios apartándolos de un camino y guiándolos por otro? ¿O se habían ceñido a seguir la palabra de algún profeta de larga barba, buscando su protección y confiando en que así su vida sería más llevadera?

Abraham pensó que su propia vida sería más llevadera si aceptara a Cristo y su historia de redención.

Pero, con la imagen de la cruz, vino el recuerdo de Antonio. Lo vio lleno de vida, vio su barba rizada. Y oyó los ecos de su cálida voz. Se acordó de cómo había cargado con su propia cruz. Lo recordó con los brazos abiertos, y colgando como una túnica empapada de sangre en las mazmorras de Velázquez.

Más que amar a Antonio, le había reverenciado al modo en que algunos de sus amigos reverenciaban a sus hermanos mayores, a sus padres o a sus tíos; igual que los creyentes sinceros reverenciaban a Abraham y Moisés.

Él sabía bien que había admirado a Antonio no solo porque este fuese mayor y más fuerte. Lo que Antonio poseía, como le había hecho ver su madre cuando le preguntó por qué su primo tenía sobre él tanta influencia, era coraje moral. Y el coraje moral, explicó ella, es una cualidad que nada tiene que ver con la fuerza física o el ingenio mental. El coraje moral es la capacidad de vivir la vida como debe vivirse; un don de Dios que arde en lo profundo del alma de unos pocos elegidos.

—Pero yo creía que todos los judíos eran elegidos –protestó Abraham.

Su madre se rio.

—Algunos lo son para guiar, y el resto de nosotros lo somos para seguirlos.

Abraham se sentó en la cama, pensando en estas cosas, mientras su admiración por Antonio lentamente se mezclaba con unos ciertos celos. ¿Puede tal llama encenderse en un hombre o ha de haber nacido con ella?

Ante esta pregunta, el rostro de su madre reflejó la expresión triste que adoptaba cuando pensaba en su marido.

—Algunos la adquieren –explicó–, pero otros como Isaac Aben Halevi la tienen de nacimiento. En cualquier caso, siempre es una carga.

A la pálida y plateada luz de la luna, Abraham vio los fantasmas de su pasado y su futuro desfilando ante el castillo. Antonio nació para ser guerrero y morir guerreando. Ese fue su destino. El suyo era ser médico y vivir. En su despacho de la universidad, donde guardaba su instrumental y diseñaba nuevos aparatos quirúrgicos, consideraba que un hombre podía alterar el destino de otro manejando con maestría el bisturí, combatiendo los ataques de la enfermedad y la muerte y devolviéndole al cuerpo la salud.

Pero, ¿qué pensaba cuando se retiraba a descansar de noche? En la oscuridad, cuando casi podía oír la respiración de todos aquellos que habían muerto y casi veía los rostros de sus propios hijos tal vez esperando nacer, ¿qué pensaba entonces?

Abraham se levantó del poyete de la ventana y la cerró, dejando la noche fuera.

NUNCA PENSÓ EN vivir en el campo, fuera de la ciudad. En España había vivido siempre al abrigo de una urbe, entre sus protectores muros de piedra, entre sus anillos de parapetos. En la ciudad las casas se apiñaban hasta formar una gran fortaleza y había mercados en los que se podía comprar de todo. La ciudad era para él el lugar natural en el que vivir; el único. Había quienes vivían en pueblos o incluso en pequeñas aldeas y acampamientos en torno a un feudo, pero tales apiñamientos en el fondo no eran más que ciudades en miniatura. Diminutas fortalezas con idéntica necesidad de aprovisionarse y defenderse. Incluso las fincas las trabajaban peones que vivían en barracones dotados de defensas.

Así que oír hablar apasionadamente a Jeanne-Marie acerca de los placeres de la vida campestre solo provocó una irónica sonrisa en Abraham. No es que tuviera nada contra los árboles y las flores, sino que simplemente no comprendía cómo podía haber gente que aspirase a vivir allí donde el ganado podría serle robado, la casa incendiada y los hijos asesinados por cualquier bandido.

–Pero eso sucede solo ahora –protestó ella– que la maldad de la guerra y la peste asola el mundo. ¡No es así siempre!

Habían llegado a la cresta de las colinas que rodeaban el castillo de los Mercier y, barriendo la vista con un gesto de su brazo, Jeanne-Marie atrajo la atención de Abraham hacia el conjunto del paisaje. Formaba un glorioso cuadro de parches multicolores. Unos campos resaltaban dorados, otros verdecían y algunos tenían un color verde más oscuro e intenso, allí donde los robles seguían creciendo y acumulándose en densos e intactos vestigios de los antiguos bosques.

–¡Mira! –dijo ella–, ¿alguna vez has visto algo más bonito o algo más vivo? El mundo es en realidad un único y enorme ser viviente.

Agarró la mano de Abraham y le miró con entusiasmo esperando su reacción.

–Eso es una herejía –contestó por fin él–, pero mi maestro de Toledo pensaba lo mismo.

–Entonces no es ninguna herejía.

–Era mahometano de nacimiento y además no creía en Dios.

–Muy bien –insistió desafiante ella–. Pero, ¿no es cierto que toda verdadera fe viene a proponer un mensaje idéntico?

Abraham se apartó de ella. A pesar de la conversación con su hermano en la noche anterior, él no había dicho una palabra acerca de casarse. Y, sin embargo, ¿insinuaba ella que tal vez podrían educar a sus hijos indistintamente como cristianos o judíos? ¿Serían secretamente los Peyre, aunque tuvieran un sacerdote en su séquito, judaizantes?

–Tu hermano me dijo que eres una ferviente católica –apuntó Abraham intentando mantener la voz libre de apasionamiento.

–¿Tú no?

–Juré sobre la Biblia que creía en la Santísima Trinidad, la resurrección y la Virgen María.

–¿Y crees de verdad?

–¿Crees tú?

–Por supuesto –admitió Jeanne-Marie–. Creo con toda mi alma. –Todavía sujetaba el brazo de Abraham y le forzó a mirarla directamente a los ojos–. Nunca debes hablar así de estas cosas.

–Ser honrado exige valor –replicó Abraham pensando en Antonio.

–Entonces sé honrado en tu corazón.

–A veces también el corazón tiene que hablar.

–Pues que hable, pero de lo que le pertenece: el amor, el arte, el cariño de una persona por otra, la belleza de la luna reflejada en el agua... De esas cosas debe hablar el corazón.

De repente resonaron los cascos de una cabalgadura. Se volvieron al instante. Un precioso semental se aproximaba a ellos resollando. Era negro, y de tan impresionante alzada que hacía parecer a su jinete un enano.

El formidable caballo, bañado en sudor, se puso de manos antes de detenerse del todo. Al verlo, la yegua que tiraba del carruaje de los jóvenes, se levantó hacia él, moviendo bruscamente el carro y haciendo que Jeanne-Marie cayese en brazos de Abraham, que luchaba por mantener el control de las riendas. Cuando pudo levantar la vista, Pierre Montreuil ya intercambiaba saludos con su acompañante.

–¿Debo daros mis felicitaciones?

–Todavía no –replicó la joven dama.

–Excelente, porque entonces tampoco es demasiado tarde para que aún podáis ahorraros cometer un desastroso error.

–A monsieur Halevi desde luego no puede llamársele error.

Montreuil había traído consigo todo su arsenal de ira. Pero ahora el rostro de Jeanne-Marie también se había puesto de color rojo oscuro. Y Abraham sintió que una desconocida furia afloraba a la superficie.

–Yo creo que sí –replicó Montreuil alzando la voz–. ¡Es un error judío, mentiroso y charlatán!

Abraham reparó en que su oponente iba poderosamente armado con cuchillo y espada. Y además se movía con la rigidez característica de quien lleva cota de malla bajo la vestimenta. Por su parte, él portaba consigo la daga de siempre y había escondido una espada bajo el piso del carruaje antes de salir de Montpellier.

Montreuil se encaró con él.

—¿Qué os ocurre? —bramó—. ¿Es que no tenéis lengua para disculparos por vuestra presunción?

—Hablando de lenguas —contestó Abraham en tono suave—, os aconsejo que mantengáis la vuestra a buen recaudo, no sea que la perdáis en algún encuentro.

—¡Valientes palabras para un judío!

Abraham cambió de postura para tener a mano su espada.

—¿Y bien?

—Y bien —añadió lentamente Abraham—, las valientes palabras han de acompañarse de valientes hazañas —el deseo de venganza afluía a su corazón.

—¿Me estáis pidiendo, judío, que ponga fin a vuestras miserias mientras estáis desarmado?

—Deteneos —gritó Jeanne-Marie—, deteneos ambos.

—No se puede detener el hecho de que ya he sido insultado —sentenció Montreuil.

Con una rápida maniobra, Abraham se cambió de sitio, de forma que Jeanne-Marie ya no se encontrase entre Pierre Montreuil y él. Luego se agachó y agarró la espada. Era la misma que había pertenecido a su amigo Claude Aubin, la que llevaba el día en que lo mataron.

Montreuil tiró de las riendas de su caballo, cuyas patas volvieron a elevarse orgullosamente en el aire y después empezó a danzar nerviosa y briosamente alrededor del carruaje.

—Sois un estúpido —continuó— y en Francia usamos la sangre de los judíos para limpiar nuestras espadas.

Abraham soltó una carcajada y pudo sentir en la boca el sabor de su propia bilis.

—El estúpido sois vos, porque en España usamos de mondadientes los huesos de los franceses cobardes.

–¿Veis vos –dijo Montreuil dirigiéndose a Jeanne-Marie– cómo es preciso que vengue sus viles insultos a nuestra patria?

–¿Insultos? –se extrañó Abraham–. Cualquier francés debería considerar un inmerecido honor que sus huesos rozasen siquiera la boca de un español.

Montreuil desenvainó la espada.

–Entonces, osad repetir esas palabras, ¡español!

–Si padecéis de sordera, permitidme recomendaros que os bañéis con mayor frecuencia y que completéis vuestro aseo con un tratamiento de lavativas internas. Tal vez con ello también logréis desprenderos un poco de vuestro ingrato olor.

–¡Por caridad! –le susurró Jeanne-Marie.

A cada frase Abraham se sentía más crecido y seguro de sí.

–Si tan valiente sois –le desafió Montreuil–, ¿tendríais la amabilidad de descender del carro? Pues preferiría que, mientras os rebano con mi espada, mademoiselle Peyre permaneciera alejada de todo riesgo.

–Si queréis evitar herirme –suplicó ella a Montreuil–, marchaos y tened la bondad de considerar que esta desgraciada conversación nunca tuvo lugar.

–¡No! –gritó Abraham saltando del carruaje.

Y antes de que sus pies tocaran tierra, Montreuil lo acometió. Si Jeanne-Marie no hubiese chillado, Abraham no habría visto la espada de Montreuil avanzando directa hacia su cuello. Además, el grito asustó al caballo del francés que saltó en cabriola como si le hubiese pinchado y coceó con las cuatro extremidades. Mientras Montreuil luchaba para no caerse, Abraham se abalanzó y con un certero tajo cortó las riendas que sujetaba su rival. El francés cayó al suelo de espaldas. Buscó su espada, pero había aterrizado lejos de él y Abraham la recogió.

Montreuil no intentó siquiera levantarse. Se limitó a permanecer tumbado, mirando a Abraham y respirando sonoramente.

–¿Qué os sucede? –preguntó Abraham–. ¿Es que los franceses preferís morir besando el suelo?

Le temblaba el brazo derecho como si estuviera ebrio ante la perspectiva de hundir la espada de Aubin en el pecho de Montreuil.

–Fijaos cómo continúa insultando a los franceses –dijo Montreuil a Jeanne-Marie, que estaba llorando–. Pero tiene miedo de batirse conmigo a caballo.

–Batámonos, pues, valiente, pero de igual a igual –replicó Abraham devolviéndole la espada que dejó caer sobre su barriga. Cuando esta hizo contacto con la armadura de Montreuil, produjo un ruido metálico y el francés se encogió asustado. Por fin, apoyándose en ella, se puso de nuevo en pie. No obstante, mantuvo la espada colgando bobaliconamente de su mano, sin protegerse el pecho ni la cara.

En lugar de eso, volvió a apelar a Jeanne-Marie.

–Miradlo, me quiere matar, ¡el cruel diablo! Pero, dado que es vuestro amigo, lo dejaré ir. –Comenzó a retroceder–. Sin embargo, no respondo de mis acciones si en el futuro vuelvo a encontrármelo.

Abraham avanzó y con la punta de su espada describió varios círculos bajo la nariz de Pierre Montreuil. Había practicado el arte con Aubin a diario, y ahora su brazo comenzaba a adaptarse una vez más al peso de la espada. Con un ligero giro de la muñeca podía manejarla casi con la misma cortante precisión que manejaba el bisturí.

Ahora Montreuil había tirado su propia espada y miraba implorante a Abraham.

– Por favor –suplicó.

–¿Dónde vivís?

–A seis leguas de aquí, en aquella dirección.

Montreuil señalaba con su brazo, pero mantenía los ojos fijos en Abraham.

–Muy bien –dijo este y, sin poder reprimir un instante más la frustración acumulada, golpeó con fuerza la grupa del caballo con la parte plana de la hoja de su arma. Sonó como un estallido y, salpicando sudor, el caballo arrancó en un galope frenético hacia su cuadra. Abraham inclinó la cabeza hacia Montreuil, que estaba blanco de pánico–. Consideraos uno de los pacientes que atiendo en la beneficencia. La consulta os ha salido gratis, aunque en esta ocasión haya decidido no operaros.

Dicho esto, Abraham se subió al carruaje, tomó las riendas de manos de Jeanne-Marie y arreó a la yegua. Mientras galopaban colina abajo, giró la cabeza y vio que Montreuil había iniciado ya su largo camino a casa. Por su parte, la yegua aceleró la marcha, como si también su corazón necesitase exorcizar lo que había estado a punto de suceder. Pasó casi un cuarto de hora antes de que le faltase el aliento y avanzara al paso. Jeanne-Marie se mantuvo agarrada a Abraham en todo momento y ahora se volvió para mirarle a los ojos.

–Lo siento –dijo él. Su corazón seguía alterado. Cada latido era como un volcán a punto de entrar en erupción. Se soltó de ella y bajó del carro. Deseaba que Montreuil hubiese tenido el valor de luchar. Todavía le hervía la sangre de odio hacia él. A pocos pasos del camino estaba la cima de una colina. Subió allí, esperando contemplar cómo el francés retornaba lentamente a su casa cual insecto.

–No lo sientas.

–Quise matarle.

Abraham paseó su mirada por los campos. Las sombras empezaban a alargarse con la caída de la tarde y, justo encima de la línea del horizonte, el sol perdía su dominio del cielo. Por primera vez desde los prolegómenos de sus vigilias nocturnas en las murallas de Toledo, Abraham se encontró a sí mismo admirando el atardecer.

Los colores de los campos y los árboles eran rabiosamente vivos. Los trinos de los pájaros anidando cortaban el aire como saetas y sonaban tan intensos y desgarrados que los ojos de Abraham se llenaron de lágrimas. Vio a Antonio amarrado contra el oscuro muro de piedra. Vio a Ben Isaac inclinándose suplicante hacia él, mientras una cascada de sangre caía de la espada del gigante.

—¿Qué te ocurre?

Las lágrimas le resbalaban con mayor intensidad. No había llorado desde que, hacía años, llegó a Montpellier. Se cubrió la cabeza con las manos y sintió cómo un enorme bloque de tristeza se desprendía de su estómago y le subía al pecho. Fluían las lágrimas y todo se entremezclaba: su bautismo, Antonio, la cabeza de su madre colgando inerte hacia un lado, la última mirada de Isabel cuando él saltaba desde sus muros, el sonido de los huesos del jorobado fracturándose, la forma en que el corazón punzado del gigante se había contraído cuando extrajo su daga liberándola.

De repente notó la humedad de sus propias lágrimas. La hierba y la tierra negra lo aprisionaban como la tumba que había estado cavando para sí mismo durante todo el invierno. La lágrimas le llenaban el cráneo, el pecho, y el llanto penetraba más y más profundamente en él, hasta que todo su cuerpo fue un río de lágrimas vertidas por todos aquellos muertos a los que todavía no había llorado, y por toda la pureza de su propia alma, que había muerto con ellos.

A su rostro llegó un cálido aliento y unos brazos le rodearon. Al principio se sintió como un cadáver que oye la indeseable llamada del mundo de los vivos. Entonces cesaron sus lágrimas y volvió en sí, notando cómo sus huesos resonaban al ritmo de su corazón. Se giró hacia Jeanne-Marie, devolviéndole el abrazo y abriendo los ojos. El sol se había ocultado tras las colinas. Toda la fuerza del sol que solía derramarse sobre Toledo aquí era como una vaporosa túnica que con su calor violáceo arropaba las colinas, campos y árboles, y también el rostro y el cuello de Jeanne-Marie.

La aterciopelada piel de la muchacha se ofreció a los besos de Abraham. Y, mientras él lloraba, también lo hacía ella. Sintió que sus corazones latían juntos, con el poderoso pulso de la acogedora tierra. Y cuando ella susurró su nombre entre lágrimas y lo atrajo hacia sí, él volvió a llorar, sintiéndose por fin seguro entre la carne del amor y el manto oscuro y vivo de la noche.

LIBRO III

Toledo

1407

1

PRINCIPIOS DE SEPTIEMBRE *de 1407.*

Este año la feria anual había supuesto un impresionante éxito en términos comerciales. Un éxito que dejaba claro el veloz ímpetu con el que Toledo se había recuperado de sus recientes catástrofes. Enrique III, descendiente directo de Enrique de Trastámara había muerto de modo súbito. Se decía que asesinado por su médico judío, Mayer.

La sucesión se llevó a cabo sin grandes sobresaltos, pero durante meses los rumores que rodearon el interrogatorio de Mayer inflamaron los ánimos del pueblo. Desde 1391 las suspicacias con los judíos nunca habían sido tan graves, y estos tenían la impresión de que los oscuros nubarrones, que en el curso de muchas décadas y muchas crisis venían cerniéndose sobre sus fortunas y amenazando tormenta, finalmente pintarían en el panorama un cielo completamente negro, hasta descargar, extinguiendo sus vidas.

Pero una vez que el señor Mayer hubo muerto, la tensión decreció algo. El mes de feria era motivo de celebración para los judíos toledanos. Era un mes de estabilidad y comercio. Los jóvenes que no albergaban deseo de escuchar las calamidades narradas por sus mayores, ni imaginación para figurárselas, creían que Toledo volvía a ser un santuario y una capital para el judaísmo.

Y esto a pesar de que, a renglón de los acontecimientos de 1391, los judíos de Toledo estaban ahora obligados a vivir en un barrio mucho más reducido. La gran sinagoga del Tránsito, construida por Samuel Halevi, había sido transformada en iglesia. Y el resto de las sinagogas permanecía en ruinas sin plan de reconstrucción.

Pero aquel siglo tampoco estuvo exento de adquisiciones y triunfos para los judíos toledanos. Grandes financieros se alzaron para proteger a su comunidad, y tan grande era su poder que ni siquiera las acusaciones contra el médico de Enrique III les privaron de hacer sustanciosos tratos con el nuevo rey.

LO QUE A este rey le gustaba –le había explicado mil veces Juan Velázquez a su mujer– no era la guerra, sino el comercio. La idea de enriquecerse con el dolor ajeno nunca le había seducido lo más mínimo.

Sentado en su comedor a altas horas de la noche durante cierta velada de aquel septiembre, y tan deseoso de permanecer a solas que había enviado a la cama a todos sus sirvientes, Juan Velázquez bebía de las remesas de vino que su hermano acababa de enviarle. Era tinto y fuerte, como la sangre de Cristo que corre por las venas del auténtico cristiano y que se entrega por todos los hombres. Había momentos en los que Juan Velázquez soñaba con haber nacido en la época de las cruzadas y con haberse entregado a liberar la Tierra Santa. Le disgustaba la posibilidad de morir enfermo, tal vez de disentería, en un territorio extraño, pero más le seducía la noción de pertenecer a la hermandad de la cristiandad y compartir con hombres extraordinariamente ingeniosos y bravos la esforzada tarea de conquistar tierras y organizar grandes reinos.

Sin embargo, los cruzados habían tocado a su fin. «Ya basta –pensó Velázquez– de galopar por mis tierras y hundir mi lanza en gamos asustados. O de ir al bosque con un grupo de camaradas para matar osos.» Había muchos osos enormes, con sus abrigos de piel que parecían venirles grandes. Se trataba de rodearlos y matarlos de acuerdo con ciertas reglas. Y luego el cazador saltaba pie a tierra junto a la bestia y se colocaba junto a ella, mientras su corazón se henchía de calma, mientras la pieza se desangraba.

En cualquier caso, ¿dónde estaban los hombres que serían sus hermanos en una cruzada? Desde luego, no esperaba contar con los comerciantes con los cuales alternaba en un clima de total y recíproca desconfianza. Ni tampoco con Rodrigo, que mandaría el mundo entero al infierno a cambio de ejercer el papado.

Juan pensó que ni siquiera podía fiarse de las mujeres que tenía cerca. Isabel había malcriado a su hijo Diego con un desmedido y malentendido amor maternal. Gabriela Hasdai de Santángel tenía la debilidad de entregarse a los hombres. Tras la muerte del primer marido de Gabriela, Juan había pasado una noche copulando con ella en su almacén de mercancías. Estos judíos eran paganos que se enzarzaban entre sí como gatos en celo y luego, como si no hubiese sucedido nada, se separaban con expresión de completa frialdad, como piedras.

Al pensar en los judíos de Toledo, que se estaban convirtiendo en insensibles piedras, y al pensar en las piedras bajo las cuales los enterraban, Juan Velázquez se acordó de Mayer, a quien un mes antes habían torturado hasta la muerte en las eficientes mazmorras del cardenal.

La noche previa al suceso, Rodrigo Velázquez había acudido a cenar a casa de su hermano Juan. Isabel, que conocía vagamente al infortunado reo, le pidió a Rodrigo que tuviese piedad. La visión de su esposa inclinada suplicante ante su hermano suavizó los ánimos de Juan. Se sorprendió a sí mismo estando de acuerdo con ella, en favor de la clemencia, una vez que oyó sus argumentos llenos de pureza, imperiosidad y santidad.

Sin embargo, Rodrigo acabó explotando. Dio un puñetazo en la mesa con todas sus fuerzas. En la otra mano sujetaba una jarra del vino que le otorgaba vigor, mientras la jarra que compartían todos salió volando de la mesa y se hizo añicos contra el suelo.

–No me habléis de clemencia –gritó airado–. He visto a los esclavos que reman en los barcos de vuestro marido de un extremo al otro del mar Mediterráneo. Los llevan encadenados a sus bancos, como quien deja a un animal amarrado a una estaca en el desierto y lo abandona hasta que muera. Y he visto vuestro rostro cuando miráis hacia el ala lejana del castillo, donde los hijos bastardos de vuestro marido permanecen ocultos en la penumbra, como meros repollos almacenados.

El recuerdo de los reproches de Rodrigo y de la expresión agónica de Isabel hizo que Juan se pusiese en pie alterado. Abrió las ventanas. La noche era fría y oscura, el tipo de noche en que los jóvenes buscan amor para confortar su alma. Con un gran desasosiego, Juan salió de la sala, cruzó el patio y se dirigió hacia la alcoba de Isabel. Aunque Abraham Halevi les había avisado de que tener más niños podría resultarle fatal, muchas veces Isabel había acogido alegremente a Juan entre sus brazos, mientras criaba al pequeño Diego. Eventualmente, se quedó sin leche. Y aunque ella insistía en que Dios la había salvado una vez y en volver a confiarse a él, a partir de aquel indicio, Juan Velázquez encontró fácil resistirse a los encantos de su mujer.

Tal vez fue por el recuerdo de la operación, o quizá porque el olor lechoso de sus pechos se había ido haciendo amargo, pero el caso era que Juan Velázquez podía seguir compartiendo lecho con su mujer, pero no podía soportar que su piel le rozara.

En los años siguientes al nacimiento de su hijo, Isabel pasó de ser aquella joven compulsiva y orientada al placer que dio a Velázquez una segunda juventud, a ser una dama a quien los sirvientes calificaban de santa. La comparaban con la célebre santa Catalina de Siena, cuyo ascetismo resultó legendario.

Isabel raramente iba de fiesta y nunca probaba el alcohol. Su cuerpo desnudo parecía la viva negación de ese amor que todavía decía ansiar. Las costillas se le marcaban como escaleras desde la cintura a los hombros, sus pechos estaban vacíos de carne, su diminuto talle solo se dibujaba mediante los puntiagudos huesos de las caderas.

Juan pasó de largo los aposentos de Isabel y continuó hacia los de la servidumbre. Abrió una puerta y se acercó rápidamente a la cama donde dormía Renata, la madre de sus dos hijas. Durante la noche, las sábanas se habían desplazado dejando a la vista un hermoso pecho moreno que contrastaba con el lino blanco. Cuando Velázquez cerró la puerta y se quitó el calzado y las ropas, Renata ya se había vuelto hacia la parte vacía del lecho con los brazos abiertos.

–Idiota –se dijo Velázquez a sí mismo entre susurros–. Ni siquiera sabe quién se mete en su cama.

Pero se metió dentro en cualquier caso, y pronto montaba a la mujer con suavidad, mientras ella le daba ánimos con medias palabras y muchas caricias.

Agotado, Juan se retiró de ella y Renata volvió a dormirse instantáneamente, con sus carnosas nalgas acopladas en su tripa.

–Eres una vaca –murmuró Velázquez. Sin embargo, la rodeó con sus brazos y puso la palma de la mano en su estómago.

Bien cerrado y guardado para pasar la noche, todo el palacio dormía. En una de las habitaciones lo hacía su esposa, la casi santa. En otra, su hijo, cuidado por su vieja nodriza. También estaba la habitación de Leonor, la otra criada que le había dado hijos, y la habitación de estos. Por último, quedaba la habitación donde yacían Renata y Juan Velázquez.

Todas estas criaturas dependían de él, lo amaban y le servían sin quejas. Igual que la otra docena larga de criados que vivían en palacio.

No había uno solo que se dejase sobornar, ni tampoco uno solo al que hubiese tenido que retener haciéndole firmar un contrato. Ninguno vacilaría en dar la vida por él, su mujer o su hijo.

Y, sin embargo, una vez más sentía la familiar compañía de su insomnio. El primer indicio era la capa de sudor que le cubría el cuerpo, incluso en presencia de la fría brisa nocturna.

Como una engorrosa túnica de la cual no podía desprenderse, le picaba toda la piel. Rodó en el lecho lejos de Renata y apartó las sábanas para que su barriga se secara al aire. A veces, en el instante del clímax sexual, se sentía alegremente morir. Isabel se acordaba bien, y se lamentaba, del día en que se rio de la pequeña muerte que su marido decía experimentar en su placer.

Sin embargo, a los cincuenta y cuatro años, el impulso sexual era todavía lo bastante intenso como para hacerle sentirse felizmente perdido ante su fuerza. Pero, solo unos segundos después de haberlo satisfecho, ese efímero paraíso se desvanecía y él volvía en sí mismo, sin que nada hubiese cambiado. Entonces permanecía tumbado y bañado en sudor, mientras en sus oídos resonaba como un lejano eco lo que acababa de ocurrir.

Se frotó con las manos el pecho y el estómago. Su vello era ahora entrecano y áspero como el de un oso viejo. Incluso su sudor parecía arenoso y aderezado con pequeñas partículas de tierra.

Cerró los ojos e intentó imaginarse a sí mismo durmiendo. En lugar de ver eso, vio a Gabriela Hasdai jadeando debajo de él, con sus dientes judíos y blancos mordiéndole el brazo. Completamente desvelado y súbitamente nervioso, Juan Velázquez se levantó de la cama y volvió a vestirse.

A paso muy lento, pues la espalda y las piernas le dolían a cada zancada, retornó al comedor y encendió las velas que poco antes había apagado con los dedos humedecidos de saliva.

En cuanto prendió una diminuta llama, percibió la sombra de alguien apostado en un rincón. Y al tiempo que en la luz de las velas oscilaba hasta crecer con fuerza, esa silueta se distanció de la pared aproximándose a él.

Cual diablo vestido con capa negra, Abraham Halevi se presentaba ante Juan Velázquez como si el tiempo hubiese retrocedido dieciséis años en el lapso de un suspiro.

–¡Don Juan!

–¡Halevi!

–Perdonadme por venir a tan altas horas de la noche. No sabía si querríais recibirme.

–Os sigo debiendo las vidas de mi mujer y mi hijo.

–Pero tomé las de vuestros sirvientes.

–Los sirvientes pueden reemplazarse.

Juan Velázquez avanzó hacia Abraham, lo agarró del brazo y lo llevó hasta la luz. El tiempo había sido amable con el judío que tan diestro era en el uso del bisturí y tan inseguro en cuestiones de fe. Su rostro había mejorado con los años y su barba tenía mayor lustre. Aquel joven flaco y larguirucho era hoy un hombre con mucha más sustancia. Incluso lucía un atisbo de tripa.

–¿Qué hacéis aquí, en Toledo?

–He venido a declarar en el juicio de Mayer. Pero cuando llegué el juicio ya había acabado.

–A mí también me apenó mucho la muerte del señor Mayer. Cuando muere un rey, todos los que le rodean corren peligro. Podía haber sido incluso peor.

–Lo sé –asintió Abraham.

–Habéis cambiado –observó Juan Velázquez.

–Vos también. He oído que os habéis convertido en el mercader más rico y poderoso de toda la ciudad. Casi tan poderoso como vuestro hermano Rodrigo.

–Hace mucho tiempo que Rodrigo dejó de ser simplemente mi hermano. Ahora es el elegido de Dios para dirigir la Iglesia.

–¿Contra los judíos? –preguntó Abraham.

–Contra sus enemigos, sean quienes sean.

–Bien contestado, señor, y os ruego me perdonéis, porque, para mí, don Juan, habéis sido sobre todas las cosas un amigo.

Velázquez lo condujo a la mesa, le ofreció la silla donde solía sentarse su hermano Rodrigo y le dio un vaso de vino. Luego él mismo se sentó poniendo las manos sobre el tablero y entrelazando los dedos. Cada dedo representaba a una mujer, una ramera, un hijo bastardo o un símbolo de su infelicidad. Sus noches se habían convertido en interminables desplazamientos desde una cama hasta otra y ninguna interrupción hubiese sido más bienvenida que la de Abraham Halevi. Se había producido en la misma noche en que Velázquez reflexionaba sobre la búsqueda de espíritus afines, aunque la voz del judío había sonado más como la de un suplicante que como la de un hermano; sin duda quería pedirle algo.

–Hablad –le invitó Velázquez.

–Es una historia compleja. Pero dejadme que os diga, para empezar, que ahora estoy casado y soy padre. El cuñado de mi esposa es Robert de Mercier, con quien vos hacéis negocios en Montpellier.

–Conozco a Robert de Mercier.

–Ha sido acusado por Pierre Montreuil.

–Eso también lo sé.

–No creo que haya hombre alguno que pueda ser feliz en nuestros tiempos –observó Abraham–. Pero, como padre, me preocupa que mis hijos al menos sobrevivan, ¿me comprendéis?

–Comprendo asimismo lo que significa ser padre –dijo Velázquez en tono cortante. De repente se sintió a la vez somnoliento e irritado, previendo lo que oiría a continuación.

–¿Comprenderéis entonces que me gustaría ver retirada la acusación contra De Mercier?

–Lo comprendo –contestó Velázquez. Guardados en un arcón junto a la mesa en la que estaban sentados, se encontraban todos sus contratos comerciales con De Mercier. Los había estado repasado esa misma noche. Constituían un voluminoso paquete atado con un lazo y, al colocarlo de nuevo en su baúl, Velázquez había reparado en lo mucho que pesaban, como un corazón cargado.

–Vuestro hermano es quien está detrás de estos asuntos...

–También comprendo eso –bramó Velázquez–. Parece que todo trata siempre de mi hermano.

La ligera irritación del principio amenazaba con convertirse en ira. Rodrigo Velázquez, el cardenal Velázquez, ¿en lengua de quién no podría ser ese nombre, para su hermano Juan, tanto una maldición como un motivo de orgullo? ¡Si Rodrigo estuviese en Toledo en ese instante!

¡Si entrase por la puerta y viese a ese judío sentado en su sitio y bebiendo su vino!

—¿Todavía eres judío? –preguntó Velázquez.

—No soy más que eso.

—Desde la última vez que nos vimos, muchos judíos de Toledo se han convertido. Se confiesan todas las semanas y han aprendido a vivir.

Abraham Halevi se inclinó hacia adelante y agarró firmemente su vaso con ambas manos. Juan pensó que, sorprendentemente, se parecía bastante a su hermano Rodrigo. La cara de ambos se contraía y sus puños se cerraban cuando estaban enfadados.

—Quiero que mis hijos vivan –susurró Abraham–. ¿Hablaréis con vuestro hermano, don Juan?

—Hablaré con él, amigo mío. Pero también os diré lo que opino de su labor. Mi hermano Rodrigo ha unido su destino a la destrucción del judaísmo. Como hombre me avergüenzo de un hermano que prospera con la muerte de otras creencias. Pero, como cristiano, creo que algo debe sacrificarse si queremos que la Iglesia se pueda reunificar. ¿Por qué no los judíos? No serían el primer pueblo borrado por la propia historia del mundo. España misma es una reliquia de pueblos que fueron asolados por moros y judíos, hasta que consiguieron volver a levantarse y gobernar su propio destino. Y, finalmente, querido Halevi, os hablaré como hombre de comercio, porque eso es lo que soy por encima de todo. Como mercader os diré, a vos viejo amigo, con quien estoy en deuda, que debéis aprender a saber lo que elegir y lo que rechazar. Cuando os hicisteis médico, elegisteis tener un futuro. Y mirad los resultados: os ha salido bien. He oído hablar de vuestros éxitos en Francia y de vuestro sorprendente matrimonio, un matrimonio brillante, contraído «por la Iglesia». También sé que ocupáis el cargo de deán de la Universidad de Montpellier. Y ahora se os presenta la necesidad de elegir otra vez. Tenéis que elegir entre ser el judío que nunca jamás habéis sido, o convertíos, de todo corazón, al cristianismo. Esa es la elección, entrañable amigo, que os negáis a asumir. Ahora es el momento de actuar. Porque pronto, ni yo ni nadie en el mundo podrá interponerse entre Rodrigo y vos. Tenéis que comprender que mi hermano no es sencillamente un hombre que se propone llegar a ser papa, ni tampoco es solamente un hombre que encarna el poder de la Iglesia. Rodrigo es el rostro del futuro de la historia. Es la historia, querido, quien hoy está en contra del judaísmo. Pronto, lo poco que quede de él, será enterrado. Ni yo ni Rodrigo, aunque él quisiera que no fuera así, ni tan siquiera vos, podemos escapar a la fuerza del futuro.

Juan se puso de pie. Se había despertado e inflamado con su propia retórica. Lo que decía le sonaba a verdad. Y esto le confería un poder cuyos resortes la propia noche parecía haber puesto en sus manos, y que resonaba en su interior como un tambor.

Sin embargo, Abraham se limitó a recostarse en su silla. Cerró los ojos y se balanceó hacia adelante y hacia atrás, como si se abandonara a la reconfortante escucha de algún cuento de hadas.

—¡Hablad vos ahora! —exigió Velázquez.

Abraham abrió los ojos lentamente y le miró por encima del resplandor de las velas de la mesa.

—Mantenéis un enigmático silencio —observó Velázquez—. Se me había olvidado vuestra astucia.

—Hablaré cuando tenga algo que decir. Y, entonces, doquiera que esté, me oiréis.

2

Ahora el sol se alzaba tarde por las mañanas, y solo después de haberse abierto camino en el cielo tras quemar las frías brumas y neblinas. En una de esas mañanas, la que siguió a su encuentro con Abraham Halevi, Juan Velázquez se encontraba en el jardín de su palacio, empapándose del calor del sol, junto a su esposa y su hijo.

Isabel, como una reina pálida, había enflaquecido, pero seguía siendo bella al alcanzar la edad mediana. Sus continuos actos caritativos hicieron que en todo Toledo fuese admirada su devoción cristiana. No obstante, también era sagaz para captar intenciones y rápida en decidir. Detrás de su beata sonrisa, tenía una voluntad de hierro que había contribuido al espectacular aumento de la fortuna de su esposo Juan. Se decía que, cuando él muriese, Isabel llevaría los estandartes de la familia Velázquez hasta aún mayores victorias financieras.

Su imperio ya era considerablemente mayor de lo que nunca lo había sido. En la víspera de las masacres de 1391 en Toledo, para los estándares españoles, Velázquez era simplemente un rico comerciante más. Un hombre de mediana edad que se había pasado la vida aprovechándose de la herencia recibida y de las oportunidades que esta le reportaba.

Pero con las persecuciones de los judíos y con el aumento del poder de la Iglesia para expulsar a los sultanes del islam fuera de la cuenca mediterránea, Velázquez encontró una coyuntura favorable para expandir sus negocios.

Asociándose con poderosos comerciantes franceses e italianos, formó una flota de barcos mercantes que unió los puertos del Mediterráneo, surtiéndolos de productos que iban desde la cera y los textiles fabricados en los países nórdicos de Europa, transportados previamente por tierra, hasta las exóticas especias de Oriente con las que comerciaban los árabes.

–En el pasado –explicó Velázquez a Gabriela–, quienes poseían tierras eran los importantes. La extensión de sus dominios daba la medida de su poder. Pero hoy el poder lo otorgan el comercio y la capacidad de movimiento. El oro es la moneda internacional y, una vez que se tienen medios de transporte, hay tanta extensión de tierra disponible que esta apenas vale algo.

La prueba de que su teoría era correcta la daba el hecho de que Juan Velázquez había multiplicado su fortuna, tras vender sus fincas para comprarse una participación mayoritaria en la propiedad de la flota.

Había hecho adornar las paredes de su almacén principal, desde donde dirigía personalmente las operaciones, con grandes mapas de Europa y el norte de África. En ellos estaban señaladas las sedes de todos sus socios comerciales, así como las ciudades a las que viajaban sus navíos y caravanas.

La apariencia física de Velázquez se había transformado ligeramente en los últimos tiempos, modulándose acorde con su creciente poderío. Su cabello negro azabache aparecía ahora profusamente moteado de grises. Su rígida expresión se había vuelto más flexible y melosa. Pero seguía siendo el mismo caballero acaudalado y presto a hacer ostentación de su riqueza. Sus camisolas estaban más finamente cortadas que nunca, sus capas de invierno lucían pieles aún más exóticas e incluso su postura era todavía más erecta que antes. En lugar de moverse con la simpatía propia de un hombre de comercio, adoptaba deliberadamente la fría corrección de un hombre de Estado.

El hijo que había tenido con Isabel contaba ya dieciséis años. Era un muchacho de hombros anchos y bien aplomado.

Una fina capa de pelusa oscura crecía ya sobre su labio superior. Lo educaba una falange completa de expertos en toda clase de materias, desde el arte ecuestre y la espada hasta el latín. Sin embargo, a ojos de su padre, el chico era duro de corazón y había recibido demasiados mimos y atenciones inapropiadas. O tal vez, pensó Juan Velázquez mientras veía cómo un criado le abría las puertas a Gabriela Hasdai de Santángel, su hijo Diego tan solo esperaba la oportunidad de demostrar su virilidad.

Al igual que Isabel, Gabriela había embellecido con los años. Pero si Isabel era un santa de hierro, sin duda alguna Gabriela era una mujer de acero. Aunque el destino la hubiese puesto a prueba decenas de veces, ella había salido ilesa e intacta. Se había casado por segunda vez y era madre de dos hijos. Mantenía siempre un aspecto juvenil y bello y, día a día, ratificaba su posición como mano derecha de Velázquez en todos sus negocios en el extranjero. De hecho, lo que a Gabriela siempre le llamó la atención tras la marcha de Abraham Halevi fue el mundo que quedaba más allá de Toledo.

Juan Velázquez se había pasado la noche anterior paseando arriba y abajo por su comedor, sin poder conciliar el sueño. Las palabras que Abraham y él habían intercambiado resonaban en su cabeza. Estudió sus implicaciones y, finalmente, el plan que había ido gestándose en su mente durante quince años se plasmó con meridiana claridad.

En cuanto sus criados acudieron para traerle el desayuno, Velázquez mandó un mensaje a casa de los Santángel. Y ahora que Gabriela había llegado, se encontró pensando, no ya en su plan, sino en todo lo que podría conllevar la visita de Halevi y la petición que le había hecho.

–Tengo entendido –comenzó Velázquez– que nuestro socio y amigo Robert de Mercier ha sido acusado ante los jueces por un tal Pierre Montreuil.

–Lo conocí cuando yo trabajaba para vos en Barcelona.

Como hacía siempre que trataban cuestiones de negocios, Gabriela se inclinó hacia delante y escuchó con la máxima concentración. Tenía una inteligencia que no debía menospreciarse. Durante los casi veinte años que llevaba trabajando para Velázquez, nunca había olvidado un solo detalle de sus conversaciones laborales.

–Mi hermano Rodrigo piensa que ese hombre, Montreuil, podría llegar a ser un aliado interesante. Pero me gustaría conocer tus impresiones acerca de él.

–Es un hombre pequeño.

Isabel rio y también lo hizo Velázquez. La lengua de Gabriela podía ser como una afilada espada que más valía tener a favor.

–También he oído –continuó ella– que cortejó a la cuñada de Robert de Mercier, actual esposa de don Abraham Halevi.

Velázquez notó que Gabriela había pronunciado el nombre de Abraham Halevi con indiferencia. Como si quisiera evitar el menor malentendido o error de juicio. Entonces se preguntó si el médico no le habría hecho una visita sorpresa también a Gabriela.

–Lo cierto es que Pierre Montreuil –explicó Velázquez– ha acusado a De Mercier de recaudar impuestos en tierras de labor que no le pertenecen.

–No debería ser difícil saber de quién son o no las tierras de las que hablan.

–Constan algunos registros y escrituras, por supuesto, pero la cuestión no es sencilla y los jueces aconsejaron a ambas partes que llegaran a un acuerdo. Sin embargo, no lo hicieron. Aquí es donde Rodrigo animó a Montreuil a presentar acusación contra De Mercier por haber ignorado la prohibición del Papa y haber contratado al judío François Peyre para administrar sus tierras y recaudar impuestos.

–El señor Peyre es católico.

–Converso reciente. Y la cuestión es: ¿aporta la conversión formal garantía de que un hombre no sigue judaizando en secreto? Los jueces han rehusado pronunciarse.

–Fácil trabajo tienen los sabios de Montpellier –observó Gabriela– si se les permite ser jueces sin juzgar.

–Además, existe otro asunto.

–Vos diréis. –Gabriela volvió a inclinarse solícita.

–Te lo hago saber primero a ti, porque sé lo mucho que amas esta ciudad.

Gabriela asintió.

–Necesito alguien de completa confianza en Italia, alguien que expanda allí nuestras operaciones. En Bolonia están los bancos más pudientes. En esa ciudad el poder de la Iglesia es fuerte como en ningún lugar, y además viven en ella los comerciantes que más necesitan nuestras relaciones y mercancías. Todo el mundo sabe que el gran cisma del papado se habrá cerrado en unos meses. Y cuando vuelva a haber un único papa, ¿dónde residirá? ¿En Aviñón? Nunca, por mucho que se empeñe mi hermano Rodrigo. El Papa residirá en Italia, como lo ha hecho durante siglos. Pero no en Roma ni en Nápoles, porque esas opciones provocan hoy demasiada controversia. Así que la plaza más óptima será Bolonia. Y el Papa precisará de grandes amigos en España. Amigos cuyas armas financieras le aporten fuerza.

Mientras hablaba, Velázquez no dejó de examinar el rostro de Gabriela. Era su empleada más fiable y estaba casada con un mercader italiano. Ofrecerle ese destino parecía lo más indicado.

–Dejadme, por favor, pensarlo –dijo finalmente ella.

–Yo no le diré nada a León. En cuestiones delicadas, los extraños no deben aducir nada que pueda interponerse entre un marido y su esposa.

Gabriela se incorporó y Juan Velázquez añadió algo más.

–Esta noche, León y tú seréis bienvenidos en mi casa. Abraham Halevi se encuentra en Toledo y, como amigo, me sentiré honrado de que la obligada reunión pueda celebrarse en torno a mi humilde mesa.

3

CUANDO SE ENTERÓ de que Abraham había llegado a Toledo, Gabriela estaba en uno de los almacenes de Velázquez revisando un cargamento de telas. Fue su hermana Lea quien le dio la noticia con una tétrica sonrisa, con la que le quería dar a entender que había llegado el momento de que pagase por los pecados de su juventud, por su obstinada insistencia en trabajar para el hermano del cardenal Rodrigo Velázquez, por su matrimonio con un italiano que, si bien era judío, era un judío con ideas extrañas y hábitos extranjeros.

Gabriela se pasó la tarde pensando qué le diría a su marido. Pues este, a pesar de que hablaba sin parar del advenimiento de una nueva era, era tan celoso como cualquier hombre. Antes de que se casaran, ella le había contado algo de su historia con Abraham, y el asunto había preocupado a León lo bastante como para que le preguntara en repetidas ocasiones si continuaba enamorada de aquel desabrido adolescente.

Sin embargo, cuando Gabriela llegó a casa, su esposo había partido hacia Madrid en una inesperada misión comercial. De forma que al día siguiente, cuando Velázquez la invitó a cenar con Abraham, dejando caer el nombre de León como si no supiera bien dónde lo había enviado, ella ya llevaba una noche sin poder pegar ojo.

Temía su encuentro con Abraham, y habría preferido dejar el pasado cerrado. No obstante, cuando llegó la hora de la cena y se vio cara a cara con él, Gabriela no lamentó en grado alguno que su esposo León estuviera ausente y no pudiera contemplar la reacción de su rostro.

La simple visión de Abraham la sobrecogió, como si hubiera recibido un puñetazo en el corazón y su cabeza se llenara de titilantes estrellas.

–¡Gabriela!

Él pronunció su nombre y avanzó hacia ella. Sabía que se había convertido en deán de la facultad de medicina y que se había casado en Montpellier, pero nada podía haberla preparado para afrontar ese increíble momento. Porque Abraham Halevi, a quien tenía por lo más grande de su vida, se aproximaba a ella con los brazos abiertos y toda la fuerza de la realidad en casa de Juan Velázquez.

–Gabriela.

El sonido de su voz le hizo marearse nuevamente. Y, esta vez, las estrellas en su cabeza giraron hasta robarle el equilibrio y hacerla tambalear. Cuando Abraham la sujetó, abrazándola contra su pecho, Gabriela estalló en lágrimas.

MÁS TARDE, GABRIELA le contó a Abraham que lo que le había sucedido a continuación lo consideraba algo mágico: sentada en el patio de la mansión, paladeando delicadamente el exquisito vino, mirando el sol poniente, había sentido que un mundo de ensueño se apoderaba de la ciudad de Toledo. Teniendo junto a ella a Abraham, el corazón de Gabriela se expandió como el corazón de una chiquilla. Y esa chiquilla era ella misma, enamorada de nuevo, sintiéndose protegida una vez más por el aura del espíritu más fiero de toda la ciudad. Y lo que tenía incluso mayor magia era que en aquel mundo onírico y magnético parecía que la chiquilla había sido llamada otra vez a la vida y se afanaba en descubrir cómo se comportaría una mujer ya madura, Gabriela Hasdai de Santángel, frente al amante que tanta pasión había despertado en ella en otro tiempo y que volvía a sentir de nuevo.

–¿Sabes? –susurró Gabriela–, yo creía que estabas destinado a convertirte en un nuevo profeta, cuya figura se elevaría como una llama para guiarnos en nuestra noche más oscura. ¿Te acuerdas de cuando nos escapábamos al río para inspeccionar los huesos de los muertos? Solía figurarme que no éramos simplemente dos niños huérfanos de Toledo, sino que Dios nos había elegido para un cometido grande y que nos convertiríamos en héroes judíos.

Abraham guardó silencio y ella continuó hablando.

–Esta noche, en casa de don Juan, he sido tan feliz como si me hubieran dicho que el propósito de tu retorno es llevar a todos los judíos toledanos de vuelta a Israel. Y que, al otro lado de la muralla, nos espera una caravana de caballos y camellos con atavíos de oro, que nos sacará de nuestro sufrimiento para ofrecernos el cálido abrigo de la Tierra Prometida.

Gabriela se detuvo, pero su lengua se asemejaba a un caballo que acaba de recobrar la libertad y está dispuesto a galopar toda la noche. Sin embargo, ahora que estaban en su casa, todo aquello que parecía tan mágico y apropiado en casa de don Juan corría el peligro de desvanecerse pronto.

¿Por qué le había invitado a acompañarla a su casa después de la cena? ¿Para que conociese a sus hijos? Hacía mucho que estaban dormidos. ¿Para que comprobase lo bien que había superado su última y turbulenta noche juntos en Barcelona y cómo ahora vivía en una de las casas más lujosas y cultas de Toledo? ¿O le había invitado porque ella misma era una enferma estúpida, incapaz de impedir que su corazón se entregase, una vez tras otra, a un hombre que no la quería?

Gabriela comenzó a hablar de nuevo, sin poder impedirlo. Primero le contó que se había casado por primera vez el mismo año que Abraham dejó Barcelona. Su primer marido se llamaba Jacobo Eleazar y era teólogo.

–Cuando me pidió la mano –explicó Gabriela–, le dije que tenía el corazón roto por el asesinato de mis amigos de Toledo. Jacobo me dijo que me comprendía y que también su corazón estaba roto por los sufrimientos de nuestra gente. Me dije a mí misma que nunca volvería a amar, pero que una mujer tiene el deber de ser útil a algún hombre. Al final, me casé con él por compasión.

Abraham se limitó a asentir con la cabeza cuando Gabriela dijo esto. Y ella, sintiéndose un poco idiota, se apresuró a concluir el relato de su historia.

—Enfermó casi el mismo día de nuestra boda. Apenas podía levantarse de la cama. Y yo, como una matrona, le daba el caldo en la boca mientras él estudiaba los libros sagrados. Nunca paraba de estudiar. El día de su muerte seguía repasando los comentarios de los Diez Mandamientos.

Abraham siguió mirándola en silencio.

—Cuando murió, me resigné a una vida de completa soledad, aunque con Jacobo había conocido los consuelos del matrimonio.

Al decir esto, Gabriela levantó los ojos hacia Abraham, pero no vio en él ninguna reacción.

—Había dejado de trabajar para Juan Velázquez, pero tras la muerte de Jacobo quería volver a Toledo. Cuando me cansé de la rutina diaria con mi hermana Lea, acepté la oferta de Velázquez y retorné a sus negocios. Un día mi hermana me habló de cierto judío italiano a quien consideraba un hombre honrado y que buscaba esposa. Incluso procedía de una vieja y respetable familia de judíos españoles. Él es hoy mi marido: León Santángel.

—¿Y dónde para esta noche?

—Está en Madrid, visitando a sus primos.

—Lamento no poder conocerlo.

La voz de Abraham se había hecho más grave con los años, más segura de sí misma, pero también, como las voces de tantos otros hombres, más opaca.

—¿A qué has venido a Toledo?

—A testificar en el juicio contra el médico Mayer.

—¿Solamente a eso?

–Y también a verte.

–Ahora ya me has visto. –Gabriela captó un matiz de enfado en su propia voz. ¿Por qué no habría de estar enfadada? Todo ese encuentro, muchas veces soñado, se había convertido en una farsa. Contando alocadamente su historia, como una muchachita insegura, se había humillado para recibir únicamente una fría frase: «Y también a verte.» Eso era todo. Su recompensa por toda una vida de amor se reducía a la palabra «también».

–¿Te ha hecho feliz León?

–En mi vida hay una familia, honestidad, amor.

–Yo también me casé.

–¿Y has aprendido algo del amor?

–Sí.

De nuevo un puño golpeó el corazón de Gabriela, pero esta vez no se sintió invadida por ningún mareo, sino por el temor. Le asustó el rápido paso del tiempo y que todos sus sueños los tornase ridículos un extraño que días atrás la llamó suya. Le asustó que el amor y la rabia bailaran juntos su peculiar danza en el interior de su ser.

–No debería haber venido. No quiero volver a hacerte infeliz.

Gabriela había empezado a llorar. Se levantó y se aproximó a Abraham, que la miraba sin moverse. Cuando habló, no lo hizo con su voz, sino con la de aquella muchacha que había sido abandonada en Barcelona solo porque, con objeto de salvar la vida, había dejado que mancillaran su piel de muchachita.

–Te necesito, no me rechaces más.

Lo QUE SUCEDIÓ a continuación ocurrió muy rápido. Mientras Gabriela hablaba, el aceite de la lámpara se consumió y, en la oscuridad, abrazó a Abraham, cuyos brazos la esperaban bien abiertos. Pronto se unieron una vez más. Él se comportó de un modo más abrupto y dominante que lo que ella recordaba. Abraham se entregó con fuerza a su deseo y Gabriela sintió relámpagos de placer recorriéndole la columna vertebral. No había soñado con volver a hacer el amor con él, pero ahora que estaban juntos cayó en la cuenta de que lo ansiaba desde siempre. Quería hacer el amor con él, pero no de esa manera. Quería sentir que se unían suave y gentilmente. Quería perderse en noches densas en estrellas, al arrullo del fluir del Tajo. Quería sentir el contacto de su piel durante horas y horas, acurrucarse contra él para que su olor la rodeara como sábanas de seda. Arroparse con su amor y sus tiernas caricias.

Pero en lugar de eso él había despertado en ella algo muy diferente. Un deseo y una necesidad acuciantes. Y cuando llegó al clímax, se oyó a sí misma aullando como una bestia en celo. Incluso a la cima de su placer fue llevada a la fuerza.

Cuando todo hubo acabado, permaneció tumbada junto a Abraham sintiendo un cosquilleo en el cuerpo. El amor y la ira, la esperanza y la desilusión seguían inseparablemente mezcladas en ella. El conflicto entre todos estos sentimientos la hacía temblar y pronto empezó a tiritar.

—¿Tienes frío? –le preguntó Abraham. Su voz distante sonaba ahora lo suficientemente cercana.

—Estoy enfadada –espetó Gabriela– y enferma de vergüenza. –Se alejó de él y se cubrió las caderas con el vestido.

—Yo también estoy casado.

—¿Y así es como le haces el amor a tu esposa?

Su tono de suplicante chiquilla se había transformado en el de una mujer burlona y asqueada de sí misma.

—No –contestó Abraham acercándose a ella en la oscuridad–. Así es como te lo hago a ti.

De repente, la agarró del cuello y con la otra mano le arrancó el vestido con el que ella acababa de cubrirse como una sirvienta mancillada. Su mano transmitía tanta ira que Gabriela sintió cómo le clavaba los nudillos en la garganta, que poco antes él había cubierto de cariñosos besos.

—Lo siento –dijo Gabriela, aunque en realidad no lo sentía. Al contrario, se alegraba de haber conseguido vengarse de alguna manera por todos esos años en los que había querido y necesitado a Abraham, en los que le había entregado su amor para recibir a cambio su indiferencia o algo aún peor.

—No te disculpes —dijo él soltándole el cuello—. Yo te he amado de verdad. Incluso juré a Dios, la noche en que estaba con Antonio en las mazmorras, que me casaría contigo si escapaba. Cuando te dejé en Barcelona no fue porque no te amase, sino porque mi vida apuntaba hacia otro lugar.

—Y ahora que has conseguido ser un cirujano célebre y deán de la universidad, ¿hacia adónde apunta tu vida? ¿Hacia el amor?

Abraham no contestó y, por un momento, también Gabriela guardó silencio. Las palabras que acababa de pronunciar todavía estaban haciendo su efecto. Quince o diez años antes, habría creído que ni siquiera su propia vida era un precio demasiado alto para cambiarla por un reconocimiento de amor por parte de Abraham.

—Dime una cosa —dijo Gabriela—, ¿criais a vuestros hijos como judíos o como cristianos?

—Como ninguna de las dos cosas y como ambas.

—Exactamente lo que eres tú.

Gabriela pensó que tal vez la había querido y tal vez la quería aún. Pero ese mismo destino que los había separado antes, y que no era solo la ambición de Abraham, volvería a separarlos. Era mejor hablar y construir una distancia que no pudiera superarse. Era mejor admitir una pequeña derrota, que no meterse a luchar una gran batalla imposible de ganar.

—Aquella parte de mí ya está muerta.

Gabriela rio. Su amor por Abraham casi la había destruido, pero ahí estaba él, su primer novio y su primer desengaño, tan normal y tan calmado como cualquier otra noche y dispuesto a lucubrar teorías con ella hasta el amanecer, en vez de hablar de lo importante.

—Tú no estás muerto —observó Gabriela—. Lo tuyo es muy diferente a la muerte. Eres un hombre que vive escondido en un baúl. Permaneces allí dentro, mientras le ofreces al mundo una marioneta fabricada por ti mismo para mantenerte escondido.

Gabriela intentó detenerse, pero era demasiado tarde. Toda una vida de amargura clamaba por manifestarse.

–Abraham, mi amante, tu destino te encontrará incluso si rehúsas buscarlo, y cuando eso suceda, quien sufrirá será la familia a la que con ligereza has traicionado. Es con sus vidas con lo que juegas en tu deseo de reinventarte a ti mismo a ojos de la historia.

Abraham estaba de pie, mirando hacia otra parte. Cuando por fin se volvió hacia ella, tenía lágrimas en los ojos. La luz de la luna las convertía en perlas. Gabriela comprendió que allí donde su amor había fracasado su ira había conseguido un inesperado triunfo.

–¿Por qué estamos peleándonos?

–No lo sé.

Esta vez, cuando Abraham la abrazó, ella se derritió en sus brazos. Y cuando él abandonó su casa, una hora antes de que amaneciera, Gabriela permaneció en la puerta observando cómo, con paso rápido, se perdía en la oscuridad. Le había hecho trizas la coraza de amargura y volvía a sentirse de nuevo como un chiquilla inocente, cuya alma desnuda estaba expuesta al aire de la noche tras el mareante placer del tacto de su amante.

ABRAHAM YA NO volvió. Fue su hermana Lea quien le dijo que había abandonado Toledo.

–Partió tal como vino –explicó–. En una carroza. Por la forma en que viajaba, se hubiera dicho que es un rey. ¿Lo viste?

–Sí.

Con el curso de los años el rostro de Lea se había tornado duro como el de un hombre. Ya nunca se arreglaba las cejas ni le importaba que algunos pelillos brotaran de su barbilla.

–Si yo fuese tú, tendría sumo cuidado en una situación así.

Gabriela asintió con la cabeza.

–No me gustaría sacrificar –continuó Lea– todo lo que he conseguido por un amor infantil.

La idea de que Lea experimentara algún tipo de amor romántico, fuese infantil o no, se le antojaba inconcebible a Gabriela. Sin embargo, la seguridad con la que había hablado y la punzante mirada con la que acompañó sus palabras hicieron que a Gabriela se le acelerase el pulso.

Se disponía a protestar cuando un inquietante pensamiento paralizó su lengua. Se había entregado a Abraham. Le había dado todo lo que puede darse en una noche, pero ni por un instante se le ocurrió que ello pudiese significar dejar o perder a León, sacrificando una vida junto a él, por atender a sus sentimientos hacia Abraham.

–¡Dime! –le exigió Lea–. ¿Te comportaste con sabiduría?

–Lo hice –aseguró Gabriela–. Y comprendí que sé más de lo que yo misma creía.

LIBRO IV

Montpellier

1410

1

EL OTOÑO DE 1410 fue largo y templado. Nadie se cansaba de recordar que, verdaderamente, el sur de Francia no había conocido un verano tan benévolo y prolongado desde los tiempos anteriores al inicio de la peste. Pues aquella fue una época en la que la población de Francia se multiplicaba como el trigo en campo fértil. Se construían catedrales para gloria de Dios y satisfacción de su Papa, e incluso la guerra con Inglaterra se vivía como un sueño de baladas melódicas y nobles hazañas.

Pero Montpellier, aunque se despertase cada mañana con plateadas nieblas que iban disipándose tras el mediodía al calor de un amable sol, se encontraba sumida en las garras de un violento escándalo que dividía la ciudad desde hacía ya más de tres años.

Empezó cuando Pierre Montreuil, uno de los terratenientes y mercaderes más importantes del lugar, acusó públicamente a Robert de Mercier de haber desobedecido uno de los edictos del Papa empleando a judíos como administradores de sus tierras. Más tarde, lo acusó también de haber utilizado a esos mismos judíos para recaudar las rentas de tierras robadas al propio Pierre Montreuil.

Tales cargos no eran más que pajillas en comparación con el grano duro que solían moler los tribunales de Montpellier. Tras interminables vistas y debates, el asunto simplemente se dejó pasar sin darle una solución. Se rumoreaba que esta falta de acuerdo había complacido mucho al cardenal Rodrigo Velázquez, que realizó un viaje especial a

Montpellier para discutir la cuestión. También la mayoría de la población se sintió aliviada de que las cosas quedaran así, puesto que, aunque Montreuil era respetado por su gran riqueza y poderío, Robert de Mercier tenía muchos amigos.

Sin embargo, unos meses después, en la cúspide de aquel verano meteorológicamente glorioso, un nuevo y chocante incidente reavivó la vieja querella.

Un objeto injustificablemente herético fue encontrado en la habitación de cierto estudiante de medicina. Se trataba de un ejemplar del libro del Génesis ilustrado con dibujos obscenos. Hombres y mujeres desnudos se amontonaban como serpientes en un gran pozo.

Jean de Tournière, rector de la universidad, convocó inmediatamente al tribunal encargado de investigar tales asuntos. El proceso se vivió con apasionamiento. Durante una acalorada sesión un clérigo cayó repentinamente muerto tras concluir su testimonio.

A raíz del extraño suceso, hicieron llamar a un representante del Papa de Aviñón y, al cabo de una semana, apareció el cardenal Velázquez en un carruaje adornado con el escudo pontificio.

En todas partes se pensaba que, por su inconmovible y arrolladora entrega, el cardenal Velázquez era el único hombre de la Iglesia capaz de aportar energía y vitalidad al agonizante papado sito en Aviñón, y quizá también el único que incluso podría poner término al cisma eclesiástico.

Sentado en el estrado y escuchando los diferentes testimonios, Velázquez ofrecía una estampa imponente. Con la edad había dejado de ser un hombretón para convertirse en un auténtico gigante. Sus musculosos hombros y su cuello de toro se completaban ahora con una inmensa barriga que descansaba en su regazo como un gran saco de harina. También su expresión había cambiado. Aquellos ojos que saltaban de ira estaban hoy escondidos y protegidos por unos carnosos carrillos y unas pobladas cejas negras con las puntas blanquecinas.

Cuando el cardenal vio los ofensivos grabados, cuya aceptación como prueba había llevado días enteros de discusión, se escandalizó sobremanera. Y aseguró insistentemente que, a la vista del panorama, él mismo se ocuparía en persona de velar por las almas de los pobres moradores de la descarriada Montpellier.

La amenazadora declaración debió surtir efecto, pues esa misma noche el estudiante acusado se ahorcó en su celda sin esperar acontecimientos. Al día siguiente Jean de Tournière ordenó que se cerrase la causa, dado que el culpable se había quitado de en medio por sí solo. Pero la indignación de las gentes contra los herejes continuó creciendo hasta el punto de que, poco después, Abraham Halevi, deán de la escuela de medicina y máxima autoridad en los trabajos de anatomía, prefirió tomarse una excedencia por tiempo indefinido.

Siendo de origen judío y formando parte ahora, por razón de matrimonio, del clan de conversos de Robert de Mercier, consideró apropiado abandonar la ciudad, aunque no sin antes haber declarado públicamente que no tenía nada de lo que avergonzarse y que se proponía cuidar de la salud de los pobres campesinos que habitaban en los alrededores del castillo de su cuñado con la misma dedicación médica que había dispensado a los más ricos del burgo.

Al tiempo que Abraham partía, Pierre Montreuil reabrió el proceso judicial contra De Mercier, y esta vez añadió a sus acusaciones la de que su oponente había albergado a un conocido idólatra y seguidor del Anticristo.

En esta ocasión, los magistrados fueron rápidos en sus deliberaciones. Antes de que acabase el mes de octubre los señores Robert de Mercier y Pierre Montreuil habrían de resolver su disputa al modo tradicional. Modo que les estaba reservado a los notables de Montpellier y que se plasmaba en un enfrentamiento público y cara a cara, en combate a muerte.

Joseph abrió un ojo lentamente y vio que alargados rayos de luz comenzaban a introducirse por las grietas de las contraventanas. Estiró las piernas en la cama hasta que sintió el dulce placer de desentumecerse la espalda. Nadie más en la habitación parecía haberse dado cuenta de que ya había llegado el día, así que, cerrando de nuevo los ojos, se enroscó como un ovillo y volvió a cobijarse en la cueva de carne cálida que lo rodeaba.

Su movimiento atrajo la atención de una mano grande y templada que ahora se posaba en su estómago y lo arrastraba aún más profundamente hacia la carnosa caverna. Él agitó los hombros hasta acomodarlos entre los generosos pechos de María, figurándose que, tumbado en ese cálido y circundante mar, era un marinero y navegaba arriba y abajo por las crestas de las olas al son de la respiración de su matrona.

Pronto fue quedándose dormido en un sueño mañanero, muy diferente al de cada noche. Pues este último le sobrevenía tan rápido que solo recordaba el tacto de las manos de María hundiéndolo en el colchón de plumas, antes de que la fatiga le sumiera en un océano oscuro y misterioso.

Cuando volvió a despertarse, se encontró solo en el lecho. María estaba sentada junto a la ventana, ahora abierta. La rodeaba una luz amarilla y tenía a la hermana recién nacida de Joseph, Sara, abrazada contra su pecho.

El sonido acuoso de su hermana amamantándose hizo que sintiese hambre. Sabía que en la cocina había pan reciente y sidra para mojarlo. Este año le habían permitido participar por primera vez en la prensa de las manzanas. Junto a otros hombres, había empujado el torno, dando vueltas y vueltas, hasta que el jugo de la fruta triturada formó pegajosos ríos entre sus pies.

Ahora esos pies desnudos tocaban el frío suelo iniciando su corto viaje hacia María. Y fue solo entonces cuando recordó qué era lo que le había llevado a echarse de nuevo a dormir. Se detuvo para frotarse los ojos. Los notó hinchados y muy sensibles, como si hubieran recibido un golpe cada vez que, en sus sueños, se había presentado la punzante visión de la cara de su tío. Una cara amiga y adornada por una gran boca, pero cubierta de sangre. Una cara que en sus pesadillas cruzaba el cielo como una luna llena de color escarlata. Porque las pesadillas habían vuelto a acosarlo, a él, a Joseph, a Joseph el Soñador, como era conocido. Y esa noche soñó que a su tío iban a matarlo.

Era María quien le había dicho que cuando alguien muere su alma permanece atada al cuerpo durante catorce días y catorce noches, mientras Dios decide dónde habrá de pasar la eternidad.

Y justo la velada anterior, también le había dicho que el alma de los muertos regresa al mundo para visitar a sus conocidos. Especialmente a los amigos que fueron amables y gentiles con ellos, pues quieren agradecérselo. Del mismo modo, las almas de los muertos pueden ser terriblemente crueles y mezquinas.

De pie junto a María, con una mano en su pecho y la otra acariciando la cara de su hermanita, Joseph se acordó de cómo un día entró corriendo y deshecho en lágrimas en la habitación de su madre para refugiarse en su regazo. Tenía sangre en las piernas, pues se había hecho daño jugando con los perros. Sin embargo, su madre le había rechazado. Parecía muy preocupada.

–Pero Joseph –protestó ella alejándolo de sí–, ¿no ves que estoy hablando con tu tío Robert? Déjanos y ve con María.

Aquella tarde, cuando lo mandaron a dormir la siesta, él se escapó y anduvo sigilosamente por los corredores hasta las habitaciones de los adultos. Sabía muy bien que la de su tío Robert estaba prohibido pisarla. Puso la oreja en la cerradura, como le había visto hacer a María, y como no oyó nada, entró en la alcoba e hizo pis en la almohada de su tío.

¡Qué dulce le supo aquella venganza! Le entraron muchas ganas de celebrarlo a carcajadas, pero como eso era peligrosísimo tuvo que taparse la nariz con los dedos para refrenarse. Era otro truco que María le había enseñado.

–¡Joseph!

La voz de María sonó mezclada con el llanto de su hermana. Él se dio cuenta de que, mientras pensaba en su tío y acariciaba a la pequeña, sin querer le había hecho daño en la orejita.

–Joseph.

Apenas un instante y María ya había adoptado un tono conciliatorio y de consuelo. Le tendió el brazo y lo atrajo hacia ella. Al momento él estaba una vez más cómodamente cobijado en María y su hermanita mamaba feliz.

ESA TARDE, JOSEPH se sentó junto a su padre en el patio y observó cómo trituraba plantas secas en un mortero. Les rodeaban los muros y torretas del fabuloso castillo de su tío François. En el aire de octubre se mezclaban los sugerentes olores que salían de la cocina.

Mientras su padre convertía las plantas en polvo, él le contó el sueño que había tenido. Pero justo cuando se acercaba a la parte más terrorífica se oyó el galope de un caballo. Un niño algo mayor que él, pero todavía niño, cruzó las puertas del patio cabalgando como un salvaje con su negra cabellera al viento.

Uno de los guardias se apresuró a cortarle el paso. Sin embargo, el padre de Joseph llegó antes hasta el jinete y, con su enorme mano, agarró las riendas y forzó al caballo a detenerse.

Al igual que su cabalgadura, el chico estaba empapado en sudor. Joseph lo reconoció. Lo había visto un mes antes escapando al galope de uno de los acampamientos cercanos, con un trozo de tela cubriéndole el brazo y sangrando como un animal en el matadero.

Ahora el muchacho jadeaba y se mostraba nervioso. Joseph se acercó a él y oyó que el chico decía en dialecto local que a su padre lo había atropellado un carro tirado por bueyes. En pocos minutos, Joseph se encontró solo en el patio; su padre, tras meter su instrumental quirúrgico en las alforjas, se alejaba cabalgando con el chico.

LA PRIMERA VEZ que Abraham visitó el pequeño campamento era invierno. Los helados vientos marítimos habían desnudado la colina de toda clase de vegetación y defensas. Y la visión de las casas era desoladora.

Pero el espléndido verano había visitado todo el sur de Francia y también ese lugar. Las viviendas eran simples cuevas excavadas en la colina, a las que se habían puesto unos maderos en las entradas. Pero cada una tenía su pequeña huerta y un chamizo con frondosas parras. Bajo las casas se extendían campos cultivados en sucesivas terrazas donde todavía se recolectaban tardías cosechas. Abraham observó que las espigas de trigo estaban duras y doradas. A un extremo de la hilera de cuevas había un granero y junto a él, en el exterior, se apilaba el botín producto de los campos.

No era extraño que un hombre necesitase de bueyes para transportar semejante cosecha. Tal y como le había explicado el muchacho durante la cabalgada, habían sobrecargado tanto el carro que los animales resbalaron y cayeron patas arriba al subir una empinada cuesta. Cinco veces les había sucedido lo mismo aquel día, en sus trayectos por el pedregoso sendero hacia el granero. Cuando los bueyes perdieron el equilibrio, los arneses que mantenían sus cuellos fijos a la yunta del carro se soltaron y el carro rodó libre y aplastó al hombre que llegaba por detrás intentando detenerlo.

Ahora ese hombre yacía en la camilla que habían improvisado para trasladarlo a su casa. Abraham apartó la manta y vio que la carne de un costado era un amasijo de coágulos. Le sorprendió que el hombre pudiese respirar, porque sin duda las costillas tenían que haberle perforado al menos uno de los pulmones y el vientre debía tenerlo lleno de sangre.

El hombre estaba inconsciente y completamente lívido. No había rastro de sangre en sus labios, aunque los tenía ligeramente abiertos. Pero Abraham observó que la lengua sí estaba manchada de sangre, y cuando le giró la cabeza, un reguero salió de la boca del herido.

–¿Cuándo ocurrió?

–Inmediatamente antes de que yo fuera a avisaros.

–¿Quién lo trajo hasta aquí?

–Mi hermano y yo –contestó el muchacho con cierto orgullo–. Él ha ido a buscar a un sacerdote.

Abraham asintió con la cabeza.

–¿Vais a operarlo? Le prometí a mi hermano que esperaríamos hasta que él volviese, porque se perdió la operación que me hicisteis a mí.

Abraham tomó el pulso al hombre. Era débil e irregular. Su mano, apenas viva, estaba cubierta de gruesos callos. La piel alrededor de los ojos denotaba fatiga acumulada, sus huesos estaban combados por el duro trabajo. Que hubiese sobrevivido la mitad del tiempo que llevaba trabajando indicaba ya que era un espécimen particularmente resistente.

–No habrá ninguna operación.

–¿No necesita que lo operen? –dijo el chico–. Estábamos convencidos de que con un accidente así le operaríais.

El resto de espectadores, como animales curiosos pero poco domados, se apiñaba a cierta distancia. Miraban la escena con ansioso interés y confirmaron las palabras del muchacho con bobalicones asentimientos de cabeza.

–No habrá operación –repitió Abraham. Y luego, ante la desilusionada reacción del chico, añadió con una severidad de la cual se arrepintió inmediatamente–. Creo que has dicho que tu hermano ha ido a por un sacerdote.

–Lo he dicho, sí –confirmó el chico retrayéndose al comprender la situación. Tras lo cual, se volvió hacia sus paisanos–. El médico dice que mi padre se va a morir. Dice que es una suerte que mi hermano haya ido a buscar al cura, porque él cuidará de mi padre mientras muere.

Entonces se volvió hacia Abraham y este vio que los ojos del muchacho eran de un negro tan brillante como los de un gitano. Apuntaban hacia Abraham como la flecha de un cazador apunta al corazón de su presa.

–¿Os llevo ya a casa?

–Esperaré hasta que llegue el sacerdote.

Abraham deseó acercarse al chico, estrecharlo entre sus brazos y consolarlo como si fuese su propio hijo, pero los curiosos se habían aproximado a ellos para contemplar el drama de un niño que se convierte en hombre al ver morir a su padre.

CUANDO ABRAHAM REGRESÓ a su casa, la luna estaba en lo alto del cielo. Era luna llena, luna de cosecha, y se había levantado sobre las colinas mientras el sol se ponía. Durante el largo atardecer Abraham había galopado, preso de un extraño nerviosismo, y había atravesado valles en sombra y llanuras bañadas por la luz amarillenta y moribunda de la luna. Solo se detuvo en el arroyo del bosque y luego avanzó decidido hacia el camino principal y hacia su propia familia.

Desde el suelo se elevaba la neblina. Los gigantescos árboles, que parecían estar allí desde el comienzo de los tiempos, estaban cubiertos de ricas capas de sombra y colores profundos. La tierra todavía olía a verano.

Cuando Abraham abandonó Toledo, no tenía nada que perder. Podía limitarse a salvar su insignificante vida. Pero desde su boda o, más aun, desde el nacimiento de sus hijos se le antojaba que él pertenecía a la tierra y la tierra le pertenecía a él. Así que no había sonido, olor o visión que no pudiese humedecerle los ojos o producirle un nudo en la garganta durante aquellos momentos en que le sobrevenían sus repentinos cambios de humor.

En los últimos meses, esta peculiar agonía de felicidad había llegado a su cúspide. Pero cuando su mejor estudiante se quitó la vida, después de que lo acusaran de ilustrar con dibujos obscenos la Biblia, Abraham sintió que densas sombras se alzaban a su alrededor, como si, justo más allá del alcance de la vista, las murallas de Toledo volvieran a levantarse.

Siguiendo el consejo de Jean de Tournière, había dejado la universidad. Al principio se sintió como un exiliado. Pero pronto la emoción cotidiana de cuidar de personas que no habían visto a un médico jamás lo colmó de nuevo entusiasmo. Entretanto, sin decírselo a nadie, había terminado y guardado en un baúl el proyecto al que tanto tiempo había dedicado en la universidad: un tratado de anatomía ilustrado con sumo detalle. Sus dibujos se basaban en los cientos de disecciones practicadas. Mediante ellos, comparaba los órganos humanos con los de los animales, para que pudieran observarse las sorprendentes coincidencias en los distintos diseños de nuestro creador.

Algunas veces, por la noche, quitaba el candado y abría el baúl para contemplar su libro. Rellenar esas páginas había sido el objeto de toda su vida, para ello había troceado los cuerpos de los muertos y se había alejado primero de Antonio y luego de Gabriela. Veinte años de cirugía y disecciones se reducían a unas cuantas docenas de dibujos.

Llegó al castillo cuando el atardecer se convertía en noche. La luna, que se había alzado tan amarilla y engrandecida, se había contraído en un reluciente circulito, y al aliento dorado del día lo reemplazaba un plateado barniz extendido sobre el firmamento. Era ya un cielo de invierno el que se cernía sobre los todavía humeantes restos del verano.

ABRAHAM ENTRÓ EN el comedor. François Peyre estaba solo, sentado a la mesa. A pesar de la temperatura otoñal, vestía un chaleco de cuero sin mangas que le dejaba al desnudo los brazos y el pecho. Podía decirse que, a pesar de todas sus pretensiones nobiliarias, parecía más un esforzado campesino que un aristocrático terrateniente.

Con todo, François Peyre era un hombre guapo y se decía que en las frecuentes fiestas invernales no había dama en el condado que no hubiera sido invitada, y que no hubiera aceptado, tener un cercano contacto con el musculoso corazón de François, escondido bajo ropajes cortados siempre a la última moda.

No obstante, como prometido, François no era peón en juego. El puesto en la otra cabecera de su mesa lo preparaban opíparamente antes de cada fiesta, para que lo ocupase su fiel esposa Nanette. Sin embargo, quedaba invariablemente vacío, porque ella se había confinado a vivir en su alcoba desde el doloroso parto de su único hijo.

—Lisiado para siempre por la torpeza de la comadrona —decía Jeanne-Marie.

Nanette tardó un año en avenirse a conocer a Abraham, alegando que se avergonzaba de su propia debilidad. Pero cuando finalmente consintió en hacerlo, él se encontró con una mujer en apariencia robusta y voluminosa que solía permanecer sentada a todas horas, cosiendo sus bordados. Sin embargo, Abraham notó que sus pies y sus tobillos estaban anormalmente hinchados.

Su cuñado tenía sobre la mesa grandes pergaminos repletos de cifras. Abraham estaba seguro de que François no sabía leer ni escribir, aunque se empeñase en pasarse una noche al mes pretendiendo supervisar las cuentas de la finca. Sudando y gruñendo, las observaba fijamente como si contuvieran un secreto que pudiese desvelarse a fuerza de empecinado empeño.

—¡Mirad esto! —solía decir a Abraham y a Jeanne-Marie—. Quien lo haya escrito tiene letra de idiota. ¿Podéis descifrar lo que pone?

Y así procedía François, fingiendo sin tregua, hasta aprenderse el documento de memoria.

—Ah, eres tú —exclamó ahora al ver a Abraham—. Ya creíamos que pasarías la noche fuera.

—Me quedé a esperar al sacerdote.

—Cuando los médicos dais con algo que no podéis curar, mostráis un raro aprecio por los dichosos clérigos.

–Todos servimos para algo.

François soltó una risa.

–El padre Pablo se alegrará de saber que por fin has decidido brindarle tu amistad. Pero, ahora que hablas de sacerdotes, hay alguien que tal vez necesite uno muy pronto. He recibido un mensaje de Jean de Tournière en el que informa de que el cardenal Velázquez viene de regreso a Montpellier y que el combate entre los litigantes se celebrará pasado mañana.

–Le dejaré a Robert mi daga –reflexionó Abraham en voz alta–. A ella no le costará encontrar el camino hacia el corazón de Pierre Montreuil.

–Ahórrate las bravuconadas sobre tu acero español. El tribunal ha impuesto que no lleven más armas que sus mazas.

François se recostó en la silla. Su copa de vino había tenido una noche bastante ajetreada y hubo de volcar del todo la enorme jarra de la que se servía para que soltara sus últimas reservas de líquido rojo.

–Cuando muera Robert –expuso François–, la propiedad de sus tierras pasará a Madeleine. Y entonces, si así lo desea, Montreuil podrá reclamarlas con la excusa de que, secretamente, ella sigue siendo judía. El tribunal ha desechado esa parte de la acusación, pero dentro de una semana o un mes las cosas habrán cambiado.

–Pues yo he oído que están autorizando el regreso de judíos a París.

–Si es para prestar dinero, los dejarán volver –apuntó Peyre secamente–. Pero si se trata de dejarles ganarlo, los judíos seguirán considerándose exiliados.

–¿Y entonces, amigo mío, tú que ya no eres judío, qué propones hacer si Robert pierde?

–Todavía confío en que el combate pueda evitarse.

–Imposible.

–Le he entregado toda nuestra fortuna a Jean de Tournière. Él ofrecerá ese oro al cardenal Rodrigo Velázquez a cambio de nuestra seguridad.

CUANDO ABRAHAM ENTRÓ en su alcoba, Jeanne-Marie ya dormía. Una pequeña lámpara continuaba encendida. Su llama oscilaba con la brisa que entraba por la ventanas medio abiertas y, gracias a su temblorosa luz, Abraham pudo ver una de las últimas creaciones de Nanette: un pequeño tapiz de una batalla tan sangrienta que todos los soldados parecían traspuestos en una espectacular agonía.

Se metió en la cama, abriendo sus brazos a Jeanne-Marie, quien, entre sueños, se movió hacia él. Por un instante su respiración se aceleró ligeramente, como si el sueño que estaba viviendo estuviese a punto de romperse. Luego agarró la mano de Abraham, la puso sobre su pecho y su aliento se calmó.

La felicidad había llegado sigilosamente, cogiendo a Abraham por sorpresa cuando menos se lo esperaba. Inundaba su corazón cuando estaba con su esposa y cuando su olor, su tacto y el sonido de su voz y las de sus hijos asaltaban su mundo.

Jeanne-Marie se volvió y sintió el aliento de Abraham en sus mejillas. Enseguida empezó a besarlo dulcemente alrededor de los ojos.

Él la abrazó y la colocó de forma que reposase encima de él. Había apagado la lámpara de aceite, pero sus ojos se acostumbraron pronto a la oscuridad. Además, la luna, que llevaba levantada desde el atardecer, ocupaba ahora lo alto del cielo e iluminaba la habitación con un resplandor grisáceo que hacía que el rostro de Jeanne-Marie recordara el de una estatua de plata con ojos de oscuro mármol. Incluso bajo las sábanas, la luz se expandía dibujando un valle bajo sus pechos, un triángulo suave y alargado que se perdía en las sombras de su vientre.

Los labios de Jeanne-Marie besaban los de Abraham. Cuando se casaron, él seguía echando de menos a Paulette y hubo noches en las que, tras las habituales parrandas de taberna con sus estudiantes, iba a su casa. Pero al poco tiempo comenzó a sentirse, no como si hubiese hecho el amor, sino como si se hubiera permitido realizar un poco de ejercicio placentero y muy sudoroso. La frecuencia de sus visitas a Paulette decreció, pasando de ser aventuras mensuales a ser anuales.

La última vez que entró en su habitación reparó en que estaba decorada con abundantes baratijas de la feria y que, en lugar de oler, como siempre, al perfume de su piel, Paulette olía ahora a un perfume que se guardaba en frasco. Su aroma se mezclaba con el tufo rancio de otros amantes en busca de una noche lejos de sus esposas.

Jeanne-Marie estaba sobre Abraham montándolo a horcajadas. Sus ojos grandes y brillantes estudiaban el rostro de su esposo, examinando qué sentía mientras ella se acomodaba para volver a tenerlo dentro. Luego se inclinó hacia él, cubriéndole los hombros y el pecho con su largo cabello negro.

–¿No crees que matará a Robert?

–No estaba pensando en Robert.

–Pero quizá él sí está pensando en nosotros, con la esperanza de que podamos ayudarlo.

Abraham retiró la sábana de su cuerpo. El sudor había formado una línea sobre su muslo, allí donde el de ella se había apoyado. Ahora el aire fresco lo secaba como una mano prudente que protegía su piel.

–Nadie puede ayudar a Robert –dijo él finalmente–. Fue él quien decidió apoderarse de las tierras de Montreuil. Y una vez que Montreuil lo ha acusado, es el tribunal el que impone que su litigio se resuelva en un combate entre ellos. Robert sabía que se exponía a ese riesgo.

–Pero lo hizo porque los campesinos odiaban y temían a Montreuil –protestó Jeanne-Marie.

–Todos los campesinos odian a sus señores feudales.

–Sabes perfectamente bien que Robert no se aprovecha de nadie. Y, sobre todo, sabes que si a tu alumno no le hubiesen encontrado esa estúpida Biblia, nada grave habría ocurrido.

–Tienes razón. Si pudiera luchar en lugar de Robert, te aseguro que lo haría feliz.

Abraham se sintió deprimido al constatar esto. Lo cierto es que, tras tres años sin resultado definido, había empezado a creer que la acusación de Montreuil era una enfermedad que se curaba sola. Y ahora resultaba que podía ser una afección letal. Se había limitado a dejar pasar el tiempo en lugar de emprender un ataque definitivo.

–A veces me sorprendo deseando que hubieses matado a Pierre Montreuil cuando tuviste ocasión.

–Yo también –coincidió Abraham–. Pero si le hubiera matado, habría tenido que escapar de Montpellier y nunca me habría casado contigo, ni nunca habríamos tenido a Joseph y a Sara.

–Yo te habría seguido a cualquier parte.

El juicio de Robert, la muerte de Robert. Únicamente hablaban de eso. Cuando el propio Abraham fue llamado a declarar en el juicio contra su alumno, Jeanne-Marie prefirió ignorar el hecho, como si no afectase a su propia seguridad. Y cuando él le contó que tenía que dejar temporalmente la universidad, ella se limitó a comentar que se alegraba de volver al castillo donde había sido tan feliz en su infancia.

–Esta noche, al llegar a casa, he hablado con François. Cree que Jean de Tournière podrá convencer al cardenal Velázquez para que se anule el combate.

–De Tournière pasa por ser a veces uno de los mayores ilusos de Montpellier.

Gruesas lágrimas empezaron a rodar por las mejillas de Jeanne-Marie. Abraham sintió un nudo en la garganta. Su mujer había pasado toda su vida en una burbuja protectora y ni siquiera ella sabía por qué lloraba tanto en los últimos tiempos. Sin embargo, Abraham sí lo sabía: la burbuja estaba a punto de reventar.

–Eh –exclamó Abraham–, tú, querida esposa, que posees las peras más jugosas y deseables de toda Europa.

Sin más palabras, Abraham rodó sobre su cuerpo y le propinó un mordisco que al instante liberó toda la tensión del cuerpo de Jeanne-Marie.

–Maldito asesino –gritó ella saltando y agarrándolo por el cuello–. Pide perdón o te mataré en nombre de mi familia. ¿Te rindes?

–Nunca –susurró él fingiendo que se ahogaba. Pero luego se dio la vuelta y, a pesar de la resistencia de Jeanne-Marie, la arrastró hacia adelante para vérselas cara a cara con ella, cuyas manos seguían rodeándole la garganta. Abraham empezó a frotarle el rostro con su barba, arriba y abajo, hasta que las lágrimas y las risas se mezclaron convulsivamente.

Al cabo de un momento, él estaba encima de ella, deslizándose una y otra vez en su interior y apenas conservando el aliento cuando las piernas de Jeanne-Marie le abrazaron la cintura y ambos llegaron juntos al clímax.

–Sigo sin poder pensar en otra cosa que en el pobre Robert –le confesó ella pasado un rato.

Abraham guardó silencio. ¿Podía compararse la muerte de Robert, que había tenido una vida cómoda y llena de lujos, con la muerte de un hombre aplastado por un carro tras treinta años de trabajos continuos y apenas alimento? La verdad es que, cuando a Robert le llegase la hora, las penurias ajenas no le consolarían.

–¿No sientes ninguna lástima, verdad?

–No lo sé.

–Deberías comprender estas cosas –insistió ella–, porque has vivido grandes dificultades. ¿No crees que el sufrimiento nos hace ser más sabios?

–A mí el sufrimiento me hace sentir feliz por haber sobrevivido a él.

Tomó a Jeanne-Marie en sus brazos y le besó los ojos, la boca y el grácil hoyuelo de la garganta, donde la luz de la luna formaba su estanque, convirtiéndolo en moneda de plata.

2

EN CUANTO OYÓ el primer martillazo, Robert de Mercier supo lo que se avecinaba. Pocos minutos después, un criado le confirmó el mal augurio: en la plaza del Palacio de Justicia estaban construyendo un cadalso.

Hasta ese momento Robert de Mercier había creído de veras que anularían el combate que ya llevaban posponiendo tres años. Incluso había oído por boca de Jean de Tournière, quien al fin y al cabo era no solo rector de la universidad, sino también el segundo médico personal del Papa, que Rodrigo Velázquez acudiría a Montpellier para inclinar el juicio a su favor.

Sin embargo, el primer martillazo fue solo el preludio de muchos otros, que formaron un coro muy inquietante. Por la noche, De Mercier vio desde su ventana un cúmulo de antorchas que se reunían en la plaza. Al poco tiempo, las gentes congregadas eran tantas que ahogaron con sus gritos y cánticos los ruidos procedentes de la construcción.

Incapaz de dormir, Robert de Mercier se paseaba sin descanso de habitación en habitación. Al final, exhausto y temblando de miedo, buscó cobijo en su cama y luego en la de su esposa. Pero pasó la noche entera en esa indefinida zona entre el sueño y la vigilia. Y, a la mañana siguiente, le confesó a De Tournière que esa zona debía parecerse al purgatorio que le esperaba, una vez lo hubiesen matado. Cuando el rector le aconsejó que no temiese a la muerte, y Madeleine le animó a pelear como un hombre, Robert empezó a temblar de nuevo, sin poder controlarlo.

–¿Pelear? Tengo sesenta y cinco años, quince más que Montreuil. ¿Cómo puede pedírseme que luche contra un hombre en su plenitud? ¿Alguna vez me habéis visto golpear a alguien cuando me enfado? ¿Yo? Soy un comerciante y un diplomático. Pelear es cosa de niños, de soldados, de personas con pocas luces que, en lugar de usar la inteligencia, usan sus duros cráneos.

–Tu inteligencia no te ha sacado de esta –observó Madeleine con tristeza–. Y ahora debemos acatar la ley.

–Me han dicho que Montreuil se ha pasado estos tres años preparándose para el combate. Es como un gallito de pelea, y está ansioso por hacer sangre con sus espolones.

–Montreuil mide la mitad que tú y además es un cobarde –replicó Madeleine–. Escúpele en la cara y se desmoronará sin un solo golpe. Luego abalánzate sobre él y clávale la daga en su corazón bastardo.

–Y gírala –añadió De Tournière–. Con esa clase de víboras hay que girar la daga para desgarrar el corazón.

–Pero no está permitido llevar daga –balbuceó Robert de Mercier.

De repente pensó que ojalá estuviesen permitidas las sustituciones y pudiera enviar a Madeleine a luchar con su rival. Sin duda le sacaría los ojos con las uñas antes de que Montreuil tuviese siquiera tiempo de pestañear.

La víspera del combate, acabada la cena, Robert se retiró a sus aposentos intentando recuperar la compostura. Cuando Madeleine acabó de escuchar las interminables coplas de sus juglares, subió a su encuentro y le mostró la túnica, la pechera y la capucha negras que le había confeccionado para el señalado encuentro. Tuvo especial interés en llamar su atención hacia el hecho de que había bordado en ellas los blasones de su linaje.

–¿No te parecen elegantes?

–Muy elegantes –aseguró él, apartando las ropas y deseando que la siguiente mañana no llegase nunca–. ¿Piensas que voy a uno de tus bailes de disfraces?

Sudaba copiosamente y el olor de su miedo impregnaba toda la habitación. El ruido de las obras de la noche anterior le había destrozado los nervios, pero hoy que la plaza estaba en silencio se encontraba incluso peor. Parecía que toda la ciudad contenía el aliento, esperando saber la sangre de quién correría.

—Se están reservando para mañana divertirse a mi costa —observó Robert lleno de amargura.

—A tu costa no —le corrigió Madeleine—. Todos saben que tienes razón y que Dios guiará tu mano.

—Tendrá que hacerlo, porque ¡mira!

Robert alzó su diestra. Temblaba de forma ostensible.

—Creo que si nuestro hijo aún viviera, tendrías más confianza en tus fuerzas. Tal vez, rezando por su espíritu, te sentirás mejor. —Madeleine cayó de rodillas y le invitó acompañarla—. ¿Quieres rezar conmigo?

Robert sabía que en la sala había un sacerdote pagado por Madeleine para permanecer a mano, por si acaso él sufría una crisis de fe mientras aguardaba el amanecer. Era irónico que ella, la judía con quien se había casado y cuyo origen familiar había dado cuerpo a toda la acusación del proceso, fuese quien más quisiera rezar.

Hasta el propio arzobispo declaró ante el tribunal, como había hecho antes De Tournière, que no había en toda la ciudad una cristiana más devota ni más generosa que la señora De Mercier.

Madeleine oró en voz baja, emitiendo un zumbido. Robert extendió de nuevo las manos y observó cómo temblaban. Las juntó intentando controlarlas y apagar las llamas de pánico que se alzaban desde su estómago hasta su pecho. Finalmente, decidió arrodillarse junto a Madeleine.

—Dios misericordioso —suspiró ella.

—Ten misericordia de mí —especificó su marido y respiró profundamente.

Su árbol genealógico se remontaba a la primera cruzada. Sus antepasados habían guerreado cabalgando hasta Tierra

Santa. Sin apenas más recursos que su fe, habían blandido la espada y cortado cabezas de infieles.

–Dadme fuerza –musitó De Mercier cerrando los ojos empapados en lágrimas. Si resultaba humillado en la plaza pública, colgarían sus restos de una soga como si se tratase de un vulgar criminal. Él, Robert de Mercier, sería el último de su estirpe y moriría cubierto de vergüenza–. Ayúdame, Dios mío –exclamó con tono acuciante–. Concédeme fuerzas para matar.

–¡Robert!

–Señor, concede fuerza a mi daga. Señor, concede fuerza a mi brazo. Señor, haz que mi maza rompa el cráneo del bárbaro.

–Robert, a Dios no le...

–¿Dios no quiere eso? –preguntó De Mercier abriendo los ojos y viendo que Madeleine lo miraba con una expresión asqueada, que él interpretó con el desprecio de toda una vida. Indignado, levantó la mano para golpearla. Pero ella se le antojó mucho más fuerte que él y volvió a bajarla.

–Eres un hombre gentil –dijo ella amablemente– y Dios protege a los buenos.

–Dios hace de los buenos mártires –replicó Robert, y pensó que realmente ese era el problema. No le importaba demasiado morir, pero quería hacerlo de una forma rápida y en la acogedora oscuridad de su propia casa–. Todo lo que pido es morir aquí –le confesó a Madeleine–. ¿No podríamos arreglarlo? ¿No podría morir esta misma noche? ¿No podría De Tournière darme alguna pócima, cualquier cosa?

–Robert, Robert, yo me iré ahora a mi habitación, para dejarte solo. Pero el sacerdote está en la sala, ¿irás por favor a hablar un rato con él?

–Dile que necesito unos momentos para estar a solas y que luego le haré llamar.

–Recuerda que nada malo puede sucederte mientras Dios esté contigo.

–¿Y contigo lo está?

278

–Sí, Robert, porque le he abierto mi corazón.

Hablar de las célebres aperturas de Madeleine hacia otra gente hizo que Robert recordara algo que había escrito alguno de los filósofos griegos: renunciad al deseo, porque las ataduras del deseo le amarran a uno a lo más bajo de su alma.

Robert no encontraba excesivamente difícil renunciar a sus deseos, pero aun así ahora se le presentaba lo más bajo de su alma. Se preguntó si su miedo no sería, en lugar de simple cobardía, la expresión de su certero conocimiento de que iba a morir por la mañana. El sol se levantaría mientras él estaba vivo; pero el sol se pondría, y él estaría muerto.

PIERRE MONTREUIL SE arrodilló sobre la arena de la plaza del palacio para rezar sus oraciones. Abraham observó detenidamente al cardenal Velázquez. Vestía la sotana púrpura, signo del cardenalato, adornada con joyas, y se sentaba en un trono colocado justo entre las columnas principales del Palacio de Justicia, con el esplendor digno de un rey. A su lado, en butacas más pequeñas pero aun así ostentosas, estaban los seis miembros del Alto Consejo de Montpellier, órgano compuesto de mercaderes electos por sus pares para arbitrar y solventar los conflictos civiles.

En hileras de asientos colocados un poco más abajo se situaban las familias prominentes y, al igual que los consejeros, cada una de ellas lucía bordado en las ropas su escudo de armas y llevaba una guardia personal. Las filas inferiores las ocupaban los burgueses de Montpellier, en general artesanos y propietarios de viviendas. Por último, apiñados en torno a la plaza estaban los espectadores sin rango, y había tantos que se diría que ninguno de los cincuenta mil habitantes de la ciudad había querido perderse el gran evento festivo, pues la muchedumbre daba al combate ese cariz de celebración, hasta el punto de que muchos buhoneros habían acudido con sus carros repletos de vituallas para venderlas a destajo al gentío.

El olor a castañas asadas y a mijo endulzaba la fresca brisa otoñal, y las nubes de humo procedente de los hornillos se elevaban hacia el cielo azul con tal belleza que, cuando ambos combatientes se dispusieron para la lid, pareció que se preparaban para ejecutar una danza y no una lucha a muerte.

Montreuil había concluido sus rezos y se dirigía hacia el centro de la plaza.

De Mercier se ajustó la caperuza de cono y se puso los guantes negros. Abraham le sujetaba entretanto la maza, que tenía la longitud de un brazo e incrustaciones de plomo. Era un arma imponente con la cual a los nobles les gustaba gastar alguna que otra broma a los burgueses que juzgaban demasiado ambiciosos. Abraham la sopesó en la palma de su mano. Desde luego, no era algo con lo que quisiera que lo golpearan, pero tampoco causaba la muerte con la misma facilidad que el acero templado.

Jean de Tournière observó que los contendientes concluían sus últimos preparativos y se acercó al cardenal Rodrigo Velázquez. Este asintió con la cabeza y se volvió de forma que pudieran hablar sin ser oídos por nadie.

—Su eminencia —comenzó De Tournière.

—Su excelencia —respondió Velázquez, que pensó que su interlocutor tenía más el aspecto de un cuidador de bueyes, lo cual había sido su abuelo, que el de uno de los cardenales de confianza del Papa.

—Eminencia —continuó De Tournière—, es una pena que se permita la celebración de este combate sin beneficio alguno para la Iglesia.

—La Iglesia se complace en ver cumplida la voluntad del rey.

—Pero sin duda sería más ventajoso para la Iglesia que sobrevivieran dos de sus fieles contribuyentes antes que solo uno.

—Sin duda —coincidió Velázquez.

Mientras conversaban, habían descendido hasta el extremo de la tarima de autoridades, pero De Tournière, aunque ahora se encontraba al mismo nivel que el prelado, se sintió completamente apabullado frente a su figura.

–Y pensar –observó– que la víctima más probable de este encuentro bárbaro será Pierre Montreuil... ¡Con lo alta que es su lealtad hacia el Papa, aunque sea hombre de tan corta estatura!

–Es corto de estatura –contestó Velázquez–, pero también lo es la serpiente que ataca desde abajo, y no quiero sugerir con ello ninguna referencia personal.

–Os he entendido, eminencia –aseguró De Tournière deseando haberse dirigido al cardenal en latín, un idioma en el que tendría mucha menor brillantez de respuesta, porque Velázquez no era precisamente famoso por el dominio de esa lengua–. La serpiente ataca desde abajo, pero la mangosta mata a la serpiente aprisionándole el cuello desde arriba.

–Exactamente –exclamó Rodrigo–, y por eso este será un juego muy interesante de presenciar.

–Pero, como servidores de la Iglesia, no debemos dejar que los hombres jueguen recíprocamente con sus vidas. Al fin y al cabo, se nos ordenó no matar.

–Gracias –contestó Velázquez–, pero estoy al tanto de los Mandamientos. ¿Y no hay uno que dice «no robarás»?

–Por supuesto, pero aun así, si en este instante vos os situarais en medio de la plaza y, en lugar de otorgar a estos hombres la bendición de la Iglesia, anunciarais que el asunto se ha solucionado y que, con objeto de mantener la paz en nuestra ciudad, Robert de Mercier ha resuelto ceder sus tierras a Montreuil...

–Tendría que haberlo hecho durante el juicio.

–... y que –prosiguió De Tournière rápidamente, al tiempo que extraía de debajo de su capa una bolsa de terciopelo repleta de oro y casi del tamaño de un puño– ha decidido asimismo hacer un donativo a la Iglesia y entregároslo personalmente a vos, para que dispongáis de él como mejor os parezca...

Rodrigo Velázquez extendió la mano y De Tournière contempló atónito cómo sus dedos largos y velludos se cernían sobre la bolsa como las patas de una tarántula.

–Un donativo a la Iglesia es siempre bien recibido y agradecido.

El cardenal dedicó una pequeña inclinación de cabeza a De Tournière y, ataviado con sus ropajes perfectamente confeccionados y su ancho sombrero cardenalicio, bajó los escalones y se dirigió a la plaza. Al llegar al círculo se detuvo un instante, mientras la multitud guardaba silencio y tomaba buena nota de que ese hombre, grandullón y majestuoso, parecía infinitamente más fuerte que ninguno de los contendientes.

–El Papa me envía a saludar a todos los habitantes de Montpellier y, en su nombre, os doy las gracias a quienes esta mañana habéis rezado y habéis hecho donativos a la Iglesia –en este punto levantó la mano y mostró la bolsa que Jean de Tournière acababa de entregarle–. Ni siquiera el más humilde de los donativos pasa desapercibido –hizo una pequeña pausa–. Hoy celebraremos la santa misa en memoria de quienes han muerto al servicio del Papa en su lucha contra los herejes de Inglaterra. Pero antes os invito a contemplar el espectáculo de justicia que todos estamos esperando. ¡Que la mano del justo reciba el poder de Dios para derribar a su enemigo! La paz sea con vosotros.

El cardenal hizo una seña para que los dos contendientes se acercasen a él y añadió:

–Del vencedor requiero tenga la misericordia de permitirnos administrarle al vencido los últimos sacramentos para su descanso.

RODRIGO VELÁZQUE SE retiró con tal diligencia que a De Tournière le costó darse cuenta de que el combate había comenzado. También Robert de Mercier advirtió que Montreuil estaba sorprendido y contemplaba con distracción la retirada del cardenal. Entonces Robert sintió una tremenda urgencia de lanzarse sobre el hombre que tanto lo había atormentado y golpearlo con su maza.

Tensó el brazo, agarrando con fuerza el arma y avanzó sigiloso. Podía imaginarse ya la expresión de completo asombro en el rostro de Montreuil al volverse y ver la maza descendiendo imparable hacia su cráneo. Los ojos se le desorbitarían de miedo, la piel de su estrecha frente se rasgaría cuando la maza encontrase su blanco. Como un cerdo en la matanza, sangraría hasta teñir de rojo la plaza.

Robert respiró hondo y entonces Montreuil se volvió para mirarlo.

Sus ojos reflejaban que estaba muerto de miedo.

Robert apartó la vista de él, comprendiendo que ambos se sentían igualmente paralizados bajo el cegador sol, y miró hacia la grada en la que se sentaban Velázquez y las autoridades. En su día, el propio Robert había sido miembro del Consejo. Aquella etapa concluyó cuando sus finanzas se resintieron por las excesivas inversiones que hizo en la flota de Juan Velázquez. Hasta entonces él había sido uno de los hombres más ricos de Montpellier. Pero ahora que estaba en deuda con el comerciante Velázquez, se le ocurrió que su hermano el cardenal había venido a asegurarse de la recaudación de lo adeudado.

—¡Cerdo! —exclamó De Mercier.

—¿Cómo?

—¡El cardenal es un cerdo! —especificó Robert en voz baja para que solo Montreuil pudiera oírlo, pues aunque tal vez solo le quedaran unos instantes de vida, seguía temiendo ofender a alguien de importancia.

—¡Luchad! —gritó un hombre situado entre el público.

—¡Cobardes! —añadió otro.

—¡Luchad! —repitió el primero, mientras otras voces se le unían.

—¡Luchad, luchad, luchad! —Pronto miles de voces gritaban a coro y batían palmas.

Robert de Mercier levantó la maza, sosteniéndola frente a él, más bien como una ramita o como un cetro en manos de un rey que da la bienvenida a sus súbditos. Finalmente, Montreuil se movió y le acometió, usando la maza a modo de espada e intentando alcanzar con ella el estómago de Robert.

De Mercier tuvo tiempo de verla venir y de pensar lo ridículo que resultaba que Montreuil, tras haber buscado ese encuentro durante mucho tiempo, estuviese tan asustado como él mismo. A la hora de la verdad, se comportaba como un colegial que pretende hacer de un palo una espada.

En ese momento, vagas imágenes de sus propios años de colegial afluyeron a su mente y recordó las tardes pasadas con su profesor de lucha. Con un repentino movimiento, paró el golpe de Montreuil y luego atacó con ímpetu, perdiendo el equilibrio y, sin habérselo propuesto, derribando a su adversario de un mazazo en pleno rostro.

La multitud rugió y comenzó a corear.

–¡Mercier, Mercier!

Cuando Robert recobró el equilibrio, vio que Montreuil yacía en el suelo con la boca cubierta de sangre.

–¡He ganado! –gritó entonces–. ¡He ganado! –clamó volviéndose hacia el cardenal e indicándole con el brazo que se aproximase para atender a Montreuil.

Sin embargo, este había vuelto a levantarse y la multitud coreaba ahora su nombre. Robert advirtió que su contendiente sangraba por la barbilla.

–Ten cuidado, podría hacerte daño –amenazó Robert extendiendo de nuevo su brazo y mostrando la maza. Pero Montreuil lo ignoró, se aproximó a él y simplemente le quitó la maza de la mano con toda suavidad. Luego, mientras Robert observaba atónito, Montreuil tiró a un lado la maza recién arrebatada y con la suya propinó a su rival un formidable mazazo en la cabeza.

Robert cayó de rodillas, cubriéndose los ojos con las manos. Pero en cuanto sus piernas dobladas tocaron el suelo,

Montreuil volvió a golpearlo, esta vez en la nuca, enterrando su rostro en la tierra de la plaza.

Los rugidos del gentío cesaron. En el repentino silencio, resonó un crujir de huesos cuando Montreuil, de pie junto a Robert, dirigió nuevamente su maza contra el cráneo del caído. El eco de la fractura fue tan terrorífico que De Tournière cerró los ojos.

Cuando volvió a abrirlos, Montreuil estaba arrodillado junto a Robert obligándole a quitarse las manos de la cabeza, pues las había entrelazado con desesperada fuerza para protegerse. Tras golpearle las manos repetidamente con la maza, Montreuil consiguió su propósito, pero entonces dio un salto y aterrizó, con las rodillas por delante, en la espalda de Robert.

Ahora la muchedumbre expulsó el aire como si a todos los hubieran atacado de semejante forma.

–¡El sacerdote! –gritó alguien.

–¡Que venga ya el sacerdote! –corearon nuevas voces.

Mientras tanto, una y otra vez, Montreuil saltaba sobre la espalda de Robert de Mercier. Poco a poco, a medida que el ánimo del gentío iba helándose y sus gritos calmándose, todos pudieron oír los agónicos gemidos del infortunado contendiente.

De Tournière buscó con la vista al cardenal. Este observaba impávido a los dos luchadores.

Ahora el propio Montreuil se encontraba exhausto y se paseaba alrededor de su maltrecha víctima, intentando concebir el modo de rematarla definitivamente.

De Tournière vio que su amigo Robert volvía el rostro, había dejado de gemir y respiraba con terrible dificultad. Entonces, una vez más, Montreuil saltó y le hincó las rodillas en la espalda. El ruido de sus vértebras quebrándose sonó como la rotura de una gran rama durante una tormenta. De Mercier chilló terriblemente; eran aullidos agudos y prolongados que solo fueron acallándose al tiempo que Montreuil saltaba sobre él muchas más veces.

La gente enmudeció del todo. Finalmente, Rodrigo Velázquez se levantó y se dirigió a los miembros del Consejo:

—Se ha hecho justicia —les dijo, como si se tratase de un manjar epicúreo—. Es hora de usar el cadalso y la soga.

—¿Lo descuartizamos primero, eminencia? —preguntó uno de los guardias.

—¿Es lo que dictan los estatutos? —contestó Velázquez.

—¡No! —terció De Tournière.

—Entonces cortadle la garganta. Me hartó con sus protestas.

3

DE PIE JUNTO a la ventana del dormitorio de Madeleine de Mercier, Jean de Tournière contemplaba las oscuras siluetas de los árboles, cuyas ramas se le antojaron flechas recortadas contra el fondo púrpura del atardecer. Las estrellas y planetas tempraneros ya salpicaban el cielo con algún diminuto punto de brillo, y todo lo que podía verse estaba acompañado por los estridentes trinos de las golondrinas. Como románticos enamorados, lanzaban su llamada entre las sombras de un árbol a otro; los ecos de ida y vuelta de sus cortejos íntimos perforaban el manto de silencio de la noche de forma tan perfecta que De Tournière, en lugar de encontrarse a sí mismo llorando la muerte de Robert, se encontró admirando el portentoso equilibrio del mundo y la forma en que Dios hacía girar la rueda de la belleza y la fealdad: la vida y la muerte.

–Jean, ¿qué nos sucederá ahora?

–Justo estaba pensando en que este será mi último otoño. Con el invierno me llegará la hora de morir.

–¿El invierno que ahora entra?

–Esta vez lo digo de verdad –aseguró De Tournière.

–Jean, tú vas a vivir más tiempo que Matusalén.

–Estoy cansado de vivir.

–Eso dijo también Robert y, sin embargo, nunca he oído a nadie gritar más al morirse.

–Entonces tienes suerte –replicó secamente él–. Porque yo he oído gritos mucho peores. Robert murió como un valiente, a pesar de sus gritos y casi, casi, volvió a levantarse para luchar.

–Casi, casi... –repitió ella.

–Hacía mucho que alguien le había mermado el espíritu.

–Decir eso no es muy agradable.

–Hacerlo es lo que no es agradable –replicó De Tournière, pensando que solo una vieja zorra como Madeleine tendría agallas para permanecer en cama, explotando una enfermedad ficticia, mientras al pobre pichón de su marido lo acostaban bajo tierra en su lecho definitivo. Y sin duda, en breves instantes, mientras los gusanos empezaban a comerse el ataúd de madera que protegía el cuerpo de Robert de las oscuras y abundantemente fertilizadas tierras del cementerio de Montpellier, Madeleine se quejaría del peso de sus mantas de fina lana.

–Fue muy amable por parte del cardenal acudir al entierro –comentó ella con voz suave. Ese era su truco nuevo, pensó De Tournière. Cuando la atacaba con un comentario sarcástico, se le humedecían los ojos y cambiaba de conversación con una voz que parecía la de un esclavo sumiso y asustado–. El cardenal dijo además que Robert tenía un alma valiente y generosa, y que había ido al encuentro de Dios tras luchar bravamente por su honor.

–¡El cardenal es un hombre maravilloso! –exclamó él.

Madeleine se movió en la cama y se acercó a la lámpara de aceite que alumbraba la alcoba. Una maniobra desgraciada, se dijo De Tournière, porque la luz ya no es aliada de esa piel, en otros tiempos sedosa. Aquellas curvas y facciones que inspiraban sonetos por docenas eran hoy un campo trillado y horadado por zanjas y trincheras.

–Me sorprendió su gentileza –continuó ella–. Me aseguró que había intentado convencer al Consejo de que parase el combate, pero se negaron. Y él en persona se quejará de su comportamiento ante el Papa.

–¡Qué reconfortante!

–Jean, por favor, acércate, siéntate junto a mí.

De Tournière apretó el puño con el que sujetaba su bastón. Llevaba dos horas de pie sin apenas moverse, desde que había subido a dar las buenas noches a Madeleine, a su vuelta del funeral, que se había celebrado en la planta baja de su mansión. En realidad, ella había mandado a un criado a llamarlo y él se había resignado a aceptar que, ni siquiera el día del entierro de su marido, ella fuese capaz de sufrir un rato a solas.

La presencia del cardenal Velázquez en el acto le había proporcionado a Madeleine una excitación comparable a la de sus conquistas sociales. Sin embargo, para De Tournière el sepelio de Robert era el preludio de la muerte de todos los que le rodeaban. Porque, a pesar de las pretensiones de civismo y a pesar de que las gentes se habían congregado, asistiendo en masa a la brillante y ornada procesión que acompañó al difunto, su muerte no bastaría para purgar la ira que se había ido acumulando en el corazón de Montpellier durante los tres últimos años.

–¿Por qué no? –preguntó Abraham cuando De Tournière le expuso su punto de vista.

–Porque solo un gran corazón contiene suficiente espacio para albergar dos amores dispares. Y Montpellier no tiene el corazón de un gran amante, sino de un avaricioso tendero.

–Es extraño que un hombre diga eso de su propia ciudad.

–Lo es –admitió el anciano–, pero me gustaría oírte alabar el corazón de tu propia ciudad, Toledo.

De Tournière cruzó lentamente el dormitorio de la recién enviudada Madeleine. Aunque fuese un viejo, había momentos en los que podía permanecer inmóvil, sintiéndose suspendido con la feliz ligereza de un joven. Sin embargo, ahora sus articulaciones crepitaban y le dolían, y, sin apenas equilibrio, debía ayudarse continuamente de su bastón, como de una tercera pierna.

–Aquí, aquí –le indicó Madeleine extendiendo la mano y palmeando con ella su cama.

–Tendrás que perdonarme, porque, si me sentara, ya no me podría levantar.

–Los criados te ayudarán después. Por favor, siéntate.

Inmediatamente le agarró del brazo como un animal aterrorizado por la tormenta.

–Jean, ¿me quieres?

–Soy tu amigo más fiel.

–Pero ¿me amas?, ¿sientes alguna pasión por mí?, ¿me deseas con alguna locura?, ¿matarías por mí?

Él bajó la vista hacia ella, que lo miraba expectante y con la boca temblorosa. Hablaba completamente en serio. Madeleine apretó más su brazo y él sintió que le apretaba el corazón, como si pretendiera sacárselo del pecho.

–Lo haría –se oyó decir a sí mismo–. Y, es más, durante los últimos veinte años he vivido solo para ti.

CUANDO DE TOURNIÈRE bajó por las escaleras creyó que iba a desmayarse. A sus ochenta y un años consideraba una desgracia seguir vivo. ¿En qué clase de piltrafa lo había convertido Dios, haciéndolo sudar y ver las estrellas cada vez que se levantaba de una silla o abandonaba el lecho por las mañanas? Se sentía tan débil que sus piernas amenazaban con colapsarse ante el más ligero esfuerzo. Su amigo más anciano, el anterior arzobispo, había muerto hacía ya tres años. Poco antes de hacerlo le había dicho que la excesiva longevidad estaba causada por una insalubre acumulación de fluidos sexuales.

–¿Fluidos sexuales?

–El semen, idiota. Si no se copula, el cuerpo absorbe su propia juventud no nacida y permanece siempre joven.

–Sin embargo, tú no permaneces precisamente joven –señaló De Tournière–, solo meramente vivo.

–Y no por mucho tiempo –contestó el arzobispo. Un tumor le taponaba la garganta, como una seta que hubiera encontrado la oportunidad de crecer súbitamente al amparo de la sombra.

–El caso es que te estás muriendo delante de mí –continuó De Tournière–, aunque hayas mantenido el voto de castidad.

–El celibato implica no enamorarse, pero ni siquiera la Iglesia puede pedirle a un hombre que retenga dentro de sí los venenos de su cuerpo.

–¿Qué has hecho con ellos?

–Los he echado fuera, idiota. Y te aconsejo que hagas lo mismo si no quieres seguir vivo hasta el día del Juicio.

–¿Cómo los echaste fuera?

La pregunta llegó demasiado tarde. Porque, justo en ese momento, como si con ello quisiera probar la eficacia de su propio método, el arzobispo murió. Y lo hizo sin una sola queja, pataleta o carraspera.

De Tournière mintió después a la Iglesia, contando que él en persona había oído la última confesión del arzobispo y le había dado la extremaunción para que descansase en paz. En realidad, se limitó a esperar que Dios se compadeciese del difunto que, con sus últimas palabras, no había hecho sino justificar sus perversiones.

Jean de Tournière salió del ensimismamiento producido por todos estos acontecimientos pasados cuando, al abrirse las puertas, oyó un frenético ajetreo de criados y vio un resplandor de luces. El cardenal Velázquez, vestido con sotana escarlata, cubierto de joyas y portando un cetro, subía por los escalones del palacio para participar en la recepción que seguía al funeral, con los aires de un rey que se digna realizar una visita sorpresa a sus súbditos.

Y lo peor de todo era que iba derecho hacia De Tournière con su rancio aliento precediéndole, como los primeros vientos preceden a una tormenta.

–Su eminencia –balbuceó De Tournière cuando el cardenal se plantó delante de él–. ¡Qué inesperado honor!

–Excelencia, el honor es mío, pues pronto tendré que abandonar Montpellier para regresar a Aviñón y antes deseaba despedirme de los viejos amigos.

–¿Y qué mejor ocasión para hacerlo que un funeral?

Velázquez soltó una sonora carcajada.

–Rector, vuestro ingenio es incluso mayor que vuestra bolsa de dineros.

La llegada del cardenal se produjo sin previo aviso, pero en cuanto Jeanne-Marie le vio cruzar la puerta no pudo evitar sentir que una nueva maldición se cernía sobre su hogar. Tan pronto como logró dominar su repentino pánico, miró a su alrededor, para asegurarse de que sus hijos estaban a cubierto en sus dormitorios de la planta superior.

Grandes mesas repletas de manjares habían sido colocadas en medio de la habitación. Humeantes fuentes de sopa, carnes de vacuno, de ave y otras clases, bandejas de frutas y verduras e interminables barras de pan se alineaban al alcance de los comensales, como si el recuerdo de que la tierra acababa de tragarse a uno de ellos les hiciera querer vengarse engullendo la tierra entera.

Sentados en un pequeño estrado estaban los seis miembros del Consejo de Montpellier que habían ordenado el combate. El cardenal Velázquez se situó junto a ellos, mientras Jeanne-Marie lo observaba sin quitarle ojo. En aquel grupo se encontraban también su hermano François y representantes de la familia Montreuil. Ahora que el litigio había concluido, era hora de que los comerciantes de la ciudad volvieran a unirse, formando un frente único contra los nobles que pretendían cobrarles impuestos hasta sangrarlos, así como contra los artesanos y campesinos que procuraban dividirlos.

–Mira a Velázquez –exclamó Abraham con un tono de voz que devolvió la confianza a su esposa Jeanne-Marie–. De Tournière me ha contado que intentó sobornarlo para que detuviese el combate y que el cardenal se limitó a arrebatarle el dinero de la mano. Pero luego no hizo nada y ahora se presenta aquí a beberse la sangre de Robert.

Jeanne-Marie se colgó del brazo de su marido y se apretó contra su cuerpo para confortarse. Se hallaban junto al hogar de las cocinas, justo en el sitio donde se encontraron con Pierre Montreuil diez años antes. En aquella ocasión, las venas de las sienes de Abraham habían palpitado de ira al ver al francés, y en este momento también palpitaban.

–¿Será el cardenal un hombre tan malo como lo pintan?

–¡Peor! –contestó Abraham. Su barba era ahora más densa que en aquellos días y algunas canas adornaban sus negros cabellos. Sin embargo, su voz parecía seguir siendo la misma: profunda, llana y cargada de certidumbre.

–Debes ser un sabio para ser capaz de ver en el interior de un cardenal de la Iglesia.

–Te olvidas de que esta primavera declaré ante él en el proceso judicial. Y además el cardenal es un viejo conocido mío. Una vez fui invitado a su casa en España.

–¿Hace tiempo que lo conoces? Nunca me lo habías dicho.

–Un esposo debe guardarse ciertas cosas para sí, por si alguna vez ha de utilizarlas para ganarse de nuevo el aprecio de su esposa.

–Para ganarse de nuevo el aprecio, primero tendría que haberlo perdido.

Abraham la abrazó y Jeanne-Marie se sintió tan segura y cobijada por la cercanía de su cuerpo que el peligro que flotaba en el ambiente pasó a ser para ella tan solo un murmullo de fondo apenas audible.

–Acompáñame –le dijo Abraham–. Vayamos a presentarle nuestros respetos y comprobarás lo bien que el cardenal se acuerda de mí.

Jeanne-Marie y Abraham avanzaron, con sus brazos todavía entrelazados, y poco después se sentaron a una mesa donde les flanqueaban los parientes de Montreuil. A la derecha de ella se sentaba Leonardo Montreuil, el astrólogo.

Años atrás, cuando ambas familias eran amigas, Jeanne-Marie le había contado a Leonardo uno de sus sueños. Trataba de Jesucristo y de cómo ella le rezaba. Él se rio y le dijo que solo los judíos conversos tenían tanta pasión por Cristo como para rezarle en sueños.

Leonardo se había hecho viejo. Aquel joven que se había burlado de ella se había convertido en un gordo medio calvo. Pero cuando se inclinó para dirigirle la palabra, Jeanne-Marie percibió en el tono de su voz los mismos matices burlescos de antaño.

El cardenal Velázquez se sentaba justo frente a ellos. Ella le había visto en la sala del tribunal y en el combate, pero de cerca Rodrigo le pareció un hombre muy diferente. Su rostro, que de lejos se veía de enormes dimensiones, intimidaba profundamente a quien se aproximaba a él. La frente era ancha y parecía blindada por una capa de piedra. Sus quijadas se descolgaban como poderosos cortinones sobre un fornido cuello. Los ojos brillantes y negros denotaban un poder casi magnético y una gran inteligencia. Tenía unos labios sorprendentemente sensuales, que sonreían mostrando unos dientes separados entre sí como los de un niño grande. Cuando abrió la boca para pronunciar su primera palabra, Jeanne-Marie creyó que su voz atronaría la habitación hasta hacerla añicos. Sin embargo, esa voz sonó suave y tranquila, aunque poderosa, como el ronroneo de un rey rodeado de fieles súbditos.

–Nunca fui informado –le dijo a Abraham– de que hubieseis tenido semejante fortuna al casaros. Sois hombre de mucha suerte –añadió, y después se volvió hacia Jeanne-Marie–. Y vos, señora, también sois afortunada al tener como esposo a un hombre de tan distinguida trayectoria. Los azares del destino son sin duda muy curiosos.

–Sin duda lo es que vuelvan a juntarnos –observó Abraham con una voz tan llena de odio que, al oírla, a Jeanne-Marie se le encogió el corazón. No obstante, el cardenal Velázquez no dio ninguna muestra de sentirse ofendido. Por el contrario, su boca dibujó una sonrisa todavía más amplia y cándida.

–Es tarea de la Iglesia volver a juntar a todos los hombres.

–Una misión sumamente importante.

Por primera vez tras muchos años de convivencia, Jeanne-Marie comprendió plenamente que, cuando Abraham hablaba francés lo hacía en un idioma para él extranjero, y adoptaba una lentitud y una precisión que desaparecían cuando se expresaba en castellano.

–Por lo tanto es un hecho todavía más desgraciado que Robert de Mercier falte junto a nosotros esta noche y no pueda beneficiarse de un encuentro tan fraterno.

Cuando Abraham acabó la frase, los seis miembros del Consejo levantaron la mirada hacia él. Jeanne-Marie pensó que, más que admirar su elocuente ingenio, censuraban su ligereza al aguijonear al poderoso cardenal Velázquez.

–Robert de Mercier ha obtenido justicia, aun sintiendo el peso de la ley.

–Un hombre de vuestra posición debe ser experto en la contemplación del sufrimiento ajeno.

–Todos hemos contemplado demasiado sufrimiento, ¿no estáis de acuerdo?

Aunque a Abraham le hervía la sangre, no contestó, pero Jeanne-Marie le vio apretar con gran violencia la naranja que sostenía en su mano. De repente la cáscara cedió y por las rajas corrieron rojizos ríos que le bañaron la muñeca y los dedos.

Abraham se puso de pie. El cardenal le dijo en español unas rápidas palabras que Jeanne-Marie no comprendió. Abraham contestó al prelado siseando su respuesta como una serpiente. Y después, como si no hubiese ocurrido nada, ayudó a su esposa a levantarse y se disculpó ante los comensales por abandonar la mesa.

–¿Qué te ha dicho? –le preguntó Jeanne-Marie al momento.

–Me ha dicho: «No os hagáis daño a vos mismo, amigo. Eso es algo que se reserva para poner a prueba el valor de los enemigos.»

–¿Y qué le has contestado?

–Que desgraciadamente no tengo enemigos valientes, sino tan solo cobardes y cerdos.

–No has sido muy diplomático.

–No.

–¿Es él uno de tus enemigos?

–Sí.

—¿Tendremos que irnos de Montpellier?

—Yo no quiero irme de Montpellier.

AHORA, EN MEDIO de la noche, Jeanne-Marie se sintió presa de
la angustia y empezó a preocuparse por cada ruido que oía: los
pasos en los corredores de piedra, los relinchos en las cuadras.
Habían apostado guardias en la casa, pero no se le antojaba extraño que en cualquier momento sonara, entre el ocasional griterío de las bandadas nocturnas de pájaros, el chirrido de una
daga rebanándoles el cuello. Hasta que se casó con Abraham,
Jeanne-Marie no había dormido jamás sin criadas que la acom-
pañaran y le hicieran sentirse segura en su habitación. Si alguna vez se despertaba, siempre estaban allí para reconfortarla. Sin embargo, a Abraham no se atrevía a despertarlo
cuando se encontraba desvelada.

Respiró profundamente. Tenía los pezones duros y le dolían de puro miedo. El padre Pablo la había aconsejado rezar
siempre que estuviese asustada. Pero ahora era tan incapaz de
cerrar los ojos y hacerlo, como lo era de levantarse de la cama,
completamente desnuda, y llegarse hasta la ventana para ce-
rrarla.

Su corazón cada vez latía con más fuerza. Sabía que alguna noche, en un futuro todavía indeterminado, los suspiros
del viento se convertirían en sigilosas respiraciones humanas
y que las informes sombras de los pasillos, los graznidos de las
aves y las penumbras que amenazaban con esconder la silueta
de algún hombre se confabularían para hacer realidad una pesadilla imposible de soportar.

4

Con el frote del pedernal, la espada se tornaba más afilada, y cuando Abraham la sostuvo frente a sí para examinar su hoja, el dorado fulgor del sol resbaló por el templado acero como un reluciente líquido.

Abraham y François tenían frente a sí un verdadero arsenal de armas ligeras. Las había cortas y largas, curvas y rectas, espadas de doble filo que acabarían con un oso, lanzas y jabalinas para ser lanzadas a caballo, ballestas que, desde el castillo, podían alcanzar los árboles del bosque situado a cientos de metros...

Durante toda la mañana había resonado por todo el patio el roce de las piedras aceitadas contra el metal. Y mientras Abraham y François afilaban sus armas, dos guardias del castillo se ajustaban unos chalecos de cota de malla que no habían sido usados en muchos años. Gruñían como mujeres ancianas al probarse los corsés de sus años mozos, y cuando empezaron a practicar ejercicios de lucha a espada, los resoplos de sus pulmones constreñidos se mezclaban con los sonidos agudos y metálicos de los golpes sobre el hierro.

Desde el banco en el que estaba sentado, Abraham vio a Josephine amasando una de las incontables barras de pan que cada día preparaba para alimentar a todo el castillo. Tras el funeral del señor De Mercier, acaecido cinco días antes, las oraciones de Josephine en la capilla se habían vuelto tan impetuosas y frecuentes que a Abraham le sorprendió verla de nuevo en la cocina.

–¿Has rezado para que Dios nos dé fuerzas para defendernos?

–No, he rezado para que nos permita ir al cielo a pesar de nuestros pecados.

Mientras apartaba una espada y se ponía a afilar la siguiente, Abraham pensó con extrañeza que solo tres años antes la situación era tan inofensiva que se había atrevido a dejar solos a Jeanne-Marie y Joseph y se había ido de viaje a Toledo.

–Ahora hemos doblado la guardia nocturna –dijo François–. Y he dado órdenes a los vigilantes para que únicamente tú y yo podamos salir sin escolta.

–¿Crees de verdad que Montreuil se atreverá a atacarnos?

–En solitario no. Pero el cardenal Velázquez se ha traído su guardia personal a Montpellier. Si esos hombres y los mercenarios de Montreuil se unen, la situación cambia mucho.

–¿Entonces qué sentido tiene pretender que podríamos hacer frente a semejante ataque?

Abraham sabía que las palabras de François eran puramente retóricas. Hablaba de doblar la guardia, pero ¿con quién contaba para ello? Los campesinos debían recoger estos días las cosechas, el sacerdote era un hombre de constitución débil, los criados no tenían el menor entrenamiento en el uso de las armas, y apenas podían subirse a un caballo sin caerse inmediatamente; los únicos que habían sido soldados profesionales eran dos veteranos de las guerras contra los ingleses.

François Peyre se rio.

–O luchamos o corremos. Y si salimos corriendo con nuestras esposas, los niños y los criados, nos iremos sin un solo ducado. Porque nadie paga dinero por unas tierras de las que puede apoderarse sin ningún esfuerzo.

–Pero la ley nos protege.

–¡Qué gran abogado del diablo eres, Halevi! Sin embargo, sabes perfectamente que si nos excomulgan o, lo que es peor, nos declaran judíos, se acaba nuestro derecho a poseer tierras.

Abraham siempre consideró a François un hombre de gran optimismo y temperamento fácil. Incluso ahora que esbozaba las más oscuras perspectivas de futuro, lo hacía con un tono de agudeza muy peculiar.

—¿Quieres irte de aquí? —le preguntó Peyre de repente.

—No.

—¿Estás seguro?

—Si nos atacan, nos defenderemos. Porque, si no luchamos, nos encontrarán donde quiera que vayamos.

—Querido amigo, te estás convirtiendo en un filósofo.

—En un simple soldado —contestó Abraham, incorporándose para agarrar una de las espadas de François. Sujetaba en sus manos la recién afilada hoja, comprobando su peso y textura, cuando el rápido repique de los cascos de un caballo al galope anunció la llegada de un visitante. Se trataba del mismo chico que una vez había acudido a él para pedirle que ayudara a su accidentado padre. Traía el rostro cubierto de polvo y su caballo estaba bañado en sudor como si fuese pleno verano y no una mañana de noviembre con un sol tan débil que apenas coloreaba el cielo.

—Hoy es mi hermano quien está enfermo —fue todo lo que dijo el muchacho.

CUANDO LLEGARON AL poblado, el chico desmontó frente a la puerta de su cueva-vivienda.

—¿Dónde está?

Las mujeres cocinaban a las puertas de sus hogares en las terrazas formadas por el terreno en las laderas de la colina, pero no había hombre alguno a la vista. Los campos de labor estaban desiertos y el bosque permanecía en un sorprendente silencio.

—Está en casa.

La puerta consistía en un único tablón de una sola pieza, extraído de algún gigantesco pino y apoyado en grandes vigas que habían sido introducidas en la montaña a base de fuerza. El chico la abrió, y cuando Abraham entró, se sintió momentáneamente cegado por la oscuridad que reinaba dentro.

Al instante oyó la puerta cerrarse tras él y percibió el aroma de sopa reciente. Frente a él, un joven yacía en un catre. Abraham avanzó unos pasos. Sin decir palabra, el chico se destapó y mostró una herida bajo el hombro derecho. Había sido producida por algo punzante; quizá una lanza.

—¿Cuándo ocurrió?

El muchacho movió la cabeza y miró hacia la puerta. Abraham volvió a oler el fuerte aroma de la sopa y se volvió. Junto a la puerta estaba Pierre Montreuil, sonriendo de oreja a oreja.

—Es un chico callado por naturaleza —exclamó Montreuil—. Por eso sufre esas heridas.

Al momento, dos guardias aparecieron a ambos lados del francés, protegiéndolo como dos inmensas torres. Parecían dos generales que arropan a un rey infante e idiota.

—Como podéis ver —continuó Montreuil al tiempo que desenvainaba su espada—, por una vez soy yo quien parece teneros a su merced. Además, por lo que veo habéis olvidado vuestro acero, lo cual es muy lamentable. Pero también os habéis olvidado de vuestra esposa, lo cual es tal vez mucho más desgraciado para vuestra integridad.

Abraham permaneció quieto con los brazos cruzados sobre el pecho. Era cierto que no había traído su espada, pero escondida bajo la capa llevaba la daga de siempre y una de sus manos ya agarraba secretamente su empuñadura.

—¿Y bien? —se mofó Montreuil—. ¿Qué ha sido de vuestro valor ahora que no tenéis mujer que os proteja?

—Haced salir a vuestros guardias y cerrad la puerta —contestó Abraham—. Entonces veremos quién es el valiente.

Montreuil soltó una carcajada. Las pupilas de Abraham ya se habían acostumbrado a la penumbra de la cueva y pudo ver que las mejillas del francés estaban rojas de orgullo e ira.

—Mirad cómo el judío intenta regatear. Pero ¿qué puede ofrecernos el rabino? No creo que su inservible vida cueste muchos florines.

Del exterior llegó el ruido de caballos aproximándose. Abraham volvió la cabeza para oírlo mejor.

—Escucha bien —le aconsejó Montreuil—, porque es una muestra de lo generoso que soy. He hecho venir a alguien que te ayudará a pasar tu última noche en la tierra: un sacerdote que te enseñe el camino al cielo.

Los caballos se detuvieron y, tras oírse unas pisadas, la figura de un hombre menudo apareció por la puerta.

—¡Padre Pablo! —exclamó Abraham.

—Venía siguiéndote —explicó Montreuil—. Sabe bien que el médico judío es en realidad un ángel de la muerte, y que adondequiera que va, los servicios de un cura son requeridos inmediatamente.

—Siento haberos descubierto —dijo el sacerdote con pesar—, pero es que esta vez no quería llegar tarde y que vuestro paciente muriese antes de mi llegada. Pensé que sería mejor no esperar a que me hicierais llamar y entonces...

—No os disculpéis, padre —le interrumpió Montreuil—. Tendréis mucho que hacer aquí antes de retiraros.

Hubo un nuevo sonido de voces y pisadas de caballo fuera de la casa, y esta vez quien entró fue un niño, el mismo que había cabalgado para avisar a Abraham.

—Monsieur, lo hemos atrapado cuando intentaba escaparse —informó un guardia a Montreuil.

—Matadlo, ya no nos sirve de nada.

El chico se mantuvo quieto y calmado. Se limitó a apartar los ojos de Montreuil para posarlos en Abraham. Los guardias se adelantaron para volver a agarrarlo.

—Dejadlo —les ordenó Abraham.

—Valiente judío, primero se pone a regatear y ahora se atreve a dar órdenes.

—No hay motivo para matar al muchacho —dijo el sacerdote interponiéndose—. ¿Qué daño puede haceros?

—Sacadlo afuera y dadle muerte —repitió Pierre Montreuil.

—¡No!

Con un abrupto movimiento, Abraham avanzó arrancando al muchacho de las manos de los guardias y colocándolo tras de sí.

—Señor Halevi, quitaos de en medio para que mis hombres puedan cumplir mis instrucciones.

Abraham sacó su daga.

—Decidles a vuestros guardias que dejen al chico o pronto no tendrán amo a quien obedecer.

Los dos hombres se interpusieron entre Abraham y Montreuil. Aunque ambos llevaban espadas y cuchillos, todavía tenían sus armas enfundadas. Abraham contempló la posibilidad de abalanzarse sobre uno de ellos, pero dudó de su impulso. Entonces se le cruzó raudo el pensamiento de que en Toledo nunca hubiera dudado en atacar. Veinte o incluso solo diez años atrás, se habría lanzado sobre ellos sin pensarlo. Sin embargo, hacía tanto tiempo que no luchaba que se le hacía difícil dirimir si en realidad hubo una época en la que supo hacerlo o todo lo que se refería a su vida pasada era un leyenda fruto de su invención.

—Apartaos, Halevi.

Sin más avisos, un guardia empezó la lucha. Pateó con fuerza la mano con la que Abraham sostenía su daga y un instante después los dedos del guardia le aprisionaban el cuello. Abraham cayó al suelo y sintió que se asfixiaba mientras le golpeaban la cabeza contra la tierra. A pesar de que empezó a perder la conciencia, se dio cuenta de que al chico lo arrastraban lejos de él, mientras gritaba aterrorizado.

Luego le obligaron a ponerse de pie y lo sacaron de la cueva fuertemente sujeto. Las mujeres y los niños del poblado formaban un círculo alrededor de ellos. En el centro, yacía el chico y estaban atándole las manos a la espalda.

A los pocos segundos trajeron un tronco de madera seccionado.

–Que esto sirva de lección a todo el que pretenda traicionarme –exclamó Montreuil mientras un guardia agarraba al muchacho por el pelo y le colocaba la cabeza sobre el tronco.

Entonces Montreuil levantó la espada y, profiriendo un gran alarido, la blandió sobre el muchacho dejándolo medio decapitado. A la vista del fiasco, Montreuil le entregó la espada a uno de sus guardias que, con un golpe más certero, acabó el trabajo de su amo.

Una vez muerto el chico, arrastraron a Abraham hasta el centro del círculo.

–Poned su cuello sobre el tronco y dadme otra vez la espada.

Abraham sintió la sangre todavía caliente del niño empapándole el rostro y la garganta. Le habían atado las manos a la espalda y lo tenían tumbado boca abajo, de forma que su cuello se arqueaba con extremada tensión para que la cabeza reposase en el tronco.

–Dime, judío, ¿no quieres hacerme ahora alguna propuesta para salvar tu vida?

Abraham mantenía los ojos abiertos y de repente la cara de Montreuil apareció en su campo de visión. Sus rasgos estaban contraídos al máximo; era una cara roja de ira, la cara de un asesino sediento de sangre. Vio que Montreuil alzaba la espada sobre su cabeza. El acero inició su silbante descenso. Abraham cerró los ojos y todo se volvió negro.

EL TRONCO DE madera emitió un estruendoso crujido al ceder su resistencia y partirse en dos. Por un momento creyó que el ruido había sido producido por la ruptura de sus propias vértebras cervicales. Su cráneo se balanceó, perdiendo el equilibrio al verse privado de su apoyo en el tronco, y Abraham pensó que su cabeza decapitada estaba rodando por el suelo, mientras, contra toda razón, seguía viviendo, oyendo, viendo y siendo testigo de los acontecimientos.

La sonora risa de Montreuil ahogó el terrible grito que, sin saberlo, Abraham había proferido.

—Te has mojado los calzones, judío.

Los guardias lo pusieron de pie y Abraham, aterrorizado y con las manos todavía atadas tras de sí, se encontró frente al francés temblando de miedo.

—¿Qué vas a hacer ahora con todo tu valor, eh, judío?

Abraham perdió el equilibrio y cayó de rodillas.

—Eso es, judío, ¡reza! Ruega por tu vida o, mejor, ruega por tu muerte. Porque antes de que Velázquez acabe contigo desearás que yo te hubiese matado hoy.

Abraham notó el sabor de la sangre. Él mismo se había mordido el labio de puro terror. Se sintió como el más cobarde de los judíos de Toledo. Había perdido el control de sí mismo como un pusilánime. Había sucumbido al miedo y se había puesto en evidencia delante del enemigo.

Montreuil levantó su espada, todavía cubierta con la sangre del niño y la limpió con la barba de Abraham.

—Prueba esto, judío. Prueba la sangre de alguien más valiente que tú.

No conseguía moverse. El miedo, en lugar de ceder una vez que el peligro iba remitiendo, había aumentado hasta paralizarlo del todo. A sus ojos, Montreuil se había convertido en un gigante. Y cada una de sus palabras tenía fuerza para herirlo.

—Adiós, judío. O, al menos, adiós por hoy. He de irme a visitar a tu esposa, y a contarle con qué honor y gloria te has cubierto en este día.

Abraham hizo un amago de ponerse en pie, pero Montreuil lo golpeó brutalmente en el rostro con la parte plana de la hoja de su espada y lo obligó a besar de nuevo el barro.

LOS GUARDIAS AGARRARON a Abraham, lo arrastraron hasta el interior de la casa excavada en la colina y cerraron la puerta antes de abandonarlo. Permaneció en el suelo, oyendo sus propios gemidos, la respiración del sacerdote y los ahogados lamentos de la madre del niño al que habían asesinado.

Al instante le llegaron las voces de Montreuil y de los guardias que le preparaban su caballo.

—Acordaos —dijo el francés—. Debe permanecer vivo. He prometido entregárselo al cardenal.

Abraham se arrastró hasta la pared y se sentó apoyando en ella la espalda y escondiendo la cabeza entre las manos. Al palpar la sangre que le cubría el cuello, notó que la espada de Montreuil le había seccionado el lóbulo de la oreja.

—Perdonadme, maese —se ofreció amablemente el sacerdote—. ¿Puedo ayudaros?

—No.

En ese momento a quienes necesitaba de verdad era a sus amigos del pasado: Antonio y Gabriela. Antonio nunca hubiera perdido su temple con tanta facilidad. Antonio no habría permitido que Montreuil lo humillara delante de un pueblo entero. Lo recordó preso, con las piernas y los brazos abiertos, en las mazmorras del cardenal, y recordó cómo le había suplicado que lo matara. Él había matado a Antonio. Pero ¿lo había vengado siquiera una vez?

Rodrigo Velázquez seguía vivo y era más fuerte que nunca. Su hermano se había convertido en uno de los propietarios de la flota española más importante del Mediterráneo. De hecho, era un hombre tan poderoso e influyente que podía traicionar a sus antiguos aliados en el comercio textil, o incluso mandarlos asesinar, sin miedo alguno a las represalias.

—SANGRÁIS —OBSERVÓ EL padre Pablo—. Dejadme que os cubra la herida.

—Estoy bien.

—Dejadme curaros de todas maneras.

Abraham rasgó una tira de tela de su túnica y se la entregó al sacerdote, cuyas manos eran hacendosas, suaves y gentiles como las de una mujer.

—¿Mejor así?

—Mejor, gracias.

—He visto lo que ha sucedido ahí fuera. Fuisteis muy valiente al no moveros. Un hombre de menos coraje habría movido la cabeza y resultado muerto.

—Un hombre de más coraje habría matado a Montreuil cuando tuvo oportunidad.

—¿Para morir con él? Sin duda se necesita más valor para permanecer vivo que para ganarse una muerte estúpida.

Abraham no replicó. Era obvio que el clérigo tenía razón. Muchas veces se lo había dicho el propio Ben Isaac. Y, sin embargo, ¿dónde estaban ahora Ben Isaac y su propia madre, esas fuentes de sabiduría acerca de cómo vivir?

Estaban muertos.

—Todos saben que sois hombre valiente —continuó el padre Pablo. Abraham negó con la cabeza.

—¿Han matado a mi hermano? —preguntó el muchacho que yacía herido en el catre. Su voz era joven y sonaba extremadamente vulnerable. Incluso en un poblado pobre como ese, era evidente que podía encontrarse tanto amor como para que los niños fueran los tesoros de cada familia.

—Lo han matado, sí —contestó el cura suavemente.

—Mi padre murió hace una semana —explicó el chico—, y mi hermano había ocupado su puesto.

—Ahora debes ser tú quien ocupe el lugar de tu hermano.

—Ya no queda nadie con quien hacer de padre, excepto mis hermanas. Pero ellas no me necesitan. Tienen a mi madre para cuidarlas.

—Siguen necesitando que un hombre las proteja.

—Yo no soy un hombre —se lamentó el muchacho—, solo soy un lisiado.

Abraham se incorporó y se acercó al catre. Retiró la manta para examinar el hombro herido del muchacho.

–No es demasiado grave –anunció–. No te dejará impedido.

Miró la chimenea. Estaba apagada del todo. Si siguiera encendida, habría podido cauterizar los bordes de la herida del chico para asegurarse de que sanaba.

–No lo decía por esta herida –explicó el muchacho.

Fuego. La idea del fuego se apoderó de la mente de Abraham y lo mantuvo absorto en sus pensamientos mientras el chico se destapaba para mostrar su cuerpo y, especialmente, las piernas. En uno de los pies llevaba una bota de cuero rígido, parecida a las que usaban los campesinos. El extremo de la otra pierna también estaba cubierto de tiras de cuero, pero debajo de este no había pie, sino un voluminoso muñón a la altura del tobillo.

–Cuando era muy pequeño –dijo el chico– estuvieron a punto de matarme porque es una desgracia nacer tan imperfecto. Pero mi madre me salvó de las comadronas antes de que pudiesen cortarme el cuello.

Abraham apenas lo escuchaba. En lugar de hacerlo, arqueaba el cogote mirando hacia arriba y examinando el techo de la cueva. Por fin encontró lo que buscaba: una ranura en la roca que hacía las veces de salida de humos. No dejaba entrar ninguna luz, pero debía esconder un pequeño túnel que llevara a la libertad.

En la habitación no había nada que pudiera valerle, aparte de una mesa. Pero, incluso subiéndose a ella, el agujero quedaba demasiado alto. El sacerdote tendría que permitirle montarse sobre sus hombros para intentar alcanzar la grieta y agrandarla.

–He traído comida –dijo súbitamente el clérigo–. Pan, queso y también vino.

A la vista de las viandas que el cura sacó de su petate, Abraham se sintió repentinamente hambriento.

–Es pan de ayer –explicó el padre Pablo–. Josephine todavía no había sacado del horno el de hoy cuando salí.

Abraham observó que al chico se le hacía la boca agua, mientras que con sus ojos seguía ávidamente los movimientos de las benefactoras manos del religioso.

–Comamos –coincidió Abraham–. Ya debe ser hora de almorzar.

–De cenar –replicó el cura–. Apenas queda luz.

FUE IDEA DEL cura llamar a los guardias una vez que Abraham se hubiese escapado por la chimenea.

–Es demasiado peligroso para vos –había dicho Abraham–. Yo podré llegar hasta los caballos. Hoy la luna no saldrá antes de medianoche.

–Suponed que los guardias os atrapan.

–Más me complacerá morir intentando escapar que a manos de Montreuil.

–Es al cardenal al único que debéis temer ahora –le corrigió el sacerdote.

–¿Lo admitís incluso vos?

–Naturalmente. También los hombres de la Iglesia viven tentados de hacer el mal. ¿No había personas corruptas en la Iglesia hebrea? Recordad que Jesucristo echó del templo a los cambistas y mercaderes avariciosos. En todo caso –continuó el padre Pablo–, si os matan no podréis ayudar a la gente cuando... –se detuvo–. No me hagáis caso. Por supuesto es impensable que intenten asaltar nuestro castillo.

Hablaban en susurros pues, a través del ojo de la cerradura, podían ver a los guardias apostados frente a la puerta y asando carne en una fogata.

–Pero es posible que hoy se presenten en él con alguna excusa y...

–Lo sé.

–Si no os hubiese seguido, yo estaría allí y podría contarse conmigo para defender la plaza.

Abraham reprimió la risa.

–¿Cómo podéis decir eso? Acabáis de afirmar que es más propio de valientes permanecer vivo que hacerse matar.

–Os seguí porque deseaba veros practicar una operación. He oído mucho al respecto, pero nunca he presenciado una.

–El sol acaba de ponerse –observó abruptamente Abraham.

–Esperad una hora más.

Abraham se volvió para tomar otro trago de vino. Una hora más. El cura tenía razón. En ese momento, o bien todos estarían muertos en el castillo, en cuyo caso nada importaba cuánto esperaran, o bien Montreuil habría pospuesto su ataque hasta el amanecer, que sería lo más lógico, y ello aconsejaba igualmente esperar.

–¿Qué haréis cuando los guardias irrumpan aquí? –preguntó Abraham.

–Les diré que seguís herido –contestó el clérigo– y que estáis tumbado al fondo de la cueva, agonizando. Mientras avanzan con su antorcha, vos tendréis la oportunidad de volver a cerrar la puerta desde fuera.

–¿Y dejaros encerrado aquí?

–Sí, pero también a ellos –el cura sonrió mostrando en su mano la daga de Abraham–. La escondí cuando os apresaron. Ahora puedo defenderme por mí mismo.

Cuando Abraham intentó sostenerse sobre los hombros del cura por primera vez, la mesa se rompió y ambos hombres cayeron al suelo de la habitación. Una vez recompusieron rudimentariamente la mesa, el chico se levantó del catre para sujetar la pierna mala de la mesa con su brazo bueno.

–Juntos formamos una pieza íntegra –observó el zagal.

–Juntos formamos un pequeño circo –apostilló el cura.

Mientras el muchacho soportaba una esquina de la mesa, el clérigo volvió a subirse al centro de ella. Luego Abraham siguió sus pasos.

–No temáis, mi padre solía bailar sobre esta mesa –aseguró el muchacho.

Al comprobar que el chico intentaba darle ánimos para escapar, a pesar de que sin duda los guardias lo matarían cuando descubrieran el engaño, Abraham se ruborizó admirando su valor.

Luego se impulsó para subirse en los hombros del cura y, mientras su escalera humana se tambaleaba gruñendo, alcanzó el techo de la cueva. Sus dedos encontraron la grieta de la salida de humos y tomó impulso hacia arriba. Durante un instante de pánico, creyó caerse al advertir lo resbalosa que estaba la piedra, recubierta por capas de humedad y hollín. Pero tras un breve escarceo para afianzar su estómago en la boca del túnel entre una cascada de piedras sueltas que caían hacia él, consiguió mantenerse sujeto. A continuación, sintió que el cura le agarraba con fuerza los tobillos y le empujaba hacia arriba. De repente se vio al aire libre.

Era ya noche cerrada, pero con el codo notó la presencia de un objeto metálico al final del tiro de la chimenea. Sin duda la utilizaban como escondite secreto. Investigó el metal y descubrió que tenía forma curva. Unos segundos después Abraham estaba de pie sobre la hierba de la colina y en su mano tenía una enorme espada cubierta de negro hollín. La hoja estaba roma y mellada, pero solo el imponente peso del arma bastaría para partir en dos a cualquier enemigo que se interpusiese en su camino.

Intentaba mantener el equilibrio en la empinada ladera cuando oyó al cura gritando a viva voz. Abraham se echó cuerpo a tierra y gateó por la hierba hasta asomarse en un altillo. Los guardias se apartaron de su fogata y se dirigieron a la casa.

–¿Por qué gritan así?

–No me importa, pero hagámosles callar.

Se detuvieron un instante junto a la puerta cerrada con llave.

–¡Está muriéndose! –gritó el sacerdote–. ¡El judío ha tomado veneno!

–Pues que se muera –contestó a voces un guardia.

–Montreuil ha dicho que su eminencia lo quiere vivo. Rápido, ayudadme a salvarlo.

El otro guardia se apresuró a abrir la puerta. Abraham esperaba agazapado.

–¡Daos prisa, se muere!

–¡Un momento! –exclamó el primer guardia–. Nos han ordenado mantener la puerta cerrada. El señor Montreuil ha dicho que lo pagaremos con nuestras vidas si el judío escapa.

–¿Desde cuándo escapan los moribundos?

Finalmente abrieron la puerta y el primer guardia entró en la cueva. Abraham intentaba decidir cómo actuar cuando el segundo levantó la cabeza y le miró directamente a los ojos. Solo unos metros separaban sus respectivos rostros. El guardia abrió la boca para chillar y Abraham se abalanzó sobre él, y le golpeó con todas sus fuerzas en plena cara con su negra espada. El hombre cayó al suelo. El médico avanzó sujetando todavía la espada, pero no tuvo ocasión de volver a emplearla porque, de repente, la cabeza del guardia se abrió en dos, como una nuez partida.

Sin atreverse a bajar los ojos para mirarlo, se dirigió apresuradamente a la cueva. El otro guardia se disponía a estampar la cabeza del cura contra la pared cuando Abraham hizo irrupción en la estancia.

A la luz de la antorcha del guardia, la espada de Abraham aparecía imponente. El hollín y la sangre se mezclaban en su hoja. El guardia dejó al sacerdote e intentó desenvainar su propia arma. Abraham avanzó sujetando la espada como si fuese una lanza y hundió violentamente su punta en el blando triángulo dibujado entre las costillas del soldado.

5

JEANNE-MARIE FUE LA primera en verlos.

Desde la noche del funeral de Robert, sus pesadillas se habían repetido con tanta frecuencia que hasta los rostros de los jinetes le resultaban familiares. Eran casi como viejos amigos que se aproximaban en fila por el camino del castillo. Sus siluetas, semejantes a las de fantasmas, se recortaban en la luz gris y azulada que precedía la salida del sol.

–¡Abraham!

Tras volver del poblado a medianoche, Abraham había pasado despierto el resto de la madrugada, haciendo conjeturas y barajando distintos planes con François. Ahora dormía profundamente con la cabeza vendada a causa de la herida en la oreja que, según dijo a todos el cura, se había producido al caerse del caballo.

–Te he dicho que no cabalgues deprisa cuando estás cansado.

–Lo siento –dijo él–, pero quería apresurarme para estar contigo.

–Hoy ha estado aquí Montreuil –comentó Jeanne-Marie–. Vino a invitarnos a la fiesta que organiza cada año. Quizá de verdad quiera hacer las paces con nosotros. Dijo que, a pesar de todo, seguimos siendo sus vecinos.

–¿Mencionó que nos hubiéramos visto en el camino?

–No. ¿Es que os visteis?

Él se limitó a intercambiar una mirada con el sacerdote y François, como si esa estúpida pregunta de mujer no mereciese ni la respuesta más sarcástica.

–¡Abraham, están aquí!

Esta vez su marido sí reaccionó. Saltó inmediatamente de la cama, agarró su camisola y se enfundó los calzones mientras corría hacia la ventana.

El día parecía haberse oscurecido. Por un momento Jeanne-Marie confió en que tanto el ambiente despejado que hacía un rato había visto como los jinetes que avanzaban por el camino fueran producto de su imaginación. Pero al instante se hicieron visibles de nuevo. Un recodo del sendero los había ocultado únicamente durante un suspiro.

Ahora Abraham se ataba al cinto la gran espada de campesino. Jeanne-Marie advirtió que sus ropas estaban manchadas y rotas. Con tan poco presentable atuendo, la gigantesca espada y la venda empapada en sangre a la cabeza, parecía un maltrecho superviviente de alguna reciente cruzada.

–¿Qué buscan? –le preguntó Jeanne-Marie.

–¡Los niños! –exclamó súbitamente Abraham, como si su mente reparase por primera vez en su existencia. Mientras él se disponía a partir, Jeanne-Marie observó que las venas de sus sienes y su cuello palpitaban con violencia. Se lanzó hacia él, abrazándolo para sentir una vez más el aire de su aliento en su cabello.

–Corre a la habitación de los niños –le ordenó Abraham, pero ella se mantenía agarrada a él, dejándose arrastrar–. Cierra las ventanas y bloquea por dentro la puerta hasta que yo te mande llamar.

Desde la ventana del pasillo podía verse claramente la llegada de los mercenarios. Se habían desplegado frente a las puertas del castillo. Formaban una fina línea de soldados, cuyo brillo metálico en la tenue luz les hacía parecer monedas ya muy usadas. Al tiempo, se oyeron gritos que procedían, no de esos soldados en formación, sino de la parte de atrás del castillo.

Jeanne-Marie se volvió hacia esas voces al tiempo que caía en la cuenta de que otro grupo de soldados debía haber escalado los muros traseros y recorría ya los patios.

—¿Qué hacemos?

—Quédate con los niños, te necesitan. Y acuérdate de no dejar entrar a nadie hasta que no me oigas llamarte desde fuera.

Abraham abrió la puerta del dormitorio de los niños y Jeanne-Marie vio que ya estaban despiertos. María le estaba dando el pecho a Sara mientras Joseph permanecía a su lado, ignorando completamente lo que estaba ocurriendo.

—Guarda esto, por si acaso —le susurró Abraham a su mujer al tiempo que ponía una daga en su mano y le besaba en los labios. Recién levantada, todavía conservaban el calor del sueño nocturno. Jeanne-Marie apretó la sudorosa palma de su mano en torno al cuchillo. Cuando Abraham se marchó, ella se obligó a recorrer calmadamente la distancia hasta la puerta y a asegurarla con una barra. Luego cerró también las ventanas y dejó la habitación sumida en una noche repentina. Su corazón latía tan rápido que ahogaba incluso los sonidos de la lucha. Abrazada a Joseph, tuvo la sensación por unos instantes de que les había llegado su hora y se encontraban inmersos en el profundo silencio de sus tumbas.

ABRAHAM PERMANECIÓ INMÓVIL en el vestíbulo. Su pánico inicial se había desvanecido para dejar paso a una angustia paralizante, la misma que había sentido cuando Montreuil blandió la espada sobre su cabeza el día anterior. Tras oír que Jeanne-Marie apuntalaba la puerta, se volvió entreabriendo la boca, como si quisiera pronunciar su nombre una vez más. Entonces comprendió que la elección se le presentaba en términos muy simples y claros: podía quedarse con su familia o ir al encuentro del peligro y luchar.

Entonces, espada en mano, oyó la voz de François que venía desde el patio central. Sonaba altanera, burlona y estruendosa y se elevaba sobre los gritos de los soldados como si proferir maldiciones a gritos pudiese acobardar a los enemigos que lo rodeaban.

Volviendo la espalda a la habitación donde se refugiaban Jeanne-Marie y sus hijos, Abraham se lanzó decidido a recorrer el pasillo. Bajó por las escaleras de atrás, para que nadie detectase su presencia y a través de la zona de la servidumbre, en la cual no se oía ruido alguno, llegó hasta la puerta trasera de las despensas. Desde allí entró en la cocina y entonces vio algo muy parecido a aquello de lo que había escapado veinte años antes en Toledo. Los criados yacían muertos por todas partes en una sanguinolenta escena. Josephine estaba sentada a la mesa cuando le dieron muerte por detrás. Ahora su mejilla descansaba en el tablero y sus brazos reposaban abiertos en cruz. La habían dejado clavada a la mesa de roble, como si fuese un insecto en un panel de disección, atravesándole la espalda con una espada.

A los pies de Josephine, el sacerdote yacía boca arriba. El cuchillo con el que intentó defender a la fiel sirvienta se le había caído de la mano, y el tajo curvo que le seccionaba la garganta sobrecogió profundamente a Abraham.

Cruzó la puerta de la cocina en dirección al patio principal. También este estaba sembrado de cadáveres. El resto de la servidumbre se había concentrado en ese lugar. Casi todos estaban muertos, pero algunos seguían vivos y aullaban de dolor pidiendo ayuda. En mitad del patio, François permanecía de pie. Había formado un pequeño triángulo defensivo con los dos veteranos de las guerras con Inglaterra. Se mantenían apiñados, espalda con espalda, repeliendo las acometidas de una docena de mercenarios de Montreuil.

–¡Cobardes! –gritó Abraham, levantando la espada encontrada en la chimenea y encarando a los soldados que venían contra él.

Como una exhalación, el acero cortó el aire y Abraham volvió a sentirse como cuando tenía dieciocho años. El sudor le corría por la espalda y los brazos. Manejaba la espada con tanta destreza que pronto toda la batalla giró en torno a él, bailando al son que marcaba, mientras los hombres de Montreuil, uno a uno, o bien se retiraban atemorizados, o bien caían muertos.

Una, dos, tres veces, su brazo derecho encontró el blanco que Antonio y Claudio Aubin le habían enseñado a buscar. Tres veces su acero se hundió tan hondo en los puntos sensibles de sus víctimas que pudo sentir cómo la vida abandonaba sus cuerpos incluso antes de consumar la estocada.

Súbitamente, Abraham se vio rodeado de un extraño silencio y miró a su alrededor. Todos los asaltantes estaban muertos o heridos, mientras François y los dos veteranos lo observaban. Frente a ellos, las puertas del castillo estaban abiertas y se veía cómo el último vestigio de los hombres de Montreuil se daba a la fuga en deplorable estado.

–¿Los perseguimos y matamos o los dejamos ir? –preguntó François con tono enérgico y sardónico.

–Dejémosles ir –contestó uno de los veteranos con mesura. Cuando Abraham se volvió hacia él, vio que el hombre caía hacia adelante sosteniendo sus armas frente a su vientre. Se arrodilló junto a él y le retiró la túnica de soldado.

A través de una hendidura en la cota de malla que le protegía el abdomen y el pecho se le salían las tripas. De hecho formaban ya una especie de hernia similar a un brillante y húmedo nido de serpientes.

–Sí, DEJADNOS IR. Será muy generoso por vuestra parte.

Montreuil en persona había retornado y se encontraba de pie a las puertas del castillo. Estaba desarmado y parecía diminuto bajo el gigantesco portalón de entrada. Vestía una túnica púrpura y la banda escarlata de la corte.

–Habéis olvidado vuestra espada –observó François con desprecio, y, dicho esto, tomó una de manos de un soldado muerto y la lanzó contra Montreuil–. Usad esta, y así al menos no moriréis desarmado.

–Hoy no creo que haya necesidad de que yo muera –replicó Montreuil.

A una señal suya, una docena de jinetes a caballo penetraron en el patio del castillo y rodearon a sus tres únicos defensores.

Durante un instante nadie hizo movimiento alguno. A través de una ranura en las ventanas Jeanne-Marie observaba esta imagen congelada: Montreuil permanecía junto a las puertas como un conquistador enano; Abraham, François y los dos veteranos, rodeados por la caballería mercenaria, se mantenían a la espera, como un cuello a cuyo alrededor se tensará la soga.

Montreuil avanzó afectadamente por el patio mientras contaba sus hombres muertos y a los criados abatidos. Hasta los más heridos, observó Jeanne-Marie, se cuidaron de respirar o dar señales de vida, no fuese que alguien decidiese probar su acero en ellos.

–¡Qué recepción más silenciosa! No nos habéis dispensado una correcta hospitalidad ni a mí ni a mis hombres.

–A los cerdos se les recibe en las pocilgas –contestó François.

Volvió a hacerse un silencio. Montreuil se volvió y, con los ojos, comenzó a recorrer lentamente las ventanas del castillo. Buscaba pequeñas aperturas e indicios. Jeanne-Marie se apartó inmediatamente de la balconada. A los niños los mantenía escondidos en el interior de un armario que podía cerrarse por dentro. Les acompañaba María, cuya misión era mantenerlos en completo silencio, mientras su señora se enfrentaba sola con cualquiera que penetrase en la habitación.

–Vuestra hermana –continuó Montreuil, dirigiéndose a François– debe haberos hablado de la invitación que os extendí para mi baile de mañana por la noche.

–Lo hizo.

–Sin embargo, ahora que soy yo quien viene a visitaros ella no hace acto de presencia. Tampoco a vuestra esposa la veo por ninguna parte. ¿Se esconden ambas?

–Tal vez todavía duermen, porque vuestros hombres –contestó François señalando a su alrededor– son bastante silenciosos.

–Mucho silencio –repitió Montreuil.

Desde arriba, Jeanne-Marie captó que Montreuil miraba más allá de sus adversarios y que, a espaldas de estos, otros seis mercenarios habían trepado un muro y ahora esperaban órdenes.

–Sois muy valiente –observó François– al afrontar vuestros duelos rodeado de un ejército.

–No todos mis duelos –le corrigió Montreuil con rabia. Tras lo cual, se dirigió a voces a sus hombres–. ¡Encontrad y apresad a las mujeres y los niños! Si se resisten, haced con ellos lo que os plazca.

Los hombres vacilaron por un momento, buscando con la mirada posibles accesos al interior del castillo. Jeanne-Marie sintió que su corazón se aceleraba hasta que su latido se convirtió en un estruendo que apenas le permitía respirar. Además, el sol era ya plenamente visible en el horizonte. Su gran círculo amarillo la cegaba.

–¡Ahora! –gritó Montreuil, y al instante los hombres desaparecieron de la vista de Jeanne-Marie, escondiéndose bajo el tejado de las cocinas.

–María, atranca la puerta.

La sirvienta aseguró por dentro las puertas del armario sin replicar y Jeanne-Marie renunció a besar a los niños para no alarmarlos. Aunque luego pensó que sería estúpido esperar que les pareciera normal estar encerrados en su propio armario, mientras María los sujetaba para que no pudiesen hablar ni moverse.

–El cardenal ha solicitado el honor de entrevistarse con el señor Halevi –anunció Montreuil–. Por tanto, si vuestros hombres deponen las armas y tienen la gentileza de dejarse atar, os doy mi palabra de honor de que conservaréis vuestras vidas.

–¿Por cuánto tiempo? –preguntó François.

–No soy Dios –replicó Montreuil–. No puedo garantizaros la inmortalidad y menos la inmortalidad de los judíos.

Jeanne-Marie oyó un estruendo de pasos en el corredor. Luego los soldados aporrearon la puerta e intentaron abrirla valiéndose de sus hombros y patadas. Pero la puerta aguantó e hicieron una pequeña pausa para conferenciar. Al poco tiempo, oyó que se retiraban.

Justo cuando se dirigía al armario para reconfortar a los niños con sus palabras, oyó que por el pasillo arrastraban algún mueble pesado y que lo levantaban entre alaridos de esfuerzo. Ya era demasiado tarde para esconderse en el armario junto a los demás. Jeanne-Marie contuvo el aliento haciendo grandes esfuerzos para no desmayarse.

Los hombres cargaron a la carrera con su improvisado ariete y esta vez la puerta de roble se resquebrajó, aunque la barra de seguridad la mantuvo cerrada.

A la siguiente acometida, abrieron una grieta de arriba abajo y por ella se coló el olor amargo del sudor de los soldados. Hubo un momento en el que, tras dos intentos, parecieron desistir y buscar un acceso más fácil. Pero otro potente grito anunció la tercera embestida. Por fin las bisagras cedieron y la puerta se abrió. Jeanne-Marie se mantuvo en el centro de la alcoba, mirando fijamente a los ojos de los mercenarios. Y entonces, sin apenas pensarlo, apuntó la daga de Abraham hacia su propio pecho y la hundió con todas sus fuerzas en su corazón.

CUANDO ABRAHAM VIO que sacaban el cuerpo de su esposa por la ventana del cuarto de los niños, sintió en el pecho un impacto tan terrible como si lo hubieran vaciado. Inmediatamente, blandiendo su enorme espada de campesino, se lanzó contra el jinete más cercano y lo derribó cortándole el muslo en dos.

Montó el caballo, lo espoleó con furia y fuera de sí agitó en el aire su espada, blandiéndola en grandes círculos y dispuesto a decapitar a todos y cada uno de los atacantes. François y el veterano ileso se sumaron a la lucha y, en apenas un momento, había un montón de hombres y caballos agonizando en el polvoriento suelo.

Los gritos se reanudaron cuando los soldados que venían del piso superior del castillo acudieron raudos a incorporarse al nuevo combate. Al guardia de François lo apresaron por la espalda. A François lo rodearon tres hombres y lo acorralaron en una esquina. Para entonces Montreuil ya se había montado en su caballo y lo animaba con gritos desesperados a correr hacia las abiertas puertas del castillo.

Sujetando las riendas con una mano y la espada con la otra, Abraham se lanzó al galope en su persecución. Pero el caballo tropezó con los cadáveres de dos mercenarios y casi cayó a tierra. Cuando caballo y jinete recuperaron el equilibrio, Montreuil cabalgaba a toda velocidad, escapando del escenario del combate.

Abraham intentó seguirlo, pero la montura arrebatada al mercenario era lenta y pesada. Parecía tener en sus venas sangre de vaca. Por ello, a pesar de no cejar en su persecución, Abraham perdía terreno, y habría tenido que acabar abandonando si no hubiese sido porque el caballo de Montreuil se trastabilló y su jinete salió despedido hacia delante.

Cuando Abraham le dio caza, el francés gemía en el suelo, quejándose de sus huesos rotos. Por su parte, el caballo, ileso, logró salir de la zanja, una trampa camuflada con maleza, y partió galopando hacia su cuadra.

Abraham desmontó y se aproximó a Montreuil, que se volvió para mirarle a los ojos.

–Vos sois médico –gimoteó–. Habéis hecho juramento de ayudar a los heridos.

Sonó un ruido inesperado, y al volver la cabeza Abraham se encontró tras de sí al chico lisiado del poblado de campesinos que salía de detrás de un árbol. Llevaba una pala al hombro y sonreía irónicamente.

–Mi padre siempre me dijo que para enterrar a alguien lo primero es cavar su tumba.

–Te ordeno –balbuceó Montreuil–, como señor tuyo y representante del rey y del Papa, que me libres de las garras de este judío.

–Mi padre también me dijo –continuó despreocupadamente el zagal– que para matar a un enemigo lo primero es estar dispuesto a aplastarlo.

Sin más palabras ni vacilaciones, levantó la pala de hierro y le reventó el cráneo. Después, dándole una patada con su pierna buena, hizo rodar al cadáver de Montreuil hasta dentro del agujero que había cavado en el camino.

–El cura me dijo que sería demasiado peligroso para mí acompañarlo a caballo al castillo, así que lo seguí a pie. Y esta –añadió mostrando su pala– es la única arma que tengo.

Abraham se tambaleó y se hubiese caído del todo si el muchacho no se hubiera apresurado a sostenerlo.

–Ahora debemos darnos prisa –murmuró el chico–. Tenemos que escondernos en el bosque hasta que todos los jinetes hayan regresado a sus casas. Luego iremos al castillo y el cura nos dirá lo que hemos de hacer.

Pero antes de que los mercenarios volvieran a pasar por allí, una columna de humo se elevó en el horizonte y su olor acre inundó la campiña. Pronto llegaron los soldados al galope y todos ellos, sin saberlo, pasaron por encima de la tumba de Montreuil. El muchacho la había cubierto con arena y ramas.

Cuando Abraham y el chico llegaron al castillo, ya era de noche.

En el centro del patio se apilaban muchos cuerpos junto con los trozos del mobiliario roto que habría de alimentar la hoguera. Sirvientes, niños y soldados de ambos bandos iban a ahumarse juntos como animales cocinados para una gigantesca fiesta.

Por encima de ellos, no se sabe si por accidente o a propósito, se distinguía la única figura reconocible que permanecía a modo de testigo sordo y mudo. Jeanne-Marie colgaba de la ventana por una cuerda y se balanceaba como un gran muñeco cuyo vestido mecía el ondulante humo.

LIBRO V

Bolonia

1410-1419

1

En 1410, EL año en que mataron a Robert de Mercier y destrozaron la vida de Abraham Halevi, Francia, así como España, Alemania e Inglaterra, se había convertido en un lugar muy peligroso para los pocos judíos que quedaban allí.

La Inquisición se había instaurado en algunos países y terminaría haciendo lo mismo en casi todos, pero a pesar de sus éxitos una seria crisis afectaba a la Iglesia. Desde 1378 el cisma papal se había agravado, y había pasado de ser un incidente grotesco a convertirse en un problema profundo. A la cristiandad le urgía más que nunca sanar la herida que dividía a la Iglesia, porque amenazaba con minar su indiscutida autoridad sobre el individuo y los demás poderes, haciéndola susceptible de ser fácilmente manipulada tanto por los fanáticos como por los reformistas.

Ninguno de los dos papas parecía dispuesto a renunciar al papado y era una tarea ardua forzar a alguno de ellos a hacerlo. Las autoridades francesas habían sitiado al Papa de Aviñón y le habían cortado los suministros, intentando hacerle claudicar de pura inanición. Sin embargo, la maniobra les salió al revés y Benedicto XIII emergió de la crisis con mayor determinación y más apoyo popular que nunca.

Al mismo tiempo el Papa italiano siguió clamando que era el único legítimo. Bien pertrechado militar y financieramente, el papado sito en Italia se mostraba dispuesto a aguantarle el pulso a su rival de Aviñón, por mucho que durara. La espera fue su estrategia maestra.

Esta relativa calma religiosa se combinó con el habitual clima de caos político, lo que convirtió a Italia en la región más variopinta y tolerante de Europa. A pesar de las disposiciones contra la práctica del judaísmo, seguía siendo un refugio para todos aquellos que escapaban del rigor impuesto en los demás territorios. Y también sería el lugar en el que echaría sus raíces el gran Renacimiento de las ciencias y las artes. En 1410 todavía faltaban cuatro décadas para que naciese Leonardo da Vinci, pero el movimiento de las artes hacia el centro del escenario histórico ya había comenzado.

LA LUZ DORADA bañaba la Plaza Mayor. El sol se reflejaba en las baldosas de piedra recién tallada, como si cada una de ellas fuese la reluciente cara de un enorme brillante, o como si esta joya de Bolonia y de todo el norte de Italia tuviese la fuerza de reflejar a su gusto los amarillos rayos hasta que, como sucedía en el sueño del astrólogo, este reflejo pudiera suplantar al propio sol y convertirla en la Ciudad de la Luz, una fuente de iluminación, un luminoso canto a Dios, que en cualquier momento podría cortar sus ataduras con su base terrenal y elevarse majestuosa y livianamente hacia el centro del cielo.

Desde la zona reservada a los banqueros, Gabriela Hasdai de Santángel tenía una perfecta visión de la plaza. Elevada sobre una pequeña plataforma, podía ver por encima de las cabezas de los vagabundos y buscavidas que pululaban entre la muchedumbre en busca de una moneda o algún objeto de desecho que pudieran aprovechar. Los únicos que obstaculizaban en parte su visión eran los propios comerciantes que trataban con ella.

Le llamaban la Conduttrice, la conductora, la gobernanta, aunque no a la cara. Era la bruja judía que había llevado a la tumba a su primer marido y que ahora tal vez hiciese lo propio con el segundo: León Santángel, el diletante retoño de una arraigada y respetable familia.

La Conduttrice también tenía debilidad por los coches de caballos negros y ostentosos. A menudo se la veía en esos rápidos carruajes, sola o con algún familiar, transitando a todo galope por las calles de Bolonia. Aunque nunca lo hacía en sábado, porque la judía guardaba celosamente los preceptos de su religión acerca del *sabbath,* durante el cual iba y volvía caminando desde su casa a la sinagoga y, en alguna ocasión, incluso con piadosas lágrimas en los ojos.

Las bromas acerca de sus costumbres y de sus apelativos eran siempre mesuradas y prudentemente discretas, porque, junto a un cierto desprecio, la señora Santángel inspiraba un considerable temor. Gabriela cerraba sus tratos con la fuerza de un mazo de hierro golpeando el yunque del herrero. No en vano su posición se sustentaba en el poderío del imperio comercial de Juan Velázquez.

A la derecha de Gabriela, justo detrás de los mercaderes que intentaban convencerla de que sus cargamentos de seda llegarían a tiempo de que pudiesen satisfacer sus cuantiosas deudas con Velázquez, se sentaba su hija Sara. Era una niña de siete años, agraciada y fina, que había sobrevivido a una epidemia de tifus que se declaró en Bolonia y mató a su hermano.

–La señora tiene que comprender –repetía uno de los mercaderes– que no podemos garantizar el ritmo de navegación de los veleros. Tal vez se han retrasado por las tormentas que han barrido Constantinopla. Si cerramos cuentas ahora, antes de que haya concluido la temporada, nos veremos abocados a la bancarrota. ¿Señora, me estáis prestando oídos?

–Por supuesto, pero repetidme otra vez qué me pedís.

–Nada, señora. No pedimos nada del señor Velázquez ni de vos. Solo queremos que nos concedáis tiempo para pagar honorablemente nuestros créditos abiertos.

–Os entiendo –contestó Gabriela–, pero el momento honorable de pagar una deuda es antes de que haya vencido.

–Señora, os he explicado que el barco con nuestras mercancías todavía no ha llegado. En cuanto toque puerto y dispongamos del género, os pagaremos.

–¿Cómo voy a aceptar que me paguéis cuando llegue vuestro navío si no podéis decirme cuándo ocurrirá eso?

Gabriela sabía que ese comerciante era uno de los que se tomaban la libertad de difamarla a sus espaldas, y luego, un minuto más tarde, se atrevía a venir con ruegos y sudores a suplicar el aplazamiento de sus deudas.

–De acuerdo –contestó, sin embargo, visiblemente aburrida–. Venid a verme la próxima semana.

Todos los viernes, como antesala del *sabbath*, Gabriela concedía audiencia sentada en su butaca sobre una plataforma. Allí oía las excusas de todos aquellos que no podían pagar, como también las ingeniosas argucias de quienes solicitaban crédito comercial. Raúl Santángel, hermano de su marido y también empleado en la compañía de Velázquez, le susurró al oído las particularidades del caso siguiente.

Mientras le escuchaba, ella miró más allá del peticionario y, una vez más, vio una extraña figura. Era la segunda vez que veía a aquel hombre esa mañana. En esa ocasión, estaba apoyado en las columnas que se alineaban en la parte frontal del Palacio de la Alcaldía. Ocultaba su rostro en las sombras de la columnata. Cuando Gabriela intentó escudriñarle los ojos, el hombre volvió a desaparecer. Y entonces ella ya solo vio los andamios y escaleras que utilizaban ciertos de artistas, mamposteros, escultores y pintores que de continuo refinaban o añadían piezas arquitectónicas y ornamentos. De manera que, ya que el poder de la luz no conseguía elevar hasta el cielo la ciudad, sus miles de imágenes de vírgenes, ángeles y santos garantizaban al menos el disfrute de lo más parecido a eso: una visita guiada a sus luminarias.

–Señora –comenzó de nuevo Raúl sin obtener respuesta.

Gabriela había vuelto a ver al extraño personaje en la parte norte de la Plaza Mayor, sentado en la escalinata de la catedral de San Petronio. Los escalones eran notablemente amplios, como requería un edificio enorme cuya construcción exigió la demolición previa de barrios enteros para hacerle sitio. El hombre se había instalado confortablemente en ellos y permanecía con los brazos extendidos como si hubiese encontrado una nueva casa. A su lado, parcialmente oculto tras los pliegues de su capa, había un niño.

—Perdonadme, volveré al momento. ¡Sara, Sara, ven conmigo!

Gabriela se puso en pie y, cogiendo de la mano a su hijita, corrió hacia la catedral. Una vez inmersa en el gentío, ya no pudo ver al hombre, y cuando llegó a la escalinata, nuevamente había desaparecido.

—Creí haber visto a alguien que... ¡Allí está!

Ahora se le veía de cuerpo entero. Estaba admirando el más ornado de los edificios, el Palacio de los Notarios. Con este se completaba en la plaza la presencia de los poderes eclesiástico, político, jurídico y financiero.

—¡Aquel! —exclamó Gabriela—. Estaba segura de que el hombre que se apoyaba en las columnas era un viejo amigo mío.

Sin embargo, ahora que su rostro emergía de las sombras, Gabriela ya no estaba tan segura. El hombre era demasiado corpulento, tenía el cabello muy blanco y vestía con ropas andrajosas. Según se aproximaba, pensó que en realidad parecía poco más que un mendigo. Solo su forma de caminar se asemejaba a la de Abraham Halevi. Era rápida, grácil, segura. Cubrió la distancia que los separaba con grandes zancadas.

ABRAHAM HALEVI ERA un nombre que Sara había oído bastantes veces. Pero ahora que se había presentado en su casa, aquel hombre y su leyenda le resultaron todavía más misteriosos. Gabriela le había hablado de Abraham Halevi como de un gran hombre. Un portento cuya lengua podía expresarse en doce idiomas y cuyas manos podían entrar y salir de cualquier cuerpo dejando solamente las más insignificantes cicatrices. También lo describía con la palabra «elegante». «Era tan elegante que todas las mujeres de Toledo se enamoraban de él», le había dicho su madre. Pero lo único que Sara sabía a ciencia cierta era que ella sí debió haberse enamorado, porque cuando pronunciaba su nombre su voz se tornaba más suave e invariablemente llena de nostalgia.

Sin embargo, ese forastero no se parecía en nada al retrato que su madre había pintado. Incluso después de bañarse, Abraham olía a sangre y viajes. Peinaba raya en medio y sus cabellos le cubrían los hombros como greñas. Su barba era gris y larga, con la punta venciéndose hacia un lado, como si quisiese evitar algo.

En cuanto a su hijo, cuya existencia su madre no había mencionado nunca, solo podía decirse que tenía un aspecto aún más desastrado que el del padre. El sol le había quemado la polvorienta cabellera en parches desiguales. La cara la tenía tan bronceada que parecía negro. Estaba muy delgado y todo él parecía una criatura felina que se aferraba a su padre. Tampoco daba la impresión de que su boca o sus oídos le sirviesen para mucho.

Cuando tras la cena Sara lo cogió a solas en un rincón y le preguntó su nombre, el chico fue incapaz de responder.

Pero tal vez su estupidez fuera herencia del padre. Pues cuando a este le pidieron, en calidad de huésped de honor, que bendijese los alimentos, su lengua, supuestamente magistral, se limitó a silabear unos confusos sonidos silbantes, vacilando y dando por concluido el trance como si quisiera escabullirse.

Además, le temblaban los cubiertos mientras comía. ¿Cómo podía ser cirujano un hombre con esos temblores? Abraham le parecía a Sara mucho más viejo que cualquiera de sus padres. Tenía una piel arrugada y seca. La frente estaba surcada de líneas marcadísimas. El dorso de sus manos presentaba unas venas protuberantes y azulonas.

Se había negado a acompañarlos a la sinagoga antes de la cena, con la excusa de que necesitaba descanso, pero el descanso no parecía haberle ayudado mucho. Su aspecto era ahora el de un hombre incluso más viejo y exhausto que cuando lo llevaron a casa tras encontrarlo en la plaza.

Retiraron los platos principales y trajeron frutas a la mesa. Sara vio cómo el extraño tomaba una naranja. La peló arrancándole la cáscara con unas uñas todavía terriblemente sucias. Luego sus manos parecieron perder su energía. Mantuvo frente a sí la naranja durante un largo tiempo, paralizado. Sara miró al niño, sentado al otro lado de la mesa. La criatura, como todos los demás, observaba atónito a su padre. Su atención se concentraba en la naranja que seguía inmóvil entre sus dedos.

–Dicen que este año dará una gran cosecha de vino –dijo León Santángel rompiendo el hielo–. El tiempo ha sido excelente. Hemos tenido tanto sol que las uvas están deseando resguardarse en los barriles.

Abraham rebuscó en su capa y sacó una daga de aspecto raro.

–Señor Halevi, ¿cómo va la vendimia en su región?

El invitado no respondió y se limitó a sostener la naranja en la palma de una mano mientras apoyaba la daga en su piel. De repente hizo rotar el fruto y un instante después la cáscara entera, cortada en espiral, caía sobre la mesa.

Sara se inclinó hacia adelante, maravillada, y súbitamente el extraño se volvió hacia ella.

–¿Cómo te llamas? –le dijo. Tenía un peculiar acento, pero Sara le entendió perfectamente.

–Sara.

–Yo también tenía una hija. La mataron. Y se llamaba Sara, como tú.

Ahora el extraño la miraba fijamente y Sara sintió que la leyenda emergía, cautivándola.

–Lo siento –dijo la niña. En su boca las palabras sonaron amables, aunque inútiles. Se las había oído pronunciar a su padre, León Santángel, cuando un criado le relató la pérdida de un hijo.

—Yo también lo siento —contestó él. Luego exhibió una gran sonrisa y Sara comprendió que, después de todo, Abraham Halevi era un hombre joven. Tenía los dientes blancos y brillantes. Y cuando sonrió, Sara dejó de ver su barba gris y pudo apreciar el pelo negro azabache que relucía con el jabón y el aceite recién aplicados.

—¿Puedo ofreceros una copa de licor? —le preguntó León—. Tenemos la fortuna de contar con una remesa de licor excelente. Un regalo de los socios comerciales de mi esposa.

—¿Una copa del licor de Velázquez? Sí, ¿por qué no? ¿Por qué no varias? Mañana tendré tiempo de seguir llorando mi luto. Esta noche celebraré mi suerte de encontrarme entre amigos. —Cuando llegó el licor, Abraham alzó su copa—. Por mi hijo Joseph, que ha sido tan bueno y valiente, y por Sara, para que sea como su madre, sabia, agraciada y bella.

Sara cayó en la cuenta de que era la primera vez que se pronunciaba el nombre de Joseph durante todo el encuentro. Lo repitió, Joseph, y al decir su nombre también comprendió que, a pesar de todo, el niño también tenía oídos, porque las orejas se le pusieron rojas como cerezas.

2

A LA MAÑANA siguiente, Abraham acompañó a la familia desde su puesto en la galería comercial hasta la sinagoga. Gabriela lo vio sentarse junto a su esposo León. Ahora ambos hombres estaban tan cerca que sus hombros se tocaban.

Cuando el rabino se aproximó para que le fuera presentado el extraño, Abraham sonrió y aceptó la invitación de ser él quien leyese, como huésped de honor, los textos de la Torá.

Se levantó, anduvo hasta el altar y se inclinó sobre el libro con un porte tan sincero, piadoso y humilde que Gabriela estuvo a punto de volver a creer en él. Erguido en toda su estatura frente al rollo de pergamino, estaba muy guapo. El sufrimiento padecido purgaba toda la ira y los deseos de venganza que pudiesen reflejarse en su rostro. Haber sido testigo de las penurias ajenas lo hacía comprensivo y dulce.

Por un momento pensó que Abraham había encontrado la fuerza de corazón para aceptar su propio destino y convertirse, si no en un nuevo Moisés que sacase a su pueblo de la esclavitud y lo llevara a la libertad, sí en un buen judío, dispuesto a reconocer los lazos que le unían a su Dios.

Abraham leyó lentamente los ancestrales textos hebreos, pronunciando las palabras al estilo español, con mucha dignidad. Pero al acabar, cuando se volvió hacia la congregación y abrió los brazos en amable gesto, Gabriela vio con espanto lo mismo que los demás: bajo su chal de seda para los rezos, Abraham llevaba al cinto dos imponentes cuchillos.

El rabino fue el único en todo el templo que, por estar situado detrás de Abraham, se perdió la escena. Por tanto, en lugar de recriminarle, se acercó a él y le puso el brazo por los hombros.

–Has sufrido mucho, hijo. Encuentra junto a nosotros la paz.

Más tarde, León le dijo a Abraham que a Dios no le gustaba que sus hijos se presentasen armados a adorarlo.

–Y supongo –contraatacó Abraham durante la comida del *sabbath*– que Dios tampoco quiere que sus hijos sobrevivan al encontrarse con sus enemigos.

En la mesa había un nuevo invitado, un rabino de Florencia que tosió con intención de hablar. Pero León se le adelantó.

–Dios tiene todo el poder. Si quiere que vivas, te mantendrá vivo. Y si quiere que mueras, unos simples cuchillos no podrán protegerte de su destino.

–Unos simples cuchillos me han protegido muchas veces.

–Yo nunca he recurrido a la violencia –expuso León con aspecto de ser buen embaucador.

Gabriela, callada, observaba cómo los niños alternaban sus miradas entre Abraham y León. Sara y Joseph parecían haberse aceptado mutuamente en solo un día. Es más, parecían utilizarse recíprocamente en sustitución de aquellos a los que cada uno de los dos había perdido. Ahora, como niños que eran, escuchaban con curiosidad a los adultos, permaneciendo alerta al más leve signo de desacuerdo o debilidad.

–Ha habido muchos grandes guerreros –observó tímidamente el rabino invitado.

–Sin embargo, los imperios construidos por guerreros siempre han sucumbido –replicó León–. Hasta Israel se ha visto perdido más de una vez.

Gabriela vio que Abraham adoptaba una expresión de disgusto, cerrándose a la discusión. Tal vez pensaba que León era un tonto, o tal vez pensaba que tenía razón; en cualquier caso, solo Abraham era lo bastante idiota como para mostrar abiertamente su desprecio por el hombre que le estaba brindando cobijo. ¿Quién se creía que era? ¿Un profeta iluminado al que todos debían admirar porque sí?

Si lo echaban a la calle, tendría suerte de sobrevivir una semana más, aunque llevara esos cuchillos tan brillantes. Además, desde que las noticias de lo que había sucedido en Montpellier se extendieron por Bolonia, únicamente había quedado un hogar judío dispuesto a proteger a Abraham de la ira del cardenal Velázquez. Ese hogar era el de León Santángel, empleado de Juan Velázquez.

—Perdón, señor Santángel.

León se volvió inmediatamente hacia Joseph, que se dirigía a él en español y estaba sonrojado por su propia audacia.

—¿Podría decir una cosa?

—Desde luego que puedes.

El niño vaciló un instante, moviendo los labios como si su nerviosismo le hubiera hecho perder la capacidad de hablar español. Por fin consiguió articular palabra.

—Señor Santángel, soy muy afortunado de que nos hayáis acogido junto a vos.

—Es un placer hacerlo —contestó León al tiempo que cogía de nuevo su vaso, dando por hecho que el chico solo le había interrumpido para agradecerle su hospitalidad.

—Pero, señor, si vos no fueseis un hombre poderoso, ¿no nos echarían de aquí del mismo modo que nos echaron de Francia?

León sonrió.

—Soy poderoso, pero todo mi poder no es nada en comparación con el del ejército de Bolonia o el de las fuerzas del Papa.

—Entonces seguimos aquí —añadió el pequeño— porque ellos lo toleran.

—Todo hombre existe porque sus vecinos lo consienten. Por eso debemos respetarnos unos a otros nuestros derechos. A esto lo llamamos el poder de las leyes y el derecho. Y es un poder mayor que el de la espada.

Joseph asintió con la cabeza.

—Si es así —observó el rabino—, el chico se preguntará por qué su padre, vuestro huésped, ha de ir armado en la sinagoga, e incluso aquí, en casa de su gentil y sabio anfitrión.

POR LA NOCHE, ya acostada, Gabriela recordaba perfectamente la expresión que había captado en el rostro de Abraham. Era una expresión ceñuda, oscura, sombría, aunque intentase disimularla con una helada sonrisa de burla. Luego se había disculpado para retirarse a su habitación, el aposento de invitados que les habían cedido a él y a su hijo. Tras esto, Abraham no se dignó volver a bajar a la sala hasta la cena, a la cual se presentó con la misma expresión sombría, propia de un hombre a punto de morir víctima de su particular agonía interna.

Lo había perdido todo. Eso era lo único que le había explicado mientras ella los conducía a su casa desde la Plaza Mayor. Si no hubiera sido porque Joseph sobrevivió milagrosamente, había añadido Abraham, se habría quitado la vida.

—¿Qué harás ahora? —preguntó Gabriela.

—Tengo un plan.

Sin embargo, no se lo reveló. En realidad no habían dispuesto de un solo instante en el que poder hablar libremente, desde aquel breve intercambio de noticias durante el corto trayecto entre la escalinata de la catedral de San Petronio y la casa de los Santángel.

Ahora las veinticuatro horas del *sabbath* concluían con el tradicional ritual que León se empeñó en que todos realizaran. Las preocupaciones se agolpaban en la cabeza de Gabriela: los invitados del *sabbath,* las comidas, las oraciones, la rueda de su propia vida que, junto a León, giraba chirriando y crepitando con insufrible lentitud.

Abraham apareció de la nada y León le concedió al instante un espacio propio. Dormía en la alcoba amueblada con esmero para los invitados; se sentaba en la sinagoga a la diestra de León, en un banco pagado con el oro de Juan Velázquez; rezaba cubierto con un chal de oración que en su día perteneció al abuelo de León; durante las comidas, tenía el privilegio de conversar con León y con los eruditos de Bolonia, a quienes este gustaba de invitar a su mesa.

–Aquí, en Bolonia –explicó León–, vivimos ya en una época con la que ni Francia ni España todavía sueñan. Nuestra principal fuente de inspiración es la belleza, la divinidad del alma humana. Hoy mismo hay más artistas trabajando en Bolonia que los que el resto del mundo ha tenido en toda su historia.

–Extraordinario hecho.

–Me complacería mucho disponer, con vuestro permiso, que vuestro hijo tomara lecciones de pintura. Su maestro sería un amigo a quien admiro profundamente, Giovanni de Módena. Acaba de recibir el encargo de pintar los frescos de la catedral de San Petronio y su taller es el más fascinante de toda la ciudad.

En Toledo, Gabriela había vivido en las afueras con la familia de su hermana. Allí tenía libre acceso a Abraham y se compadecía de quienes residían en el agobiante y abigarrado centro, rodeados por la muralla de la ciudad.

Sin embargo, ahora era ella quien vivía agobiada. Cuando le ofreció a Abraham una bandeja de plata con pescado ahumado, lo más que recibió a cambio fue una forzada sonrisa. Cuando León propuso que a su hijo le enseñaran a pintar imágenes de la Virgen, Abraham se limitó a mirarle por encima de la mesa, dejando que sus ojos se posaran en él expresando tan poco apasionamiento como los de cualesquiera de esas imágenes. Y cuando las mangas de ella y Abraham se rozaron al pasar, Gabriela siguió su camino.

El primer día tras la inesperada visita, Gabriela se había quedado dormida como una niña, contenta de saber que Abraham se encontraba cerca y a salvo. Pero luego se despertó a medianoche, convencida de estar oyendo el lento y sigiloso sonido de sus sandalias cruzando el jardín empedrado. Al mismo tiempo oyó la respiración de su marido y sintió el peso y el calor de la pierna que, posesivamente, le había puesto encima mientras dormía.

Durante los tres años que habían pasado desde su último encuentro con Abraham en Toledo, y tras la consiguiente sensación de traición y amargura que le había dejado, Gabriela apenas pensó en él. Sin embargo, ahora que lo había encontrado de nuevo, le parecía que esos años los había vivido sin verdaderamente vivir y sin ningún propósito.

El segundo día Gabriela no durmió en absoluto. Pasó horas intentando permanecer quieta en la cama y, finalmente, se levantó. Durante toda la jornada había buscado un momento para estar a solas con Abraham, y ahora que él tal vez estaba en el jardín, decidió ir a su encuentro y verlo; si no estaba allí, al menos podría llorar su ausencia en paz.

En un rincón del cuarto había una lámpara de noche que todavía ardía. Emitía una luz dorada que le daba a su piel un aspecto terso y joven. Gabriela había perdido la costumbre de fijarse en sí misma y se cubrió el pecho con las manos en un gesto de defensa. Un gran espejo la esperaba en la pared opuesta y vio su reflejo en él.

Con aquella luz tenue, se encontró con una mujer de formas sugestivas y proporcionadas, que cubría con timidez su desnudez, reservándola para el amante que confiaba estaba esperándola.

Buscó rápidamente su ropa. Primero se ciñó una combinación de seda que resbaló ajustadamente por su cuerpo, acariciando su vientre y marcando sus pezones, erectos por los pensamientos que su mente esbozaba a medias. Sobre ella se puso una túnica de lana que volvió a esconder sus formas, convirtiéndola de nuevo en una mujer madura. Sin embargo, seguía teniendo una cabellera que le llegaba a la cintura, como la de una muchacha. Desde que se casó con León, su pelo era más tupido que nunca, y tenía algún mechón plateado que ella disimulaba lavándoselo con henna.

Se colocó el pelo sobre los hombros y, moviéndose silenciosamente con los pies descalzos, salió de su dormitorio y se asomó a un balcón que daba al jardín.

Abraham permanecía inmóvil, sentado en un banco de piedra. Tenía las piernas cruzadas y sus manos reposaban en su regazo con las palmas abiertas hacia arriba.

Gabriela volvió a sentir una ráfaga de deseo. Era Abraham. Era el hombre al que ella había amado de verdad. ¿Y por qué no? ¿Es que no era digno de ser amado profundamente?

Bajó las escaleras muy despacio, de una en una. Él volvió la cabeza hacia ella. Gabriela apartó los ojos y bajó la mirada hacia sus pies, que se resentían de la fría piedra.

—Eres tú —dijo él.

Ella se sentó en otro banco, frente al de Abraham. En el jardín había árboles cuidadosamente plantados en maceteros de granito a intervalos regulares. La luz de la luna se reflejaba blanquecina en la superficie fría de esas enormes urnas, lo que hacía que el lugar pareciese un viejo cementerio romano. De hecho, de acuerdo con las palabras de León, los bancos y urnas de piedra, así como las vasijas y macetas de arcilla roja, eran valiosos tesoros encontrados por los excavadores de tumbas. Reliquias del tiempo de Cristo, e incluso más antiguas.

—Te fuiste sin decirme adiós.

—Quise escribirte —aseguró Abraham—, pero ahora he hecho incluso algo mejor: estoy aquí.

—Mejor —se apresuró a repetir Gabriela, notando que se sonrojaba sin poder evitarlo. ¿Qué le estaba ocurriendo? Su corazón palpitaba, los pulmones se le tensaban con cada aliento; todo su cuerpo se sentía incómodo e incluso encogido.

Abraham se incorporó y salió de las sombras. Un rayo de luz blanca iluminó su cara y, de repente, la luna le otorgó el aspecto de un legendario profeta cuyos ojos brillaban como carbones y cuyos labios permanecían entreabiertos.

–Abraham...

Gabriela no supo bien lo que había pasado, ni si ella se había movido hacia él, pero se encontró súbitamente en el suelo, delante de Abraham y con las manos en sus muslos. Eran más delgados que antes, los músculos parecían cuerdas de hierro, o bien podían haber sido hechos con el mismo material que el de los bancos. Él puso sus manos sobre las de ella.

–Abraham –repitió Gabriela apoyando la cabeza contra el cuerpo de su amado. Los alargados dedos de él buscaron la nuca de ella, palpando después su cuello y su espalda, bajo la cabellera suelta. Gabriela sintió su propia respiración contra las piernas de él, y su deseo se abrió como una flor en sus entrañas.

Las manos de Abraham encontraron ahora los ojos, las mejillas y los labios de Gabriela. Y entonces, justo cuando ella estaba segura de que ninguna fuerza en la tierra podría privarla de arrastrarlo sobre su cuerpo y dentro de su ser, mientras su marido dormía a apenas unos pasos de distancia, Abraham habló.

–Gabriela, quiero que me ayudes.

–¿A qué? –susurró ella.

–A matar a Rodrigo Velázquez.

Al oír estas palabras, el deseo de Gabriela súbitamente se transformó en temor. Quiso decir algo, pero se limitó a pensarlo. «Mientras me lleves contigo, mientras que escapemos juntos, mata al cardenal Velázquez o haz lo que quieras.» Por un segundo se permitió a sí misma soñar con el desconocido país en el cual el hombre al que había amado toda su vida correspondería a su amor.

–Sabes que fue él quien destruyó mi vida. Torturó a Antonio, organizó el incendio de Toledo, mató a Jeanne-Marie y a Sara. Es hora de que pague sus deudas.

–¿Y después?

Abraham se encogió de hombros.

–No hay duda de que sus guardias también buscarán venganza.

–Tal vez podríamos arreglar tu fuga –dejó caer Gabriela para ver si él aprovechaba la oportunidad de hacerle alguna propuesta de escapada que la incluyera.

–Estoy cansado de huir. El único motivo por el que he venido a Bolonia es para matar a Velázquez.

–¿Y cómo te figuras que yo puedo ayudarte?

–Velázquez vendrá a Bolonia la próxima semana, ¿no es verdad?

Ella asintió. Todo el mundo sabía que en pocos días iba a consagrarse una nueva capilla en la catedral de San Petronio. Para dicha consagración el Papa de Aviñón enviaba como emisario a su más insigne cardenal que se uniría al emisario del Papa de Roma. En Italia se interpretaba este gesto como prueba del tan ansiado reconocimiento de que el papado le correspondía a Roma, y que el Papa de Aviñón, Benedicto, estaba dispuesto a superar el cisma despojándose de sus títulos. Pero todos sospechaban que el ganador último de toda la partida podría ser el propio cardenal Velázquez. Siendo español y disfrutando de excelentes apoyos tanto en Italia como en Francia, era sin duda un candidato ideal para ser el Papa que pusiese fin al cisma.

–¿Qué te propones hacer?

Seguían muy juntos, casi abrazados. Gabriela sostenía la mano de Abraham entre las suyas. La aguda punzada del deseo había remitido, pero su ánimo ya se había entregado a Abraham.

–He oído que tu marido hablaba de cierta recepción –dijo él en voz muy baja–, en la que los comerciantes de Bolonia darán la bienvenida al gran cardenal procedente de Aviñón.

–¿Y quieres que yo te facilite el acceso a ella?

–Exactamente. Me llevarás allí como invitado tuyo y yo mataré a Rodrigo Velázquez.

–Supongo que también habrás planeado –observó Gabriela sarcásticamente– decirle unas últimas palabras, para asegurarte de que al menos sabe quién se está vengando.

–Eres idiota –replicó él secamente, apretándole las manos con tanta fuerza que ella se estremeció y protestó. Pero

Abraham no aflojó el puño y Gabriela sintió que esos mismos dedos que acababa de besar tiernamente temblaban de deseo de matar.

—Abraham, yo te amo y te quiero vivo.

—Si me amas, ayúdame a matar a Rodrigo Velázquez y luego déjame morir. León tenía razón: una vida que se ha preservado solo a base de violencia carece de valor.

Gabriela se zafó de Abraham, cuyo rostro se había convertido en el de un loco. Era un rostro acuñado por los asesinatos que había contemplado y por los asesinatos que había cometido.

—¿Amabas a Jeanne-Marie?

—Sí.

—¿Amabas también a tus hijos?

—Sí, y es por mis hijos, por Joseph, por quien te pido ayuda. Quiero que lo cuides cuando yo muera.

—Si le quieres —dijo finalmente Gabriela—, y si quisiste a Jeanne-Marie, ese amor tiene que ser más fuerte que tu odio hacia Rodrigo Velázquez.

—Joseph estará mejor contigo. Yo albergo dentro demasiada amargura.

Ahora, a la luz de la luna, su rostro se había suavizado y Gabriela vio dos plateadas hileras de lágrimas correr por él.

—Me prometiste —añadió Abraham— que siempre serías mi amiga. Eres la única amiga que tengo.

La máscara de Abraham, que había estado a punto de disolverse, amenazaba con volver a esconderlo. En alguna parte, quizás enterrado en su amargura o quizá todavía capaz de mirarla incluso con compasión, debía seguir existiendo ese hombre al que ella había admirado.

—Te ayudaré —concluyó Gabriela—, pero no en la recepción. Eso sería demasiado arriesgado. Tengo una idea mejor. Cuando llegue a Bolonia, Velázquez se alojará en casa de monseñor Spannelli, un napolitano con inmenso poder aquí, en Bolonia, y muy cercano a los hermanos Velázquez. Conozco bien su casa porque en ella me hospedaron la primera vez que vine a esta ciudad.

Abraham escuchaba sin interrumpirla.

—La casa está protegida por un muro cuyas puertas permanecen siempre cerradas o guardadas. Pero no lejos de esa entrada hay un callejón en el que un hombre podría esconderse de noche. Si ese hombre estuviese allí cuando Velázquez volviera de la recepción, podría matarlo.

Él guardó silencio.

—Abraham, mi plan te otorga la oportunidad de cambiar de idea y seguir vivo. Podrías iniciar una nueva vida aquí. Bolonia tiene la mejor escuela médica de Italia. Estoy segura de que sigues siendo un gran cirujano.

—No —gritó él retirándose hacia atrás abruptamente y tropezando con una de las vasijas de León, que se hizo añicos con gran estruendo.

—¡Era una pieza muy valiosa!

Gabriela levantó la vista. León los observaba desde el balcón, con los codos en la barandilla, como si hubiese estado de espectador durante toda su conversación.

—Ha sido un accidente —exclamó Gabriela—, producto de una discusión entre viejos amigos. Quizá nos afectó el espléndido licor regalo de Velázquez.

—Creía que los españoles aguantaban bien la bebida —añadió León, perfectamente calmado y ecuánime, mientras descendía hacia ellos por la escalera de piedra. Puso la mano en el hombro de Gabriela y ella hizo esfuerzos para no demostrar su repulsión. Un momento después fue capaz de abrazar por la cintura a su marido y atraerlo hacia ella melosamente.

—Lleva mucho tiempo sin hogar —le aseguró Gabriela—. Pero ahora que está aquí descansará de sus viajes y volverá a ser el que era.

3

COMO HACÍA SIEMPRE, incluso cuando dormía en lechos apropiados para actividades mucho menos solemnes, el cardenal Baltasar Cossa se despertó media hora antes del amanecer. Por un instante, permaneció inmóvil, comprobando que, efectivamente, había pasado la noche en solitario. Luego se levantó y anduvo hasta la alcoba donde rezaba. Allí se arrodilló y empezó a recitar sus maitines.

Al principio su voz denotó que se encontraba aún somnoliento, pero enseguida fue ganando energía hasta convertirse en aquella a la que estaban acostumbrados sus muchos admiradores. Era una voz autoritaria y gentil a la vez. Una voz que le salía de lo profundo del pecho y que transmitía el significado sutil de las palabras de sus oraciones en latín, poniendo de manifiesto que el cardenal conocía bien esa lengua y los textos que pronunciaba. Una voz que pasaba de una frase a la siguiente impregnada de la confianza de un orador, pero libre de la insistencia o necesidad de convencer de un político. En resumen, era la voz de un hombre de la Iglesia que al mismo tiempo era un renombrado arquitecto, un humanista, un soldado, una personalidad entregada tanto al amor por el poder, característico de la vieja era, como al amor por la razón, propio de la nueva.

Cuando concluyó sus rezos, el cardenal se quitó su camisón de noche, una túnica larga y áspera que todavía torturaba su piel, y se lavó con agua fría. Luego se puso un blusón de seda –pues sin duda una noche de privación merecía un día de lujos–, y lo cubrió con la sotana blanca que llevaba por las mañanas.

Para entonces, el sol matutino empezaba a bañar el suelo de sus aposentos. El cardenal oyó que en otras partes de la gran mansión los demás también se levantaban, pero en cualquier caso, cuando salió a su jardín privado, este estaba como siempre todavía vacío.

La mañana se presentaba bajo un cielo de suave color limón, cuyo velo de brumas era tan fino que el luminoso azul del fondo se translucía como la sombra de una vena bajo la blanca piel de una hermosa mujer. Y el pensar en bellas mujeres momentáneamente distrajo al cardenal. Volvió a recordarse a sí mismo que, durante casi una semana entera, había sido casto. Su padre solía decir que en la castidad residían la buena suerte y la buena salud.

Era una mañana extraordinariamente bella, pensó el cardenal. Hacía un tiempo espléndido, lo cual no era extraño, pues había rezado para que lo fuese. Y si el tiempo era espléndido, mejor que mejor. No había objeto cuya belleza no fuera realzada por aquel sol: el granito, el mármol, la textura de los nuevos frescos y, sobre todo, las espectaculares vidrieras de colores y rosetones lucían en todo su esplendor, mientras el sol obraba en ellos maravillas y los elevaba desde la mera belleza hasta la armónica perfección.

Al poco tiempo, y también como siempre, un sirviente le trajo una taza de caldo y un trozo de pan. El caldo era de tuétano de hueso hervido con un toque de vino y el pan venía reforzado con unas buenas lonchas de carne. El cardenal Baltasar Cossa se lanzó de buena gana a dar cuenta de su desayuno. Hoy habría de vérselas con su gran rival, un hombre al que se tenía por tan gran *condottiere*, o guía de gentes, como a él mismo.

Ese hombre era Rodrigo Velázquez, fiel servidor de Benedicto, a quien el cardenal Cossa consideraba persona infame por haberse erigido por su propia cuenta en Papa de Aviñón.

Cuando unos años antes Velázquez se presentó en Italia para entrevistarse con Bonifacio IX, el encuentro se tornó tan feroz que tres días después el Papa murió. Nadie pudo asegurar si en el hecho pesó más una posible apoplejía latente o la humillación recién sufrida.

El criado retiró los restos del desayuno, y los reemplazó por una botella de vino y los nuevos bocetos del arquitecto de la catedral de San Petronio. Cossa se inclinó, primeramente, por prestarle atención al vino.

Cuando décadas atrás entró al servicio de la Iglesia, los sacerdotes veteranos le dijeron que quien empieza cada jornada con santos hábitos se pone en marcha en su camino hacia el cielo.

—No soy la clase de hombre que quiera pasarse la vida marchando por los caminos —contestó el recién nombrado cardenal—. Me limitaré a intentar cubrir una pizquita del trayecto cada día.

El repique de los martillos de los albañiles y los artesanos de mampostería llevaba veinte años marcando el ritmo al que se movía la ciudad de Bolonia. Y el cardenal en persona había supervisado los más relevantes trabajos durante la mitad de ese tiempo. ¿Puede un hombre que ha conocido el sabor del vino y las maravillas del amor y que ha sido testigo de tantas escenas de muerte permanecer del todo insensible a la belleza?

Confiando en sus consejeros, el cardenal contrató a los mejores pintores y escultores de Italia, y desafiando a políticos, revoluciones e incluso a un ejército sitiador junto a los muros de la ciudad, había conseguido que los trabajos continuasen ininterrumpidamente hasta en las situaciones más adversas.

Sus seguidores lo consideraban un hombre de mundo que había escogido poner su experiencia al servicio de la Iglesia. Solo sus enemigos y detractores lo presentaban como un mujeriego cuya vida privada cubría de oprobio y vergüenza al clero.

La neblina se disipó y desde su jardín el cardenal pudo ver, libres de su velo, las colinas de rabioso verde que rodeaban la población. Había comenzado la jornada de trabajo. El cardenal se volvió hacia su asistente personal, que seguía allí esperando, y le encargó citar a sus consejeros para un último encuentro antes de la crucial cita con Velázquez.

Para el mediodía el sol ardiente había transformado aquella bruma color limón del comienzo en oro fundido. En la Plaza Mayor, tanto los transeúntes como los vagabundos buscaban el frescor de la sombra cobijándose bajo los arcos del Palacio de la Alcaldía o del Palacio de los Notarios. También sobre los puestos de los banqueros se había levantado una carpa de lona para proteger del calor a mercaderes y demás concurrentes.

Únicamente los trabajadores que laboraban en las escaleras de la catedral estaban a total merced del sol. Llevaban jubones blancos y sombreros, pero tenían los brazos rojos y renegridos tras la prolongada exposición. Además trabajaban a un ritmo frenético para completar las diferentes historias de la Biblia que tallaban en las distintas columnas. Por lo general, a esas horas paraban para comer y así evitaban los rigores del mediodía. Pero hoy no habría respiro hasta que el cardenal no acudiera, inspeccionara y aprobara el trabajo hecho.

Sin embargo, el cardenal seguía en el interior del templo, conversando interminablemente, como venía haciéndolo ya durante más de una hora. A los obreros, que estaban muertos de hambre y a punto de desmayarse por el prolongado esfuerzo y el inusual calor, les informaron de que el cardenal se encontraba atendiendo a una delegación del más alto rango procedente de Aviñón.

El cardenal y sus invitados habían hecho su entrada espléndidamente ataviados y engalanados. Los dos principales protagonistas vestían la sotana púrpura del colegio de cardenales, con sus correspondientes sombreros de ala ancha, y se habían bajado de un lujoso carruaje que aún los esperaba frente a la escalinata del pórtico. A cada uno de ellos le acompañaba una extensa corte de consejeros y guardias armados, los cuales permanecían esparcidos por los escalones en pequeños grupos, mientras el cardenal y su homólogo se entrevistaban dentro en completa privacidad.

A una distancia de cien pasos del carruaje, apostado en las sombras de las columnas del Palacio de los Notarios, Abraham Halevi observaba la escena. Al igual que los cardenales, él también se había vestido para la ocasión. Parecía un próspero comerciante levantino, tocado con un gran sombrero que lo protegía del sol y enfundado en una túnica larga. Se había recortado su barba color sal y pimienta, y tenía el rostro y las manos bruñidos por el sol meridional. La piel se le tensaba sobre el puente de su nariz aguileña.

Ahora que iba bien vestido y había visitado al barbero, pasaba por ser uno más de los miles de acicalados extranjeros que visitaban Bolonia. Y, en compañía del cochero de confianza de Gabriela, había recorrido los distintos barrios de la ciudad en una especie de gira turística durante las horas previas.

Tras haberle enseñado incontables plazas dominadas por su correspondiente iglesia y haberle explicado con profusión de detalles las hechuras de cada torre que se alzaba coronando las casas aristocráticas, el cochero informó a Gabriela de que Abraham no albergaba el menor interés en la historia de la ciudad adoptiva de ella.

Ni siquiera la espléndida ornamentación de los portales interiores y exteriores había conseguido despertar su admiración. De hecho, su huésped solo había prestado verdadera atención cuando se internaron en el barrio del comercio, zona que el cochero siempre había considerado la menos digna de interés en su espléndida ciudad.

Prácticamente carentes de guarnición, las casas estaban rodeadas por jardines vallados, de forma que los ricos podían proteger sus preciados bienes, manteniéndolos fuera del alcance de los necesitados. En realidad, a ojos del cochero, el barrio del comercio era incluso más aburrido que el barrio judío.

Pero el señor Halevi insistió en que dos veces repitiesen su recorrido cultural por él y que cada una de las veces lo transitasen en un sentido. Hasta preguntó en qué casa residía el célebre comerciante Spannelli. Tanto se entretuvieron en la visita que llegaron tarde a la entrada de los cardenales al templo.

–¿Creéis vos que los cristianos unificarán su Iglesia? –preguntó el cochero, que había oído vaticinar tal cosa al señor León Santángel.

Su huésped no contestó.

–Espero que no lo consigan –añadió el cochero en voz baja y mirando alrededor–. Porque si se unen se harán más fuertes. Y si se hacen más fuertes, perseguirán a los judíos.

En Múnich, antes de que el cochero y su familia salieran de allí, habían obligado a los judíos a llevar en la espalda un distintivo con un círculo amarillo. Simbolizaba una moneda de oro. La primera vez que lo llevó, paseando por la calle con su hermana, la chiquillería se dedicó a perseguirlos a pedradas. Una de las piedras, afilada como una cuchilla, le alcanzó en pleno centro del círculo amarillo, rasgó su túnica y lo hirió en la espalda. Le había dejado una pequeña cicatriz, un prominente bultito que todavía podía sentir cuando en la cama se giraba deprisa o cuando se apoyaba en algo duro.

EN EL INTERIOR de la catedral, los pilares se abrían en tres ramas para sujetar el techo artesonado como grandes setas. Parecía que el corazón de la ciudad se hubiese abierto súbitamente y de él manase, no sangre, sino un frío silencio presto a albergar solemnes ecos.

La luz que entraba por los ventanales teñía con grandes parches de colores el inacabado suelo de mármol e iluminaba los innumerables cúmulos y galaxias que formaban las motas de polvo suspendidas en el aire.

A cierta distancia de los cardenales se encontraba un hombre al que era habitual, si no obligado, ver en el templo. Se trataba del pintor Giovanni de Módena. Durante el último mes había trabajado sin descanso para tener acabados los frescos antes de que se produjera la insigne visita que estaba teniendo lugar. Pero nadie se había acordado de informarle de que dicha visita iba a producirse en ese preciso día.

–¡Miradlo! –dijo el cardenal Cossa, señalando a De Módena, que estaba encaramado a un andamio retocando las manos de un piadoso testigo de la crucifixión–. Ha pintado tantas imágenes de la Virgen que su pincel casi sabe cómo hacerlo sin esperar instrucciones.

El cardenal condujo a Velázquez hacia el fresco.

–Ved las figuras junto a la cruz. Mirad qué bella y casta es esa, y cómo abre los brazos para recibir la verdad de Nuestro Señor. Mientras que aquella otra representa a un anciano feo y contrahecho, listo para visitar su tumba. –El cardenal Cossa abrazó por el hombro al cardenal Velázquez–. Le pedí a maese Giovanni de Módena que pintase ambas figuras porque simbolizan las profundidades de nuestra lucha. La doncella joven, bonita y casta representa a la verdadera Iglesia. El viejo lisiado es la sinagoga hebrea, la gastada portadora de la verdad divina, a la cual ha de sustituir la Iglesia.

Se interrumpió como si la idea de que la Iglesia surgiera para suceder al judaísmo fuese tan original e innovadora que la hubiese concebido él en ese mismo instante.

–Sin embargo –comentó Velázquez–, aunque solo haya un verdadero Dios y una verdadera cristiandad, existen dos Iglesias.

–Es cierto –contestó Baltasar Cossa, observando que el fiero Rodrigo Velázquez que tanto había intimidado al papa Bonifacio por el momento no había salido a relucir. Acababan de pasar casi una hora intercambiándose saludos y cartas de sus respectivos dignatarios y solo ahora el cardenal español traía a colación el cisma eclesiástico.

–Una religión con dos Iglesias puede ser fuente de confusión incluso para el más sabio de los hombres –observó.

–Estoy de acuerdo –aseguró Cossa advirtiendo que su homólogo había empezado a sudar a pesar del frescor reinante en la catedral.

–Se dice –aventuró Velázquez sin más rodeos– que vos mismo aspiráis a resultar elegido.

–Alguien sugirió mi nombre, me consta –admitió Cossa–. Pero lo hizo contra mi deseo, pues yo me complazco en servir al papa Gregorio.

–No obstante, a menudo tiene mayor atractivo ser gobernante que servidor.

Se sentaron en un banco de los artesanos y Velázquez se acercó a Cossa, casi tocándolo. Era un hombre grande, bastante más de lo que parecía a primera vista, pensó el cardenal italiano. Había oído que Rodrigo Velázquez, en la cúspide de su vigor, era la peor pesadilla para quienes encerraban en las cámaras de tortura de Toledo.

Cossa asintió con la cabeza, sin retroceder una sola pulgada.

–¿Vos y yo –continuó Velázquez, abandonando súbitamente el latín y hablando en italiano– qué sabemos de libros? Vengo de una familia de comerciantes. Mi hermano posee una flota de navíos. Vos mismo fuisteis capitán de barco. Ambos sabemos que toda esta pugna anticuada es como una disputa de familia.

–Habláis con mucha razón –coincidió Cossa–, pero ¿también sabe esto el hombre al que llamáis Papa?

–Todos hablan de vuestra persona como el candidato perfecto para el papado italiano –prosiguió Velázquez–. Y si ese Papa, fuereis vos o fuere otro, se aviniese a hacer ciertas concesiones, entonces quizá...

–Sin embargo –le interrumpió Cossa–, es vuestra estrella la que luce con mayor fuerza en el actual firmamento. Si por desgracia Pedro de Luna encontrase una inesperada muerte, sin duda seríais vos quien le sucederíais.

Velázquez se había aproximado tanto a Cossa que solo un par de dedos separaban sus rostros. El cardenal italiano se apercibió del olor a ajo y cebollas que emanaba del aliento de su interlocutor.

–Por desgracia, cualquiera puede morir –sentenció Velázquez.

–¿Me estáis amenazando, eminencia? –Cossa introdujo la mano bajo su sotana donde guardaba prudentemente una daga–. Tengo entendido que vuestras víctimas se desgañitan pidiendo clemencia, pero están atadas al potro y yo no lo estoy, cardenal.

–Y yo tengo entendido –contestó Velázquez– que los italianos son demasiado pusilánimes para utilizar el potro. En lugar de eso, dejan volar libremente a los reos.

Se refería, como bien sabía Cossa, a la célebre historia del papa Urbano, que había acabado con varios cardenales disidentes arrojándolos varias veces de lo alto de un edificio al suelo. El único que había sobrevivido a la purga, un octogenario cardenal veneciano, exclamó: «Pero, Santidad, ¿no ha muerto ya Cristo por nuestros pecados?»

Cossa se puso en pie.

–¿Para qué habéis venido a Bolonia?

–He venido como emisario de paz –respondió Velázquez–, como mensajero de buena voluntad.

–Entonces, si queréis abandonar con vida esta ciudad, os sugiero que os comportéis pacíficamente y con buena voluntad.

Ahora fue Velázquez quien se incorporó. Tenía el rostro encendido, escarlata, de un rojo más vivo y profundo que el más espectacular de los personajes pintados por el genial Giovanni de Módena.

–Abandonaré Bolonia como y cuando me plazca. Y si alguien pretende impedírmelo, sabré cómo actuar.

Velázquez extendió sus enormes manos, cuyas palmas parecían palas y cuyos dedos semejaban sogas capaces de aprisionar el gaznate de cualquiera. Cossa, aun aferrando su cuchillo, retrocedió.

–Coincido con vos en que es una pena que no seamos aliados.

–Tal vez todavía podamos serlo.

–Hay obstáculos que contemplar.

–No hay obstáculo que sea por siempre insuperable.

El cardenal Cossa se rio. No le extrañaba que ese hombretón hubiese asustado de muerte al pobre papa Bonifacio. Era incluso más animal de lo que le habían contado.

–Amigo mío, verdaderamente inspiráis terror.

–Sin embargo, no os veo aterrorizado.

–No lo estoy –afirmó Cossa señalando con la cabeza hacia el otro ala de la catedral. Luego observó cómo Velázquez seguía con la vista sus indicaciones y, allí, en postura bastante insolente, descubría a una docena de hombres con la espada ya en mano.

–Ahora –añadió Cossa invitando a Velázquez– debemos concluir nuestra revista al templo, porque empiezo a tener mucha hambre y sed, eminencia.

Para su satisfacción, Cossa observó que Velázquez temblaba de ira y entonces añadió:

–¿Veis vos, cardenal Velázquez? En la vida he sido arquitecto y capitán de los mares, profesiones para las cuales es imprescindible planear los movimientos por anticipado. Así se previene que la súbita tormenta se lo lleve a uno por delante.

–Lo recordaré –aseguró Velázquez posando de repente su gigantesca mano en el pecho del cardenal Cossa, cuyo corazón empezó a palpitar sin control.

–Estáis inquieto –observó.

–Os equivocáis.

–Mirad –ordenó Velázquez, y volvió la palma de su mano para que Cossa la viese y descubriera el cuchillo oculto en ella. La hoja plana había estado apoyándose, sin que Cossa se apercibiera, en su alterado corazón.

–Besad mi anillo –bramó Velázquez, y le ofreció su otra mano.

–No hagáis una locura.

–Besadlo, digo.

Los ojos de Baltasar Cossa se abrieron aún más. En la penumbra que los envolvía, Rodrigo Velázquez se disponía a clavarle el cuchillo. Cossa volvió a mirar el rubí que el cardenal español lucía en su dedo anular y titubeó un instante más, pero Velázquez ya sabía que había ganado el pulso.

El cardenal italiano hincó en tierra la rodilla y su cabeza se inclinó hacia el anillo.

Velázquez sintió en la piel el aliento de su adversario, a quien consideraba un pirata viejo. Seguidamente, Cossa se incorporó con los ojos brillándole.

–Y ahora –concluyó el cardenal español, que se preciaba de saber bien cuándo recurrir al cuchillo y cuándo dejarlo de lado– yo haré lo mismo hacia vos, porque os respeto como a un igual.

Dicho esto, se inclinó y apartó la vista de Cossa, para agachar la cabeza, ofreciendo su cuello al hombre al que había humillado. Al exponerse, sintió una extraña mezcla de satisfacción y peligro.

Como los caballos a los que de niño había aprendido a domar, como los herejes a los cuales había ofrecido una puñalada cuando su agonía era insufrible y los tenía ya rendidos, Cossa se había convertido en territorio conquistado.

–Amigo –llamó a Velázquez cuando salieron de nuevo a la soleada plaza–, amigo mío, es posible que vuestra visita resulte en hecho grato para ambos.

La guardia de Cossa les seguía a pocos pasos, pero Velázquez se sentía del todo despreocupado. Únicamente habían visto a dos cardenales rindiéndose honores recíprocamente tras su encuentro privado.

Cuando llegaron a la escalinata, la luz era tan fuerte que le cegó por un momento. Pero mientras Cossa hablaba con sus artesanos, él vio que la multitud de curiosos se aproximaba, admirándolo de inusual manera. Cuando se dirigía con el cardenal italiano al carruaje que los esperaba, sostuvo la mirada de un hombre que lo observaba con fijeza.

Enseguida le vino a la mente su nombre.

–¡Halevi! –dijo, pero nadie contestó.

El hombre avanzó unos pasos y el cardenal supuso que se había equivocado.

Aquel sujeto era claramente un mercader y no un médico. Además, Velázquez estaba al tanto de lo que le había sucedido a toda la familia de Robert de Mercier. Era cierto que Montreuil había muerto de una caída del caballo, pero el capitán de su guardia mercenaria juró que todos los judíos de las tierras propiedad de Robert de Mercier habían sido pasados a cuchillo, incluso los niños, cuyas cabezas ensartaron en picas como un aviso para todo aquel que pudiera necesitarlo. En cuanto al resto de habitantes de las fincas, había habido tantos muertos que los mercenarios quemaron los cadáveres, pues su entierro hubiera resultado muy trabajoso.

A Rodrigo Velázquez le constaba que lo habían hecho, porque había percibido con sus propias narices el desagradable olor de la carne ardiendo. El viento del este lo llevó desde las ruinas de la casa de De Mercier hasta las puertas de la mansión de Montreuil, al otro extremo del valle, donde en aquel momento se encontraba él, porque había cabalgado hasta allí para consolar a la viuda y agradecerle los valiosos servicios que su esposo había prestado a la Iglesia y al reino.

4

ABRAHAM CAYÓ AL suelo con suavidad, aunque con un ligero retumbo, y ese sonido bastó para que Joseph se pusiera en movimiento. Agarrando su capa, se acercó a la ventana. Había robado un cuchillo de la cocina, pero la idea de hundir su hoja en la carne de persona alguna le hizo estremecerse.

Se mantuvo un momento expectante junto al quicio de la ventana y entonces vio que su padre salía corriendo de entre las sombras de los establos de la casa de los Santángel y desaparecía rápidamente al doblar una esquina.

Joseph se lanzó al vacío sin pensárselo más y cayó sobre las cuatro extremidades. Se golpeó la rodilla contra el empedrado, pero se levantó al instante y avanzó con sigilo tras su padre.

Pasados unos minutos Abraham se detuvo frente al muro de una gran mansión. Mientras tanto, muy asustado, Joseph se apostaba en un callejón cercano. Desde allí vio cómo su padre daba unos pasos hacia adelante y hacia atrás, a corta distancia del muro de aquel jardín cerrado hasta que, de repente, saltó para agarrarse en el extremo superior del muro, al tiempo que sus pies trepaban afanosamente por las piedras.

El día anterior Abraham había llevado a su hijo a pasear por aquel vecindario. Y cuando pasaron junto a esa casa, Joseph reparó en una ventana abierta, donde una doncella sacudía las alfombras. Ahora veía a su padre dirigirse hacia aquella misma ventana, forzar su cerradura y saltar abruptamente al interior de la casa, donde desapareció de la vista del asustado chiquillo.

LA BOCA DEL cardenal se abría exageradamente con cada inhalación. Rodrigo Velázquez practicaba sus viajes oníricos carraspeando, mamando, resoplando y roncando.

Abraham se acercó a él empuñando una espada. Matar a un hombre estaba muy mal, pero matarlo mientras dormía, incluso si se trataba de una venganza, le resultaba imposible.

–¡Cerdo! –gritó.

Velázquez se limitó a agitarse en sueños. No cabía duda de que los fantasmas que visitaban su conciencia le llamaban cosas mucho peores. Abraham levantó la espada. ¿Por qué andarse con tantos remilgos? Lo único que conseguiría despertando a Velázquez era que le resultara más difícil de despachar.

–¡Cerdo! –repitió Abraham.

Pero, repentinamente, un bulto en el suelo, que él había tomado por una capa tirada, se movió hacia él. Era un guardia que se apostaba allí y que obviamente se había quedado dormido. Pero ahora avanzaba cuchillo en mano.

Abraham se arrodilló y, justo cuando el guardia se abalanzaba sobre él, le hundió la espada en el vientre con todas sus fuerzas. El hombre, que por su escaso peso debía ser tan solo un muchacho, se desplomó lanzando un corto pero agudo grito. Abraham se incorporó rápidamente. La tensión del encuentro le llevó a actuar con energía. Agarró con una mano el cuerpo ahora mudo del muchacho y, todavía sujetando la espada con la otra, lo tiró a la calle por la ventana.

–Que Cristo te perdone.

Abraham se volvió instantáneamente al oír estas palabras.

Velázquez estaba sentado en la cama y parecía tan sereno y compuesto como cuando regentaba su cámara de los horrores. Se había puesto el sombrero de cardenal y sostenía un gran crucifijo adornado con piedras preciosas.

–Continúa –le animó Velázquez. Su voz había perdido la debilidad propia del somnoliento y volvía a ser esa voz grave y profunda que Abraham conocía bien–. Pero mi muerte no cambiará tu destino ni el de tu gente.

–¿Y cuál es ese destino?

–Como todos los que se niegan a creer, estás destinado a morir e ir al infierno, lo cual no me preocupa. Es el destino de tu pueblo entero por lo que yo velo.

–Claro –contestó Abraham balanceando en su mano la espada. Era perfecto que lo que iba a destripar a Velázquez fuese precisamente un acero templado en su Toledo natal–. Pero explicadme de qué modo veláis por el destino de los judíos.

Abraham había avanzado y ahora estaba muy cerca del cardenal.

–El destino de los judíos está en sus propias manos. Pueden dejarse llevar por dementes y demagogos como tú, es decir, por una minoría peligrosa y fanática que socava nuestra convivencia cristiana, o, si tienen mejor suerte, pueden aceptar el hecho de que han sido guiados erróneamente por obcecados cabecillas y convertirse al credo auténtico. Entonces, para las generaciones futuras, los judíos de hoy serán, como mis propios bisabuelos, los ancestros de los verdaderos creyentes.

–Un hombre de vuestra sabiduría debería ser papa –observó Abraham.

–Podría serlo –contestó el cardenal– si antes no se presenta un imbécil que lo convierta en mártir.

Velázquez apartó la ropa de cama y se puso en pie.

–No os mováis –advirtió Abraham.

–Mátame, estoy preparado para ir a recibir mi recompensa. Pero recuerda una cosa: si matas al cardenal Rodrigo Velázquez desatarás la ira de toda la cristiandad contra tu gente.

–¡Vuestra recompensa! –exclamó irónicamente Abraham, y sonrió al recordar una expresión que solían utilizar los niños de Toledo. «La recompensa será pasar la eternidad con los pies en una boñiga y la cabeza metida en el culo de un camello.»

–¡Mátame! –repitió Velázquez blandiendo frente a sí su crucifijo.

Abraham intentó agacharse, pero el movimiento del cardenal lo tomó por sorpresa y el gran crucifijo adornado con piedras le dio directamente en el ojo. Un segundo más tarde Velázquez estaba sobre él agarrándole la garganta al tiempo que le golpeaba la cabeza una y otra vez contra el suelo.

—Al menos, yo habré tenido un gran privilegio en esta vida —aseguró Velázquez entonando las palabras al ritmo de los cabezazos de Abraham contra la tarima—, el de haberte matado con mis propias manos.

Abraham se tapaba el ojo con una mano y con la otra buscaba algo bajo su túnica. Finalmente, sacó la daga que llevaba escondida allí.

—Muere, Halevi, muere —repetía Velázquez.

Abraham consiguió rodear con sus dedos la empuñadura de la daga y con sus últimas fuerzas la colocó de forma que su hoja se clavase en el corazón del cardenal, que lanzó un gruñido mientras la garganta se le llenaba de sangre a causa de la hemorragia interna.

Tras un último gemido y un desesperado intento por inhalar aire, las manos de Rodrigo Velázquez soltaron el cuello de Abraham. Sin embargo, este permanecía bajo la enorme masa inerte de su voluminoso cuerpo.

Sonaban gritos por toda la casa, pero a él le costaba zafarse del imponente peso y, mientras continuaba aprisionado, la puerta de la habitación se abrió.

Por fin Abraham logró liberarse y se incorporó como pudo. Su ojo destrozado le dolía sobremanera. Contenía el dolor y la sangre tapándoselo con una mano. En la otra empuñaba la daga.

Varios hombres le miraban sujetando unas linternas de aceite. A la luz de ellas podía verse que el suelo estaba bañado de sangre. La túnica de comerciante que llevaba Abraham estaba manchada y rasgada por doquier. El camisón de Velázquez era un desecho empapado.

—¿Quién sois? —preguntó finalmente alguien.

Él retrocedió hasta la ventana mostrando su daga para mantener a todos a raya. Recordó sus cabalgadas cuando abandonó

Toledo, el viento en el rostro. Ahora haría otro tanto, cogería un caballo de los establos de Gabriela y se alejaría hasta que Bolonia solo fuese otra pesadilla que dejaba detrás. Pasó una pierna por el alféizar. Estaba resbaladizo a causa de la sangre del muchacho que guardaba a Velázquez mientras dormía. Una tremenda punzada de dolor le recordó su herida en el ojo. Y en ese momento le agarraron del brazo. Abraham se volvió para defenderse, pero el cuchillo se le cayó de la mano mientras se derrumbaba en el suelo.

–No le matéis –gritó alguien.

El dolor remitió un poco y entonces sintió una enorme tristeza. Luego se desmayó.

Cuando su padre trepó a la ventana, Joseph dejó de verlo. Durante unos momentos permaneció inmóvil, paralizado por el miedo y la curiosidad. Después, avanzando paso a paso con gran sigilo, recorrió el perímetro del muro del jardín hasta situarse justo bajo la ventana por la cual su padre había desaparecido.

A la sombra del muro oyó el grito del guardia que se lanzó contra Abraham y encontró la muerte. Y cuando su cuerpo cayó a tierra, Joseph huyó despavorido y volvió al callejón. Allí superó la tentación de escapar y se quedó esperando. Por fin decidió que el bulto que acababa de caer por la ventana no iba a perseguirlo.

Entonces le invadió el temor de que hubieran matado a su padre. Sin embargo, no tenía la impresión de que aquella sombra inerte se pareciese a él. Con manos nerviosas, sujetó el cuchillo que había robado de la cocina. Daba mala suerte mirar a los muertos.

Lleno de indecisión, vaciló. Pero en ese instante oyó cómo su padre discutía con otro hombre. La disputa concluyó con un alarido que helaba la sangre y, una vez más, Joseph se preparó para echar a correr. No obstante, el estruendo había hecho que muchas personas salieran de sus casas. Como un demonio presto a acudir a cualquier hora del día o de la noche, el gentío se acumulaba en la oscuridad, celebrando poder ser testigo de algún desastre. Atrapado por el cada vez mayor número de personas, Joseph retrocedió hacia la infortunada casa. Un resplandor se reflejó en el muro al encenderse decenas de antorchas y en apenas unos instantes la multitud le rodeaba por todas partes y se vio encerrado entre un aluvión de malos olores, empujones, zarandeos, comentarios y voceríos en italiano.

Abrieron las puertas del jardín y el flujo del gentío le arrastró adentro. En mitad del patio, tumbado sobre una gran losa, estaba el cadáver del cardenal Rodrigo Velázquez. Tenía su sombrero ancho y rojo colocado sobre el prominente montículo de su tripota. Y, de rodillas junto a él, sujeto por una docena de guardias, estaba su padre. En cuanto el niño lo reconoció, Abraham se quitó la mano de la cara, se zafó del agarre de sus captores y se puso en pie.

Pero Joseph vio que las piernas de su padre estaban unidas por una enorme cadena de hierro, fija a sus tobillos, y cuando volvió la cabeza, también advirtió que además tenía la mitad del rostro ensangrentado. Un ojo amenazaba con salirse de su órbita y por el hueco del mismo manaba gran cantidad de sangre.

—¡Padre!

La exclamación se le escapó involuntariamente. No fue un grito, tan solo un susurro. Pero todos le oyeron. Rostros malévolos se volvieron hacia él, mientras la multitud jaleaba jubilosa el descubrimiento.

Abraham se irguió cuanto pudo, como un gran ángel vengador. La muchedumbre avanzó envalentonada, rugiendo y empujando a Joseph con tal fuerza que cayó contra su padre y se empapó de sangre. Muchas manos se cernieron sobre él. Olían a violencia y muerte. Pero otras lo arrastraron y lo echaron de nuevo a la calle, descartando cebarse en él.

Mientras los espectadores silbaban y aullaban, Joseph vio que, primero el cuerpo de Velázquez y luego el de su padre, es decir, el muerto y el moribundo, eran subidos a un carruaje. Cerraron las puertas desde fuera y se oyó el chasquido de un látigo. Entonces, entre la muchedumbre y tirado por los caballos, el carruaje inició el trayecto hacia el centro de la ciudad.

5

Lo HICIERON BAJAR del carruaje y lo empujaron por un corredor. Cada paso hizo que la cabeza le estallara debido al insufrible dolor del ojo destrozado. Se abrió una puerta, le forzaron a inclinar la cabeza y lo lanzaron dentro, a un suelo inhóspito. Un fuerte olor a humedad y putrefacción le rodeó. Con cada latido de su corazón y cada punzada de dolor en su ojo, deseó morir. No oía otro sonido que el de su propia respiración.

Pasaron las horas y de alguna manera, latido a latido, empezó a acostumbrarse al dolor, que acabó convirtiéndose en un amargo mar de oleaje continuo. Pero al menos era un mar en el que podía flotar y un mar en el que, al cabo de un tiempo, casi sin que cupiera evitarlo, se llegó a adormecer.

Al día siguiente, se despertó con un sentimiento distinto en las entrañas. Era como si le hubiesen introducido un cable, un gancho corredizo, y hubieran estirado de él, tensándolo y poniendo a su ser en alerta. Luego comprendió que el dolor, al no haber conseguido matarlo, le había despertado.

En aquella celda todo era de piedra: el techo, las paredes, el suelo. Las únicas excepciones eran la puerta, hecha de madera con refuerzos de metal y tan pequeña que incluso un enano tendría que agacharse para traspasarla, y la ventana, que daba a un diminuto patio. Piedra era lo que respiraba. Piedra era sobre lo que había dormido y sobre lo que arrastraba sus cadenas mientras exploraba su nuevo universo. Piedra era aquello contra lo que se apoyaba cuando estaba demasiado cansado para seguir moviéndose.

Para protegerse el ojo herido, que ahora estaba cubierto de sangre coagulada, Abraham arrancó una tira de tela de la ropa que le había dado Gabriela y se la ató a la cabeza como si fuera el pañuelo de un pirata. Por unos instantes, la tela olió a limpio, pero pronto el aroma fresco de la luz del sol se desvaneció y también ese trozo de camisa se impregnó del denso olor a piedra húmeda que inundaba la celda.

Todos los sonidos formaban una música coral de espera: su propia respiración, el roce del metal contra la piedra, el susurro de sus ropas al moverse. Pero, aparte de eso, nada más sucedió mientras el día acababa y la celda se sumía en una completa oscuridad.

Durante la segunda noche de su cautiverio, Abraham se sintió seguro de que iban a matarlo. Solo unos días antes, había alardeado ante Gabriela de que ojalá su vida acabase. Sin embargo, ahora se sentaba rígido en la oscuridad mientras su mano se movía de vez en cuando del suelo al vendaje de su frente.

Finalmente cayó rendido de sueño. Cuando se despertó, un resplandor plateado inundaba el aire de la celda. Al principio creyó que, por ser sus penalidades tan inmensas, el Señor en persona había bajado a consolarlo. Luego entendió que solo se trataba de las primeras luces del temprano amanecer.

La puerta se abrió súbitamente, sin que antes se oyeran pisadas aproximándose; de modo que tal vez alguien llevaba horas observándolo. En un rápido movimiento ese alguien empujó hacia él dos cuencos de madera y cerró inmediatamente la puerta.

En uno de los cuencos había una barra de pan gris y dura como una roca. En el otro, un poco de agua.

Primero bebió. Luego se quitó el vendaje y usó el resto del agua para lavarse el ojo. Hubo un momento en el que el dolor volvió a alcanzar la intensidad del primer día. El ojo palpitaba en la cavidad ocular, terriblemente hinchado.

Abraham recordó la operación que había practicado una vez en un ojo en graves condiciones. Tuvo que sacarlo para que sus úlceras no se extendieran por la cabeza del paciente y afectaran su cerebro. Se preguntó si el aspecto de su ojo se parecería al de aquel hombre y si procedería que a él mismo lo amarrasen a una mesa mientras le vaciaban la órbita ocular con un escalpelo.

La siguiente noche Abraham se despertó en medio de la oscuridad. Fuertes voces resonaban como cañonazos en su cabeza. Los profetas del Antiguo Testamento predicaban a gritos en el desierto de sus sueños. Eran gigantes tan reales que, incluso cuando se hubo despertado, seguían librando sus iracundas batallas. Voces y cuerpos imaginarios se congregaban en torno a él y lo acorralaban en una esquina de su pequeña mazmorra.

Desde entonces las alucinaciones se repitieron todas las noches. A veces, preso del miedo, intentaba alejarlas tapándose los ojos. Cuando lo hacía, se tocaba la herida, y entonces la celda parecía iluminarse con el resplandor de rayos tremendos.

Pasaron las semanas y cada noche fue una tortura. Llegó un día en el que Abraham, al lavarse el ojo, observó que quizá su hinchazón había disminuido algo. Al día siguiente sintió repentinamente un extraño roce. Era su párpado que, por fin libre de tanta acumulación de sangre en el hematoma, había conseguido caer resbalando por la superficie de su maltrecha retina. Notó una sensación rara, como si algún gusano se hubiera instalado bajo el párpado, ahora recién cerrado, pero pronto cayó en la cuenta de que lo que ocurría era que rozaba la cicatriz que se había formado.

Lo más significativo es que no veía nada por ese ojo. Había quedado tuerto.

Aquella noche, cuando le despertaron sus pesadillas, oyó llantos en la celda contigua. Se acercó a la pared y apretó su oreja fuertemente. ¿Quién lloraba?

—¿Gabriela? —gritó.

No obtuvo respuesta alguna, pero continuó oyendo el tenue lloro de una mujer.

Esa noche, la siguiente, la siguiente y así durante semanas, Abraham siguió despertándose en medio de sus pesadillas y siguió encontrándose con el eco de los gemidos y llantos de la desconocida prisionera. Poco a poco, Abraham fue sumándose a ellos, primero con ahogados sollozos, hasta que llegó una noche en la que lo hizo, sin restricciones, a lágrima viva.

La intensidad de su llanto provocó que las punzadas de dolor le abrasaran la cabeza. Y entonces se dio cuenta de que la mujer le había oído, pues sus lamentos, influidos por los suyos, se habían hecho más desgarradores.

Abraham abrazó la pared y lloró sus penas con el rostro escondido contra las piedras. Con los ojos cerrados, sintió que la mujer hacía lo mismo al otro lado del muro; intentaba acercarse a él, como él intentaba acercarse a ella.

El olor húmedo de la celda era sobrecogedor. Abraham sintió como si le obligaran a beber la desesperación y las miserias de todos los que allí habían perdido la vida. Oyó que la mujer empezaba a calmarse y recuperaba el aliento. Y entonces, súbitamente, se lanzó contra el muro de piedra; primero golpeándolo con los nudillos y después propinándole terribles testarazos con la frente. Una esquirla se desprendió de la piedra y se incrustó en el ojo herido. Abraham aulló desesperado. La mujer gritó con él, los alaridos de ambos se fundieron y a él se le rompió el corazón. Sintió que su sangre hervía con la de aquella mujer; hervía, manaba y gritaba junto con las voces de todos los judíos que habían encontrado su triste final, tal vez como él mismo, en esa solitaria celda, y también con todos los judíos quemados en los barracones de madera que ellos mismos habían construido; con los judíos cortados en pedazos por soldados mercenarios; con los judíos que se arrodillaban aterrorizados, día tras día, año tras año, gimoteando sus oraciones a Dios.

–Dios –sollozó tímidamente. Justo entonces sonó en la celda contigua un nuevo grito, incluso más alto. El corazón de Abraham se estremeció y, de repente, sin que se lo esperase, la oscuridad que lo envolvía se desvaneció.

Abraham se apartó de la pared. Notaba un zumbido en los oídos, un picor de miedo que le anticipaba algo extraño.

–¡Dios! –Esta vez su voz sonó como un rugido que retumbó en la mazmorra.

De nuevo hubo completo silencio, y entonces le invadió un sentimiento desconocido, como si oro puro corriese por sus venas. Volvió a percibir el sonido de una respiración, pero ahora no resonaba al otro lado de la pared, sino a su lado, alrededor de él, a través de él.

Abraham cayó de rodillas y se durmió al instante, abrazado a las losas de piedra del suelo.

Por la mañana se despertó con un regusto de mortero en la boca. Pero, por la noche, cuando empezó a llorar, ninguna voz en la celda contigua se unió a la suya. Cuando, semanas después, volvió a oír una voz, fue la de Gabriela.

Entró por la puerta y, al ver a Abraham, la impresión casi le hizo caer al suelo. Luego lloró unos instantes antes de correr hacia él, inundando la celda con su perfume. Un momento después, lo confortó con su cuerpo. Pecho, vientre, caderas. Carne blanda en la que él se acomodó tras meses de inhóspita piedra. Sintió el aroma de la piel humana, la tibieza de un aliento en sus mejillas, el tacto de unos dedos que acariciaban los suyos.

Gabriela lloraba mientras lo abrazaba, pero Abraham se sintió como si Dios, en respuesta a sus plegarias, le hubiese conducido desde el más árido de los desiertos hasta el fabuloso oasis de su vieja amiga.

Ella se separó un poco de él, trató de serenarse y sacudió la cabeza con preocupación y pesar.

–¿Qué te pasa? –preguntó Abraham. La voz le fallaba un poco, pues era la primera vez que hablaba desde la noche en que clamó a Dios.

–¿Que qué me pasa?

–Pareces tan triste, ¿es que ha ocurrido algo?

–Fuera de aquí, no. Nada. Solamente sufro por ti.

Estaba tan cerca de él que podía sentir su aliento en la cara con cada palabra. Gabriela le había puesto las manos en el cuello y Abraham reposaba las suyas sobre los hombros de ella.

–Te quiero –le dijo Gabriela.

Él le apretó los hombros y entonces reparó en sus propias manos. Las muñecas y los dedos estaban esqueléticos. Había llamado a Dios y Dios le había respondido. Ahora era como uno de esos profetas de los que tanto solía reírse. En pago de ello, parecía que hubiese sido despojado de su carne, a diferencia de Gabriela, cuya carne era abundante, tersa y suave al tacto.

La atrajo hacia sí, buscando sentir el calor de sus senos contra su huesudo pecho.

–Debe de ser espantoso estar aquí encerrado –dijo Gabriela amorosamente, mientras sus dedos acariciaban su cabello y sus pechos se allanaban de buen grado al apretarse contra Abraham–. Has cambiado –añadió con algo de incertidumbre en la voz.

«He hallado a Dios.» Abraham ensayó esas palabras en su mente, y probó su sabor en los labios, pero no pudo pronunciarlas. Dio un paso atrás y bajó los brazos.

–Yo he tenido suerte –dijo–. Antes de acabar con Antonio, lo ataron a un muro y lo azotaron. A mí, en cambio, me sirven pan dos veces al día e incluso puedo sentarme en el suelo a comerlo cuando se me antoje, como un hombre rico.

Sobre el ojo herido, Abraham seguía llevando un vendaje. Pero por el otro veía bien. Y lo que vio fue a Gabriela reconfortándolo.

PASÓ UN MES antes de que volviera a tener contacto con otro ser humano. Cierta mañana, los guardias lo arrastraron fuera de su celda, le cubrieron la cara, lo llevaron a una habitación en la que había una bañera con agua caliente y le hicieron lavarse.

Por primera vez en muchos meses vio su cuerpo desnudo. Estaba encorvado, famélico, plagado de marcas y cicatrices de las que se había olvidado y tenía llagas allí donde sus ropas sucias le habían estado rozando durante tanto tiempo. En un corto período se había transformado en un viejo apestoso.

Concluido el baño, le dieron una túnica y a continuación se presentó un barbero para cortarle el pelo y la barba.

—No deberíais llevarlo tan largo —aconsejó el hombre—. Eso ya no se estila.

—Intentaré recordarlo —contestó Abraham, que, cuando le cubrieron los ojos y lo sacaron de la mazmorra, había creído que iban a darle muerte.

—Tenéis que cuidaros un poco más —añadió el barbero, y le tocó suavemente el ojo herido—. Tendríais que haber venido a verme en cuanto os ocurrió. Lo habría podido coser. Quien os lo curó así debía ser un auténtico carnicero. Tiene un aspecto horrible.

Levantó un espejo y, antes de que pudiese volver su rostro, Abraham se vio reflejado en él. Pómulos afilados, pelo oscuro y sin brillo, barba de un color blanquecino sucio. El ojo bueno lo tenía tan abierto que formaba un perfecto círculo, como si se esforzara en valer por dos.

El otro estaba completamente cerrado. El párpado colgaba sobre él. Una fea cicatriz púrpura cubría el iris. Cayó en la cuenta de que debió haber cerrado el ojo instintivamente cuando el crucifijo de Velázquez lo alcanzó, y sin duda el metal había cortado el párpado traspasándolo y cortando asimismo la córnea. Alejó el rostro del espejo.

—No ofrece una estampa muy apropiada para mujeres y niños —comentó el locuaz barbero.

Abraham bajó la vista hacia su nueva túnica blanca.

—Os haré un parche y podréis decirles a las damas que habéis sido marino.

Cuando el barbero terminó su trabajo, el guardia volvió a tapar los ojos a Abraham y lo condujo de vuelta a su celda. Pero cuando le quitaron la venda, descubrió que la mazmorra había sido amueblada en su ausencia. Contra la pared había una plataforma de madera con una manta encima. Avanzó para inspeccionarla y el guardia volvió a presentarse con un cuenco de espeso potaje.

Abraham comió con tal avidez que se abrasó la lengua y su estómago se ensanchó como una protuberante bola que sobresalía rotundamente entre sus esqueléticas costillas.

Luego volvieron a taparle los ojos. Sin embargo, esta vez, mientras el guardia lo guiaba, Abraham contó los pasos con astucia y tomó nota mental de cada giro que daban. Cuando le quitaron la venda, solo habían girado una vez y caminado un total de apenas doscientos pasos.

No obstante, el corto trayecto le había llevado desde su mísera celda a un estudio de arte lujosamente ornado. Le quitaron la venda y la brillante luz le cegó tanto que tropezó con una gruesa alfombra. La cifra de doscientos pasos resonaba en su mente produciéndole incomodidad. Le humillaba que tan corto recorrido pudiese separar el esplendor palatino de su propio universo de piedra, humedad y suciedad.

Lo dejaron solo unos instantes. Luego apareció ante él don Juan Velázquez. Se veía robusto y rezumaba riqueza.

–Don Abraham.

–Don Juan.

–Tenéis un aspecto muy elegante para haber pasado seis meses en las mazmorras del palacio del rey Enzo.

«¡Seis meses!» Hasta entonces Abraham no había tenido idea del tiempo que llevaba preso.

–No obstante, cuando me enseñaron vuestra celda, me alegró comprobar lo bien que os han tratado, considerando todos los aspectos de este proceso.

Juan Velázquez avanzó unos pasos. Su expresión era rígida y controlada, como lo había sido la noche de la operación de Isabel.

–Cuando me dijeron que habían matado a Rodrigo supe que teníais que haber sido vos.

–Lo siento mucho –dijo Abraham.

–Sin embargo, luchó por su vida hasta el final.

–Lo hizo. –Ambos hombres ocupaban el centro del salón y Abraham deseó poder retroceder y alejarse de la ira de Juan Velázquez. Apretó las manos para que no le temblasen–. Era muy valiente –añadió.

–Pero vos lo fuisteis más –replicó Velázquez con un tono llano y pretendidamente neutral. Era el mismo tono que Abraham había detectado en su voz cuando Juan Velázquez le dijo que, en caso de tener que hacerlo, eligiese salvar la vida de su hijo antes que la de su mujer–. Hablad –le ordenó Velázquez.

–No estoy habituado a hacerlo.

–Y, sin duda, tampoco estáis habituado a ser modesto. Por tanto, al menos admitid que mostrasteis mucho valor.

–Si lo que queréis es matarme, estoy listo para morir –afirmó Abraham.

–¿Es eso lo que os dijo Rodrigo cuando lo encontrasteis dormido en su cama? ¿Le oísteis decíroslo en sueños, mientras os lanzabais a apuñalarlo cobardemente? ¿Afirmaba él que estaba listo para que entraseis sigilosamente por la ventana y le arrebatarais la vida?

–No, no lo dijo –contestó Abraham–. Pero ¿es que acaso dijo él algo acerca de que estuvieran listos los judíos, cuando pagó a los campesinos para que asolasen su barrio? ¿O dijo que les rendía un servicio a mi mujer y a mis hijos cuando negó la protección del imperio de los Velázquez a la familia De Mercier? ¿O tal vez aquello fue obra vuestra, viejo amigo?

Velázquez se aproximó a él. Tenía los ojos tan negros como siempre, pero a su alrededor Abraham observó las finas arrugas causadas por la edad y la tristeza.

–No fue obra mía, «viejo amigo». Yo solo quería darle una lección a Robert de Mercier; Rodrigo me había asegurado que al final detendría el combate. Me había dado su palabra.

–Siento mucho que no la mantuviera.

—Yo también lo siento —coincidió Velázquez—. Salvasteis la vida de mi mujer y mi hijo; yo acepto cierta responsabilidad en la muerte de los vuestros.

Las arrugas del rostro del rico comerciante se tornaron todavía más pronunciadas y complejas.

—Murieron por ser judíos —reflexionó Abraham en voz alta.

Velázquez dejó escapar un suspiro.

—¡Qué extraño destino ser judío! —añadió de repente—. Siempre me habéis inspirado pena. Los judíos sois como una ciudad a punto de ser evacuada.

Abraham oyó esas palabras pero no pudo contestarlas. Había empezado a liberarse de su oscuridad interna hacía solo unos meses y ahora de nuevo tuvo la sensación de que esa liberación volvía a producirse.

El suelo se mecía bajo sus pies. En los bordes de su campo de visión, las sombras parecían moverse. ¿Acudía otra vez Dios en respuesta a un pobre judío? ¿O quizá era alguien muy diferente, la muerte, a quien tocaba presentarse?

—Supongo que pensáis —continuó Velázquez— que el hecho de que sigáis vivo se debe a mi amabilidad. La verdad es que conserváis la vida por razones que nada tienen que ver con la compasión. Sois la prueba viviente de la inocencia del cardenal Baltasar Cossa en este crimen. Si os mataran o desaparecierais, nadie creería que no fueseis un simple asesino pagado para eliminar al mayor enemigo de Cossa: mi hermano Rodrigo. Ahora todos pueden comprobar que sois un judío que ha matado al cardenal Velázquez por motivos personales.

—¿Y vos qué preferiríais? —preguntó Abraham—. ¿Una ejecución pública para hacer justicia a la muerte de vuestro hermano? Tal vez podáis hacerme quemar vivo en la escalinata de la catedral, y así los italianos contemplarán la firmeza con la que tratan a sus herejes los hombres de Castilla. O tal vez os complacería que, para que los caballeros castellanos puedan mostrar su destreza, me aten las extremidades a vuestros caballos de pura raza, mientras jinetes españoles, vestidos con la pompa de la más esplendorosa de las cortes, espolean a sus sementales para desgarrar mi cuerpo a los cuatro vientos. Aunque es posible que incluso esa muerte os parezca demasiado noble para un judío. Después de todo, un miserable refugiado que abandonó su ciudad no debería ser digno de que ni siquiera un borrico lo acarree en sus lomos cristianos. De modo que, tal vez, como haría vuestro estimado hermano, querríais verme atado a un muro mientras con el látigo...

—¡Basta! —gritó Juan Velázquez.

Abraham, mareado por el enfado y el sonido de su propia voz, obedeció, pero su mente continuó concibiendo terribles imágenes. Apenas capaz de mantenerse en pie, se balanceaba adelante y atrás, viendo únicamente la figura desenfocada de Velázquez que lo sujetaba por los hombros y lo agitaba para hacerle volver en sí.

Entonces la cabeza le ardió. Una vez, dos. Se encontró ahora sentado mientras Juan Velázquez, frente a él, se preparaba para abofetearlo por tercera vez. Instintivamente, Abraham levantó las manos para protegerse el ojo.

—Soy vuestro amigo —susurró Velázquez—. Os dije que estaba en deuda con vos y lo mantengo. Aquella noche en Toledo os prometí ayudaros cuando lo necesitarais. Y dijisteis que cuando decidieseis hablar, os haríais oír. Ahora he oído que todo lo que tenías que decir era la palabra «muerte».

Abraham agitó la cabeza. Aún le dolían los golpes.

—Puedo arreglar algo —ofreció Velázquez—. Ya os he explicado por qué habréis de permanecer aquí preso, al menos durante unos meses. Pero después podríais haceros cristiano y declarar que, en las noches de cautiverio y meditación, habéis domado vuestra propia rebeldía y habéis abrazado en vuestro corazón al verdadero Dios.

Abraham se quitó las manos del ojo herido. La habitación refulgía y la cabeza le daba vueltas con tanta luz. De repente sintió nostalgia por la seguridad de su celda. Una intensa ola de deseo por refugiarse en la soledad que le proporcionaba invadió su ánimo.

–Escuchadme –prosiguió Juan Velázquez–, si os convertís en un auténtico cristiano, habréis dado el primer paso hacia la libertad. Estoy convencido de que en breve plazo os permitirán volver a enseñar e incluso a practicar operaciones. ¿Qué me decís?

–Que no –suspiró Abraham.

–Es «obligado» que os confeséis cristiano.

Velázquez habló en voz bajísima, como si susurrar su propuesta la hiciese más sugestiva.

–Os lo digo por vuestro bien, ¿es que no lo comprendéis? Si esa ciudad de la que hablábamos ha de ser abandonada, por qué no irse ya.

Abraham no contestó.

–¡Antes erais tan ambicioso! ¡Creíais en el poder de la ciencia y de la razón! Cuando acudisteis a operar a mi esposa parecíais un arrogante semental en busca de una yegua. ¿No preferís ser médico o profesor en la Universidad de Bolonia, en lugar de perder la vida en una mazmorra, esperando que algún ángel venga a salvaros?

La fuerte presencia sentida por Abraham volvía a llenar la habitación, aunque seguía sin poder decir si se trataba de la muerte o de Dios.

–Tenéis un don para operar, transmitís vida con vuestras propias manos y, sin duda, debéis querer...

Abraham oyó su propia risa, por primera vez desde los desastres acaecidos en Montpellier. Era una risa cortante y cínica, un tipo de risa que a menudo había oído a los hombres que se odiaban a sí mismos.

–Decís que estáis en deuda conmigo, que me debéis la vida de vuestra esposa y vuestro hijo. Pues bien, ahora es el momento de pagarla. De hecho, antes que nada, sois hombre de negocios. Y me ofrecéis, a cambio de lo que hice por vuestra esposa y vuestro hijo, conservar mi propia vida. Pero los negocios son los negocios y tienen sus particulares reglas. Por lo tanto, insistís en que acepte incluso cobraros unos intereses. No solo recibo de vos la oportunidad de conservar mi vida, sino la de vivir una vida reformado de mis errores. La de ser un hombre nuevo, vuelto a nacer en Dios y dispuesto a engrandecer la medicina. Sin duda sois generoso hasta la incorrección.

—Y vos sois el idiota más grande y más arrogante que he conocido nunca.

Velázquez se levantó.

—Pensad en lo que os he propuesto —dijo por último—. Y recordad: vuestro cuchillo no es solo una prueba de vuestra superioridad, sino también un instrumento para ayudar al prójimo. Solo hace falta que no lo uséis para matar.

6

ERAN LAS ÚLTIMAS luces del día. La parte alta del cielo adquiría un color rojo sobrecogedor. Pero entre los muros del jardín el aire seguía guardando el calor del sol vespertino.

Según León, aquella primavera era inusualmente bella. Pero siendo como era un enamorado de su país, cualquiera que fuese la estación en la que estuviesen, él siempre decía que era de una extraordinaria belleza. Para él, cada atardecer se presentaba con tintes más sublimes que el anterior, y cada nuevo movimiento artístico, en pintura o escultura, reflejaba la expresión definitiva del espíritu humano.

El objeto más reciente de su pasión eran los muebles. De modo que Gabriela estaba ahora sentada en lo que, según afirmaba León, había sido la silla de un gran duque veneciano. Era un asiento de madera que se semejaba a un trono. Y estaba tan ricamente ornado que, para descansar sus manos en los brazos de la silla, Gabriela tenía que arriesgar los dedos, introduciéndolos en las bocas de las serpientes con que estaban rematados, y a las que incluso les habían tallado unos afilados dientes.

Una postura que sugería peligro y que, sin embargo, a ella se le antojó apropiada. Pues frente a ella, jugueteando con sus propias manos musculosas y moviéndolas ocasionalmente para expresar una mezcla de dolor e ira, estaba Juan Velázquez.

Ambos llevaban en silencio casi una hora. Antes, Gabriela le había contado con todo lujo de detalles todo lo que sabía acerca del papel del difunto cardenal en los asuntos de Montpellier, y luego llamaron al pequeño Joseph para que explicara lo que había visto la noche en que, hacía seis meses, murió Rodrigo Velázquez.

—Ahora me he quedado solo —exclamó por fin Juan, pronunciando lentamente las palabras para producir mayor impresión. Las había repetido muchas veces, como si fueran un rezo con el que pretendiera ganarse la atención de Dios. Sin embargo, el tono era sincero. Correspondía a una voz teñida de luto, una voz grave y que raspaba la garganta al salir. Desde que Juan Velázquez había llegado a su casa, Gabriela había comprobado que la muerte de su hermano había representado un inesperado y duro golpe para él.

—Tienes a Isabel y a los niños.

Juan abrió las palmas de las manos.

—Ellos son mi familia, es verdad, pero Rodrigo era parte de mi alma.

—Lo siento mucho, Juan.

Velázquez rio de una forma abrupta y volvió a retomar su habitual y vigorosa manera de ser.

—Tú no lo sientes en absoluto. ¿Cómo podrías sentirlo? Si Rodrigo hubiera llegado a ser papa, incluso aquí en Italia se habría perseguido el judaísmo sin miramientos —hizo una breve pausa antes de continuar—. Cuando Isabel supo que a Rodrigo lo había matado nuestro viejo amigo y doctor, me suplicó que no tomara venganza.

Gabriela observó cómo Juan Velázquez quitaba las manos de su regazo y las levantaba, con las yemas de los dedos de cada una de ellas apretando con gran fuerza las de la otra. Se le antojó que expresaban el modo en el que su corazón estaba dividido en dos partes enfrentadas.

—Dio vida a mi hijo y se la quitó a mi hermano. ¿Es que alguna de ellas vale más que la otra?

—Él quería morir —afirmó Gabriela.

—¿Morir, dices tú? No, Rodrigo no quería morir. Rodrigo quería convertirse en papa.

—Digo que era Abraham quien quería morir.

—Pues entonces que se hubiera matado a sí mismo en vez de matar a los demás, en vez de matar a mi hermano.

Gabriela oyó los ecos que llegaban de las cocinas. Allí los sirvientes vivían su pequeño drama del menú diario. Habían puesto carne a ahumar en el asador, y el jardín se inundaba también de olor a pescado guisándose.

—Lo que está claro es que Rodrigo tenía razón —dijo Velázquez súbitamente—. El mundo es uno y en él solo debe caber una fe.

—La fe en la humanidad —sugirió Gabriela.

La risa de Velázquez sonó como un ladrido seco.

—Pero en el fondo tú crees en eso, porque la verdad es que me has estado protegiendo durante todos estos años. Incluso has protegido a Abraham —insistió Gabriela.

—¡Soy mercader, no sacerdote!

Se produjo otro largo silencio. Solo lo interrumpió el crujido de los nudillos de Velázquez contra la mesa.

—¡Por mi hermano sentía amor! Por el valiente señor Halevi solo sentía admiración. Cuando abrió el vientre de mi esposa, lo hizo con admirable arrojo. Sabía de sobra que, si ella no sobrevivía, tampoco lo haría él. Pero ¿cómo pudo matar a Rodrigo mientras dormía en su lecho, acercándose a él como un asesino a sueldo, aprovechándose de su sueño? Ese es sin duda el acto de un vil cobarde.

—O de un hombre empujado a la locura.

—¿Locura? —Velázquez escupió la palabra—. ¿Cuándo ha mostrado Abraham Halevi otra cosa que permanente locura? Se atrevió a realizar el viaje a Montpellier para aprender sus artimañas quirúrgicas. Osó operar en casa de cristianos viejos y ciertamente poderosos. Se lanzó a predicar el evangelio de la ciencia y la nueva era a todo el que quiso escucharlo. Cuando huyó de la masacre en Toledo, tras matar a dos de mis criados, retornó a Montpellier e incluso se convirtió en maestro de la religión que él mismo había inventado. Cientos de estudiantes idolatraron las obscenidades que él predicaba. ¡Sí! Rodrigo me dijo todo lo que Halevi había hecho. Y entonces tu amigo, que era también mi amigo, decidió llegar incluso más lejos. No solo clamaba por una catarsis de la razón, como si fuera un profeta loco, sino que intentó cambiar el curso de la historia por mano propia, empuñando su famoso cuchillo. Lo terrible es que no pretendió alterar la historia mediante operaciones milagrosas. No. Eso es, para él, un juego de niños. Los hombres maduros, en su opinión, practican otras artes: las del asesinato. Te ruego que lo recuerdes: él ha asesinado, y no solo ha asesinado al hombre que era mi único hermano, sino a un príncipe de la Iglesia, a un posible papa. –Velázquez tomó aliento–. Y ese hombre, que podía haber sido el futuro papa, casi ganó la batalla que le forzaron a librar en su propio lecho. Halevi sobrevivió, es cierto, pero llevará toda su vida las cicatrices de ese encuentro, hasta la tumba.

–Y ahora es ahí donde quieres enviarlo –indagó Gabriela.

–Cuando hace seis meses llevaron a Rodrigo a Toledo para enterrarlo, me prometí a mí mismo que esta primavera vendría a Bolonia y presenciaría la ejecución de Abraham Halevi. Pero seis meses es mucho tiempo. Se puede pensar mucho en ese plazo. Se puede pensar incluso en hombres presos de la locura. Halevi está loco, acabas de decirlo, pero también estaba loco Rodrigo. Eran perfectos enemigos. Yo quería a mi hermano, pero a la vez lo odiaba. Estaba en lo cierto respecto al judaísmo, sin embargo, casi destruye mi ciudad para hacer valer sus razones. Era un príncipe de la Iglesia y también un príncipe de las tinieblas y de la falta de compasión. Intentó que la Inquisición fuera instaurada en Toledo. Si hubiera sido papa, la Iglesia habría terminado asolada en lugar de sanar.

Juan se dio un respiro y, mientras tomaba un sorbo de licor, Gabriela vio que, en esa hora de incertidumbre, el fino hilo del que pendía la vida de Abraham podía romperse con un simple soplo del poderoso comerciante.

–Hoy –prosiguió Juan– he visitado a nuestro amigo Halevi. Quería verlo antes de hablar contigo, porque quería que la decisión saliera de mi propio corazón, y no de la bondad de mi fiel empleada.

–¿Estaba bien? –no pudo evitar preguntar Gabriela.

–Estaba bien. Y pagué una considerable suma al cardenal Cossa para que lo adecentasen antes de mi visita. Cossa me otorgó el permiso de ofrecerle la libertad, con la condición de que haga pública profesión de fe cristiana. ¿Y cómo crees que Abraham Halevi respondió a la generosa oferta?

–¿La rechazó?

–Eso es.

–Es un completo loco –bramó Gabriela, sonrojándose como una ingenua chiquilla al conocer las atrevidas hazañas de su amante.

–Es un loco –coincidió Velázquez, aunque su voz no resonó como la protesta de un amigo, sino como un juicio final que le causaba desagrado–. Te aseguro que ya no me importa si tu amigo Halevi vive o muere. Cuando éramos jóvenes, hace veinte años, todos nosotros hacíamos predicciones sobre el futuro. Mi visión se plasmaba en una gran flota de veleros surcando el mar Mediterráneo para repartir sus mercancías y agrandar el imperio comercial de los Velázquez. Gracias a mi visión, a tu ayuda y al bisturí de Abraham Halevi, tengo ese imperio y un hijo al cual legárselo algún día. La visión de mi hermano era la de la Iglesia y el mundo unidos en una sola fe. Y si murió persiguiendo ese sueño, al menos fue un hombre que sabía hacia dónde estaba dirigiéndose. Pero ¿y tu amigo Halevi? Tenía su propio sueño. Quería detener el curso de la historia. Primero por medio de su ciencia, luego por medio de sus asesinatos. Con el bisturí hizo milagros que nuestros antepasados ni siquiera osaron imaginar. Hoy le ofrecí la oportunidad de continuar su trabajo, la posibilidad de transformar su sueño en poder, influencia, tal vez incluso en riqueza.

El atardecer se había convertido en noche. Gabriela vio que, en una esquina del jardín, Joseph permanecía sentado e inmóvil, aguardando a conocer el destino de su padre.

–Y te diré algo más –continuó Juan Velázquez–. Un hombre de mi posición aprende que ha de saber ver en el corazón de sus amigos. Hace cuatro años, la noche en que os invité a cenar a Abraham y a ti, comprobé que seguías queriéndole. Exactamente igual que sigues queriéndole hoy.

Velázquez se aproximó tanto a Gabriela que pudo sentir su aliento en el rostro.

–Abraham Halevi es un loco, pero hay que contar también con tu locura. Nosotros miramos desde la seguridad de las gradas, mientras es él quien baila en la pista. Baila entre los demonios; baila expresando la danza de nuestros sueños. Y su baile está tan lleno de locura, su separación de Dios está tan llena de locura, que cuando baila todos queremos bailar con él. Pero cuando cae caemos todos.

POR LA NOCHE, Gabriela, incapaz de conciliar el sueño, se puso a pensar, no en Juan Velázquez, sino en cierto día de su niñez, cuando su amor por Abraham empezaba a crecer.

En Toledo, la fiesta hebrea del Purim se celebraba cada primavera con un festival. Los judíos se disfrazaban y se ponían una máscara. Los hombres se vestían de mujer, las mujeres de hombre y los muchachos y muchachas se caracterizaban como personajes célebres de la Biblia. Aquel año Abraham se disfrazó de Judas Macabeo, el belicoso caudillo que encendió la mecha de la rebelión de los israelitas en Antioquía.

Gabriela recordó el disfraz que llevaba ella misma: un blusón apretado al cinto, calzones de cuero y espada tan larga que se trastabillaba con ella cuando corría. Al igual que ella, el resto de los Errores de Dios iban vestidos de miembros de la banda de aquel Judas Macabeo, personificado por Abraham. Incluso Antonio se había avenido a participar, adoptando el papel de Bar Kochba, el poderoso guerrero cuya mano era capaz de arrancar árboles mientras galopaba sobre su caballo.

Por supuesto, ya no había romanos en Toledo, aunque el viejo circo romano seguía en pie. Así que, en lugar de ocuparse en rechazar al ejército invasor, Abraham persuadió a sus secuaces para irrumpir en la celebración del Purim, a modo de broma, con las espadas de madera en la mano y hacerse con un singular botín: la gran ponchera de licor, que habrían de esconder en su guarida junto al río.

Por aquel entonces Abraham era un muchachito alto y delgaducho, con una sombra de vello sobre el labio. Pero con ayuda de un tizón de carbón consiguió que esa sombra pareciera un tupido bigote. Cuando Gabriela le pidió el tizón, alegando que era su turno, él lo retuvo, riéndose y afirmando que ella debería interpretar el papel de su esposa.

–¿Tu esposa? ¡Pero si yo quiero luchar!

Entonces él le ofreció el tizón, con la palma de la mano abierta, pero con los ojos brillando y mirándola fijamente, como si la retara a decidirse.

–¿No puedo luchar y también ser tu esposa?

Los demás les rodearon y fuere lo que fuere lo que Abraham iba a contestar quedó ahogado por su griterío.

Sin embargo, estaba claro que él se lo había pedido. Abraham, el más salvaje, el más fuerte, el más herético de todos los jóvenes judíos de Toledo, se le había declarado.

No obstante, cuando al día siguiente Gabriela se lo contó a su hermana Lea, esta se limitó a fruncir el entrecejo y afirmó que Abraham sería un perfecto inútil como marido.

–No es ningún inútil, es un héroe.

–Ni pensarlo. Un héroe es alguien que acepta el papel que Dios le ha otorgado.

–Los judíos de esta ciudad viven tan orgullosos mirándose su propio ombligo que necesitan a alguien que los despierte.

–Sí, la persona adecuada –replicó Lea–, no un niño idiota que debe ser hijo bastardo de algún campesino borracho.

–¡Vete al infierno! –gritó Gabriela, y salió corriendo de la casa.

Pero ahora, treinta años después, ¿quién se atrevía a decir dónde estaba el Bien? Tal vez la vida era de verdad un arte propio de los pomposos y precavidos. Sin duda Juan Velázquez profesaba admiración por Abraham, mas lo hacía guardando las distancias, agradeciendo que fuese Abraham, y no él, quien estuviera siempre al filo del desastre.

Aun así, fuera un héroe o un idiota, seguía vivo. Y también ella, la esposa a la que nunca había desposado, seguía viva y con la mente y el corazón tan pendientes de él como siempre. Fuera un héroe o un idiota, Abraham había arriesgado, no solo su vida, sino también la de su hijo y la de sus anfitriones al matar a Rodrigo Velázquez. Solo unas horas antes León Santángel se había referido al riesgo que corrían ellos mismos mientras probaba la nueva partida de licor de Juan Velázquez.

–Por supuesto, yo te perdono –le aseguró León a Gabriela–, e incluso nuevamente ofreceré refugio a tu amigo, una vez haya cumplido la condición impuesta por Velázquez y sea liberado.

–Te lo agradezco, pero créeme que no la aceptará.

–No siempre es fácil ser el esposo de la mujer más deseable de Bolonia –dijo León inesperadamente. Luego bebió una última copa de licor, antes de girar sobre sus talones y subir pesadamente las escaleras para entregarse al sueño.

Tumbada a su lado, Gabriela olió su amargura impregnada de licor. Aquella noche los aromas a una cosa y otra se mezclaban a partes iguales. León había tragado demasiado de las dos.

Se levantó del lecho y se estiró. Tantas semanas sin apenas dormir la hacían sentirse contraída y envejecida. Cuando se vio en el espejo, creyó encontrarse, no con esa joven doncella que se escondía junto a su amante furtivo, sino con una vieja que se escondía de sí misma.

Avanzó hasta la ventana y miró afuera. Ojalá hubiese amanecido ya, pensó, y al volverse descubrió que León tenía los ojos abiertos. Era la clase de hombre por la que Lea siempre había suspirado para su hermana pequeña. De repente Gabriela comprendió que León era un hombre para quien la felicidad y el confort material iban siempre inextricablemente unidos.

7

Poco después de la muerte de Rodrigo Velázquez, el cardenal Baltasar Cossa cumplió su gran sueño y accedió al papado con sede en Italia. Pero pasaron cinco años antes de que visitara a Abraham Halevi en su celda.

–¡Y pensar que sois mi benefactor! –le dijo–. ¡Quién hubiera dicho que al final tendría que ser un judío quien matara a Rodrigo Velázquez!

El cardenal lo miró con detenimiento, casi con cariño, como un cazador mira a su perro favorito, cubierto de cicatrices tras las batallas de caza.

–Os mantendré siempre con vida, porque sois la prueba fehaciente de mi inocencia.

Enseguida concluyó su visita y abandonó la celda. Pero los efectos de ella permanecieron durante meses en el reducido espacio, en forma de un extraño aroma a perfume y a ajo.

Cada vez que Abraham oía el nombre de Cossa, aquel olor volvía a impregnarle los sentidos. Y ni siquiera el paso de los años hizo que ese recuerdo sensorial perdiera fuerza.

Pero ¿cuándo se oía por entonces dicho nombre? Mayormente, en los chistes que circulaban. Porque el único logro significativo que Cossa realizó durante su papado fue la celebración del Concilio de Constanza, y ese concilio, tras las pertinentes deliberaciones, lo que acordó fue deponerlo y apresarlo.

Años después, también desde su mazmorra, Abraham se enteró de que el mismo concilio había depuesto igualmente a

Benedicto XIII, el antipapa de Aviñón. Acto seguido el concilio procedió a elegir un papa para el mundo entero y el pontificado recayó sobre un aristócrata romano llamado Odo Colonna, que se convertiría en Martín V.

Abraham recibía las noticias a través de las ocasionales visitas de Gabriela y Joseph, así como de algún encuentro casual con los demás prisioneros o con los guardias amigables.

Después de aquella mujer presa en la celda contigua con la que compartió sus llantos, tuvo otros vecinos. Pero pasaba largos períodos en los que, por estar prohibidas las visitas, los ecos de los lamentos ajenos eran, aparte de los parcos gruñidos de sus guardianes, los únicos sonidos humanos que percibía.

¡Y qué desgarradores eran aquellos lloros y gritos! Al escuchar sus sutiles matices, Abraham sentía que su propia soledad cobraba vida y le hacía recordar cuánto necesitaba tener contacto con alguien. Durante aquellas escuchas, casi con avaricia, Abraham constataba que las voces de sus vecinos iban cambiando. Pues a los prisioneros que, a diferencia de Abraham Halevi, carecían de influyentes protectores, no se les concedía por mucho tiempo pensión completa en el palacio del rey Enzo.

Pero Abraham escuchaba los lamentos de todos y por todos sentía pena. A veces incluso se imaginaba los rostros y las vidas que se escondían tras las voces que oía. En cierta época, un viejo judío estuvo en la celda de al lado durante dos meses. Cada noche sus oraciones a viva voz producían en Abraham un efecto de consuelo, hasta el punto de que aprendió a rezar con él.

Después pasó un año compartiendo su mazmorra con un cabalista que le enseñó a utilizar las letras del alfabeto hebreo como si fueran números. Además, el cabalista le aseguró que las letras del nombre Abraham Halevi formaban una combinación indescriptiblemente especial, garantizaban que algún día Abraham se convertiría en un espíritu puro.

—Todo el mundo acaba convirtiéndose en espíritu puro —bromeó él—, una vez que los gusanos se lo comen a uno.

–Finges ser un cínico –replicó el anciano cabalista–, pero no engañas a nadie. Confiesa tus creencias y serás un hombre mucho más feliz.

–Este no es lugar para preocuparse por la felicidad.

–¿Por qué no? –preguntó el cabalista señalando alrededor, como si cualquier idiota pudiese ver que la celda no era otra cosa que el propio paraíso.

El día que llegaron las noticias de la elección de Martín V, el cabalista seguía encerrado con Abraham. Cuando el guardia les habló del gran evento y de los actos festivos que se sucedían por todo el mundo para celebrar el final del cisma, el anciano se mostró repentinamente atónito, como si hubiera recibido una impensable sorpresa.

–¿Sabes tú lo que significará todo esto? –preguntó a Abraham en cuanto el guardia se hubo ido–. El cisma se ha cerrado, la Iglesia está unida. Ahora se levantará el sol y reinará la felicidad –el cabalista empleó un tono y una risa nerviosa y aguda que Abraham no le había oído jamás–. Significa mi sentencia de muerte. Celebrarán su fortuna abriendo de nuevo los juicios.

Luego adoptó un profundo silencio, mientras el corazón del propio Abraham se aceleraba con la mención de la palabra «juicio».

Pensó con disgusto que él mismo no era más que una de esas estúpidas hormigas que se afanaban en correr por los dedos de los niños, mientras estos, desde una posición claramente superior, esperaban el momento de aplastarlas contra la tierra del modo más divertido.

–Perdóname –exclamó el cabalista– por pensar en mí mismo.

Dicho esto, sonrió a Abraham. Fue una sonrisa clara y radiante que iluminó la celda como el reflejo del sol en una brillante espada de acero.

La noche previa a la ejecución del cabalista, Abraham cayó dormido justo antes de las doce. Cuando se despertó, el viejo parecía haberse convertido en un joven. Estaba erguido como un roble y su sonrisa transmitía la misma luz que había emitido el día en que el orbe cristiano se había por fin reconciliado.

Permanecía sentado en el suelo de piedra con las piernas cruzadas y las manos juntas. De su cuerpo emanaba un calor que templaba toda la habitación. Las letras de su nombre, le había explicado a Abraham, podían transformarse en las de la escalera de Jacob y por eso él había sido elegido para su profesión.

–Tú también estarás con Dios –fue lo último que el cabalista le dijo a Abraham. Después cerró los ojos y comenzó a respirar profundamente, pero alargando cada vez más las pausas respiratorias hasta que, finalmente, el ritmo se hizo tan lento que la celda se sumió de nuevo en el frío y la oscuridad.

Cuando salió el sol, su cuerpo estaba encerrado en la rigidez de la muerte. Los guardias lo descubrieron así y golpearon a Abraham hasta tirarlo al suelo. Allí lo patearon y lo forzaron a desplomarse sobre el cabalista muerto. Luego siguieron pegándole hasta que las costillas empezaron a desprenderse y sus puntas astilladas se entrelazaron. Finalmente se desmayó.

Al cabo de dos días los guardias se llevaron el cuerpo del cabalista y en su lugar dejaron una mesa y un rollo de tela. Abraham se vendó los costados tan firmemente como pudo y luego inventó su personal tributo a la memoria del anciano. Consistía en pasarse todas las horas de sol mirando fijamente a la mesa, que en otro tiempo fuese parte viva de un árbol. Así Abraham intentó que su contemplación de la obra de Dios le llevara a contemplar a Dios mismo.

¡NUEVE AÑOS! TIEMPO suficiente para que el recuerdo de un invierno se confundiera con el de otro. Tiempo suficiente para que un hombre viera su vida contraerse y desaparecer ante sus ojos.

¡Nueve años! Ese era el tiempo que Abraham llevaba en prisión cuando liberaron a Baltasar Cossa de su propio confinamiento. Se dijo entonces que el cardenal era un hombre destrozado, un hombre que se limitaba a añorar lo bien que habría servido a la cristiandad si le hubiesen dejado ser papa y devolver al mundo el sentido común.

Cuando soltaron a Baltasar Cossa, las costillas de Abraham ya habían sanado del todo. Pero todavía se pasaba los días encorvado frente a su mesa, contemplándola en estupefacto trance.

A plena luz del sol, los poros de la madera aparecían tan difuminados y secos que prácticamente podía obviarlos, pues el otrora roble oscuro lucía como un pálido y liso campo de fibras frotado con una lija. Pero ¿a resultas de todos aquellos días observando cómo el sol incidía en la gastada superficie y escudriñando con ojos aburridos cada solitaria partícula, había Dios penetrado en su alma y transformado su ser? Ciertamente había vivido momentos de gran paz mientras se sumergía en un mar de contemplación y serenidad, como una criatura en el útero materno. Pero al salir de él se encontraba de nuevo dudando.

–Ahí lo tienes –se decía–. El gran hombre de ciencia, conquistador de la superstición, maestro del cuchillo de plata y, sin embargo, ¿qué puede ofrecerse a sí mismo? ¡El oro de los tontos! Como los alquimistas que se creen sus propias patrañas, soy un preso iluso que intenta no ver que ha perdido la corriente de la vida real.

¡Nueve años! Sin embargo hoy el sol lucía con fuerza y el tablero de madera resplandecía bajo el poder de sus rayos.

En Montpellier, tanto en su casa como en la universidad, había trabajado muchas veces con una luz similar. El sol de allí era tan potente como el de Italia. Bajo su influencia había reproducido sus esbozos en grandes pliegos de dibujos destinados a ilustrar su libro de anatomía.

Seres humanos, animales, incluso plantas. Los había diseccionado y estudiado de forma comparativa, observando cada organismo vivo con relación a los otros, cada vida en conexión con todas. Incluso la mañana que Pierre Montreuil y sus mercenarios atacaron el castillo de Montpellier, Abraham se preocupó por el trabajo de su vida, y lo guardó en aquellos momentos en un arcón bajo el lecho que compartía con Jeanne-Marie. Sin embargo, cuando volvió desde el poblado al castillo con el muchacho lisiado y vio el cuerpo de su esposa colgando de una ventana y el resto de los cadáveres ardiendo, corrió desesperado por las habitaciones gritando en plena locura los nombres de sus hijos, y al no encontrar ni rastro de ellos, cegado por la ira y el dolor, comenzó a lanzar las posesiones de Jeanne-Marie y las suyas, a través de la ventana, a la pira incendiaria.

Cuando Nanette lo llamó a gritos, Abraham estaba destrozando las ropas, los muebles, los cuadros, los tapices e incluso las paredes con su pesada espada.

Entonces se acordó del arcón, lo forzó y lanzó sus dibujos sobre la cama, como si fueran el cadáver de su matrimonio con Jeanne-Marie. Chillando y llorando, los hizo pedazos con la espada. Y puso tanto empeño en su frenesí que al poco la propia cama se partió en múltiples trozos.

Ahora, al abrir los ojos, vio que sus manos eran las de un hombre viejo. Las tenía juntas, como las tenía el cabalista la noche en que se adelantó a morir por voluntad propia. Los dedos estaban blancos como la arena, los nudillos hinchados por la humedad, las palmas suaves tras tantos años de inactividad.

Estaba levantando las manos hacia el rostro, despacio como si rezara pidiendo morir, cuando uno de los guardias abrió la puerta de la celda.

—Tengo algo que decirte. Baltasar Cossa ha sido asesinado.

Abraham estiró el cuello como si lo hubieran despertado con un pinchazo. De sus labios salió una risita nerviosa y prolongada. La misma que había brotado de boca del cabalista el día en que supo que su destino estaba finalmente dictado.

—Vosotros los judíos siempre estáis riéndoos —gruñó el guardia antes de cerrar de nuevo la puerta.

8

La celda de Abraham Halevi no daba al patio central, sino a uno lateral y estrecho. Lo que se veía desde el exterior del edificio no era una tétrica prisión, sino un edificio elegante y cuidadosamente ornado, conocido como el palacio del rey Enzo.

Lo llamaban así porque, siglos antes, el tal rey Enzo se había pasado la vida entera cautivo entre aquellos muros.

El cardenal Baltasar Cossa había dispuesto de la construcción, y en ella había ubicado sus mazmorras, sus colecciones de arte y, según afirmaban algunos, también los tesoros acumulados durante sus décadas de correrías como marino mercante y cruel pirata. Asimismo se rumoreaba que Baltasar Cossa, primero como cardenal y después como papa, también había usado el palacio para sus placeres más íntimos. Y mientras que en el piso de abajo se oían los gritos de los torturados, arriba resonaban las risas y la música.

Solo unos cuantos pasos separaban el palacio del rey Enzo del de los Notarios.

A ese gremio pertenecía Joseph Santángel, que había nacido Joseph Halevi, pero que había adoptado ese apellido, tanto para honrar a sus protectores como por propia seguridad.

En 1419 Joseph todavía trabajada para la familia de sus benefactores. Como parte de su aprendizaje, le habían asignado el cambio de moneda en las casetas de los banqueros. El cometido le resultaba grato. A sus dieciocho años, agradecía la oportunidad de trabajar al aire libre y poder observar no solo las transacciones comerciales en la plaza mayor de la ciudad, sino la ciudad misma, inimaginablemente rica, mientras sus cientos y cientos de trabajadores se afanaban laboriosamente en construir un palacio tras otro, elevándolos a esa belleza que los italianos parecían apreciar tanto.

A veces, mientras se encorvaba para hacer números o charlaba ociosamente con un cliente, o incluso mientras cruzaba la plaza contemplando las ondulantes sombras de las hambrientas gaviotas, oía una voz que hablaba solo para sus oídos. Era una voz suave, la voz de un hombre ya casi anciano.

—¡Joseph! —le decía a su imaginación. Y él, fuera lo que fuese que estuviera haciendo, se sentía sacudido como si la voz le hubiese despertado de sus sueños.

—¿Qué te ocurre? —solía preguntarle Sara—. ¿Estabas soñando de nuevo? Ay, Joseph, Joseph el Soñador.

Entonces él volvía en sí y se reía.

—Eso es —afirmaba—, debía de estar soñando.

El día que Bolonia conoció la noticia de la muerte de Baltasar Cossa, Joseph alzó la vista desde su puesto y vio a Gabriela y a Sara que se aproximaban a él cruzando la calle. Era mediodía. El sol lucía tan alto que sus rayos caían a plomo sobre la plaza, sin apenas producir sombras y haciendo que el blanco brillante de la túnica de Gabriela Hasdai de Santángel resplandeciese aún más.

Sara tenía dieciséis años, dos menos que él. La otra Sara, su hermana, había muerto durante el asalto al castillo de los De Mercier. Joseph recordaba bien aquel día. Apretujado en el armario, escondiéndose bajo las faldas de María, había oído cómo intentaban derribar la puerta y cómo habían acabado haciéndolo.

Por un breve instante pensó que tal vez no los encontrarían y sobrevivirían. María le tapaba fuertemente la boca y la nariz con la mano, así que, aunque intentara dejar escapar algún sonido, no podía. Pero entonces, de la propia boca de la sirvienta, salió un ahogado y leve estornudo. Al segundo abrieron la puerta y arrastraron a la mujer fuera del armario. Llevaba a Sara en sus brazos. Joseph recordó el súbito pataleo de su hermana pequeña y su propio intento, vano y desesperado, por permanecer escondido tras el vestido de María.

Fue en el momento en que, entre gritos, le levantaron las faldas a la aterrorizada María, cuando él vio la puerta de la habitación abierta. Un paso, dos, tres y estaba ya fuera y corriendo por las escaleras que bajaban al salón principal sin que nadie le persiguiera ni hubiese advertido su fuga. Lo que creyó eran las pisadas de sus perseguidores resultaron ser solo los latidos de su propio corazón.

—Joseph, ¿es que no soñabas conmigo mientras me esperabas? —dijo Sara casi en son de burla, como si él fuera un novio al que correspondiera exigir, o como si debiera fingir la postura de vivir pendiente de cada cuestión y duda que ella pudiera plantear.

—Siempre sueño con tu llegada —contestó él. En los dos últimos años Sara se había convertido en una mujer tan guapa que apenas se atrevía a mirarla. Pero ahora, de alguna manera, la contemplaba fijamente. Tenía un rostro fino y ovalado. Los pómulos altos acentuaban sus ojos negros. El pelo abultado hacía juego con su vestido de seda azabache. Además, Sara le ofreció la blancura de una fugaz sonrisa.

—¿Y qué es lo que siempre sueñas que yo haga al llegar? —siguió preguntando ella. Pero en ese momento él vio que Gabriela se aproximaba.

—No lo sé —dijo antes de salir corriendo. Sufrir de amor por una hermana adoptiva era sin duda la más estúpida de las enfermedades que podía contraer. Mientras que él era solo el hijo de un criminal en presidio, Sara se contaba entre las jóvenes judías más bellas y con mayor dote de toda Italia. Dos veces había estado a punto de prometerse con hombres ricos e influyentes. Sin embargo, pasaba el tiempo sin que ella se casara.

—Pronto —solía bromear León— esa belleza pesará tanto que Sara se desmoronará y caerá al suelo por no poder soportar su carga, como fruta demasiado madura.

Una de las veces que Joseph visitó a su padre, se atrevió a mencionar el tema del amor.

—¿Alguna vez tuviste el corazón roto? —le preguntó reuniendo todo su coraje.

—No es el amor lo que rompe el corazón —contestó Abraham antes de encogerse de hombros. A pesar de su edad, todavía los tenía anchos. Y su sonrisa, que se torcía desde que había perdido la visión de un ojo, reflejó la felicidad que sentía por poder volver a sorprender a su hijo. ¿Cuántos amores habría tenido? Joseph trató de imaginarse en vano la juventud y el improbable romanticismo de su padre, así como la cadena de mujeres que habían hecho más dulces sus noches de guerrero.

—¡JOSEPH!

La voz de su padre era suave como la de quien ya no necesita hacerse oír. Sin embargo, pronunciaba su nombre como no lo hacía ninguna otra persona. Tal vez la diferencia estribaba en que Abraham añadía al sonido de su nombre el amor de un padre. Y de eso intentó convencerse muchas veces Joseph cuando era pequeño.

Gabriela y Sara se habían retirado, dejándolos solos. Como siempre, Gabriela estaba plenamente al corriente del curso de las vistas, las apelaciones y las nuevas evidencias encontradas, y les había informado con todo detalle. Pero de hecho habían pasado seis años desde que les prometieron una nueva audiencia.

Por supuesto, los demás encausados en similares procesos no habrían sobrevivido tanto tiempo, ni él lo habría hecho con la relativa comodidad con que lo hacía.

El dinero de Juan Velázquez, decían todos, sufragaba intereses opuestos con relación a Abraham Halevi. Pero ahora que el cardenal Cossa había muerto, ni siquiera el poderoso comerciante las tenía todas consigo para asegurar el desenlace.

–Te encuentro bien, Joseph.

–Estoy bien, padre.

–¿Sigues pintando?

–Sigo yendo al taller.

–¿Y?

–Los otros aprendices viven allí –protestó el joven explotando– y pueden pasarse el día entero sirviendo al maestro. Yo solo voy unas cuantas horas a la semana, y ni siquiera todos los días. –Joseph se interrumpió.

–Continúa –le urgió Abraham. Eso era todo.

–¿Preferirías vivir en el taller?

–No.

–¿Por qué no?

Joseph apretó los puños.

–Porque soy judío. Ningún judío vive en el taller.

–¿Y qué?

–Nosotros tenemos que comer la comida apropiada, decir las oraciones apropiadas...

Se detuvo, sin ningunas ganas de continuar la charla.

–¿Me estás diciendo que no puedes ser pintor porque eres judío?

–Nos está prohibido –contestó el muchacho serena y resignadamente–. Lo sabes muy bien.

–Nos está prohibido pintar la cara de Dios, eso es todo –replicó Abraham.

–¿Y esperas que pinte vírgenes?

Abraham rio con fuerza y de repente la atmósfera entre ellos se clareó.

«Ya he pintado vírgenes –estuvo tentado de decir Joseph–. Ya he pintado incluso cristos.» Pero supo que cualquier cosa sonaría ridícula a oídos de Abraham y que este se ocuparía de quitarle importancia a sus preocupaciones demostrando su absurdo.

–Está bien –afirmó su padre con dulzura–. Tienes mi permiso para dejar de ir al taller. Es más, te ordeno que dejes de ir al taller.

—Gracias.

—Cuando yo era joven no tuve un padre que me dijese lo que debía hacer.

—Lo sé.

—No fue ninguna tragedia.

Joseph miró a su padre en aquella celda. ¿Cómo podía uno ser hijo de ese hombre?

—En su vida no queda sitio para los hijos —le dijo Gabriela en cierta ocasión cuando él volvió a casa llorando—. Por eso debes perdonarlo.

El guardia que había permanecido sentado fuera en un taburete durante todo el encuentro se puso de pie y abrió la puerta de la celda.

—Es hora de que me vaya.

—Primero recemos juntos.

—Pero rápido.

Joseph vio cómo su padre tomaba el rollo de pergamino que estaba sobre la mesa.

—Pongámonos de rodillas —le dijo. Gabriela también le había contado que Abraham se había pasado la mayor parte de su vida declarándose no creyente. Quizá era por eso que insistía con tanto énfasis en el rezo—. Ahora escúchame bien —le pidió solemnemente a su hijo—. Escúchame bien y atiende al sentido de las palabras que pronuncio.

Desenrolló el pergamino y comenzó a leer en hebreo.

—Y llegó el momento en que Israel debía morir, y llamó a su hijo José y le dijo: «Si he hallado gracia a tus ojos, coloca tu mano, te ruego, bajo mis piernas y trátame con amabilidad y verdad. No entierres mi cuerpo en Egipto.»

Joseph salió de la prisión cuando ya estaba avanzada la tarde. Fuera todavía quedaba en el cielo luz blanca, pero dentro de la celda de Abraham la oscuridad era casi completa. Antes de partir, su padre lo había besado. Sus labios y el vello de alambre de su barba se le antojaron un país extranjero al rozar sus mejillas.

De camino a casa, el olor y el gusto de su padre impregnaban todavía su rostro, como si el viejo hubiera encontrado un nuevo camino para reivindicar la paternidad de su hijo.

Pero Abraham laboraba en una empresa que ya estaba conseguida, pues Joseph, cuando iba a trabajar por las mañanas, cuando paraba para comer y cuando volvía a casa por las tardes, siempre miraba entre la multitud de la plaza hacia el edificio en el que estaba preso. Llevaba tanto tiempo haciéndolo que, en el proceso, había pasado de ser un niño que mira a un gigante a ser un hombre que mira de tú a tú a su padre.

AQUELLA NOCHE, ACABADA la cena, Gabriela hizo que Joseph le contase hasta el menor detalle todo lo sucedido desde que ella había salido de la celda. Hacía esto cada mes, como si las visitas fueran un texto bíblico que después debía ser cuidadosamente examinado para extraer reveladores indicios acerca de los caminos de Dios.

A regañadientes, él volvió a contarle la conversación acerca del taller de pintura.

—No sabía que quisieras ser aprendiz —comentó Gabriela.

—No quiero ser aprendiz —replicó Joseph—. Pero cuando hablo con mi padre, me siento como si me pusieran encima una gran losa y tuviera que justificar todo lo que deseo antes de que me aplaste.

—No debes sentirte así.

—Luego me hizo rezar con él.

—Eso es bueno —celebró Gabriela—. Me hace feliz escuchar que ahora reza.

Su propio hogar era del todo religioso. Incluso en aquel instante, mientras hablaban, León se encontraba en la sinagoga recitando las oraciones vespertinas. Por lo general, Joseph solía acompañarlo. ¿Y por qué no? Ya tenía dieciocho años y era lo bastante hombre para ocupar su lugar ante Dios y casarse. Cuando tenía trece años, León sufragó su puesto en la sinagoga. Ahora era un hombre entre hombres, tanto en la sinagoga como en las casetas de comercio o en la vida social que envolvía a la familia Santángel. Todos estos segmentos de su vida encajaban perfectamente, formando un círculo, una rueda. Privarle de uno de ellos sería como minar la rueda y hacerla colapsar.

Estaba a solas con Gabriela, no había nadie más en la habitación. Era una rara oportunidad para hacerle las preguntas que el chico nunca se atrevió a formular. Quería saber cómo su padre pudo ser considerado un hombre entre los demás hombres de su estirpe, si se había apartado de su Dios y de sus sinagogas. ¿Cómo podía dejar la gente que la operara sin saber qué fe albergaba en su corazón? ¿Era su incredulidad religiosa solamente una más de sus interminables poses arrogantes?

A veces Abraham, con sus elaboradas bromas, sus órdenes misteriosas, sus silencios en cuestiones obvias y sus estallidos de locuacidad en asuntos de nula trascendencia, parecía un vestigio de épocas pasadas. Y no solo de una generación anterior a la del joven Joseph, sino de una era lejana.

Sin embargo, la gran amiga de su padre, Gabriela, sí era una mujer de los nuevos tiempos. Se mostraba liberal en cuestiones religiosas; osaba despreciar a los grandes terratenientes; urgía a Joseph con entusiasmo para que participara en esa eclosión de pintura y escultura que cautivaba a Bolonia; adoraba la razón y se proponía enviar al muchacho a la universidad; y alababa, más que a nadie, a su padre Abraham, por ser, según ella, un científico adelantado a su época.

–Solo ahora –dijo Gabriela– los más eminentes profesores de la universidad de Bolonia empiezan a darse cuenta de que, para curar el cuerpo, es necesario mirar bajo la piel. Pero tu padre practicaba disecciones y operaciones hace más de treinta años, cuando hacerlo se castigaba con la muerte.

–Debió ser muy valiente –dijo Joseph intentando que su voz no trasluciese sus dudas.

–¿Qué más hicisteis hoy?

—Rezar.

—¿Qué oraciones?

—Ninguna en particular. Leyó unos versículos del Génesis sobre la muerte de Jacob. Creo que intentaba decirme que ya se está preparando para morir.

—Para eso no está preparado —juzgó llanamente Gabriela.

—Ya es viejo —aseguró firmemente Joseph mirándola a los ojos—. Las dos últimas veces que lo he visitado me ha dicho que no puede vivir para siempre en esa celda y que...

—¿Por qué no me lo contaste? —le interrumpió ella con gran enfado. Su voz era como una espada que cortó la línea de razonamiento del sorprendido joven.

—Era solo una queja en voz alta, un...

—¿Qué leyó hoy exactamente?

Joseph cerró los ojos y trató de recordar la voz de su padre.

—«Escúchame bien —repitió—. Escúchame bien y atiende al sentido de mis palabras: "Y llegó la hora en la que Israel debía morir, y llamó a su hijo José..."».

Joseph se detuvo porque Gabriela se había puesto en pie de un salto y cruzaba la sala para buscar su propio rollo de oraciones. Encontró al momento el libro del Génesis y, mientras Joseph recitaba de memoria, ella leyó el pasaje señalado.

Cuando acabaron, él dijo:

—¿Lo ves? Quiere morir.

9

«NO ME ENTIERRES en Egipto», le había rogado Abraham a Joseph. ¿Era otra de sus peticiones raras, enrevesadas, incomprensibles, chistosas, o era una señal con la que indicaba que había llegado la hora de que lo sacasen de allí?

¿Si Abraham escapara de su prisión, se preguntó Gabriela, no debería también ella escapar de la suya?

A la mañana siguiente, en lugar de ir al almacén de mercancías, recorrió las callejas del barrio hasta llegar a la sinagoga. La ronda oficial de oraciones matutinas había concluido y en el patio interior un rabino se reunía con sus discípulos, que lo rodeaban y estaban analizando con él una cuestión teológica de ínfimo orden.

El rabino se inclinó y saludó a Gabriela, que le devolvió la reverencia. El dinero de Juan Velázquez había contribuido a levantar esos muros que hacían las actividades de la sinagoga invisibles a ojos de quienes pudieran sentirse ofendidos por la competencia religiosa.

Una vez dentro, Gabriela subió los peldaños de la escalera que llevaba a la galería para mujeres. Allí, sola, miró a los ancianos que, en la planta baja, rezaban mientras sus fuerzas se lo permitían. Sosteniendo sus rollos de oraciones, que habían aprendido de memoria hacía mucho tiempo, se escondían bajo sus enormes mantos, cuyo tamaño les hacía parecer enanos de largas barbas con olor a leche y pan rancio. Se balanceaban cantando sus penas y su obediencia a la férrea voluntad de Dios.

¡Tantos muertos! ¡Tantos a los que llorar! ¡Tantos que vivían dispersos! Verdaderamente habría que esperar hasta el Día del Juicio Final, si se pretendía que todos ellos regresaran a Jerusalén.

Desde la galería, Gabriela veía el arco y la vela siempre encendida de la sinagoga.

—Yo soy un Dios celoso —había avisado el Padre de todas las cosas.

Celoso, sí. Quizá por eso había elegido al pueblo judío. Les había elegido para ser el pueblo que nunca se permitiera olvidarse de sus celos, su ira y las exigencias de estar a su servicio.

Solo veinticuatro horas antes, Gabriela se había enterado del asesinato de Baltasar Cossa, el viejo pirata convertido en Papa. Y ahora que faltaba el cardenal, ¿qué sería de Abraham? Estaba cautivo de un hombre que ya no vivía. Estaba cautivo y sin más perspectivas en la vida que afrontar un juicio por asesinato y herejía. La única razón por la cual podría querer seguir viviendo sería convertirse en un nuevo mártir que complaciera al Dios de los judíos.

Los rezos piadosos de los ancianos continuaban y avergonzaban a Gabriela por sus pensamientos como un dedo acusador.

—Quiero morir —le había dicho Abraham en su último encuentro a solas.

—Entonces muere —había contraatacado ella, sintiendo un acceso de culpabilidad mientras él se recostaba en la pared. Pero solo unos segundos después volvió a ser él mismo. La abrazó, se rio y aseguró que, con su fortaleza, volvería a ser un hombre joven cuando el esperado perdón llegara por fin. También relató a Gabriela que, antes de morir, Cossa le había enviado un mensaje a través de un obispo de confianza en el que le anunciaba que, tan pronto afianzase su posición política, le liberaría y le concedería un salvoconducto hasta Toledo.

Luego, encorvado y flaco, Abraham se había aproximado a ella y sus manos de alargados dedos apenas agarraron su cintura cuando ella se encontró ya dando vueltas por el aire, como un niño que juega con su tío favorito.

Ahora, en la sinagoga, solo uno de los ancianos continuaba cantando. Su voz se elevaba ondulante y como un pájaro herido rebotaba en los distintos recodos del techo, buscando sin éxito un sitio en el que reposar.

A través de las ventanas del edificio llegó el tañido de las campanas de una iglesia. Sonó tan fuerte que redujo los rezos cantados del hombre al zumbido de una mosca.

De alguna manera, la decisión había caído por su propio peso. Solo faltaba arreglar los detalles y el pequeño problema final: cómo suavizar el golpe.

Gabriela se volvió y bajó de la galería al patio. Los alumnos ya se habían ido a sus casas, pero el rabino seguía sentado en un banco, meditando al calor del sol.

–Buenos días, rabí.

–Buenos días, señora. Saludad de mi parte a vuestro marido.

Gabriela caminó despacio hasta la calle. Estaba atestada de gente. Se dejó empujar por la muchedumbre que iba y venía de casa al mercado. Sin duda esa tarde el rabino le contaría a León que había visto en la sinagoga a su señora.

Tendría que inventarse alguna excusa, tal vez el aniversario de algún difunto con el que León no estuviese familiarizado y por el que no la hubiese consolado ya. Era amable, considerado, incluso había sido apasionado en otros tiempos. Pero la decisión de Gabriela estaba tomada. La puerta definitiva se había abierto mientras las demás se habían cerrado.

JOSEPH ESTABA EN su puesto en las casetas de los banqueros cuando alguien dejó caer una pluma sobre los números que repasaba. Levantó la vista y se encontró frente a sí a Sara. Sonreía ante su sorpresa. Él miró con agobio hacia la hilera de puestos. León trabajaba inmerso en una costosa y prolongada negociación con un comerciante de Florencia. Llevaban tres días discutiendo los términos de una carta de crédito que el comerciante pretendía le fuese otorgada para hacerla valer en una feria de Génova. Con ello, él y sus socios podrían comprar lana para cargar al completo un velero. Pero si este se hundía o resultada abordado, nunca devolverían el importe recibido.

Ese riesgo impediría por sí mismo el libramiento de cartas de crédito, si no concurriera en este caso un factor adicional: para asegurarse de que los piratas no robaban el cargamento de sus deudores, Velázquez tenía a sueldo una flota de bribones propios que protegían o atacaban los barcos que él señalaba. Joseph vio cómo Gabriela le recordada este extremo al oído a León. Por tanto, los Santángel no solo tenían el cometido de hacer tratos ventajosos por cuenta de su señor, sino también el de participar en la trama ejerciendo de consumados actores.

Mientras se alejaba con Sara hacia la Plaza Mayor, Joseph oyó cómo Santángel vociferaba con dramatismo toda clase de peligros y traiciones imaginarias para aumentar el precio del crédito.

–Mi madre me ha dicho que te marchas de Bolonia.

Al andar, Sara dejaba que sus hombros rozasen los de Joseph. Y, como le sucedía siempre, él notó que su cuerpo se inundaba súbitamente de vitalidad en una rápida reacción que no podía controlar.

–¿Qué quieres decir?

–Me contó tus planes –afirmó Sara–. ¿Es que yo no debía enterarme?

Joseph sintió miedo, pues era cierto que habían trazado un plan, y era un plan tan peligroso que Gabriela le dijo: «Superada esta aventura, sin duda te habrás convertido en un hombre.»

–Te echaré de menos.

–Yo también te echaré de menos –contestó él.

–Prometiste bailar en mi boda.

–Tendrías que haberte casado antes.

Se arrepintió de sus palabras tan pronto como las dijo. Y cuando vio que Sara se ruborizaba, se ruborizó también él. Los dos compromisos de Sara habían terminado por razones de salud de los pretendientes. En el funeral del segundo, la madre del difunto acusó a gritos a Sara de no ser una mujer sino una víbora que causaba desgracia a quien tocaba.

–Tú también deberías haberte casado –contestó finalmente ella.

Ahora era el turno de Joseph de sentirse azorado.

–¿Nunca te has declarado a nadie? Ahora eso es una suerte, porque así podrás buscar libremente a una mujer en tu nueva vida.

–Tienes razón –dijo él– en el fondo hay suerte escondida en todo lo que sucede.

Caminaban entre el gentío del mediodía. Por momentos la multitud les hacía separarse y por momentos los volvía a juntar. Al calor del sol la fragancia de ella cobraba tanta fuerza que Joseph se aturdió.

–¿Quieres tener hijos?

–No he pensado en ello.

–En la Torá, Dios está siempre enviando a sus fieles a nuevas tierras para que se multipliquen. –Le hizo una mueca a Joseph y él supo que apelaba, no a su virilidad, sino a esa facilidad para la aritmética que le hacía útil en los negocios de Santángel–. Espero que seas feliz y tengas mucho éxito. –Sara habló esta vez muy seria y se detuvo al extremo de la plaza–. Mi madre me pidió que apreciara lo amable que has sido conmigo al aceptar ser mi hermano durante todos estos años.

–¡Para ya! –exclamó él mirándola fijamente. Luego intentó apartar la mirada, pero le fue imposible. Quería bebérsela, inhalar cada detalle de ella, cada pálpito, cada poro de su piel.

–¡Joseph!

«Ven conmigo.» Las palabras se formaron en su boca. Incluso entreabrió los labios. Pero no las pronunció.

–Que tengas una vida feliz –dijo finalmente.

–¡Tenla tú! –contestó Sara–. ¡Que Dios te bendiga! –Y, dándose la vuelta, se alejó.

AQUELLA NOCHE LOS sueños de Joseph fueron como pesadas losas. Se despertó antes de que amaneciese y abrió brevemente los ojos, encontrándose con la cama en la que tiempo atrás había dormido su padre. Luego la noche se convirtió en día y sus sueños volvieron a cobrar toda la fuerza y la viveza del sol.

Primero se vio a sí mismo de niño, yaciendo en el mismo lecho en el que yacía ahora y fingiendo estar dormido mientras temblaba de nervios. Su padre se despertaba y se vestía para aventurarse en la noche. La diferencia era que, en sus sueños, la noche había pasado a ser mediodía. Su padre salía por la ventana y él le seguía. Las ventanas de todas las casas de la ciudad estaban abiertas para que cualquier ojo curioso pudiera ser testigo de su singular destino.

Entonces su padre escalaba los muros de la mansión donde Rodrigo Velázquez se alojaba. Joseph, con la luz dañándole los ojos, intentaba encontrar un lugar en el que esconderse. Pero dondequiera que fuese los extraños lo rodeaban y lo observaban fijamente, pellizcándole con curiosidad los costados y haciéndole preguntas en un idioma que no entendía. Corrió de una esquina a otra. Y finalmente se encontró frente a una gran puerta que se abrió.

–Joseph, Joseph.

Sara, vestida en camisón, se inclinaba hacia él. El cabello le caía sobre los hombros, pero Joseph se fijó en un gran rizo negro que se enroscaba en su oreja como la caricia de un amante.

Él avanzó hacia ella y entonces la encontró junto a él, tumbada en su cama. Se colocó sobre Joseph y su peso le liberó del pánico que sentía por la desaparición de su padre. Besó los labios de Sara, una, dos veces. Sabían a fresas salvajes. Dulces y llenas de plenitud. Volvió a besarla.

–Joseph.

Abrió los ojos y vio sus manos sobre los hombros de Sara. Pero esas manos eran ahora las de un hombre mayor, plagadas de rugosas venas. Los alargados dedos estaban curtidos por toda una vida al sol. Entonces recordó la maldición acerca del veneno de la víbora.

–¡Joseph!

Esta vez la voz sonaba más alta y le despertó de su sueño. El corazón le latía con fuerza, pero la habitación estaba vacía. En ese momento se abrió la puerta y apareció Sara...

–Joseph, perdóname por lo que te he dicho esta mañana.

Antes de que sus labios probaran los de Sara, él ya conocía su sabor. Y cuando en la oscuridad recorrió con las manos su rostro, sus dedos ya sabían dónde estaban los rizos entre los que deseaba perderse.

10

JOSEPH LLEGÓ A la celda para cumplir su hora de visita. Encontró la puerta abierta y al guardia sentado en su banqueta. Estaba absorto, observando el corredor como si en las paredes cada día se publicaran nuevas historias para que él se entretuviese. Al final de cada pasillo había un retén adicional de hombres. Portaban las suficientes espadas, cuchillos y mazas como para sofocar cualquier motín que pudiera producirse. Y además era altamente improbable o imposible que los presos se rebelaran, porque las normas dictaban que la puerta de cada celda solo se abriera cuando todas las demás estuviesen cerradas.

El joven saludó al carcelero entregándole un pañuelo de seda. Como de costumbre, el pañuelo contenía algunos dulces y dos monedas de oro. Este tributo no era del todo imprescindible, le había explicado Gabriela, porque los privilegios para las visitas se conseguían sobornando a otros guardianes, no a este. Pero el regalito hacía que también este guardia estuviera deseando que las visitas se produjesen. Para que sus compañeros del corredor no se pusieran celosos, también se les hacía algún regalo, aunque no tan a menudo.

Joseph entró en la celda. Su padre se levantó para abrazarlo, como si se tratase de una visita ordinaria. Entre sus brazos, el joven no podía creerse que el corazón todavía no le hubiera estallado.

–*Shalom* –dijo. Y luego añadió en hebreo–. Te he traído un regalo inspirado en tu oración. Perdóname si no lo he elegido bien.

Abrazó a su padre con más fuerza, para que este pudiera sentir entre los pechos de ambos el mango de una daga.

Abraham, con extremada rapidez, tomó la daga y se la escondió dentro del blusón. Luego volvió a su esquina.

Joseph sintió un arrebato de alivio al verse desembarazado de su carga. Luego se sentó en el banco de piedra de su padre como si ya hubiera pasado todo.

—¿Hoy no viene Gabriela? —preguntó Abraham.

—Estaba ocupada.

—¿Tiene otros arreglos que concluir?

Joseph notó que el corazón volvía a encogérsele. «No debes hablar más hebreo del necesario delante del guardia, porque levantaría sus sospechas», le había avisado Gabriela. Pero el guardia no parecía sospechar nada. De hecho, disfrutando de su regalo, había sacado el cuchillo para prepararse un mondadientes con los palos que siempre llevaba consigo. A veces daba la impresión de que, de tanto mirar sus invisibles fuentes de entretenimiento sin encontrar nada, la limpieza de sus dientes se había convertido en el mayor reto en la vida para ese hombre. Tan intenso placer sacaba de ello que antes de comer ya se había preparado su palillo para después no perder un momento.

Joseph asintió con la cabeza.

—Me alegra que mi hijo sea tan rápido en comprender los textos de la Biblia.

El joven solo podía ver la espalda del guardia, pero el ruido de su cuchillo seguía sonando. De acuerdo con lo que Gabriela había dicho, el veneno tardaría al menos un cuarto de hora en hacer efecto. «Está garantizado —añadió— que deja a un hombre tieso en el sitio. Pero, por supuesto, tales garantías son solo teóricas. Si el veneno no le mata y simplemente le causa cierto ahogo, tendrás que acabar con el guardián tú mismo.»

Al oír eso, Joseph le había vuelto la espalda. Su padre y Gabriela eran como bestias propias del tiempo en el que los hombres se despedazaban entre sí. Él había tomado clases de espada y había jugado a la guerra en la escuela, pero matar a un ser humano le resultaba casi impensable. «No te preocupes –le había dicho Gabriela secamente, como si hubiese podido leer sus pensamientos–. Cuando llegue el momento, sabrás hacerlo.»

Ahora tenían el cuchillo que acababa de entregarle a Abraham y, al cinto bajo la capa, otra arma: una espada corta que Sara le había proporcionado.

El padre se colocó junto a la ventana. Sus únicas vistas consistían en el reducido espacio de polvoriento aire que separaba la celda del contiguo muro de piedra. A plena luz, la piel de Abraham se veía muy pálida y humedecida, como pergamino almacenado durante mucho tiempo en un lugar húmedo. Sobre el ojo herido, su párpado, cubierto por una gran cicatriz, caía como una persiana permanentemente cerrada. Tenía la barba descuidada y casi del todo blanca, pero su cabello seguía siendo negro. Tampoco se lo había cortado y le caía sobre los hombros.

El sol incidió en su ojo bueno y lo hizo brillar, transformándolo en el resplandeciente ojo de un gato. El guardia había terminado de comer y ahora se mondaba los dientes.

Los minutos se hacían interminables. Joseph recordó su fuga del dormitorio en el que mataron a María y su carrera hacia el salón, mientras su hermana pequeña gritaba de agonía. Sin planearlo, había acabado escondiéndose bajo la cama de la habitación de su tío Robert. Era tan alta que, con las mantas y colchas cayendo a su alrededor, pudo sentarse como en una tienda de campaña, agarrándose las rodillas y apretándolas contra el pecho y contra un corazón que latía a velocidad vertiginosa.

Pasado un largo tiempo, se acercó a mirar por la ventana. Este era uno de sus recuerdos más nítidos: el patio vacío excepto por los cadáveres formando una pira y ardiendo. Y entonces, sin saber cómo, Nanette lo encontró. Joseph se sorprendió tanto al verla que gritó presa del pánico. Era el primer sonido que había emitido en horas. Después perdió el sentido y cayó de bruces al suelo.

Cuando se despertó, su padre estaba frente a él, junto a la puerta de la habitación. Tenía una expresión de locura e ira, y la espada levantada. Olía a sangre y...

—¡AHORA! —SUSURRÓ ABRAHAM.

Joseph botó en el banco del sobresalto. El miedo le había anquilosado los músculos hasta el punto de que apenas podía moverse. Miró hacia la puerta. El guardia seguía en perfecta comunión con su mondadientes.

—¡Vayamos!

Su padre avanzó. A Joseph el estómago le daba vueltas como una noria. Sintió que iba a vomitar. Con cada paso, Abraham parecía adquirir mayor tamaño. El decrépito viejo que había pasado nueve años en prisión comenzaba a desprenderse de su persona.

—Hijo mío —le dijo extendiendo el brazo—. Levántate, hijo mío.

Joseph intentó ponerse en pie, pero las rodillas le temblaban y solo consiguió permanecer medio erguido. La vergüenza por su propia cobardía minaba todavía más su escasa determinación y pudo sentir que el sudor le bañaba todo el cuerpo.

—Hijo mío... —repitió Abraham suavemente.

El joven alzó los ojos hacia su padre. Sabía que procuraba infundirle fuerzas. Sin embargo, su tono de voz solo le hizo sentirse aún más avergonzado.

De alguna manera, logró levantar la mano y ofrecérsela a Abraham, que tiró de él y lo mantuvo recto y en pie. Y, entonces, justo cuando Joseph encontraba el equilibrio, vio que el guardia se había plantado en la puerta.

—Eh, eh —gritó el hombre—. ¿Qué hacéis?

Su grito hizo que el resto de los carceleros empezaran a correr en dirección a la celda de Abraham. Al oír sus pisadas, Joseph sintió que su mente quería explotar en mil pedazos.

–¡Ahora! –dijo Abraham por última vez.

Y acto seguido, mientras Joseph lo observaba, se lanzó contra el guardia, lo volteó y le seccionó la garganta con su cuchillo. Un río de sangre corrió por el acero.

Abraham salió corriendo al pasillo y empezó a recorrerlo con Joseph a sus talones.

Cuando llegaron a la escalera, uno de los guardias se puso a su altura. Mientras se abalanzaba sobre Abraham, Joseph sacó su espada corta y pudo sentir todo el peso del hombre que se ensartaba a sí mismo por la tripa en su pequeña arma, regalo de Sara. Luego, tras tirar de la espada y liberarla, el joven corrió tras su padre por las escaleras.

Llegaron al patio, perseguidos por el ensordecedor griterío de la guarnición entera.

Por un instante, el sol cegó a Joseph. Después vio, como si se tratase de un sueño, que un carruaje los esperaba. Era el mejor de los carruajes de Gabriela. Negro y rápido, había sido reforzado por el mejor herrero de Bolonia con placas de hierro en los costados y remaches en las ruedas. El cochero también era el más fuerte y fiel de entre los criados de la mujer.

Joseph voló por el patio hacia la puerta abierta del carruaje. El cochero levantó el brazo para apercibirlo e inmediatamente lo bajó en un mismo movimiento, fustigando a los caballos.

El tiro de sementales se puso en marcha briosamente, mientras el muchacho alargaba las zancadas para asirse al carro. La sangre le corría por el hombro, donde lo habían herido. Los caballos avanzaban ya a pleno galope cuando la última zancada de Joseph lo situó junto a la puerta del vehículo. Abraham sacó la mano y lo arrastró dentro.

Los soldados los siguieron entre alaridos por la Plaza Mayor y después hasta las casetas de los banqueros, donde León Santángel seguía comerciando. Segundos más tarde, consiguieron poner tierra de por medio y despistar a sus perseguidores, internándose a todo galope por las enrevesadas callejuelas en dirección a la puerta oeste de la ciudad. Limpiando la herida del hombro de Joseph y vendándola con un trapo limpio de fino lino, iba la hija de Gabriela, Sara. Se había vestido como una novia y lucía una sonrisa radiante como mil soles. Frente a ella, sentada junto a Abraham y sosteniendo su mano, viajaba también Gabriela.

Había más guardias a las puertas de la ciudad. Esta vez Joseph sintió que el valor batía sus poderosas alas dentro de su pecho. Al cochero lo mataron antes incluso de que él tuviera tiempo de lanzarse fuera del carruaje. Con Abraham a su lado, creyó notar el poder de Dios manifestándose a través de su brazo y dirigiendo su espada contra la carne de sus enemigos, hasta que fueron reducidos a un sangrante coro de palabras de rendición.

Sin embargo, Abraham, el que poco antes fuera un anciano para su hijo y ahora un ángel vengador que manejaba la espada con exquisita habilidad, recibió una puñalada por la espalda. Entonces Joseph sacó pecho clavando su espada con tal fuerza en el vientre del agresor de su padre que, una vez abatido, el hombre no tuvo el consuelo de morir yaciendo en la tierra, sino suspendido en la espada que lo había ensartado y lo sostenía en pie firmemente.

Joseph, transformado por la visión de la muerte, se sintió como si estuviera hecho de piedra. Su padre lo rodeó con el brazo y lo introdujo de nuevo en el carruaje. Abraham parecía haber crecido hasta alcanzar el tamaño de un gigante y lo conducía con la misma facilidad y falta de esfuerzo que lo había hecho cuando él era un niño en Montpellier. Al abrigo de los brazos de su padre, una vez más cubiertos de sangre y muerte, Joseph vio que la propia Gabriela se encaramaba al pescante de un salto, para reemplazar al cochero muerto. Con un fuerte restallido de las riendas, iniciaron su largo viaje para alejarse de la ciudad en busca de la seguridad del mar.

LIBRO VI

Kiev

1421-1445

1

Cuando llegaron a Kiev se sintieron en el confín del mundo.

Allí las gentes eran tártaras. Un cruce entre mongoles y turcos que les confería pelo oscuro y ojos rasgados. Hacía siglos que habían conquistado Kiev, borrando del mapa el antiguo régimen de los príncipes ucranianos y sustituyéndolo por un imperio de corte bastante expansionista y pendenciero.

Entre sus muchas virtudes, los tártaros tenían la de saber soportar los climas fríos. Llevaban botas altas de piel gruesa, con tiras de cuero que se anudaban a las rodillas. Los calzones y perneras eran también de cuero, mientras que los blusones y chaquetones se hacían con badana a la que cosían en varias capas pieles de los abundantes lobos.

—Míralos —solía decir Gabriela con irónico disgusto—. Parecen una estirpe bastarda del animal con el que se visten.

Hasta las construcciones de Kiev temían al invierno. Para protegerse del frío, las cimentaban muy hondo en las heladas tierras. Accediendo desde el nivel de superficie, era siempre necesario bajar algunos escalones para llegar a la cocina, cuyo hogar nunca lograba calentar el habitáculo del todo.

En Kiev, una ciudad que por todos los indicios parecía abandonada de Dios, el firme de las calles no era de tierra, sino de madera, la cual había que estar siempre cortando, preparando, colocando y reparando. Porque en lugar de transportar las mercancías mediante carros tirados por burros (método que cualquier nación civilizada del mundo consideraba lo bastante bueno) los habitantes de Kiev procedían

a hacerlo en trineos con patines de hierro tirados por bueyes.
Día y noche el roce del metal contra la madera y el hielo re-
sonaba por la ciudad como el llanto de un monstruoso infante
al que nadie conseguía adormecer.

HABÍAN VIAJADO COMO el rayo desde Bolonia. Abraham, su hijo Joseph, Gabriela y su hija Sara.

Con bolsas llenas de monedas de oro y plata escondidas en los sitios más recónditos de su carruaje, fueron avanzando de una comunidad judía a la siguiente, hasta que llegaron a Venecia, donde se embarcaron en un velero mercante con destino a Constantinopla.

–¿Qué vamos a hacer allí?

–Encontraremos judíos –era la invariable respuesta de Abraham.

Pero los judíos de Constantinopla guardaban extrañas costumbres y cocinaban platos tan picantes que quemaban la garganta. En la boda de Joseph y Sara incluso el cocinero se puso enfermo tras el festín. Y lo peor era que hasta los rabinos se guiaban por arraigadas supersticiones. Cuando Abraham se atrevió a operar a alguien sin antes consultar a los astrólogos, propagaron el rumor de que adoraba secretamente al diablo.

–Dales tiempo –le aconsejaba Gabriela–. Ya reconocerán lo buen médico que eres.

Sin embargo, él nunca contestaba a esto. Se limitaba a mirarla con expresión pétrea e indiferente.

Al año siguiente se pusieron de nuevo en marcha, primero a través del mar Negro y después siguiendo el curso del río Dniéper en dirección a Kiev.

Abraham ganó en salud. El hombre que se había mantenido siempre encorvado y falto de aliento en su mazmorra era ahora un individuo de cincuenta y un años, endurecido como la madera de palo santo. Parecía un patriarca bíblico.

Sentada a su lado mientras navegaban lentamente por el ancho río, Gabriela sentía su propio ser encogerse. Era como ir a la poderosa sombra de un hombre tocado por Dios. Y, por la noche, cuando se acostaba junto a él en la oscuridad, notaba cómo Abraham se encerraba en sí mismo, arropándose con su propia fuerza como si fuera una capa imposible de agujerear por ningún sitio.

El viaje fue largo. Había múltiples puertos en los que la embarcación debía detenerse para cargar y descargar mercancías. La mayor parte del dinero la habían gastado en Constantinopla, para solventar una infortunada operación de Abraham por causa de la cual le amenazaron con denunciarlo a los tribunales. Ahora, para pagar los pasajes, él volvía de nuevo a operar, aunque a menudo se quejaba de que con un solo ojo no veía bien y de que sus muchos años de prisión le habían dejado un pulso inseguro y unos dedos lentos.

Pero cada tormenta dejaba un reguero de accidentes entre los marinos: huesos fracturados que recolocar, heridas abiertas que coser, dedos y miembros aplastados que necesitaban amputación.

Cuando vislumbraron Kiev, las orillas del río ya estaban de color blanco; primero cubiertas de escarcha y después de nieve. Una dura capa de hielo hacía del río un canal cada vez más estrecho y difícil de navegar. No obstante, durante el prolongado trayecto ni un solo marinero perdió la vida. Por tanto, en la última noche, la tripulación hizo un homenaje a Abraham, tratándolo como si fuese un santo. Cuando se convencieron de que ninguna oferta o halago podría persuadirlo de permanecer a bordo, le pidieron permiso para mencionar su nombre en sus rezos a Dios rogándole protección para los navegantes.

ABRAHAM, GABRIELA, SARA y Joseph vivían en una cabaña de una sola habitación, alquilada a Leo Kaputin, el judío más rico de la ciudad.

—Os parecerá una gran mansión cuando lleguéis a apreciarla —prometió Kaputin.

El casero Kaputin era un tipo bajo y cetrino que solía gesticular apuntando con los dedos hacia arriba, de forma que parecían tallos de una planta luchando por emerger de la tierra y recibir unos pocos rayos de luz. En realidad, la supuesta mansión se reducía a un viejo cobertizo reconvertido en diáfana cocina. Antes de esto, había sido un anexo de los establos en los que Kaputin encerraba sus bueyes. Por las ranuras de las tablas que separaban el cobertizo fluía un permanente e innegable olor.

–No os preocupéis por él –les aseguró Kaputin–. Pronto aprenderéis a reconocerlo como la señal del gran regalo que es: calor gratuito.

Joseph y Sara dormían en un pequeño altillo junto al hogar, mientras que Abraham y Gabriela, por respeto a la intimidad de la joven pareja, ocupaban la esquina más alejada, aprovechando su propio calor en una minúscula tienda de campaña de piel que Kaputin les había proporcionado.

–¿Dónde se ha visto nunca una cosa así? ¡Hace tanto frío en la casa que hay que vivir entre sus paredes en tienda de campaña!

Hasta Gabriela se sorprendió del tono tan quejumbroso que había adoptado su propia voz. Se parecía al que empleaba su hermana con su marido, cuando había la más mínima escasez de suministros de plata o lino.

–Pero estoy contenta –se corrigió inmediatamente Gabriela– de estar junto a ti.

Bajo las mantas de abrigo, que en realidad consistían en incontables capas de pieles sin valor, las cuales de otro modo se habrían dejado pudrir en los establos, Gabriela se apretaba contra el cuerpo de Abraham. Sin embargo, aunque durante el día él pareciese traspasarla con los ojos y leer su mente, por la noche a veces rechazaba sutilmente sus abrazos.

A LA PUERTA de su casa encontraron una lámina de cristal.

–Es un regalo especial para vosotros –explicó Kaputin–, para que podáis tener presente que Kiev es para Dios la ciudad de la luz. Pensad en mí cuando hagáis una ventana y disfrutéis de mirar a través de ella.

El invierno apenas empezaba y, cuando el sol lucía fuerte y el fuego de la chimenea estaba encendido, el cristal de la ventana de Kaputin se mantenía translúcido. Apretando contra él su rostro, Gabriela veía los escalones que subían hacia la calle y una parte de esta.

Pero cuando el invierno avanzó y los días se hicieron tan cortos y oscuros como el propio Kaputin, no quedó momento en el que hiciera suficiente calor como para que pudiera verse nada por la pequeña y acristalada ventana. El vapor de la sopa hirviendo se condensaba en el cristal y se formaba una capa de hielo sobre otra.

Pronto se hizo tan denso que las uñas ya no podían con él y tenían que rasparlo con cuchillos. Finalmente también estos resultaron inútiles. El hielo del cristal se convirtió en una cortina blanca teñida de manchas amarillentas imposible de arrancar. Además la capa de hielo se extendió y rodeó toda la casa por fuera.

Una noche, deprimida y desesperada, Gabriela salió al exterior para contemplar las estrellas. El aire gélido le hizo sentirse como si cada vez que respiraba le rasgaran los pulmones y al mismo tiempo le punzaran las fosas nasales. Hasta el cielo se había llenado de constelaciones que le eran extrañas.

El día más corto del año, su único amigo en Kiev, un judío español llamado Moisés Villadeste, fue a visitarlos. Según decía, en los lejanos días de sus años mozos, había sido un rabino bien situado y reconocido en Sevilla. Sin embargo, en la actualidad, tímido y envejecido, apenas se mostraba capaz de recordar coherentemente las fechas con las que relataba su historia.

–Soy yo, soy yo –balbuceó al entrar en casa de los recién llegados. Luego se acercó a la chimenea y se sacudió la nieve de las botas–. Espero que no estéis todos tan ocupados que no podáis recibir a un amigo judío en la noche del Hanuká[1].

Gabriela estaba de pie junto a la mesa, cortando la parte podrida de las verduras que les había regalado la mujer de Leo Kaputin. Había zanahorias y otros tubérculos y raíces para los que el idioma español todavía no había concebido nombre. Eran como arrugadas fibras salidas de la tierra y que solo un judío muerto de hambre podría comerse. Como siguieran así las cosas, pronto tendrían que recurrir a la masa fermentada de la que se alimentaban los pobres bueyes.

—Pasad —dijo Abraham, como si Villadeste no hubiera procedido ya a quitarse la capa cubierta de nieve. Debajo iba forrado por numerosas prendas de ropa, una encima de la otra.

—Traigo a vuestra esposa un regalo para el invierno —anunció el visitante mostrando las manos cerradas en las que guardaba su sorpresa.

—¡Carne! —exclamó Gabriela en voz baja, aunque luego deseó haberse mordido la lengua. Hacía solo una semana que Sara había robado un pollo en el mercado. Si la hubiesen cogido, le habrían cortado una mano. Abraham la interrogó y le sacó la verdad y se enfadó tanto que se negó a probarlo. Pero Sara, que estaba embarazada, y Joseph, que se moría de hambre a la vista de todos, amenazaron con no comer a menos que Abraham cediera.

—¿Sabe vuestra esposa quién es Judas Macabeo?

—Mi «esposa» —repitió Abraham, y cuando Gabriela oyó el tono cálido y soñador de su voz supo que, mientras cosía mandiles de cuero para los carniceros de la ciudad, pues ese era el único empleo remunerado que para sus manos de cirujano consiguió encontrar, Abraham había estado recordando su vida en Montpellier. Pensaba en su añorada Jeanne-Marie,

---

[1] Fiesta judía anual celebrada en diciembre que conmemora la reedificación del Templo de Jerusalén en el siglo I a. de C., tras la victoria de Judas Macabeo sobre los sirios (N. del T.).

perdida hacía tanto tiempo y a quien afirmaba haber llorado y enterrado ya, pero cuyo nombre seguía murmurando en sueños durante sus agitadas noches.

–Sé bien quién es Judas Macabeo –afirmó Gabriela. Por primera vez se dirigía a Moisés Villadeste, pues este no era la clase de judío al que le gustara que las mujeres hablaran–. Era un hombre que sabía cuál era su deber. Un buen hijo de sus padres y un verdadero guía para su pueblo. –«Como yo creía que era Abraham», añadió para sí misma.

–Vuestra esposa es una mujer ilustrada –comentó el anciano antes de abrir las manos.

Sebo, vio Gabriela con disgusto. Como regalo les había traído un puñado de sebo.

–Ahora fabricaré con él velas –exclamó Villadeste– y esta noche celebraremos la victoria de los macabeos y el milagro de la llama eterna.

Se detuvo mirando a Gabriela. La nieve y la escarcha de su barba se habían derretido, dejándola gris y tiesa. Era una barba de anciano en un rostro de anciano, cuya afilada nariz aguileña se hinchaba a causa del frío con demasiada frecuencia. Tenía los ojos acuosos y cansados de tanto esforzarse en ver lo que en realidad ya no alcanzaban a ver. Las huesudas mejillas estaban permanentemente enrojecidas por las heladas. Solo sus labios seguían siendo jóvenes, sensuales y carnosos. Hacían honor a la afirmación de que Moisés Villadeste era el hombre que mejor soplaba para la fabricación de cristal en Kiev.

Gabriela tuvo la impresión de que el anciano escudriñaba su corazón, leía sus pensamientos y la condenaba por atreverse a quejarse de que el legendario Abraham Halevi no la amase como lo haría cualquier hombre corriente.

–Es hora de alimentar a los bueyes –dijo finalmente Gabriela–. Volveré enseguida.

–Lo entiendo –murmuró Villadeste sin apartar su fija mirada de ella. Y, entonces, de forma inesperada cayó al suelo.

Al principio de rodillas, como si pidiese clemencia, y después de cabeza, hasta dar de bruces contra la piedra. Su anciano cuerpo produjo un sonido rotundo y quedó completamente inmóvil; parecía muerto. Pero, de repente, se puso a hablar.

–Perdonadme –dijo apoyándose sobre un costado y luchando por volver a levantarse.

Gabriela se apresuró a ayudarlo y le agarró de la mano. La piel de sus dedos se le antojó tan seca y rugosa como las piernas del pollo que había robado Sara.

–Nos complace su visita, de verdad –aseguró la mujer abrazando a Villadeste y meciéndolo adelante y atrás para procurarle calor.

El establo se llenaba con los ecos de los bueyes masticando. Los granos de pienso se agitaban como océanos dentro de sus enormes bocas.

Gabriela había traído con ella un pequeño candil. Lo colocó sobre una viga toscamente tallada y su luz abrió una pequeña brecha en la oscuridad. Valiéndose de este tenue resplandor amarillento, vertió agua hirviendo en el helado comedero de los bueyes y les echó un poco más del grano a medio fermentar que les salvaba de morir de frío durante las largas noches de invierno.

Vivir, morir. Jadeando por los esfuerzos, Gabriela por un momento se vio a sí misma como uno de los inmensos animales a los que alimentaba. Mezclándose con los ruidos de sus dientes le llegaba el sonido de la fatigosa respiración de los bueyes. Se parecía al de la suya, pensó amargamente, aliento a aliento.

Entonces, encontrándose rodeada por todas aquellas telas viejas y pieles sin curtir, bajó la vista hacia sus manos, llenas de manchas rojas e hinchadas por la humedad y el frío, y tuvo un repentino recuerdo de su antigua vida en Bolonia. Estaba sentada al sol en la Plaza Mayor, vistiendo un vestido de seda y saboreando vino y frutas. Ahora, a menudo no sabía si aguantar, confiando en que la rueda de la fortuna volviese a girar y a favorecerla, o hundirse en la oscuridad de la paja y la madera para formar parte del cementerio que dejaba tras de sí cada invierno en tierras ucranianas.

A través de la pared oyó que Villadeste, obviamente repuesto, contaba sus historietas a los demás. Moisés Villadeste había elegido plantearse su supervivencia de invierno a invierno, hasta llegar a una edad que sin duda habría temido si hubiese sabido lo que iba a depararle.

¿Qué podía decirse de Abraham?

Si hubiera muerto en Bolonia, pagando con la vida el haber matado a Rodrigo Velázquez, habría tenido un final justo y digno de él. Tiempo atrás pensaba que ningún hombre podría pedir más que morir por un acto de pasión con el cual vengaba a sus seres queridos. Sin embargo, y aunque fuera casi contra su voluntad, Abraham había sobrevivido. Tras todos estos años el marrano bastardo había encontrado la fe y se había convertido en auténtico judío. El joven rebelde que difícilmente reconocía su propia estirpe y que por avaricia y amor se había entregado a un matrimonio cristiano, dejando que un sacerdote le salvara la vida, de alguna manera había aprovechado su cautiverio para volverse más suave y comprensivo con su propia religión y su propia alma. Abraham era ahora un verdadero santo, pero en el proceso de conocerse a sí mismo se había cerrado a los demás.

Gabriela se encontró temblando y agarrándose a un puntal en forma de yugo.

Recordó una mañana durante su viaje por el río Dniéper. Junto a una orilla se elevaba un escarpado acantilado. Parecía una gigantesca fortaleza de roca coronada por árboles de hoja perenne que se recortaban en el azul uniforme del cielo como una afilada dentadura. En la otra orilla se extendían grandes llanuras de tierras oscuras y margosas, las más fértiles del mundo. Gabriela entendió que el acantilado representaba una inexpugnable barrera entre ella y la vida que había dejado atrás. Una vida a la que ya no podía retornar. Un mundo de arte y de luz en el que vivía León. El mundo de la comodidad, la belleza y el poder material. El mundo del oro y la urbe del hombre.

Balanceándose hacia adelante y hacia atrás, y enfriándose con cada aliento, sintió que la misteriosa cuerda que la había mantenido atada a la fe, a la esperanza y al pasado se rompía finalmente. Había abandonado Bolonia y su ventajoso matrimonio con León para seguir el dictado de sus sentimientos hacia Abraham. Pero ¿le correspondería él, la llegaría a amar de verdad algún día? ¿O tal vez siempre se sentiría más cómodo jugando a ser un extraño, como solía hacer en Toledo? Es decir, presentándose por la noche y deseando irse de su lado antes de que amaneciera.

En la gélida negrura del establo los mansos y grandotes animales seguían atiborrándose de grano. Mientras chasqueaban la lengua y sacudían la testuz, se imaginó a su hermana Lea también chasqueando la lengua y meneando la cabeza, para sumarse con ese gesto de desaprobación a los únicos testigos de la autocompasión que sentía Gabriela por haber desperdiciado su vida.

Durante la cena Villadeste insistió en volver a narrar la historia de la fiesta del Hanuká. Pero no se conformaba con el relato habitual, que describía cómo los macabeos encabezaron la rebelión contra sus opresores, para que los judíos pudieran ser libres de adorar a su celoso Señor.

En la versión alargada de Villadeste, Judas Macabeo se convertía en uno de los servidores más apreciados de Dios, en un espíritu inmortal que, según los cabalistas, guiaba con su fuerza a los hebreos esparcidos lejos de su propia tierra.

–¿Y dónde está nuestra tierra? –exigió saber Gabriela–. ¿En Israel, donde nunca hemos estado? ¿En España, donde ahora matan a los judíos en los patíbulos y los asan como chuletas? ¿Aquí?

Villadeste se apoyó en la mesa y sonrió a Gabriela como un profesor sonríe a su alumno favorito. En sus ojos acuosos se reflejaba la luz del candil.

–Casi lo has entendido. No es extraño que seas una mujer célebre por tu inteligencia. Te pareces a las antiguas mujeres rabinas que había en España. La tierra de los judíos no puede ser encontrada, como bien has dicho, en ningún mapa. La tierra de los judíos es un reino hecho para el alma. Pues cuando Dios anunció que ayudaría a Moisés a llevar a los judíos de vuelta hasta la Tierra Prometida, no hablaba de la tierra prometida de Israel, sino de la Tierra Prometida donde Dios mismo y su pueblo se unen el uno al otro; de corazón a corazón, de alma a alma. Cuando un judío se extravía de ese Reino es cuando entra en peligro.

Gabriela había oído muchas veces las proclamas de Villadeste sobre el reino del Dios de los judíos. En España era seguro que los ortodoxos debieron considerarle un hereje; mientras que los más tolerantes le considerarían simplemente un idiota demasiado lleno de entusiasmo. Pero ejercía un considerable influjo sobre Joseph y Abraham. Parecían incapaces de resistirse al hipnótico ascendente de sus interminables discursos. Los insistentes y prolongados soliloquios de Villadeste se ceñían en torno a ellos, atrapándolos como cadenas. Exponía intrincadas y confusas teorías religiosas, estructuradas y sazonadas mediante breves episodios de batallas chorreando sangre.

–Esta noche –anunció Villadeste cuando hubo convertido su puñado de sebo en una vela– celebraremos la fiesta de las luces. La llama de esta vela será el símbolo de que reconocemos el absoluto poder de Dios. Esta llama es la llama de nuestra devoción, y su luz es la luz de la Ley de Dios. Someternos a ella es someternos a nuestro destino.

Mientras Villadeste hablaba, Gabriela miró en torno a la mesa. Joseph y Abraham le escuchaban con tal atención que tenían la boca abierta.

–¿Y cómo se somete uno a la luz de una vela? –no pudo evitar preguntar Gabriela.

–Primero con el corazón –contestó Villadeste inclinándose hacia la vela y adoptando un tono de completa convicción. A ojos de Gabriela, su expresión se tornaba cada vez más firme, su barba se hacía más densa y patriarcal, sus ojos y su piel comenzaban a brillar al calor de sus creencias–. El corazón es lo más importante, porque, sin poner el corazón, el alma no puede nunca ascender hacia su Dios. Una vez que crees con el corazón, debes buscar sentir lo que está todavía más profundo, el latido de tu propia alma, pues tu alma es tu inmortalidad, la partícula de Dios que está dentro de ti. Y cuando amas a Dios, tu alma vuelve a estar conectada con él y la fuerza de Dios está en ti.

–Suena muy bonito –intervino Sara–, pero, igual que mi madre, yo también me pregunto qué tiene que ver abrir el alma y el corazón a Dios con obedecer a la llama de una vela.

–¡Qué bellas y qué sabias son las mujeres de esta familia! –contestó Villadeste–. ¡Así es la carne! –extendió su mano mostrándola–. Mi alma es inmortal, pero mi carne no. Sin embargo, por medio de sus mandamientos, Dios deja claro que no solo quiere que nuestras almas se unan a él, sino también nuestros cuerpos. ¿Por qué si no nos ordenaría lo que debemos comer, cómo casarnos o incluso con qué vestirnos? –puso su mano sobre la llama y añadió–: Si nuestro amor a Dios es perfecto, tratará nuestros cuerpos como si fueran el suyo.

La llama de la vela se extinguió, aplastada bajo la palma de la mano de Villadeste. Pasaron los segundos, sucediéndose hasta sumar un minuto. Solo la luz procedente de la chimenea iluminaba los rostros de los presentes. Entonces Villadeste retiró su mano y la llama volvió a erguirse en la vela, recuperando su protagonismo y la atracción de las miradas de todos.

–Está loco –murmuró Gabriela.

–Loco de amor –apostilló Villadeste.

Más tarde, al despedirse el invitado, Gabriela le dio la mano y descubrió que no había el menor rasgo de herida, quemadura o tan siquiera rozadura donde la vela le había ardido.

POR LA NOCHE Gabriela se sintió como si Villadeste la hubiera empujado a las llamas con su truco de magia. Se agitaba bajo las mantas empapada en sudor. Podía oler su propia piel. El aroma enmohecido de su descontento se mezclaba con el rancio y ancestral hedor de las bestias muertas cuyas pieles la abrigaban.

«Si nuestro amor a Dios es perfecto, Él tratará nuestros cuerpos como si fueran el suyo», había dicho Villadeste.

Pero ¿cómo de perfecto pedía Dios que fuera nuestro amor? ¿Es que ella no le había amado de niña en Toledo? ¿No había ido todos los días a la sinagoga, a menudo más de una vez, y rezado con los rabinos las oraciones que estos elegían? ¿No había sido una buena hija mientras vivía su madre? ¿No había obedecido los mandamientos, prestado dinero a bajo interés a los judíos y pagado sus propias deudas? ¿Y cómo había Dios amado y respetado su cuerpo? Poniéndolo en las manos de un ignorante campesino de la feria que la forzó a entregarse a él antes de que pudiera escapar.

Sin embargo, Abraham se había mostrado como si prefiriese la virginidad a la supervivencia. Lo que de verdad admiraba era la capacidad de uno para matar por mantenerse fiel a sí mismo, no por sobrevivir. Pero cuando su propia vida se vio amenazada, Abraham acudió a ella en busca de ayuda. Y Gabriela, con su inquebrantable pasión de niña hacia él, le había acogido en su casa y entre sus brazos, y hasta le había ofrecido su cuerpo como almohada y a su marido como protector y refugio, mientras él planeaba su venganza personal.

La oscuridad se desvaneció. Abraham llegaba al lecho sosteniendo la vela de Villadeste. Su luz desvelaba el mapa de su rostro, mostrando profundos desfiladeros que bajaban hasta la selva de sus barbas, señalando con círculos sus ojos, dibujando caminos y atajos que unían las comisuras de su nariz y su boca.

—¿Sigues despierta? Creía que ya estarías dormida.

Se situó junto a ella en su lado de la cama. Ahora el encorvado prisionero había recobrado la salud y el vigor. Pero ¿dónde estaba aquel grácil muchacho de Toledo, el Gato?, ¿dónde estaba ahora? ¿Había existido alguna vez o era una simple invención de

Gabriela, que buscaba proyectar su amor y admiración? Abraham se sentó en el borde del lecho. El simple esfuerzo de cambiar de postura se reflejó en su respiración.

–¿Has tenido una pesadilla?

Hablaba con voz solícita, como la de un abuelo. La voz con la que le había hablado en Barcelona, preguntándole, antes de dejarla, si había escapado sin heridas de Toledo, también había sido amable y cariñosa.

–Contempla nuestra mansión –sugirió Abraham.

A la luz de la vela, parecía una fabulosa esfera dorada. Como la sinagoga del Tránsito, el templo revelado por el regalo de Villadeste asombraba al ojo humano por su armónica variedad. La única diferencia era que, en lugar de estar adornado con piedras preciosas y metales y maderas nobles, su abovedada morada en el nuevo mundo lo estaba con parches claros y oscuros de piel de buey y caballo. Y en vez de rosetones, vidrieras de colores y capiteles cuidadosamente configurados, las manchas de sudor y sangre que habían dejado en las pieles sus anteriores y desconocidos propietarios eran su único ornamento.

Hasta los bancos en forma de trono tenían allí su réplica, zonas de piel sin pelo, gastada por el roce de la silla o el yugo que atestiguaban la sumisión del hombre a la voluntad divina acerca del pan y el sudor de la frente.

Por último, los textos de la Ley Hebrea que se escriben formando círculos en las paredes de las sinagogas, encontraban su contrapartida en el cúmulo de vigas viejas que se unían concéntricamente para sujetar ese pequeño templo del invierno.

Abraham se acostó junto a Gabriela.

–Hasta los cerdos de al lado viven mejor que nosotros –dijo ella.

–Al lado no hay cerdos.

–¡Pues bueyes! ¿Es que hay mucha diferencia?

–Los cerdos se crían para la matanza, los bueyes para el yugo. Nosotros somos seres humanos libres. A diferencia de los cerdos y los bueyes, hemos visto muchos países y vivido muchas vidas. Estamos aquí, como dice Villadeste, por voluntad propia.

–¿Voluntad propia? –clamó Gabriela.

Ese era otro de los grandes golpes de efecto de Villadeste. Le había dicho a Abraham que debía reconocerse a sí mismo como un ser humano del futuro. Un hombre que, por su propio esfuerzo y con la ayuda de Dios, había salido de la Era de las Tinieblas antes que cualquier otro y con la fuerza de una flecha propulsada por una ballesta.

En medio del caos de una Europa en desintegración, afirmaba Villadeste, con la Iglesia dividida y el judaísmo degradándose al son de una herejía tras otra, había emergido Abraham Halevi. Un muchacho bastardo, arrogante y orgulloso, nacido en una ciudad en decadencia como capital judía. Educado por un librepensador musulmán, estudiante de la mejor universidad cristiana de Europa y siempre situado tan solo a unos pasos de distancia del Dios de su propia gente.

El resultado había sido, según Villadeste, un hombre tan grande que a Europa entera le fue imposible darle albergue. Un hombre tan independiente que no se debía a su alianza con ningún rey, ningún noble, ninguna ciudad, ningún sacerdote o rabino. Solo había seguido las instrucciones de su propia conciencia y la voz directa de su propio Dios.

En resumen, había proclamado Villadeste, Abraham Halevi, su fiel anfitrión, desde luego no era el mesías prometido en las Santas Escrituras, pero sí un judío digno de ser bien considerado y admirado. Un judío lo bastante fuerte como para no dejarse enterrar bajo la nueva manta de miedo y muerte que se cernía sobre la estirpe. Un judío que guiaba a su pueblo hacia un país nuevo e inimaginable para las viejas mentes. Villadeste describió a Abraham como un verdadero héroe.

¡Y con qué facilidad absorbió este cada una de sus apasionadas palabras! Parecía que esos dos judíos españoles que habían recalado en Kiev contuvieran el cosmos entero en sus almas.

–Somos nosotros mismos quienes hemos decidido estar aquí –afirmó Abraham.

–Villadeste dijo que Judas Macabeo es el guía de todos los judíos errantes. Pero ¿por qué necesitamos un guía? Únicamente porque llevamos mucho tiempo errando y alejándonos de nuestro verdadero destino. Deberíamos habernos quedado en España para vivir o morir con nuestra gente. Pensábamos que fuimos afortunados de escapar. ¿Afortunados? Lo único que hemos hecho es labrarnos nuestro infierno.

–No escuchaste a Villadeste –replicó él en voz baja–. Dijo que nuestro reino no está en ningún país sino en el espíritu de Dios.

Gabriela se quedó mirándolo. ¿Sería verdad que él era feliz en Kiev y que se sentía tan seguro de su fe que incluso en medio de ese desierto helado discutía acerca del desastre y la muerte como si fuese un colegial debatiendo un aspecto remoto de algún texto del Talmud?

–Tú podrías volver a casa –sugirió Abraham gentilmente–, retornar junto a León. Pronto llegará la primavera y el río se hará navegable. Yo te acompañaría durante todo el viaje para protegerte.

–Eres muy generoso.

–No hay necesidad de que malgastes tu vida siendo infeliz –insistió él. Gabriela soltó una risa. Como una persona a la que ha tirado su caballo con un bote de su grupa, veía doble. Por un ojo percibía a Abraham tal y como era ahora, un hombre maduro y amable que se encontraba tan cerca de Dios y de su propia alma como para ofrecerse a arriesgar la vida por ella. Pero, por el otro ojo, veía al verdadero Abraham, un hombre que se había puesto la máscara de la amabilidad. Porque el verdadero Abraham era un muchacho arrogante que había matado a su primo para defraudar a Rodrigo Velázquez. Un amante celoso y mezquino que había despreciado su amor para buscar aventuras y experiencias. Un guerrero vengativo que había robado y asesinado sin el menor escrúpulo para mantener intacta su propia y henchida concepción de sí mismo.

–Crees que puedes hacerme feliz despachándome de tu lecho y enviándome al de León. Me tratas como a una desobediente zorra a la que solo puede curarse enviándola de vuelta con su viejo amo.

En su enfado, gesticuló violentamente con la mano en la dorada atmósfera de la tienda, tirando sin querer la vela. La levantó al instante y el breve lapso de oscuridad, durante el cual se quemó un poco la gruesa piel que cubría la cama, pasó en un abrir y cerrar de ojos.

Abraham suspiró.

–Adelante, enciérrate en tus penas.

Gabriela dijo esto susurrando y gritando al mismo tiempo. Es decir, su rostro se enrojeció como si gritase, forzando el aliento y la garganta, pero las palabras que salieron de su boca apenas pudieron oírse. Eran un simple murmullo destinado a no salir de la tienda de campaña que ocupaba con Abraham. De esta forma, Joseph y Sara podrían seguir arrullándose en la plataforma que compartían junto a la chimenea, convencidos de que a su alrededor reinaban la armonía y la paz.

–Suspira, gruñe, gime –continuó reprochándole Gabriela–. Remuévete en la cama. ¿Crees que no sé la verdad? No soy yo quien quiere volver con León, sino tú quien sueña con volver junto a Jeanne-Marie. ¿Piensas que soy tan estúpida como para no darme cuenta de que te escondes de mí hasta cuando dormimos? ¿Me consideras tan sorda como para no haber oído que en sueños gritas su nombre, tan ciega como para no ver que te abrazas el cuerpo temblando como si prefirieses estar ya bajo tierra, agarrándote a su esqueleto en la tumba, antes que vivir aquí, «por propia voluntad», como dices tú, con otra mujer?

–¡Gabriela!

–¿Gabriela? –repitió ella. Su voz se había convertido en una especie de demonio que le salía del pecho y la garganta pronunciando palabras que ella nunca había pensado y retorciéndolas con un rencor que nunca había sentido–. ¿Crees que soy una especie de harapo con el que taparte una vez que has caído en el mayor fracaso? ¿Un harapo que luego puedes tirar en cuanto te encuentras un poco mejor? Vuelve con tu Jeanne-Marie si quieres y puedes. Ve con quien te venga en gana. Yo me quedo aquí. Ahora esta es mi casa, aunque tú la hayas convertido en un infierno viviente. Tal vez era más feliz con León. Él sabía cómo quererme y yo también lo quería. Pero no, no soy uno de esos personajillos de tus famosas historietas. Yo no puedo ir cambiándome de disfraz como si tal cosa. Quizás tú seas una criatura divina que puede hacer lo que quiere, pero yo vivo sencillamente el destino que me ha tocado, el cual parece consistir en seguir siempre tu engañosa sombra con la mayor docilidad, mientras fornicas, asesinas y juegas por medio mundo a ser el gran mártir.

Ahora Abraham se había incorporado y estaba sentado en la cama. La cicatriz de su párpado cerrado resplandecía como una joya a la dorada luz de la vela.

Gabriela sintió que sus huesos empezaban a temblar otra vez. Se acercó a él, puso las manos sobre sus hombros, le ofreció los labios abiertos, los cerró, rozando con ellos su barba; sintió el salado sabor de su boca y quiso beberse las invisibles lágrimas que corrían por las mejillas de su amado. Le lamió las antiguas heridas, la curva que denotaba el sitio por el que se había roto la nariz, le lamió las comisuras de las cejas, volvió a cerrar la boca, besando primero su ojo bueno y luego el que había quedado sin luz para siempre. Apretó la cicatriz entre sus labios, acariciándola tiernamente con la punta de la lengua.

Se había puesto de rodillas. Observó que el cabello antes negro azabache de Abraham estaba hoy teñido de plata en muchas zonas. Se abrió el camisón y, agarrándole el rostro, lo apretó contra sus senos desnudos.

Los sentimientos de Gabriela entonaban ahora sus propios lamentos, lloraban por todos aquellos seres queridos enterrados

432

en el Tajo. Le dolía incluso la suave presión de la cara de Abraham contra el pecho. Hasta esto le hacía querer llorar. Pero lo apretó aún más, metiéndole su carne en la boca. Deseó que él la abriera, la devorara, liberara todos aquellos años que se habían ido acumulando en su interior y que hervían como un volcán a punto de entrar en erupción. Cuando la vela se hubo apagado, él seguía besándola, agarrándola, mordiéndola. Con cada dentellada Gabriela sintió un arrebato de calor, como si su propia sangre fuese puesta en libertad. Entonces él se colocó sobre ella. Gabriela sintió que los huesos de la pelvis se le partían y se abrían ante la fuerza de la lujuria de Abraham.

–¡No! –gritó.

Abraham, León, Juan Velázquez, Carlos. Todos emergieron fundiéndose en un único semental, una bestia asesina y sin cerebro que pretendía matarla, y por culpa de la cual ella necesitaba resultar muerta.

Apretó las manos en torno al cuello de Abraham y sintió el pulso de su poderosa garganta. Luego dejó resbalar las manos por su espalda y hundió profundamente las uñas en su piel.

Manó un súbito torrente que martilleó su corazón. Dentro de ella fluyó una fuerza tan potente que la sacó de su santuario de piel helada y la lanzó hacia las estrellas. Voló por el cielo sobre el Tajo, y ambos volvieron a ser jóvenes. Los dulces labios de Abraham contra los suyos; los ecos de su placer ahogados en el siempre cambiante trueno de las aguas del río.

Cayó lentamente del cielo. Una mujer desnuda flotando entre los planetas, con la vela de Villadeste en la mano, brillando de forma clara y serena entre el cálido río blanco de las estrellas. Contempló el panorama completo durante un breve instante más, antes de sumergirse de nuevo en los brazos de Abraham y en su pequeño refugio de pieles cálidas. El pasado quedó atrás como un haz de hilos sueltos sin nada que los uniera.

2

Durante el séptimo y último día del Hanuká, para el cual la vela de Villadeste se había reducido a un diminuto cilindro, Leo Kaputin fue a visitarlos. Para remarcar el carácter oficial de la festividad, se había puesto un sombrero de pieles, y las muñecas y los dedos le pesaban con tantos brazaletes y anillos.

—He oído que fuiste mercader —le dijo a Joseph.

Kaputin hablaba una tosca mezcla de italiano y español. Alardeaba de haber aprendido ambos idiomas durante sus viajes en barcos mercantes a lo largo del río Dniéper.

—Comerciaba con dinero —explicó el joven—, no con mercancías.

—¿Vendías dinero por dinero?

—Vendía divisas de muchos países.

—Ve a por el oro y la plata —aconsejó Kaputin como si el suyo fuera un conocimiento extraño a todos los demás— y olvídate del resto.

Señaló sus anillos, que avariciosamente acaparaban los últimos rayos de luz de la vela de Villadeste.

—Además, te diré otra cosa: voy a contratarte para que vendas dinero por dinero en mi nombre. Este mismo verano, cuando se instalen las ferias. Pero primero tendrás que darme sudor por dinero. Así sabré que eres hombre honrado.

—Sudor ya tiene a raudales —intervino cortantemente Sara—. Esta casa le ha hecho ponerse enfermo.

—Suda en mi casa, pero también tengo una fábrica en la que podría sudar con mayor provecho —replicó Leo Kaputin.

Joseph se levantó y echó hacia atrás su silla. Cada mañana recibían la visita de las comadronas. Venían a examinar a Sara y a preparar la llegada del hijo que estaba esperando. Pero antes atendían a Joseph, el orgulloso futuro padre, pues unas extrañas fiebres lo aquejaban desde su llegada a Kiev. Abraham no les permitía el uso de sanguijuelas, pero al menos una vez a la semana las comadronas traían abundante leña y alimentaban tanto la chimenea que su hijo sentía arder hasta su propio aliento. Luego le quitaban la camisa y le aplicaban cataplasmas en el pecho, dejándole la piel enrojecida con grandes ronchones. Hoy le habían aplicado ese remedio, pocas horas antes de que llegase Kaputin.

—Quiero trabajar —exclamó Joseph—. Estoy harto de estar enfermo.

Sara movió la cabeza despectivamente, pero él continuó dirigiéndose a Kaputin sin inmutarse.

—Dejadme que os ayude en los astilleros. Tenéis allí gente construyendo una nave. Yo podría calcular la madera que necesitan y cosas así. Cuando llegue el momento de comprar más, la compraría por vos.

Kaputin se reclinó hacia adelante. Sonreía. Levantó un dedo regordete y con anillo y dijo:

—Acepto tu ofrecimiento de convertirte en aprendiz de estas labores. Hay mucho que aprender, pero yo no te cobraré la enseñanza. Sin embargo, también necesitaré ayuda en la fábrica de vidrio. ¿Tal vez podrías hacer ambas cosas?

—Permite que en su lugar sea yo quien trabaje en esa fábrica —intervino Abraham.

Kaputin soltó una carcajada. Tenía los dientes tan amarillos y rotos que parecía alimentarse de tierra.

—La fábrica no es sitio para un hombre mayor. Cargar madera y cortarla para el horno agota incluso a los jóvenes.

—Ponme a prueba.

—Mi esposa me ha dicho que fuiste médico. ¿Por qué un médico habría de querer romperse la espalda blandiendo un hacha?

–También los médicos necesitan comer.

–Créeme que te comprendo –aseguró Kaputin–. Yo sé muy bien lo que significa ser pobre. Cuando tú y tu hijo os hagáis ricos, volverás a ser tratado como médico. Mientras tanto, los hombres deben alimentar a sus familias. Y esta noche, por mi cuenta, gratuitamente, cenaréis estas verduras que ha cultivado mi esposa. Cada vez que os pague por vuestro trabajo en la fábrica, os restaré el precio del alquiler, así tendréis la sensación de que esta casa os resulta gratis. Por favor, aceptadlo todo como un regalo que os hago con el corazón.

Esa noche, yaciendo en el lecho con Sara, Joseph acercó la oreja a su vientre y oyó el latido de su bebé.

–Debes haber perdido el juicio –le recriminó Sara–. Quiero que mi hijo tenga un padre, no un cadáver helado que trabaja gratis en un astillero.

–Absolutamente gratis –bromeó Joseph–. ¡Un regalo hecho con el corazón!

Sara no pudo evitar reírse y él la besó.

–Puedo aguantarlo –le aseguró él–. Ya estoy mucho mejor. Y si no encuentro una forma de empezar a ganar dinero, mi padre se matará para mantenernos.

–Te preocupas demasiado por él. Es más fuerte que todos nosotros juntos. ¿Te acuerdas de la tormenta en el barco? Fue el único que no se mareó.

Pero Joseph se puso a pensar no en la fuerza de su padre, sino en su última visita a la mazmorra donde moraba. «Yo nunca tuve padre y no fue ninguna tragedia», le había dicho Abraham. En aquel momento, Joseph pensó que su padre se limitaba a aligerar el pasado, quitándole importancia con su estilo habitual. Pero ahora daba a aquellas palabras una nueva interpretación, porque de alguna manera los años que él había pasado sin su padre habían sido más fáciles que los transcurridos desde su fuga de la prisión. A Joseph le había correspondido luchar en solitario por convertirse en hombre. Pero ahora, compartiendo hogar con su padre, esa lucha no había hecho más que intensificarse. ¿Pues quién podría crecer a la sombra de un hombre tan grande?

–¿Te has dormido ya?

–Todavía no –contestó él.

–¿Quieres que sea niño o niña?

–Niña.

–Pues esta noche, mientras te veía con Kaputin, he pensado que yo quiero un niño. Los niños son más... peculiares.

LA FÁBRICA DE vidrio propiedad de Leo Kaputin consistía en un edificio de madera y baja altura, situado al final del sendero que dividía el centro del minúsculo barrio judío de Kiev.

Por dentro, el espacio era estrecho y alargado. Las paredes estaban hechas con el mismo tipo de tabla que la casa de Kaputin. Sin embargo, a pesar de que los tablones estaban colocados sin apenas cuidado y dejaban numerosas grietas por las que se colaba el invierno, en la fábrica hacía más calor que en una sartén.

Cada una de las calderas de hierro fundido que se alineaban en el centro del taller se apoyaba en un horno de piedra.

–Eso –explicó Kaputin señalando el contenido al rojo de una de las ollas– es el vidrio. Tu trabajo es mantenerlo hirviendo.

Dicho esto, golpeó a Abraham en el hombro y este avanzó cargando un enorme tronco. Pero el calor le hizo tambalearse e incluso retroceder.

–¡Métele dentro la madera! –gritó Kaputin–. Empújala bien hasta que aúlle de gusto.

Dos de los hombres que soplaban el vidrio para darle forma se rieron ante la ocurrencia de Kaputin mientras recargaban sus moldes con vidrio fundido en la parte superior de la olla.

Kaputin, tocado con su gorro de piel y bañado en sudor, hizo una mueca y levantó el dedo señalando el techo. Luego observó cómo Abraham se arrodillaba junto a la boca del horno y, temblando por el esfuerzo durante el trance de sostener y controlar el gran tronco, comenzaba a introducirlo en el fogón. Una bofetada de calor le hizo arder la cara. El fuego era tan fuerte que apenas dejaba ver ninguna llama, sino tan solo un resplandor rosáceo que rugía y echaba chispas con la intensidad del sol.

—¡No seas tímido! —le animó Kaputin—. ¡Quiere que se la metas toda!

Abraham se inclinó y se aproximó aún más al horno, que parecía derretir su rostro, recocerlo y transformar su pellejo de hombre maduro en la piel líquida de un bebé. La caldera parecía salida de una de esas historias del infierno que contaban los viejos rabinos de Toledo. Abraham la miró, trastornado, y de repente se imaginó a sí mismo libre de las ataduras de esta vida y brincando entre las llamas. Por un instante también sintió otra presencia, la de la muerte. Pero pronto desapareció ese sentimiento mientras recuperaba el sentido del presente. Se encontró súbitamente tumbado boca arriba en el suelo. El rostro de Kaputin lo observaba con atención unos palmos por encima.

—Dijiste que podrías trabajar como un hombre joven —le recriminó amargamente.

Villadeste ayudó a Abraham a levantarse. Percibiendo el olor de su propia barba chamuscada, este avanzó como pudo desde el horno hasta la esquina donde se apilaba la madera, agarró otro tronco, se lo echó al hombro y volvió a la carga, protegiéndose los ojos con el brazo mientras lo introducía en aquella vagina ardiente.

Al otro extremo de la fábrica trabajaban quienes soplaban el vidrio y, entre ellos, estaba Villadeste. Allí había grandes estanterías repletas de frascos y jarras. En uno de los lados estaba el espacio reservado para el encargado de la fábrica, un monje veneciano a quien Kaputin pagaba una pequeña fortuna por revelarle los secretos de la fabricación del cristal de Venecia.

A mediodía Villadeste le presentó a Abraham. Por unos minutos, el monje conversó con los dos hombres en latín, como si los tres ya no estuvieran entre las garras de una ciudad bárbara, sino de vuelta en alguna de las capitales del mundo.

–Ha sido enviado por su orden religiosa –le explicó después Villadeste–. Le dijeron que era una gran oportunidad para conseguir fondos para sus obras y convertir a los judíos.

–¿Y ha convertido a alguno?

–No, y tampoco ha recaudado fondo alguno. El cristal que fabrica Kaputin es tan malo que se paga en los mercados al más bajo de los precios.

AL DÍA SIGUIENTE, Abraham cayó bajo el peso del tronco que trasportaba. Se dio con la rodilla en una piedra y sintió un dolor tan terrible como si le hubieran ensartado una pica entre los huesos. Mientras luchaba por ponerse en pie advirtió que Kaputin estaba detrás de él, observándolo. Pero no hizo ningún comentario. Se limitó a seguir su camino al ver que Abraham retomaba el trabajo.

La víspera del *sabbath* Abraham reposó sus huesos, remojándolos entre los vapores de los pequeños baños de mosaico que Leo Kaputin había hecho construir para los judíos de Kiev. Villadeste estaba sentado a su lado. Apenas quedaba luz natural y el lugar se sumía en una rara y limpia penumbra. En ese gran útero lleno de vapor, los dos hombres parecían rodeados de plateadas membranas. Detrás de Villadeste, la pared formaba un arco. Y, coronado por su silueta, el hombre se veía enjuto y anciano. La piel le colgaba de los hombros sin que ninguna acumulación de carne o músculo lo evitase.

–¿Estás cansado?

Abraham intentaba cambiar de postura sin que su dolor de espalda le infligiese nuevos tormentos.

–Ahora entiendo lo que dijo Dios acerca del hombre y el sudor de la frente.

–Es peor cuando tienes más años.

Abraham se sumergió un poco más en el agua caliente. Tenía las manos en carne viva a causa del hacha y los hombros tan rozados de acarrear madera que sus músculos y ligamentos parecían medio sueltos de los huesos.

–¿Sabes que estás haciendo el trabajo de dos hombres? –le preguntó Villadeste.

–De diez.

–Hablo en serio. La semana antes de que Kaputin te contratara, había dos hombres para hacer el mismo trabajo. Ambos murieron con la nueva fiebre que se esparce por la ciudad.

–Así que Kaputin decidió «regalarme» los dos puestos.

–Quería probarte –aseguró Villadeste–. Me dijo que te había mirado a los ojos y sabía quién eras.

–Si Kaputin conoce la naturaleza de mi alma, entonces ha encontrado lo que todo hombre quiere saber de sí mismo: ¿quién soy yo?

–Tú sabes quién eres –afirmó Villadeste con un tono de completa certidumbre.

Entre los vapores sus palabras resonaron de una forma extrañamente solemne. A Abraham comenzó a latirle el corazón como cuando, décadas atrás, Ben Isaac se disponía a revelarle uno de sus secretos.

–Admite ante mí que eres un hombre que se conoce a sí mismo –le urgió su anciano amigo.

–Ahora sé que lo soy –contestó Abraham, sintiéndose un elegido de Dios. En su delirio se vio flotando en el plateado vapor entre dos luces: las del cielo y la tierra.

–Pero tu viaje no ha concluido todavía.

Villadeste volvió su flacucho saco de huesos y, muy encorvado, se dirigió hacia el vestuario. Cuando Abraham, renqueando y lleno de rozaduras y agujetas, hizo lo propio, el anciano ya había desaparecido.

EL DÍA SIGUIENTE al *sabbath* Abraham volvió a la fábrica. Esperaba que tras el corto descanso su cuerpo hubiera sanado, pero, muy al contrario, sus achaques no habían hecho más que intensificarse. Entró en el edificio esforzándose por mantenerse erguido y recordando cómo Ben Isaac solía tratar de engañar a sus alumnos fingiendo que se encontraba bien.

Pero ese día no había nadie a quien engañar. Kaputin y Villadeste habían salido en busca de la arena especial con la que se fabricaba el cristal. Abraham estaba tan dolorido que apenas podía andar, y emitía toda clase de gemidos mientras trabajaba.

No obstante, en ausencia de Kaputin fiscalizando su labor y agrandando sus esfuerzos y problemas, se las apañó para ir sacando adelante su tarea.

A mediodía, el monje veneciano se acercó a él y le ofreció una jarra de vino.

—Si bebéis un poco, vuestra espalda dejará de quejarse —aseguró el jefe de los sopladores que daban forma al cristal.

—Entonces valdrá la pena probarlo —dijo Abraham. Era un vino peleón. Le raspó la garganta como lo hacía el vino joven de Toledo. Pero pronto sintió que los músculos de su espalda, que estaban contraídos en torno a su columna vertebral en un gran espasmo de protesta, comenzaban a relajarse.

—El señor Villadeste dice que sois médico.

—Lo era.

—El señor Villadeste también dice que practicasteis la operación más célebre de la historia de Bolonia. Afirma que vos, de un solo golpe de bisturí, librasteis a la Iglesia de su fatídica división.

A Abraham le dio un vuelco el corazón. Sin duda Villadeste se refería a esto cuando aseguraba que allí se conocía la identidad de Abraham.

—¿Fue una operación difícil?

—¿Para quién, para el cirujano o para el paciente?

—Según dijo el señor Villadeste, vuestro paciente murió —contestó el monje sonriendo y dándole a Abraham una palmadita en el hombro—. Mi superior era uno de los que pretendían influir en Rodrigo Velázquez para que ordenara la muerte del cardenal Baltasar Cossa. Cuando se descubrió la trama, todos tuvimos que huir. Si no fuera por vos, yo estaría aún en Venecia conspirando contra el Papa y sufriendo pesadillas sobre las torturas que me infringirían cuando me atraparan.

–¿Preferís estar en este sitio?

–Por supuesto. Aquí vivo con una mujer que cada noche me da más placer que el que encontraba en un año entero en el claustro.

Se acercó tanto a Abraham que este interpuso entre ambos la jarra de vino, como si fuera una espada que quizá tuviera que usar de nuevo para conservar la libertad.

–También vos estáis a salvo en esta ciudad –le tranquilizó el monje–. Y ahora, si me ayudáis a acabar la jarra con la cual estáis pensando partirme la coronilla, yo os ayudaré esta tarde a transportar la madera que os corresponde. Mi boca ha decidido que prefiere pasar el día bebiendo deplorable vino ruso que soplando aire para fabricar el infame cristal del judío Kaputin.

EN EL PATIO de la fábrica había una pequeña sinagoga; se trataba de un sencillo edificio de madera, en el que Abraham rezaba por las tardes y en el *sabbath*. No tenía ventanas. Era un simple cobertizo cuyo espacio hacía las veces de nave principal.

En aquella sinagoga, Abraham oraba a Dios, aunque nunca oyó ninguna respuesta. Luego, noche tras noche, se iba a su casa, transitando por la gélida oscuridad. El universo lo había dejado de lado, se había olvidado de él, lo había descartado. El firmamento se cernía sobre él, negro y frío, como la cubierta de un ataúd.

Muchas noches lo acompañaba Villadeste. Se había convertido casi en uno más de la familia. Entonaba las oraciones antes de la cena y, cuando esta había terminado, iniciaba la discusión sobre controvertidos aspectos de la Torá. Obligaba a todos a participar, como si ellos fueran los esforzados, aunque estúpidos alumnos, y él el comprensivo rabino.

Luego se negaba a irse hasta que los demás se hubieran acostado y Abraham se quedaba con él junto al hogar. Esgrimía antiguos pergaminos, los cuales afirmaba que eran nada menos que los originales de la Zohar, el libro sagrado de la cábala, y sostenía sus argumentos examinando las letras a la luz del moribundo fuego.

–Todas las letras contienen luz –aseguraba Moisés Villadeste–. Y si uno sigue esa luz, ella le lleva hasta el final de la historia, hasta el final del tiempo, hasta el propio corazón de Dios.

–Si Dios tiene corazón, ¿por qué ordena que haga aquí tanto frío? Villadeste sonrió.

–Para que tú y yo nos acurruquemos a estudiar en este rincón, amigo mío, en lugar de perder el tiempo tumbados al sol como serpientes ociosas.

Por la noche era frecuente que el dolor de espalda le impidiese a Abraham dormir. Entonces permanecía con los ojos cerrados intentando imaginarse sentado en las murallas de Toledo, abrazando estrechamente en su ánimo su juventud y su futuro.

La mañana en que Sara rompió aguas, Abraham había ido a trabajar como de costumbre. Era mediados de marzo y el cielo estaba tan despejado que, mientras cortaba leña en el patio de la fábrica, la piel del rostro le picaba por la comezón del sol. A esas alturas, su cuerpo ya se había habituado al nuevo trabajo. Pero, durante el proceso, le hizo descubrir que se había convertido en un viejo.

A mediodía, y también dos horas después, dejó el hacha y corrió hasta su casa para ver a Sara. Habían comenzado sus contracciones, pero eran todavía cortas e intermitentes.

–Vuelve a la fábrica –le dijo Gabriela–. Si hay cualquier noticia, te mandaré recado. Ni siquiera las comadronas han llegado aún.

Era cierto que Sara no sufría gran incomodidad. Exceptuando los breves instantes de las contracciones agudas, continuaba amasando pan negro como cualquier otro día. Joseph, que había dejado sus trabajos en el astillero de Kaputin para estar en casa, observaba cada uno de sus movimientos.

Justo antes de terminar la jornada, una de las comadronas fue a buscar a Abraham. Él se asustó al verla, tiró las herramientas y agarró apresuradamente su capa en previsión de que la urgencia le hiciera correr a casa.

–Tranquilo, el parto todavía va muy despacio. Vuestra esposa me encarga deciros de que es un buen momento para que vayáis a la sinagoga a rezar vuestras oraciones.

Kaputin se plantó junto a Abraham.

–Enhorabuena, convertirse en abuelo es una bendición.

Era bien sabido que Leo Kaputin tenía treinta y dos nietos. Una vez Abraham vio en la sinagoga a la familia en pleno. Reunidos junto a la puerta, en el exterior del templo, adultos, adolescentes, niños y bebés en brazos parecían un ramillete de pálidas raíces privadas de sol y extraídas del mismo pedazo de terruño del cual había brotado milagrosamente el patriarca Kaputin.

–Incluso un solo nieto ya es algo –aseguró el hombre–. Cuando llega uno, cabe la esperanza de que vengan más.

Le puso a Abraham una moneda en la palma de la mano.

–Toma este regalo, de un abuelo valiente a otro.

Abraham escudriñó el cuadrado rostro de Kaputin. Su barba aparecía adornada con los restos de la impresionante comilona que acababa de zamparse.

–Tú tienes orgullo –explicó el hombre– y yo tengo dinero.

Después agarró a Abraham por el brazo y, pasando frente a la madera apilada, lo condujo hasta la sinagoga. Todavía no había sonado la campana que marcaba el fin del trabajo diario. Kaputin y Abraham eran los únicos que se encontraban dentro del cobertizo que servía de templo de adoración a todos los judíos de Kiev.

–Sé que no te gusto –dijo Kaputin–, pero tú sí me gustas a mí. Yo soy el jefe, el comandante, el rabino, el rey. Soy un verdadero Kaputin, como mi tatarabuelo, el rey. Seré recordado por mis descendientes como el judío que construyó un hogar para los demás judíos de Kiev. Tú, señor Halevi, tienes orgullo, pero debes comprender que tus milagros no han salvado más vidas para nuestro Señor que esta sinagoga. Cuéntalas, te reto a ello. Tendrás que reconocer que en realidad yo he salvado más vidas que tú. Sin embargo, en tu corazón tienes una imagen de mí muy pequeña; y, sin duda, en la intimidad hablas con tu mujer de que te pago un insignificante salario y de que te arriendo una casa que no se parece al palacio con el que habías soñado. Pero mira lo más importante que yo te he dado, gratis y con el corazón.

Kaputin alzó su carnoso dedo y señaló la puerta por la que recién habían salido y después, una vez hubo recorrido la cortina que velaba la zona para las damas, le hizo mirar hacia la parte más importante de la sinagoga: el arca en la que se guardaba la Torá. El reducido armario también estaba separado del resto del espacio, pero no por una tela vieja y barata como la que dividía a los sexos, sino por un grueso tapiz de color púrpura sobre el que se había bordado en plata una gran estrella de David.

–Aquí tu nieto aprenderá a ser un buen judío. Aquí lo sostendrás en tus brazos. Aquí oirá las oraciones que le ofrecemos a nuestro Dios, olerá el aroma de nuestra gente y oirá los lamentos de nuestro exilio. Cuando sea lo bastante mayor como para comprenderlo, Villadeste le enseñará el idioma de nuestro pueblo. Le ayudará a aprenderse de memoria la Torá, de forma que por su mente corran las palabras que Dios nos ha entregado. Si tienes la fortuna de que tu nieto sea varón, yo mismo le regalaré un chal de oraciones hecho de seda. Será confirmado aquí, donde tú y yo nos sentamos hoy, y aquí mismo tu nieto se sentará y llorará dentro de trece años. Si es niña en lugar de niño, seré el primero en contribuir con un gran regalo para su dote. Y cuando llegue el momento, si Dios quiere, este será el

445

lugar en el que se case. Quién sabe, tal vez incluso lo haga con uno de mis nietos. Si eso ocurriera, tu estimada esposa, cuya buena fama se ha extendido ya por toda la ciudad, y yo lloraremos juntos de felicidad, aquí.

—Suena muy atractivo —dijo Abraham.

—Lo sé —dijo Kaputin—. Y tú desearás que ocurra y tu amor por mí llegará. Porque me complazco en proveer a los judíos de mi reino con todas estas cosas y otras muchas, todas absolutamente libres de costes. Cada vez que doy algo a los demás le hago un verdadero regalo a mi corazón.

En casa la cocina resplandecía plagada de velas. Aunque Sara todavía se paseaba de un lado a otro entre contracción y contracción, cada dilatación del útero exigía ahora el tributo de sus lágrimas.

Durante la espera, las cuatro comadronas se comían el pan que la joven había preparado esa tarde y bebían el vino que la mujer de Kaputin había donado a la familia para ayudarla a pasar la noche.

No fue hasta pasadas las doce que las comadronas, viendo a Sara en constante llanto, permitieron a Abraham examinar a su nuera. Para entonces estaba tumbada de costado sobre la mesa de la cocina, con el rostro escarlata por los tremendos esfuerzos. Sobre la manta habían colocado plantas secas, trozos de animales y otros abalorios paganos.

Le hicieron prometer a Abraham que no miraría el cuerpo desnudo de Sara y solo cumplido esto retiraron la manta. De forma que Abraham, con los ojos cerrados, hubo de indicar que le guiaran las manos hasta el vientre de la parturienta.

Entonces, una vez se sintió convencido y satisfecho de que el útero permanecía aún sano, introdujo sus dedos en ella hasta tocar el cuello del órgano. Palpando la apertura para evaluar su tamaño, revivió exactamente el descubrimiento que le había llevado a atender a Isabel Velázquez. Se encontraba cerrada por dentro casi con la misma fuerza que haría una mujer que no estuviera de parto. Pero Sara tenía algo más de suerte, cabían tres dedos. Abraham continuó explorando hasta topar con la cabeza del niño. En el centro de su cráneo palpó la fontanela, la grieta que lo divide como un huevo partido esperando a que se suelden sus dos mitades. Mientras examinaba su cabeza, sintió a la criatura moverse.

Y de algún lugar muy profundo le vino una respuesta. Fue como si, allí donde su ciencia y habilidades médicas no alcanzaban y se mostraban impotentes, su alma llamara directamente al nieto que permanecía encerrado, persuadiéndolo de que viniera al mundo. El cráneo volvió a agitarse. Abraham notó cómo se giraba mientras el cuello del útero se abría casi otro dedo.

–¿Vais a sangrarla ahora?

Abraham estaba de rodillas con el rostro junto al de Sara. Tantas horas de dolor habían dejado a la joven con los ojos hinchados y apenas abiertos. El tan esperado milagro de la vida se había convertido en una pesadilla.

–No habrá ninguna sangría.

–¿Entonces pensáis cortarle el vientre? Dicen que hacéis milagros, sacando a las criaturas directamente del...

Los párpados de Sara temblaron de pánico.

–No, no habrá ninguna operación.

Echó para atrás el cabello de Sara y se lo retiró de la frente. En ese momento, se dio cuenta de que hasta entonces nunca había tocado a su nuera, nunca la había abrazado para consolarla durante la enfermedad de Joseph, ni para asegurarle que el parto le resultaría fácil.

Una vez más, la miró a los ojos. Eran como los de Gabriela en otro tiempo. Fieros y deseosos de aventura, pero también extrañamente obedientes y preparados para cualquier tragedia que pudiera sobrevenirle.

–No habrá ninguna operación –repitió Abraham enérgicamente–. El niño se está tomando su tiempo para prepararse a nacer, pero pronto estará listo –mientras hablaba, acarició suavemente el rostro de Sara–. La única medicina que ahora necesitas es un buen vaso de vino. Por el momento tu labor ha sido la de aguantar y la has hecho muy bien, pero pronto lo que tendrás que hacer es empujar a la criatura fuera de tu cómodo y acogedor vientre, y animarla a salir al mundo.

Abraham traspasó la cortina que aislaba a la joven Sara en una parte de la cocina. Gabriela y Joseph tomaban una infusión sentados junto al hogar. Abraham pensó que, en los últimos meses, no solo no había tocado nunca a Sara, sino que tampoco había cambiado apenas una sola palabra con su hijo o con Gabriela. El trabajo en la fábrica lo había convertido en un esclavo al que solo le quedaban fuerzas para dormir y sudar.

–¿Ha llegado? –preguntó Gabriela.

Él la miró un instante. Mientras él vivía sus pesadillas ella había mantenido la vitalidad en aquella helada casa.

–El niño llegará pronto y Sara se encuentra bien.

Dos horas pasada la medianoche nació la criatura. Mientras las comadronas se peleaban por tener el honor de traerla al mundo, fue Abraham quien lo hizo.

–¿Cuándo se ha visto nunca una cosa así? –gruñeron al unísono–. ¡Un hombre trayendo al mundo a un bebé! Menos mal que, afortunadamente, es niño.

Abraham retiró la cortina para dar a conocer al nuevo ser. La cocina se llenó con la energía del nacimiento y todos resplandecieron como las brasas de un fuego casi extinto y súbitamente avivado. Abraham sacó de su bolsa cuatro monedas que había ahorrado y se las entregó a las comadronas, que se fueron contentas al cabo de unos minutos.

Miró a su alrededor. Joseph, Sara, Gabriela. Lo habían arriesgado todo para sacarle de la prisión y devolverle la libertad. Cuando cruzó a la carrera el patio del palacio, ellos estaban esperándole, vestidos de blanco, llenos de esperanza, dispuestos a dar su vida por él.

–Gracias –les dijo, pero ninguno le oyó.

Gabriela, liberada finalmente de su tensión, había estallado en llanto y sollozaba de alivio. Joseph miraba feliz y embelesado a su hijo. Sara lo sostenía plácidamente junto a su pecho.

Hacia el amanecer, Abraham yacía junto a Gabriela sin poder dormir.

–Abraham. –El susurro de Gabriela llenó su pequeña tienda de campaña–. ¿Estás despierto?

–Estoy despierto –contestó él con un nudo en la garganta que apenas le dejaba hablar.

–¿Te sientes feliz?

–Sí, muy feliz.

–Te quiero –suspiró ella–. Ojalá pudiéramos tener un hijo. ¿Tú me quieres?

–Te quiero mucho –respondió él–. Te quiero de verdad.

Al pronunciar las palabras sintió la verdad que contenían. Gabriela formaba parte de su vida tanto o más que sus propios brazos y piernas.

–Te quiero de verdad –repitió. Su corazón se encogió ante un sombra de duda, pero se aproximó a Gabriela, puso su boca sobre la de ella y le besó lenta y cuidadosamente los labios–. Ahora tú eres mi esposa.

La luz de la mañana comenzaba a filtrarse por las costuras de la tienda, bañando la pálida piel de Gabriela con un suave resplandor azulado. Abraham vio que sus palabras la habían hecho llorar y entonces no pudo reprimir sus propias lágrimas. Sin embargo, aunque la abrazara, su corazón seguía resistiéndose.

Comprendió que lloraba porque, a pesar de lo que dijera o sintiera, su corazón estaba decidido a traicionarlo, y se aferraba obstinadamente a su propia e invencible verdad.

UNA HORA MÁS tarde, cuando el sol se levantaba y justo después de haber examinado al niño varias docenas de veces, Abraham salió en un carruaje, armado con patines y tirado por musculosos caballos, en dirección al pueblo en las afueras de Kiev donde Kaputin compraba la madera. Le acompañaba Villadeste.

El zarpazo del frío se suavizó un poco. En mañanas como esa, Abraham ya no sentía en sus pulmones esa punzada aguda que le causaba pánico cada vez que respiraba. De hecho, el sol brillaba y él estaba canturreando y batiendo los pies al ritmo del paso de los caballos.

Avanzando en el trineo, Abraham y Villadeste pronto dejaron atrás la ciudad, y los propios caballos, animados por el buen tiempo y la visión del campo, trotaban alegres por un pequeño sendero entre frondosos bosques.

Abraham observó los árboles, fijándose en la crujiente capa de nieve que intensificaba el resplandor del sol y admirando el azul puro del cielo. Todavía rememoraba cómo su nieto había nacido entre sus manos, aún húmedo tras su tránsito por el canal hacia la vida terrenal. Sosteniendo a la criatura, le había visto abrir los ojos por primera vez. Eran azules como un cielo que no conociera nube alguna. Entregó el niño a Joseph, mientras el cordón umbilical daba sus últimas pulsaciones. Acto seguido, con el único cuchillo de Toledo que conservaba, lo cortó. Entonces su hijo ofreció el niño a Sara, que lo puso contra su pecho, mientras el pequeño tosía y comenzaba a respirar por sí mismo. Finalmente, con un último esfuerzo, Sara expulsó del útero la placenta.

–¡Antonio! –anunció Joseph–. Se llamará Antonio.

–Nunca creí que pudiera ocurrir –reflexionó Abraham–. Pensar que nos hemos alejado tanto de Toledo y, sin embargo, la sangre que se derramó allí todavía corre de una generación a otra. Hemos encontrado un nuevo Antonio, un Antonio que puede esperar una vida más afortunada... –Se detuvo en sus pensamientos porque no conseguía recordar si alguna vez le había hablado a Villadeste de Antonio, ni si había compartido con él el secreto de su muerte.

–Dios ha mantenido su promesa y ha respondido a nuestras oraciones –afirmó confiado Villadeste. Miraba directamente a los ojos de Abraham y este sintió que de nuevo se abría su corazón. Era como si, después de todo, Villadeste supiera lo de Antonio, como si lo supiera y, además, hubiese perdonado a Abraham por todo aquello, y por su traición a Gabriela y por todas las vidas que había sesgado o arruinado.

Los caballos hicieron un alto. El invierno y la primavera se mezclaban en un mismo aire, y las diminutas hamacas de nieve que colgaban de los árboles se derretían reflejando el calor del sol.

–Ahora –dijo Villadeste con gentileza– es tiempo de olvidar ya el pasado.

Abraham estaba acostumbrado a ver los ojos del anciano a la luz de una vela o entre las sombras de la fábrica de cristal. Y, bajo el sol radiante, de súbito habían adquirido un fiero color azabache, un brillante tono español.

–Acuérdate del pájaro y la jaula. Tú eres la jaula. Abre el corazón y permite que el pájaro vuele.

Abraham apartó la mirada de los ardientes ojos de Villadeste, la dirigió hacia la nieve y luego hacia la desnuda corteza invernal de los majestuosos robles que crecían solo a unos pasos del camino.

–Deja volar libremente el pasado –continuó urgiéndole su amigo–, déjalo marchar sin trabas. Tu nieto ha nacido. Dios ha mostrado su fe en una nueva vida. Es hora de que también tú empieces un nuevo día y una nueva vida.

Las palabras de Villadeste resonaron en su interior y entonces, súbitamente, mientras contemplaba los ojos del anciano, se sintió como si respirara el mismo aire que había respirado en su celda de Bolonia. Sintió que su corazón latía al mismo ritmo y su alma volvía a estar desnuda e indefensa.

Volvió la espalda a Villadeste y se bajó del trineo dirigiéndose hacia la circundante nieve. A los pocos instantes, se había internado profundamente en el bosque y se vio inmerso en el misterioso olor de los árboles que comenzaban a despertarse y en el silencioso trueno de la savia recuperando su vigor.

Bajo sus pies notó que corrían ríos de nieve derretida, listos para hacer brotar nueva vida. Entonces levantó la vista distraído y se resbaló. Abraham cayó de espaldas sobre la blanda nieve con un resignado suspiro.

Entre la maraña de ramas que ahora tenía encima y que se retorcían galopando hacia arriba para captar la luz, vio el sol. Repentinamente se sintió como uno de esos viejos fanáticos que se pasan la vida arrastrándose por los desiertos en espera de alguna dudosa visión de Dios. Pero dado que él vivía en el exilio, la nieve había reemplazado al desierto, los árboles a las montañas y el frío a la sed.

Viajaba con poco equipaje, como Antonio le había aconsejado siempre.

Tenía la mirada fija en el sol, en la luz que se fracturaba entre las desnudas ramas.

En su sopor, las ramas comenzaron a danzar, formando las letras de un alfabeto, y cada letra parecía en llamas hechas del brillante y amarillo fulgor del sol, llamas que la consumían. Cada letra se quemaba de camino hacia el olvido, hasta que era sustituida por una nueva, también formada de brillos y reflejos. Las letras se hicieron más grandes y fueron llenando todo el cielo, hasta pregonar el nombre secreto de Dios.

Entonces Abraham oyó los pasos de alguien y los fatigosos resoplos de un anciano caminando por la nieve.

Se puso de pie, avergonzado de que Villadeste le sorprendiera en tan ridícula postura.

Pero se encontró solo en medio del bosque.

3

AQUELLA PRIMAVERA KAPUTIN envió a Abraham y Joseph Halevi a la zona de Novgorod para abrir nuevos mercados donde vender su cristal. Era el año 1422.

—No malinterpretéis la confianza que deposito en vosotros —le advirtió Kaputin a Abraham la noche antes de partir.

—¿Es que les estáis dando la oportunidad de aprovecharse mediante alguna treta? —preguntó Gabriela.

—Enviar a este gran viaje a vuestro marido es mi regalo —aseguró Kaputin—. Solo pido que lo tenga presente y defienda mis intereses con el mayor ahínco.

—Mi esposo no siente por vos otra cosa que gratitud. Es innecesario pedirle a un fiel esclavo que obedezca.

El viaje duraba dos meses. Tras la cena de despedida, Gabriela, temblando ante la perspectiva de una separación tan larga, se sentó con Abraham junto al fuego. El espacio antes diáfano de la casa, había sido repartido hasta convertirse en una verdadera vivienda. En la parte grande vivían Joseph y Sara, que estaba de nuevo embarazada, con el pequeño Antonio.

Allí donde estuviera la vieja tienda de campaña, ahora había un dormitorio con paredes. Lo ocupaban los abuelos, como hoy se les conocía. Como recordatorio del gran viaje que los condujo hasta Kiev, Gabriela había colgado las antiguas pieles en una de las paredes, y tapices con imágenes de Toledo y Bolonia en las otras.

—¿Sientes ganas de hacer este viaje para Kaputin?

—Me encuentro muy cansado.

–El invierno ha sido largo.

Gabriela puso la mano en la espalda de Abraham y le frotó el ancho valle entre las clavículas.

–Echo de menos a Villadeste –exclamó ella–. A veces todavía me sorprendo esperando que entre por la puerta.

–Yo también le extraño.

Villadeste había muerto aquel invierno, congelado en la pequeña habitación donde vivía. Al saberlo, Gabriela se vio invadida por una inmensa tristeza. Llegó a pensar que el ángel de la fortuna que los había protegido desde su salida de Bolonia les había abandonado. Ahora se mostraba siempre nerviosa y llena de premura. A veces, cuando los otros salían de casa, pasaba las horas imaginando todas las cosas horribles que podían sucederles.

–Ojalá no tuvierais que viajar –dijo a Abraham–. Me consumirá la preocupación hasta que volváis.

–Ven mañana al muelle a despedirnos. Cuando nos veas subir a bordo tan felices, te sentirás más tranquila al ver que estamos bien y que pronto regresaremos a tu lado.

Tal y como Abraham le había sugerido, por la mañana Gabriela les acompañó a los embarcaderos del Dniéper. El día amaneció alegre y soleado. Las embarradas llanuras que se extendían por las orillas del río empezaban a cubrirse de hierba primaveral. Las aves volvían del sur, piando y aleteando de un árbol lleno de brotes tiernos a otro.

–Cuando volváis será verano –observó Gabriela. Se encontraban ya junto al río. Era ancho y denso. Coloreado por el sol naciente, fluía como una fuerza enorme e implacable, capaz de arrastrar consigo incluso los deseos más tenazmente arraigados.

Ella contempló su caudal, apreciando la fuerte corriente. Intentó imaginarse aquel mismo barco dos meses más tarde, volviendo de regreso y trayendo de vuelta a sus hombres, desde el corazón de Rusia hasta su corazón. Pero solo consiguió ver agua extremadamente fría con algunas burbujas de color acero.

–Tened cuidado –les urgió. Abraham la estrechó entre sus brazos, apretándola tanto contra su pecho que por un instante ella no pudo respirar. Cuando se separaron, Gabriela casi deseó que Abraham y ella hubieran muerto en ese momento, juntos y fuertemente abrazados.

Había notado contra su pecho la daga que Abraham había escondido bajo su túnica.

–No te preocupes, volveremos sanos y salvos.

–Te amo, y ahora quiero irme a casa mientras estás todavía aquí, cerca de mí.

EN CUANTO EL barco comenzó a moverse, Abraham se sintió joven una vez más. Levantó los hombros, estiró la espalda y se irguió. El duro cascarón del invierno se abría inexorablemente. También a él le había llegado la hora de dejar fluir la primavera.

La sangre de la nueva estación hacía mecerse las aguas, mientras los valles se hacían más estrechos y las montañas más altas, emergiendo como gigantescas olas cubiertas de inmensos bosques de pinos.

Abraham respiró el aire puro. El aroma de los pinares le exaltaba como si fuese hachís. Y cuando estiró los brazos por encima de la borda del barco, sintió que el espectro de su juventud volvía a cobrar vida, expandiéndose a placer.

Una tarde vio la muerte. Tenía el mismo rostro que meses antes le hiciera un guiño junto al horno de Kaputin, aunque ahora se presentase en forma de un pálido sol reflejado en la superficie de las aguas.

Joseph observaba a su padre un paso retirado.

–¿Qué miras?

–La muerte.

–¿Es que estás enfermo?

Abraham no dio respuesta, pero le sorprendió que la voz de su hijo estuviera teñida de pánico. La muerte es aquello a lo que temes cuando todavía no has vivido tu vida.

Novgorod era una ciudad maderera. Nada más entrar en el puerto el olor a aceite de pino les recibió. Las calles estaban hechas de pino, las casas estaban hechas de pino y se elevaban tres plantas sostenidas por inmensas vigas verticales y hechas de pino.

Había sesenta fábricas de madera y muebles de pino. Los carpinteros iban y venían por doquier. Copos de viruta blanca y cremosa les cubrían las prendas de vestir como una segunda piel.

Solo las iglesias estaban construidas en piedra. Se alzaban como puños de roca entre las zigzagueantes calles de madera, dispuestas a hacer caer su verdad sobre cualquier cabeza reacia a comulgar con ella.

Gracias al dinero que Kaputin les había proporcionado, se alojaron en una de las mejores posadas de la ciudad.

–Si vais a vender mercancías –les había indicado su jefe–, debéis dar la impresión de que ya sois ricos.

Aquella noche bebieron buen licor, y cuando llegó la hora de la cena, les trajeron a la mesa unas espléndidas raciones de suculento cordero. Lo acompañaban sendas jarras de vino. Y tras el vino, de nuevo licor.

Sentados en aquella gran mesa, mientras comían, bebían y reían con el resto de los huéspedes, Abraham se tomó unos instantes para reflexionar, mirando la chimenea. Pero en lugar de ver aquel infierno rojo y turbador que había contemplado en las calderas de la fábrica de Kaputin, vio grandes partidas de pino de Novgorod que se procesaban y cortaban en pedazos, y que proporcionaban enormes cantidades de alegría y felicidad. Tanta era la esperanza contenida en aquella visión de la madera de pino que dejó de oír el resto de ruidos en la habitación. Todo se reducía al chisporroteo del fuego, las pequeñas explosiones de los nudos de la madera al arder y el gentil silbido de las brasas.

Cuando se dio cuenta era medianoche y los demás huéspedes se habían ido a la cama. Abraham sintió que el poder de ese fuego había templado y reconfortado su sangre. Se levantó. La habitación le resultó magníficamente acogedora y en aquella claridad tuvo un momento de extraordinaria lucidez. Las mesas vacías, la chimenea de piedra, las llamas desvaneciendo la oscuridad de la noche. Este era un mundo apropiado para un hombre que había cargado durante demasiado tiempo con sus propias, insignificantes y repetitivas preocupaciones.

Cada noche Abraham comió y bebió más que la anterior. Después caía rendido de sueño, bailando interiormente a causa del licor ingerido. Por las mañanas dormía hasta muy tarde. Toda la carne que había consumido la noche previa necesitaba tiempo para integrarse en su propio cuerpo. Volvió a sentirse como un bebé. La felicidad de cada velada al calor de la chimenea era seguida por largas dosis de sueño profundo, del cual se despertaba tan lleno de energía que corría a abrir las ventanas para contemplar las maravillas que ocurrían en las calles de la ciudad.

En la feria, Abraham no hacía negocio alguno. Eso se lo dejaba al especialista: su hijo. Pero él iba de un puesto a otro, practicando el italiano, el francés e incluso el español en una grata orgía de locuacidad. Y cuando su lengua se soltaba del todo y encontraba la forma de volver a pronunciar palabras auténticas, entonces estallaba en sentidas frases acerca de la valía y el talento de su hijo, la belleza de su nieto y, también, los horrores de Kiev, ciudad de invierno y esfuerzo.

Los días corrían en armónica y perfecta secuencia, y Abraham se sentía como la vieja y rocosa orilla de un río súbitamente fertilizada por una inundación. Una tarde se compró un espejo y se pasó horas mirándose en él en su cuarto. Se arregló la barba y raspó la capa amarillenta de sus dientes hasta dejarlos relucientemente blancos. Al día siguiente cambió una de las monedas de Kaputin por paño de seda y mandó hacerse ropa interior que reconfortase su nueva y recientemente despertada piel. Una túnica de suave algodón reemplazó a su antigua y áspera vestimenta, que había cumplido ya cinco años de servicio.

Por la noche, Joseph y él invitaron a cenar a un grupo de viajeros italianos. Al término del convite, cuando todos se hubieron ido a dormir o simplemente se hubieron desmayado apoyando la cabeza en la mesa, Abraham se encontró de repente a solas con la muchacha que les servía.

La sangre le corría de nuevo mezclada con abundante licor, haciéndole latir con una ligera tristeza y una extraña claridad que lo llevó a pensar en sus años de Montpellier. Miró hacia el fuego y su mente se llenó de los ecos de los troncos de pino consumiéndose al calor. Luego sus ojos, como si tuvieran voluntad propia, buscaron a la muchacha.

—¡Jeanne-Marie!

¿Había pronunciado realmente aquellas palabras, o simplemente las había pensado? La chica avanzó hacia él, presentándose como el sueño que él nunca se había atrevido a soñar.

—Jeanne-Marie —repitió, y esta vez dejó que su boca sintiera y saboreara ese nombre. Ahora el licor hacía efecto, y el dolor y el amor se mezclaban formando un único cuchillo que parecía cortarle por dentro. Avanzó tambaleándose. La muchacha le miraba directamente a los ojos.

Abraham abrió los brazos para abrazar lo que sabía que debería ser una alucinación, pero no hubo de hacerlo, porque de inmediato sintió que un aluvión de carne y aliento se lanzaba contra su cuerpo, entregándose. Labios jadeantes besaban los suyos. Manos ansiosas se introducían bajo su nueva túnica para tocarle la piel y atraerlo.

Contuvo la respiración, mientras su pensamiento se catapultaba hasta los años de mazmorra, hasta ese mundo propio en el que los recuerdos eran tan fuertes que podía introducirse en ellos como en una habitación.

Levantó la mano.

—¿No te gusto?

La chica tenía unos profundos ojos oscuros, adornados por largas pestañas curvas cuyo roce empezaba a añorar la piel de Abraham.

–Jeanne-Marie –dijo él una vez más. El deseo, sin máscaras, llamó a las puertas de su ser.

–Sé quien eres –dijo la joven–. Fuiste un médico famoso. Hablaban de ti en la feria, de tus operaciones, de las cosas que conseguiste curar.

–Jeanne-Marie.

Ahora Abraham solo susurró el nombre. Por sus venas corría, como un río antes olvidado, todo el amor que había sentido por su esposa.

–Dime –comenzó a urgirle la muchacha, pero Abraham no la oyó. Porque el sentimiento de amor hacia Jeanne-Marie era tan intenso que tuvo que apoyarse en el hombro de la ardiente joven para no caer al suelo–. ¿Es verdad que eres el judío que mató a un cardenal?

La mano de Abraham se tensó, dispuesta a abofetear a la insolente muchacha. Pero se contuvo. Al ver su mano, reparó en los dedos que en otro tiempo tan habilidosamente manejaban el instrumental quirúrgico.

«Mi doctor», solía llamarlo Jeanne-Marie. «Mi médico, que podría curar al mundo entero con las mismas manos con las que practica sus peculiares jueguecitos en su amante esposa», decía.

«Permite que se borre el pasado», le había dicho Villadeste, pero el pasado no se había borrado en absoluto, lo que había ocurrido era que él lo había escondido. El joven deseoso de conocer a fondo el cuerpo humano, el soñador que había querido elevar a los campesinos a la condición de ángeles, el padre que se había consumido en la ira y los deseos de venganza; todos esos hombres habían permanecido ahí, encerrados.

–¿Eres tú ese judío?

–Tu lengua es demasiado atrevida.

La chica levantó el rostro y soltó una carcajada. Abraham comprendió que en verdad no era Jeanne-Marie, ni siquiera una reencarnación peculiar de ella. Pero en todo caso era bonita y su maliciosa sonrisa le recordó las artes de su esposa cuando le provocaba a declararse y amarla.

Abraham sacó de su bolsa una moneda de oro.

–Toma, te producirá más gozo que el cuerpo de un viejo que ya ha recibido con creces su porción de aventuras amorosas.

En su aposento, bajo las mantas, con su hijo Joseph durmiendo a su lado, se sintió sobrecogido por una profunda tristeza.

Incluso cuando abrió los ojos para romper el encanto, el rostro, el perfume y el amor de Jeanne-Marie seguían rodeándolo. Como si fuera un muñeco grotesco y maltrecho, los mercenarios de Montreuil la habían colgado de la ventana del dormitorio de los niños. Abraham recordó que al verla sintió un breve arrebato de pánico e ira, pero después nada en absoluto. Solo un silencio interior. La muerte. Muerte era lo que quedaba cuando la vida se escurría entre las manos. Muerte era lo que restaba cuando los cuerpos se desangraban en la mesa de operaciones. Muerte era lo que recibieron todos aquellos a quienes ensartó con su espada. «No matarás», había ordenado Dios. Pero él había matado a más hombres de los que podía recordar, más incluso de los que Antonio presumía de haber ajusticiado, y tal vez también más de los que había salvado con sus talentos médicos.

Al contemplar el cadáver de Jeanne-Marie, había sentido el silencio de la muerte. No solo de la muerte de ella, sino también de la muerte de sus sentimientos; y de la muerte de la vida que había luchado por construir, y que había disfrutado tanto aunque sabía que algún día se desmoronaría por estar cimentada en mentiras. La muerte era el oscuro e interminable pozo de olvido en torno al cual había girado toda su vida, temiéndolo, añorándolo, rescatando a algunos recuerdos del filo de su perímetro mientras otros los enviaba a su silencioso agujero.

Se incorporó y se frotó el rostro con las manos. Cierto era que había escapado de su prisión, pero ya hacía tres años de todo ello. Y el invierno en Kiev había sido peor que el invierno de su cárcel. Los recuerdos volvían a hacerlo cautivo; una vez más estaba preso en las creencias con las que se había fustigado durante doce años.

¿En qué mentiras se había basado su vida con Jeanne-Marie?

La primera era la mentira de su conversión religiosa. Junto con Jeanne-Marie y François había fingido dejar de ser un judío. Pero el mundo sabía que él no era otra cosa. La gente lo veía judío y lo trataba como a un judío. La mentira solo había conseguido cubrirlo bajo un manto de falsa seguridad, pero en el fondo no había logrado engañar del todo a nadie.

Luego vino la mentira de creerse él mismo su primera mentira, pues desde el primer momento en que se turbó ante la aparición en su vida de Jeanne-Marie supo bien que en realidad estaba cambiando amor por seguridad, que la vida que viviera con ella se construiría sobre un mundo de ensueño, producto de la confianza de su bella esposa, no de la suya. Por supuesto podía haber intentado sacarla de su candidez e iniciarla en las verdades más descarnadas de los Errores de Dios, de las ciudades pasto del odio y las llamas, del amor convertido en amargura por la avaricia y la vil traición, pero hacerlo hubiera convertido a Jeanne-Marie en otra Gabriela.

¿Quién había muerto por culpa de sus mentiras?

No el que lo merecía, que era él mismo, sino la más inocente de las víctimas: Jeanne-Marie.

Abraham se puso en pie y comenzó a deambular por la habitación como solía hacerlo en su pequeña celda.

Había evitado que su esposa se transformase en una mujer como Gabriela, pero ahora era a Gabriela a quien le correspondía estar entre sus brazos. Ahora era ella la que hacía las veces de su verdadera esposa y la que le susurraba al oído tantas palabras de amor.

¡Amor! ¿Por qué no había podido él amar a Gabriela con todo su corazón? Era ella quien lo había liberado de su cárcel y había conseguido que la familia sobreviviese al terrible invierno de Kiev. Era ella quien había traído a Joseph y a Sara, que le habían dado un nieto. «La corrupción y la sabiduría son realidades gemelas –le había dicho en una ocasión Villadeste–. Las personas inocentes no necesitan saber cosas, porque ya tienen su propio corazón.»

Abraham se preguntaba si en los corazones de todos esos inocentes resonaban los dulces ecos de las liras y los cánticos de los ángeles. Su propio corazón estaba lleno, pero no de las cosas de las que hablaba la Biblia, sino de amargura por el amor desperdiciado, por el amor perdido, por el amor transformado en muerte. Y esa amargura le rompía el corazón.

Empezó a llorar sin darse cuenta. Cada sollozo era fruto de una punzada en su dolorido corazón. Pronto se vio doblado por el dolor y la pena, y agarrándose el pecho se desplomó en el suelo, cayendo en una oscuridad que parecía alzarse deseosa de engullirlo.

Al oír sus huesos chocar contra la tarima sintió que se daba contra una barrera, un muro, idéntico a aquel muro de Toledo que separaba la actividad en la ciudad de los vivos de la ciudad de los muertos.

Entonces le rodearon los brazos de Joseph. Eran brazos de hombre, con la fuerza suficiente para levantarlo. Su hijo comenzó a llorar con él. Aquella noche que nunca había sido mencionada, aquellas personas cuyo nombre no habían vuelto a pronunciar, parecieron cobrar vida súbitamente y erraban por la habitación, acompañando a Joseph y Abraham, quien consolaba ahora a su hijo. Tomó el rostro de Joseph entre sus manos, le secó las lágrimas y lo contempló a la luz del amanecer. Tenía unos ojos castaños iguales a los de Jeanne-Marie. La frente era alta y pronunciada como la suya. Era el perfil propio del hombre con una mente que sabe mostrarse arrogante. Su fuerte mentón estaba adornado por una barba negra, espesa y rizada. Las mejillas lucían curtidas por los helados vientos de Kiev. Era un hombre, un judío, un extraño.

–Me acordaba de la noche en que mataron a tu madre.

–Yo también pienso en ella, todo el tiempo.

–Tu madre y yo nos quisimos mucho... –se le quebró la voz y retiró los ojos de su hijo.

–Ya lo sabía, pero me alegro mucho de que lo hayas dicho.

Abraham se volvió hacia él. Los ojos de su hijo, que eran los ojos de Jeanne-Marie, estaban llenos de amor.

–Y también he querido mucho a mi hijo siempre –continuó Abraham–. Perdóname si no he sabido demostrártelo.

–No hay absolutamente nada por lo que tú tengas que ser perdonado. ¡Nada! –clamó Joseph.

El desgarrador timbre de su voz logró abrir la última puerta. Sin previo aviso, la imagen de su propia madre siendo violada por una silueta aullante y enorme se presentó en la mente de Abraham. Y por sus venas voló una flecha de miedo y odio, una flecha hacía mucho disparada y que ahora lograba salir afuera.

Se puso de pie y colocó la mano en el hombro de su hijo Joseph.

«Deja volar el pasado», le había aconsejado muchas veces Villadeste. Pero, por primera vez en su vida, Abraham sintió que ya no había ningún pasado del cual necesitara escapar.

4

En 1445, a la edad de setenta y cinco años, Abraham Halevi cayó enfermo. En su lecho notaba que el latido de su corazón era cada vez más tenue, pero cuando cerraba los ojos se sentía como un pájaro planeando sin esfuerzo sobre el mar.

Debatiéndose entre el sueño y la conciencia, mantuvo su espalda completamente inmóvil sobre la cama, como si ya se estuviera hundiendo en la tierra. Según solía presumir Gabriela, el colchón estaba relleno de plumas de la mejor calidad, procedentes de la misma Kiev. ¿Y por qué no iba a ser verdad? Cuando Abraham abrió los ojos encontró muchas otras evidencias de su riqueza, y tuvo que hacer un esfuerzo por asimilar el enorme cambio que habían experimentado su situación y su fortuna.

Joseph y él llegaron de Novgorod seis meses más tarde de lo previsto, con un ingente cargamento de madera de pino.

Solo dos años después de concluido aquel viaje, Abraham Halevi, vestido con la túnica de armiño propia de los más poderosos comerciantes de Kiev, tuvo la satisfacción de ser testigo de la demolición de la casucha que Kaputin le había alquilado a su llegada.

El nuevo hogar de los Halevi se construyó en torno a un patio, a la manera de los palacios de Toledo. E, igual que ellos, fue dotado de un muro lo bastante grande como para convertir la mansión en una auténtica fortaleza. En suma, la casa era tan alta y grande que, a su lado, los dominios del mismísimo Leo Kaputin se vieron reducidos a un modesto edificio situado bajo su sombra.

–¿Lo ves? –le espetó Kaputin–. Ya te dije que con mi ayuda conseguirías triunfar. Y ahora mira qué maravilloso palacio te has construido. Mientras yo tiraba el dinero intentando ayudar a los judíos pobres de Kiev, tú has tenido la precaución de pensar en ti mismo.

También se cumplió la predicción de Kaputin en cuanto a que Abraham vería a su nieto convertirse en hombre. La ceremonia se celebró en la sinagoga edificada por Kaputin. Sin embargo, el arca de antaño había sido sustituida por una importada y mucho más grande, cortesía del cada vez más floreciente negocio maderero de los Halevi. Asimismo, en la sinagoga se había realizado una ampliación para dar cabida al creciente número de emigrantes judíos que llegaban a Kiev escapando de los horrores de la Inquisición en los distintos países de Europa.

En 1437 se cumplió una más de las predicciones de Kaputin, aunque él ya hubiera muerto seis años antes. Entonces Abraham tenía sesenta y siete años y vivía la vida de un respetable anciano que, codo a codo con su esposa, gobernaba un imperio familiar de cambio de divisas y comercio de madera.

Era un imperio tan grande que daba trabajo a una gran parte de los judíos de Kiev. Y el número de estos había aumentando tanto que la construcción de una segunda sinagoga se había hecho necesaria. No obstante, la profecía que anunciaba el matrimonio entre Antonio y una de las nietas de Leo Kaputin se hizo realidad en la sinagoga antigua.

Justo antes de concluir la celebración de la boda, el joven rabino proveniente nada menos que de París elogió encendidamente la figura de Leo Kaputin, a quien nunca había conocido, pero de quien sabía por boca de otros que había sido un padre para toda la comunidad y un hombre presto a darlo todo con el corazón, incluso cuando tenía los bolsillos vacíos.

«El corazón.» Desde la noche en que a Abraham se le rompiera el suyo en Novgorod no había vuelto a pronunciar el nombre de Jeanne-Marie.

Junto a él, acompañándolo en su agonía, estaba Gabriela. Tal vez era cierto que Abraham había amado más a su primera esposa, pero el destino lo había atado a Gabriela. Podía ver su rostro con suficiente claridad, aunque durante años la vista se le hubiera ido nublando. Era un rostro hermoso, abnegado, todavía jovial. Gabriela seguía siendo tan atenta y solícita en la hora de su muerte como lo había sido a lo largo de toda su vida.

Hacía apenas unos minutos, se había acercado a él para susurrarle algo al oído.

−¿Te acuerdas de la historia que nos contó Moisés Villadeste acerca de Judas Macabeo y cómo se convirtió en el ángel guía de los judíos errantes?

−Me acuerdo.

−Pues mira Kiev ahora. Hay tantos judíos que van a construir una tercera sinagoga. Creo que Moisés Villadeste, Leo Kaputin y tú y yo hemos sido los ángeles guía de todos ellos. Llegamos los primeros y construimos un mundo hasta el cual los demás pudieron seguirnos.

Al oír esto, y a pesar de su agonía, Abraham se rio tanto que casi muere de ahogo. Cómo le habría gustado que Antonio Espinosa hubiera estado junto a él, desternillándose de la risa al escuchar semejante idea. Antonio se habría hartado de reír al saber que, tras todos esos años, los Errores de Dios se habían convertido en Guías de Dios para conducir a su pueblo hacia un mejor futuro, y que su primo, el gran hombre de ciencia que pretendía escapar a su destino y situarse por las buenas en una nueva era, se había transformado en cambio en un nuevo Moisés cuyo dedo señalaba el camino hacia una ciudad en el confín del mundo. Ciudad en la cual, durante sus últimos años y para mayor contribución, había vuelto a coger el instrumental médico y había enseñado anatomía y cirugía a los jóvenes judíos venidos de todas partes de Europa con la mente abierta a nuevas técnicas. E incluso había empuñado el bisturí para circuncidar al aluvión de recién nacidos que le presentaban las nuevas madres hebreas.

Situados detrás de Gabriela, también Joseph y Sara velaban al débil Abraham. Y junto a ellos estaban sus hijos, cuyos nombres a veces confundía el abuelo, e incluso podían verse algunos hijos de esos hijos.

La muerte había dejado de ser una visitante inoportuna que podía presentarse de forma ocasional y se había convertido en una presencia constante.

Más allá de su fatigosa y poco fiable respiración, Abraham oía los ecos mucho más ciertos e inexorables de su destino. Cerró los ojos. Se sintió como un pájaro planeando sobre las aguas, volando tan lejos de tierra firme que ya nunca más podría regresar.

El Gato. El hombre del cuchillo de plata. El azote de las supersticiones. El respetable y acaudalado comerciante. Abraham sonrió. La noche del saqueo del barrio judío de Toledo había renunciado a la seguridad, dándole la espalda, y desplegando su capa al viento, había saltado el muro de la casa de Juan Velázquez. De algún modo, desde aquel momento ya nunca había dejado de volar. Había vivido como un pájaro que sabía cambiar su plumaje con la llegada de las nuevas estaciones.

Cada pocos años, o quizás debería decir cada pocos minutos, el corazón se le había parado, como una rueda que ya no es capaz de girar. Pero entonces siempre surgía algo que lo reanimaba, un último soplo de energía que lo devolvía a la vida.

Abraham abrió los ojos.

Sus seres queridos se apiñaban en torno a él; se inclinaban hacia él, querían besar y dar su último adiós al anciano abuelo. Entendió que le había llegado la hora de morirse y afrontó su destino como un viejo saco de huesos entregado a su celoso e imponente Dios. Ahora les tocaba a los otros disfrutar de su turno bajo el sol terrenal.

Los rostros de los hombres pinchaban con sus barbas. Los labios de las mujeres estaban cortados por el riguroso invierno ucraniano. Los niños daban besos húmedos y suaves con la boca entreabierta.

Todos bendijeron afectuosamente su frente y lo encomendaron al Señor.

Cuando se quedaron solos, Abraham extendió el brazo y agarró la mano de Gabriela.

Toda la vida él había sido el listo, el fuerte, el más rudo.

Pero ahora se estaba muriendo. Su alma, indefensa, iría al encuentro del juicio de Dios. Sintió que su corazón vacilaba un instante y dejaba brevemente de latir. Contuvo el aliento, preguntándose si le había llegado la hora de exhalar y encontrarse ya en el mundo de los muertos. Sin embargo, acabó esa pausa. El corazón volvió a latirle y se vio respirando de nuevo con normalidad, aunque con un ligero jadeo producto del último esfuerzo.

–¿Sientes dolor? –le preguntó Gabriela, diligente y cariñosa.

–Ningún dolor –aseguró él.

–Me ha llegado algo más para ti. Es un regalo de tus alumnos. Abraham luchó por incorporarse y contemplar su presente, mientras Gabriela colocaba un caja de gruesa madera sobre su lecho. Dentro había un libro hecho con hojas sueltas de pergamino. Abraham acercó los ojos a él y, lentamente, consiguió enfocar las letras del título.

Con sentida gratitud a nuestro querido profesor,
doctor en anatomía y cirugía,
guía en el conocimiento de la naturaleza del hombre,
Abraham Halevi.

Gabriela leyó en voz alta la dedicatoria, antes de pasar la primera página y encontrarse con un dibujo anatómico del cuerpo humano. Mostraba el entramado de músculos bajo la piel del organismo.

En la siguiente página, el dibujo del mismo cuerpo revelaba los huesos y articulaciones.

–Han trabajado muchos meses, durante día y noche, para tenerlo listo –susurró Gabriela–. Contiene dibujos de todas las disecciones que has practicado, y están acompañados de textos recogidos durante tus conferencias y clases de medicina.

Pasó unas cuantas páginas más, hasta detenerse en una de las ilustraciones. Estaba compuesta de vivos colores. Retrataba a un hombre mayor, con la barba hasta el pecho, inclinado sobre una mesa de operaciones en la que yacía un cuerpo. Un buen número de espectadores observaba atentamente la intervención.

–Lo ha pintado Joseph. Ya ves que algo aprovechó de sus estudios en el taller de Bolonia. Ha querido que...

La lágrimas de Gabriela ahogaron sus palabras y se limitó a empujar el libro hacia Abraham.

El anciano retratado era él. Sus ojos se volvían hacia el espectador del cuadro y brillaban animados por la audacia de lo que estaba haciendo.

–Te quiere tanto –le dijo Gabriela–. Todos te queremos.

Abraham sintió que por sus mejillas también rodaban lágrimas. ¿Dónde estaba ahora Ben Isaac, para reírse un poco de él? Lo habría necesitado. ¿Dónde estaba Moisés Villadeste, para burlarse del hombre que llora por su propia muerte? Le habría venido bien tenerlo cerca.

–Ojalá muriese contigo y me enterraran en el mismo ataúd –lloró Gabriela.

–Te esperaré.

–Tengo miedo a quedarme sola.

–Te quiero –dijo Abraham, y mientras hablaba oyó un breve y despectivo gemido. Era la muerte riéndose–. Te quiero –repitió con más fuerza.

CUANDO JOSEPH REGRESÓ a la habitación, encontró a Gabriela llorando aferrada al cuerpo de su padre. La caja de madera estaba abierta encima de la cama, y las hojas del libro, con textos e ilustraciones, se esparcían sobre la colcha.

La muerte había limpiado el rostro de Abraham, dejándolo sereno y con expresión satisfecha.

Joseph se arrodilló junto a Gabriela y cerró los ojos. Por un momento volvió a sentirse como un niño rodeado por el poderoso ascendente de sus mayores. Un niño que nunca sabe cuándo su vida se desmoronará o cambiará de sentido.

Abrió los ojos, extendió los brazos y tomó la mano de su padre entre las suyas. Estaba rígida y fría.

Cuando palpó sus dedos, notó algo en el pecho. Al momento la atmósfera de la habitación le resultó más densa. El espíritu de Abraham Halevi la había llenado. Sus oídos percibieron un extraño zumbido y las velas lucieron con tal brillo que sintió un ardor en los ojos. Se puso en pie de un salto y agarró la empuñadura de la espada que llevaba al cinto, como si el tiempo hubiera retrocedido hasta llevarle de vuelta a la celda de su padre y tuviera que prepararse contra la acometida de los guardias.

Entonces se volvió hacia Gabriela.

Estaba tumbada en el suelo, junto a la cama de Abraham, apoyando la cabeza en su inerte pecho.

–Joseph, Joseph el Soñador.

Tuvo la sensación de estar oyendo la voz de su padre y de que esa voz se abría paso por sus costillas para llegarle hasta el fondo del alma.

Luego la habitación volvió a sumirse en el silencio y la creciente penumbra.

Joseph se agachó para confortar a Gabriela. Pero antes incluso de tocarla comprendió que estaba muerta.

Al día siguiente, Abraham y Gabriela fueron sepultados juntos en el cementerio de Kiev.

Índice

TAYLOR CALDWELL,
ya convertida en un clásico, logra
con maestría el equilibrio entre rigor
histórico y protagonistas muy humanos

Cuando los valores de un hombre entran en colisión con una sociedad en plena decadencia.

El periplo de Lucano, que pronto descubrirá que su misión va mucho más allá del alivio de los dolores del cuerpo, y que acabará convirtiéndose en san Lucas, discípulo de san Pablo y el tercer evangelista.

Un retrato muy humano de San Pablo, una de las figuras más apasionadas y complejas del cristianismo.

Una visión de Jesús resucitado cambia el curso de la vida de Paulo de Tarso. Convertido al cristianismo, el recién bautizado Pablo pasa de ser perseguidor de blasfemos a convertirse en el Apóstol de los Gentiles.